骨の記憶

楡 周平

目次

プロローグ

岩手県南部美桑町《みくわちよう》。北上山系に連なる山間《やまあい》の道を、一台の路線バスが走っていた。かつては人口二万余を数えた町も、職を求めて町を出ていく若い人間が後を絶たず、今ではほんの人口七千余を数えるほどに減じている。高齢化が進んだ町は寂れる一方で、中心部からバスに乗って二十分も経つというのに、すれ違う車は一台もない。

町土の多くを山林が占める上に、周囲百キロにも亘る広い町では、移動に際して自家用車は不可欠であり、勤めに出る住人がバスを使うことはない。学童の通学もまた同じで、相次ぐ統合によって小中学校ともそれぞれ一校となり、通学には町が運行するスクールバスが使われる。そのせいで、朝の通勤通学時間帯でも一時間に僅か一本、午前九時を過ぎると二時間に一本という便の少なさにもかかわらず、路線バスに乗客があることは稀である。利用者は、もっぱら運転もままならない高齢者か、さもなくば軽乗用車すら購入することのできない貧しい暮らしを強いられる住人である。

自分以外に唯の一人の乗客もいないバスの後部座席で、曽我清枝《そがきよえ》は車窓に広がる風景をぼんやりと眺めた。

刈り取りの済んだ田んぼには稲架《はさ》が並び、山毛欅《ぶな》や雑木《ざつぼく》に覆われた山々は見事な紅葉に彩られている。

十一月――。しかし岩手の秋の気配は、それよりもずっと早くに忍び寄ってくる。八月も中盤に差しかかると、連日三十度を超える酷暑の中にあっても、開け放した縁側から流れ込んでくる風のどこかにひんやりとしたものを感じるようになる。夜になるとそれはもっと顕著になり、虫の音が聞こえ始め、夏掛けの布団は必要不可欠となる。旧盆を迎える頃こそ帰省者で町は活気を取り戻すが、それも数日の間のことで、潮が引くように人が去ると、町はまた息を潜めて暮らさなければならないような重苦しいまでの静けさを取り戻す。数少ない主要農産物であるリンゴの木には、青々とした実が鈴なりとなり、それが徐々に色付くにつれ、大気は清冽《せいれつ》なまでに研ぎ澄まされ、やがて赤く染まる紅葉と同化する。だが、それは厳しい冬の到来の予兆でもある。

岩手の、特に県南部の冬は過酷なものだ。かつてはそれなりの降雪量もあり、冬休みともなれば山の坂道では橇《そり》やササラと呼ばれる竹スキーで子供たちが遊んだものだったが、年を経るに従って降雪量がかつてと比較にならないほどに減ってしまった今となっては、それも過去のことである。学者は降雪量が減ったのは地球温暖化のせいだと言うが、少なくともこの町においては冬の寒さが和らぐ気配はない。

いや、むしろ降雪量が少ない分だけ、厳冬期の生活は過酷を極める。豪雪地帯ならば積雪があっても除雪機材が揃っているだろうが、そんなものはここにはない。雪が降れば除雪はめいめいの家庭で行わなければならず、高齢者にとっては湿気をたっぷりと含んだ雪をスコップを使って払いのけるのは大変な重労働である。そして何よりも辛いのが、家の中にまで忍び込んでくる冷気だ。農村部の常で、この辺りの家屋は建坪だけでも五十坪を超えるものが多い。しかもその多くは築八十年以上は優に経つものばかりで、百年を越えてもなお使われ続けているものもある。当然傷みは酷く、都会では当たり前のエアコンも炬燵《こたつ》か石油ストーブと決まっており、老朽化した家の広い寝室で朝を迎えると、布団の掛け口に縫い付けたタオルにかかった寝息が凍りついていることも珍しくはないのだ。そんな朝には決まって窓ガラス一面に氷の花が咲き、うっかりすると外に露出した水道管が破裂する。積雪がない山々は落葉した灰色の木々に覆われ、田畑は土の色一色となる。常緑樹の松や杉も黒ずみ、それがうら寂しさに拍車をかける。

だからこの町には、豊作を祝う秋の祭りはない。収穫を祝い、神に感謝の意を表す儀式があるのは、冬を豊かな蓄えを元に何の憂いもなく過せる地方ならではのことだろう。憂鬱な数ヵ月間が過ぎ去ることをじっと息を潜めて待たなければならない人間たちにとっては、秋の終わりを呪いたくなりこそすれ、決して浮かれた気分になるものではなかった。

また冬が来る。あの人は今年の冬を越せるだろうか……。

清枝は紅葉に燃える山々に目をやりながら、胸の中で呟いた。

バスは途中の停留所で一度も停車することなく、ひたすら走り続ける。山と田んぼ、それに畑が散見できる山間を抜けると、やがて古い家屋が点在する大崎《おおさき》という集落に入った。軽く百年は経っているだろうか、朽ちかける寸前といった大きな茅葺《かやぶ》き屋根の家ばかりが目立つ。特徴的なのは、その屋根の上に設けられた船形の小屋根である。ほとんどの部分が木でできたそれは、一見したところ煙取りのようにも見えるが、本来の目的はまったく違ったものである。

美桑町の数ある集落の中にあって、この大崎は小さいながらも特異な歴史を持っていた。江戸時代、日本各地にキリスト教信仰が広まったのは知られた事実だが、美桑町においても、この大崎集落だけに限って教えが伝わったのだ。当時の信者がどういう結末を辿ったかは明白である。こんな寒村の中の、さらに山奥にあるこの集落にも、仙台藩によるキリシタン狩りの手が伸び、殉教した信者の数は三百人を超え、集落の傍らを流れる大崎川という清流は、斬首されたキリシタンの血で朱に染まったという。しかし、それでも信仰は密かに続いた。信者たちは信仰の証である十字架を煙取りと見せかけた小屋根の中に隠し、祈りを欠かすことはなかった。現在に至ってもキリスト教への信仰は脈々と受け継がれており、常駐する神父はいないままでも、五十年前には小さな教会が建設され、大崎集落で暮らす人々の心の拠所《よりどころ》となっているのだった。

「次は高藤《たかふじ》病院前です。お降りの方は降車ボタンを押して下さい」

車内に穏やかな女性の声が流れた。

清枝はボタンを押して立ち上がると、運転席の傍らにある乗降口へと歩み寄った。

バスが静かに停車する。ドアが開き、路上に降り立った先に、なだらかな坂道が続いていた。

運転手一人だけとなったバスのエンジン音が遠ざかるのを背後に聞きながら、清枝は坂道を昇り始めた。

行く手に高藤病院の建物が見えてくる。ペンキが剝げ錆びが目立つトタン屋根、木造二階建ての病院は、集落の規模からすると違和感を覚えるほど大きなものである。今にして思えば、どうしてこんな僻地の中の僻地に個人病院を開業したものかは分からぬが、道路が整備されていなかった三十年前までは、大崎の集落の人間ばかりではなく、隣接する宮城県の住人たちまでもがこぞって押し寄せたものだった。しかし、道路整備が進み交通の便が良くなり、町の中心部に近代的設備を整えた公立病院ができると、自然と人々の足は遠のき、現在では八十六歳になる院長と二人の看護師がいるだけだ。

そんな病院に清枝が足を運ぶのは、ひと月前から夫の弘明《ひろあき》が入院生活を送っているからだった。病名は多発性骨髄腫《たはっせいこつずいしゅ》。現代の医学を以てしても進行を止める手だてとてなく、座して死を待つだけの血液の癌。不治の病である。

弘明が体の異常を訴えたのは、四カ月前のことだった。

床についている間は然程《さほど》ではないが、動き出すと背骨が痛むと言い、日が経つにつれて腰、肋骨と痛みの箇所が移動するようになった。最初は加齢からくるものと、膏薬を貼ってごまかしていたのだが、やがて全身に酷い倦怠感を訴えるようになった。町立病院で数度の検査を受け、結果下された診断が多発性骨髄腫だった。しかもステージはⅢ期。事実上の末期で、こうなると取るべき治療法は化学療法と限られている。医師の言によれば、この病気の発生頻度はアジアにおいて人口十万人に二人程度と極めて稀で、町で発症したのは弘明が初めてであると言う。さらには放射線療法も併用する必要があり、医師は県の基幹病院である岩手医大に転院し治療を受けることを勧めた。

岩手医大のある盛岡までは、美桑町から約百二十キロの距離がある。痛みを訴える弘明を一人にしておくわけにもいかず、清枝は夫に付き添って盛岡に向かった。

一ヵ月に亘る治療は過酷を極めた。治療法が確立されていない不治の病においては、施される治療のすべてが対症療法に過ぎない。化学療法といっても、体内に注入される薬剤は癌細胞を殺しもするが健全な細胞も破壊する。弘明は日を追う毎に痩せ細り、痛みもますます増してくるようだった。さらに大きな問題は、清枝がこの間ただの一日たりとも弘明の傍らを離れることはできないということだ。一県で四国とほぼ同等の大きさがある、県としては日本最大の岩手。その基幹病院の岩手医大には県内各地から病人が押し寄せる。そのせいで、付添の多くは泊まり込みをせざるを得ないのだが、もちろん大学病院に宿泊施設はない。宿泊費を節約するために病室の床に茣蓙《ご ざ》を敷き、一日三百円で借りた毛布に包《くる》まり眠りにつく。食事は地下の食堂か、病院のすぐ傍にある飲食店、あるいは菓子パンを齧《かじ》ってしのぐこともあった。風呂は近所の銭湯で、それも入浴料金を節約するために三日に一度。そんな生活を送ることを余儀なくされたのである。

しかもその結果、弘明の病状が好転したというなら救いもあっただろう。しかし、結果は冷酷なものだった。すべての治療が終わった数日後、担当医に呼び出され、診察室に出向いた清枝を前にして医師は言った。

「結論から申し上げます。現時点でご主人に行える治療はすべて終わりました。病状が好転するのかどうかは、はっきり言って分かりません」

「はっきり分からないというのはどういうことでしょう」

「病気が進行すれば、もはや手の施しようがないということです」

「と、言うことは、主人は死ぬということですか」

「ご主人の病気は末期に入っていると言ってもいい状態にあります。もし、このままの状態が続けば……」

「余命はどのくらいなんですか」

「三カ月……といったところでしょうか」

冷酷な言葉が耳朶《じだ》を打った。自然と涙が溢れ、頰を伝って行くのが分かった。

死ぬには早すぎる。そう思った。

弘明は清枝と同い年で、今年六十三歳になったばかりである。日本人の男性の平均寿命が八十歳近くにまで延びた今となっては、まだ働き盛りのまっただ中にいると言ってもいい。それがこれほど早くに世を去らなければならなくなるとは……。

しかし、清枝には夫に迫りつつある死を悲しんでいる暇はなかった。最大の問題は逼迫した家計である。日々の暮らしを何とかやりくりするだけでも大変だというのに、盛岡にやってきてからは医療費が嵩《かさ》んだ。自分の滞在費を節約するにも限度がある。もはや僅かな蓄えは底を尽きつつあり、そのまま盛岡で入院生活を送るのはもはや不可能だった。

かといって、三ヵ月後には死ぬと告げられた夫に満足な治療を受けさせないわけにはいかない。

清枝は弘明を愛していた。二十四歳で結婚してから、まさに苦楽を共にしてきた仲である。もちろん長い夫婦生活の中では人並みに喧嘩をしたこともあれば、その揚げ句に悪態をついたこともある。だがそれも今となっては些細なことだ。いやむしろ、死期を告げられた今となっては、脳裏に浮かぶのは仲睦まじく過した良き時代のことばかりである。

「先生……この病気にかかった患者の末期は、酷い痛みに襲われ、地獄のような苦しみを味わうと聞きます。もし、そうなら、あとはあの人の痛みを和らげてやるくらいのことしかできないんでしょうか」

死ぬことはもはや避けられないとなった以上、次に思いが行くのはそこに至る過程である。どんな方法でもいい。せめて死に際だけは、苦しみから解放され、穏やかな最期を迎えさせてやりたい。

清枝はすがるような気持ちで医師に訊ねた。

「確かに、この病気の末期は、大変な激痛に襲われます。もちろん、痛みを和らげるために、かなり強い薬、はっきり申し上げれば麻薬を使うことになりますが、投与する量には限度があります。奥さん、ここが今の医療の難しいところでしてね。麻薬を規定量以上投与すれば痛みからは解放されますが、確実に命を縮めます。つまり消極的安楽死と取られてもしかたがないのです。そうした治療は、医師としては……」

その言葉を聞いた瞬間、脳裏に浮かんだのが九年前、八十六歳だった弘明の父、忠弘《ただひろ》が胃癌で死んだ際に看取った医師、この地で開業している高藤安二郎《やすじろう》だった。あの時も、義父に診断が下された時にはもはや手遅れ。余命は一月半と宣告された。死期が近づくと、忠弘は酷い痛みに襲われ、痛み止めの麻薬が切れると、昼夜の区別なく地の底から湧き上がってくるような唸り声を上げた。

死んで行く者に、苦痛を与えるのが医療か。助からないのなら、一刻でも早く痛みから解放してやるのが医師の務めではないのか。

激しく迫った家族を前にして医師は困惑しながら、こう言ったものである。

「楽にしてあげたいのは山々ですが、これ以上の麻薬の投与は医師として行えません。そんなことをすれば、罪に問われてしまいます。たとえご家族の意向があろうとも、そんなことはできません」

日を重ねる度に、薬の効きは悪くなり、もはや通常の量では然程の効果も得られず、忠弘は苦痛に呻きながらみるみる衰弱していく。そんな中で義父が懇願するように言ったのが、

「高藤先生を呼んでくれ……」

という一言だった。

忠弘と高藤は九つの歳の差を越えて、長く親交を結んできた仲である。最期は信頼を寄せてきた人間に看取って欲しいという思いもあったのだろうが、それよりも義父の言葉の裏には、高藤ならばこの痛みから解放してくれる。そんな気持ちもあったに違いない。

忠弘の言葉を受けた弘明は、すぐに高藤に治療を頼んだ。

癌の末期。しかも、患者が望むのは痛みを和らげることだけである。普通ならば、そんな役は御免だと断るところだろうが、高藤はその申し出を何の躊躇《ちゅうちょ》もなく受け入れた。しかも穏やかな微笑みすら浮かべていた。

自宅に運び込まれた忠弘を診察した高藤が、最初に発した言葉は今でも鮮明に覚えている。

「忠弘さんは、我慢強い人だね。苦しいだろうに、よく堪えているね」

高藤は忠弘の背中を擦《さす》りながら声を掛けると、モルヒネを注射した。効果は驚くほどすぐに表れ、忠弘は安らぎさえ感じさせる深い溜息を吐《つ》き、たちまち眠りに落ちた。そして息を飲んで成り行きを見守る家族に向き直ると、

「癌というのは大変な苦しみを伴うものなんですよ。助からないと分かっている人間に、無駄な苦しみを味わわせるのは医師の務めではないと私は思います。定量を守っていたのでは、忠弘さんは痛みから解放されません。死期を早めることになるかもしれませんが、痛みを訴えたらすぐにモルヒネを打ちます。それが今の忠弘さんにとって一番いい方法だと思うんですが。どうでしょう」

静かに言った。

「お願いします……先生、ご無理を申し上げますが……」

最後まで言葉が続かず、弘明は肩を震わせる。

「痛みを訴えたらすぐに連絡を下さい。時間は気にしなくていいですよ。夜中でも、診療時間

中でもすぐに駆けつけますから……」

その言葉に嘘はなかった。高藤は、深夜はもちろん、診療時間中であっても義父が痛みを訴えるとすぐに駆けつけ、優しい言葉をかけてはモルヒネを打った。義父がその後、一度も痛みを訴えることなく、眠るようにこの世を去ったのは、それから半月後のことである。

そして今度は弘明である。多発性骨髄腫という病名を告げ、苦しませることなく最期を迎えさせて欲しいと申し出た清枝に高藤はまたしても、穏やかな笑みを浮かべてただ一言、「いいですよ。連れていらっしゃい。私が診ます」とだけ言った。

あれからひと月、病状は弘明が徐々に痩せ衰え、歩行もままならぬ状態に陥ったところからも、確実に進行していることは間違いなかった。ベッドに横になっていれば痛みを訴えることはあまりなく、投与されるモルヒネも、定量で済んでいるようではあったが、それもいつまでこの状態が続くかは分からない。しかし、高藤に任せておけば、地獄のような激痛に苛《さいな》まれることなく、弘明は旅立って行く。それが清枝にとって唯一の救いであった。

坂道を昇り終え、玄関の前に立った清枝の頬を晩秋の気配を含んだ一陣の風が撫でて行く。

清枝は白いペンキが剝げ落ちた木枠にガラスがはめ込まれたドアを引き開けた。コンクリートが打たれた三和土《たたき》の傍らには下駄箱があり、その前には簀子《すのこ》が敷かれている。備え付けのスリッパに履き替えた清枝は、古い小学校を思わせる板張りの長い廊下を進み、弘明がいる病室へと向かった。その途中には診察を待つ患者のための長椅子が置かれており、三名ほどの老人が診察の順番を待っている。

軽く会釈をしながらその前を通り過ぎ、さらに奥へと向かうと、白く塗られたドアが並ぶ一角に出る。そこが弘明がいる病室だった。

ドアを開けると、中には六つのベッドが置かれていた。入院患者は他にいない。どうやら弘明は眠っているらしく、肩まで掛けた布団が、一定のリズムで上下している。すっかり肉が落ちた頬、黒く凹《くぼ》んだ眼窩《がんか》はたった一晩のうちに、また少し色が濃くなったようである。それが刻々と弘明の体内で病魔が進行している証だった。

清枝は弘明を起こさぬように注意を払いながら、ベッドの傍らに置かれた丸椅子に腰をかけた。起きているなら、すぐに体を拭き、下着を交換するところだが、熟睡している弘明を起こすまでもない。時間は幾らでもある。ふと見ると、ベッドサイドの物入れの上に、表紙がぼろぼろになった週刊誌が置かれていた。傷み具合からすると、おそらく待合室に置かれていたものか。手に取って日付を見ると、三週間前のものである。グラビアに目をやり、ページを捲っていると、

「来てたのか……」

弘明の声が聞こえた。落ち窪んだ眼窩の底から、ぎろりとした目がこちらを見詰めている。痩せたせいで、健康だった頃に比べて瞳が格段に大きくなっている。しかし、黒目が爛々と輝いているにもかかわらずどこか視線が定まってはいないような気がする。

「今、来たとこ……。なじょってがす、体の方は。どこが痛いところはねがすか」

「今日は、なんぼかマシかな。よく眠れたしな。やっぱ、先生のお陰かな。ここに来てからは、痛いと言うと、すぐに高藤先生が注射を打ってくれる。医大にいた頃とは大違いだ」

モルヒネが効いているのだろう、どこか弘明の口調はまどろっこしく、呂律が回らないようである。

「今のうちに体拭くすか。着替えもしておいたほうがいいがすぺ」

「そうだな」

「そしたら、お湯こ入れで来っから」

清枝はベッドの下に置いておいた洗面器を手に部屋を出た。給湯室は病室を出たすぐのところにある。瞬間湯沸かし器から湯を注ぎ病室に戻ると、弘明はベッドの上に半身を起こしていた。病魔のせいか、あるいはモルヒネのせいかは分からぬが、頭を支えているのが辛いらしく、顎を胸に押し当て下を向いている。

「大丈夫すか。体、だるいんでねえの？」

「大丈夫だ」

「それじゃ、寝巻きを脱がせっからね」

弘明の上半身が露《あらわ》になる。黄色みがかった皮膚は張りをなくし、薄いパラフィンで覆われたように乾ききっている。もともと太っていたわけではないが、このひと月で十キロも体重が落ちたせいで皮膚が緩み、背中全体に皺が寄っている。

また痩せた――。

弘明の体を清めるのは毎日のことだが、背中に浮かぶ肩甲骨や肋骨、そして背骨のひとつひとつが日を追う毎に露になってくる。出された食事は残すことなく平らげてはいても、体内に送り込まれる栄養は健康な細胞に行き渡るより早く癌細胞に吸収されてしまうのだ。

死期は確実に近づいている。おそらく、そう遠くないうちに食べ物の摂取は困難となり、やがて僅かに蓄積された体内の養分をも癌細胞が吸収し尽くしてしまうだろう。

清枝はそうした思いを振り払い、湯に浸けたタオルを絞ると、力を込めて弘明の背中を拭いた。手が何度も上下するにつれて皮膚に赤みが差してくる。それがすぐに元の黄色みを帯びた色に戻ることは分かっていても、まだ癌に冒されてはいない健康な細胞が息を吹き返すような気がしたからだ。

「痛いよ。そんなに強く擦ったら、皮が剝けちまう」

弘明が呻くように言う。

「ごめんなさい……」

清枝は手を止め、下半身を清めにかかる。

下着を脱がせると、亀頭が剝きだしになった男根がでろりと垂れ下がる。再び湯に浸けたタオルを絞り、いまや排泄のみの道具でしかない男根を柔らかに包む。夫婦の営みがなくなって、もうどれくらいになるだろうか。もし、この瞬間、弘明の男根に僅かでも復活の兆しがあれば、この場で夫と一つになりたい。もう一度、弘明の肌の温もりを体の中で感じておきたいという欲情が込み上げてくる。

しかし、男根には何の変化も表れない。弘明はじっと目を閉じ、清枝のなすがままになっている。

やがて体を清められ、新しい下着と寝巻きに着替えた弘明は、深い溜息を漏らすと、目を閉じベッドに体を横たえた。

「なじょってがす。少しは気持ち良くなったすか」

「ああ……なった。ありがとう」弘明が喉の奥から振り絞るような声を出すと、「なあ、清枝」

天井の一点を見詰めながらぽつりと言った。

「なに？」

「退院できねえかな」

「なに馬鹿なこと言ってんの。こんな状態で退院してどごさいぐっつうの」

「家に帰りたいんだ」

「家さ戻っても同じだべっちゃ。それに先生だって、まだ動かすのは無理だって言ってるし。あと少しの辛抱だから。我慢すらい」

「我慢しろってどれくらいだ」

清枝は返す言葉が見つからず、口籠った。

「清枝……」弘明の瞳がゆっくりと動き、清枝に向いた。「俺はもう助からない」

「そんなことはねがす」

「嘘は言わなくていい。俺だって馬鹿じゃない。自分の病気が何かは分かっている。医大で受けた放射線治療。定期的に繰り返された点滴。そしてこの痛み。俺は癌。それももう末期だ」

「あんだ、なに言ってんの」

清枝は必死になって否定しにかかろうとしたが、弘明は構わず続けた。

「助からない人間を、こんな所に置いておくこともないだろう。第一、入院費はどうする。ウチにはもう金はない。お前が毎日ここにやってくるバス代だってどう工面してるんだ」

「お金のことなら心配することはねがすよ」

「心配するなって言っても、ない袖は振れんだろう」

「智子《ともこ》が入院費は何とかするって……それに静子《しずこ》も」

「他家《よそ》にくれてやった娘が金を自由にできんのか。あいつらの亭主だって地方採用のサラリーマンだ。収入だってこの辺の相場と変わりやしない。ましてや、まだ学校の終っていない子供もいりゃ向うの親もいる。そんな余裕なんてあるもんか」

確かに弘明の言うことは間違ってはいない。清枝は嘘を言っていた。

二人の娘は、東京の大学で在学中に知り合った男の元に嫁いでいた。長女の智子は九州の佐賀に、次女の静子は島根といずれも遠方である。ましてや、二人ずついる子供は、これからまだ高校、大学と物入りで、生活にゆとりはない。事実、この五年ばかりは、帰省したことは一度もない。それどころか、弘明が不治の病に伏したことを告げても、駆けつけて来ることもままならないでいるのだ。どちらにしても、日々の生活を送るのが精一杯で、金を工面する力はない。

「嘘なんか語《かだ》ってないよ。そんなに信用できねえっつんだら、ほら見らい」

清枝は手提げ袋の中から財布を取り出し、中を広げて見せた。これまでの入院費に充てるための現金が十万円ほど入っていた。

「まあいい……」

弘明はそれに目を向けることなく上半身を起こすと、ベッドの傍らに置かれた物入れを開け、一通の封書を差し出してきた。

「なにっしゃ」

「俺の遺書だ」

「なにを馬鹿なことを」

清枝は激しく首を振りながら、受け取りを拒む。

「まあいいから読め。大事なことが書いてある」

「やんでがす。私は読まないよ。そんな遺書なんて……」

「読まないなら書いたことを話しておく」

弘明は穏やかな笑みを口元に湛《たた》えると言った。そこにはすでに自分の運命を悟った覚悟の程が見て取れた。

「書いてあることは二つ。第一は、延命治療は一切拒否する。親父もそうだったが、癌の末期は酷い苦痛に襲われる。俺は苦しみにのたうち回りながら死を迎えたくはない。麻薬でも安楽死でも何でもいい。楽に死なせてくれるなら、一切文句は言わない。それから第二は、ウチに最後に残った東原《ひがしはら》の山だ。手入れもしてない雑木山《ぞうきやま》だが、売れば充分とは言えないまでも、少しはお前の老後の足しにはなるだろう。俺が死んだらあの山を売れ。それから家も売れ。それで文字通り曽我の家は丸裸。残るものは何もない。全部終わりだ」

弘明は独り言を言うかのように、淡々とした口調で話すと、

「少し疲れた……眠らせてくれ」

静かに目を閉じた。

＊

「そうですか、弘明さん、そんなことをおっしゃいましたか」

清枝が弘明の言葉を告げると、高藤は視線を机の上に落とし、うんうんと肯《うなず》きながら口を噤《つぐ》んだ。

「あの人は、自分が助からないことを知っています」

「そうでしょうねえ。弘明さんは、この辺では珍しくあの時代に東京の大学を出た人だ。それにお父さんの病状をつぶさに見ていますからね。これまでの自分に施された治療を考えれば、病が何であるかは気づいて当然でしょうねえ」高藤は深い溜息を漏らす。

「学があるということは時に残酷なものです。教育のない者は医者の言葉を疑いながらも、最期を迎える直前まで一縷《いちる》の望みにすがり生きようとするものですが、弘明さんのような人にはごまかしがきかない」

「先生、どうしたらいいんでしょう。夫が延命治療を望まない気持ちは理解できますが、その一方ではやはり一日でも長くあの人に生きて欲しいという願いも、私は捨てきれないんです」

「清枝さん。多発性骨髄腫というものは、末期となると、それは酷い激痛に襲われるものでしてね。医師でも、とても見ていられないような苦痛を味わうものなんですよ。助からないと分かっている人間、ましてや余命幾許《いくばく》もないという人間に、そんな地獄のような苦しみを味わわせてどんな意味があるんでしょう。ご家族が一日でも長く生きて欲しいという気持ちは分かります。ですがね、病に冒された本人にとっては、苦しみから解放される手だてはただ一つ、死しかないんです。それもできることなら眠るように、すべての苦痛から解放されて、穏やかに死にたい。そう考えるのはむしろ当然のことじゃないんでしょうか」

高藤は、真摯《しんし》な眼差しを清枝に向けながら嗄《か》れた声で言った。

「でも、先生。あの人に苦痛を味わわせないということは、麻薬に頼るしかないんですよね。それも大量に……」

「ええ。そういうことになります」

「でも、そんなことが公になれば、先生が罪に問われることにはなりませんか」

「事が公になれば、その通りです」

「それでは先生にご迷惑がかかります」

「清枝さん。そんな心配は無用ですよ」高藤は遠い記憶を探るように視線を宙に転じた。

「ご存じだと思いますが、私はね、若い頃に衛生兵として従軍したんです」

「ええ、そのことは存じています」

「私はそこで、何百、いや何千という人間が死んで行くのを目の当たりにしました。大規模な戦闘ともなれば、負傷者が次から次へと担ぎ込まれて来る。だけど本当に忙しい思いをするのは軍医ではなく、むしろ衛生兵なんです。なぜだか分かりますか？　戦場では重傷者の治療は後回しにされるんです。治療を施せばすぐに前線に戻れる兵隊を優先するんです。地獄ですよ。内臓がはみ出し、のたうち回る兵隊を横目で見ながら放置するんです。中には殺してくれと泣き叫びながら、何時間もほったらかしにされたあげく死んでいく負傷兵もいました。苦しさに堪え兼ねて、自ら命を絶つ兵隊もいました。せめて痛みだけでも止めてやりたいと思っても、モルヒネもない。そんな惨状を何度も目にしてきたんです」

清枝は無言のまま高藤の言葉にじっと聞き入る。

「復員した私は医大に入り、卒業と同時に病院を開きました。その時、心に誓ったことがあります。病を治すのも医師の務めだが、座して死を待つばかりとなった患者さんには、苦痛を与えることなく穏やかな最期を迎えさせてあげるのもまた医師たるものの義務だとね。人間というものは業を背負いながら生きていくものです。そして天に召された後は、誰もが神の裁きを受けます。生前、罪を犯した者は地獄に落とされ、終わりなき苦しみを与えられる。それで充分ではありませんか。生きながらにして苦痛を味わわせる権利は人間にはないんです。苦しみから解放してやれる手だてを持っているならしてやればいいんです。それが医師にしかできないというのなら、そうしてやるのが医師の義務です。それに、弘明さんの望みを受け入れて、罪に問われることになっても、私ももうこんな歳です。先は幾許もない。それに跡継ぎがいるわけでもない。失うものなど何もありませんから……」

慈愛に満ちた穏やかな笑みを湛える高藤の顔が目の前にあった。

どこに、これだけ患者とその家族のことを親身に考え、自ら進んで不治の病に冒された人間の最期を看取ると断言する医師がいるであろう。

規則、いや法を曲げても患者の苦痛を取り除くのが医師の務めだと断言する高藤の言葉は、信仰に裏打ちされた強い信念があればこそのことだと清枝は思った。

「先生……その時が来たら、すべてお任せいたします。あの人が願っているようにしてやって下さい。死期が早まるのは覚悟の上でお願いします。どうか苦しむことなく、最期を迎えられるよう、お願いします」清枝は、深々と頭《こうべ》を垂れ、「それから遅くなりましたが、これまでの治療費です」

と言い、封筒に入れておいた現金を差し出した。

「清枝さん。治療代はいつでもいいんですよ」

「そうはいきません。入院してからひと月。一度も支払いをしていないんですから。いつまでも先生の厚意に甘えているわけにはまいりません。どうかお収め下さい」

「私のことなら心配することはないんですよ。あなた一人の支払いが滞っても、病院の経営がどうなるものでもない。それにウチは婆さんと二人だけ。幸い、近所の農家の人が、米や野菜を折りあるごとに届けてくれる。食うに困るわけじゃないし、忠弘さんが健在だった頃には、多額の寄付をしていただいた。この病棟にしたって忠弘さんが建ててくれたようなものなんですから」

田舎の話である。曽我の家が、今どういう状況にあるかは町民の誰もが知っていることだ。

生活保護こそ受けてはいないものの、食べていくだけが精一杯の窮状にあることは事実である。

「先生のご厚意に甘えているわけにはまいりません。それに曽我の家には、まだいくつかお金に替えようと思えばできる物が残っているんです。このお金は、それを処分したものです」

「それなら尚更大事にしなければ……。弘明さんがいなくなれば、あなた一人で暮らしていかなきゃならないんです。もうあなたも歳だ。パートに出るというわけにもいかないだろうし、年金だけじゃ心細い。せっかく現金を手にしたのなら、これからの蓄えに回して下さい」

高藤は封筒を受け取ることを頑《かたく》なに拒む。

「先生。私は、これからあの人が死ぬまで、できるだけ傍にいてやろうと思うんです」清枝は高藤の目をじっと見詰めながら言った。「小学校六年の時に、突然父が失踪し、生活基盤を失って途方に暮れていたところに、援助の手を差し伸べてくれたのは義父《ちち》でした。そのお陰で、私は高校、大学まで行くことができたんです。それどころか、嫁として迎えてもくれた。私のような出自の者が、当時の曽我の家に嫁ぐことなど考えられなかったことです。縁談を持ち掛けられた時、私はお断りしたんです。ですが、仙台で働いていた私の元に夫が現れ、どうしてもと頭を下げたのです。お陰で、母も曽我の家の援助もあって、人並みの生活を送ることができました。あの人には恩があります。それよりも……」

愛している。と続けたくなったが、さすがにこの歳ともなると、そうした言葉を臆面もなく口にするのは気が引ける。清枝はその言葉を飲み込み、

「とにかく、泊まり込みであの人の傍にいてやりたいのです。本来ならば付添の食事は自分で

用意しなければならないのですが、外食しようにもここではそれも叶いません。賄《まかな》いを一人分増やしていただかなければなりません。このお金はその分も含んでいるんです。ですからどうぞ、お収め下さい」

改めて封筒を差し出した。

「そういうことでしたら、頂戴しましょう」高藤は封筒を受け取ると、額の高さに翳《かざ》し、拝むような仕草をする。「見ての通り、入院患者は弘明さん一人です。空きのベッドはご自由に使われたらいい。食事と風呂は私の家にいらっしゃい」

「ご厚意は感謝しますが、食事はあの人と同じものを一緒に摂りたいと思います」

「病人食では体がもちませんよ」

「粗食には慣れてますから。それに夫婦で同じものを食べるのもあと僅か……。せめてあの人が最期を迎えるまでは一緒にと思います」

清枝の言葉に、高藤は無言のまま何度も肯いた。

＊

清枝がたまった洗濯物を洗うために高藤病院を出たのはそれから三日後のことである。

帰りのバスも乗客は一人だけだった。美桑町の中心部にある停留所でバスを降りた清枝は、自宅に向かって歩き始めた。南北に五百メートル。道の両側に軒を連ねる町のメインストリートに人影はない。かつては日々の生活には不自由しないだけの店が並んでいたものだったが、過疎化が進むにつれ、一つ減り、二つ減り、今では小さな雑貨屋と薬局が一軒ずつあるだけで、シャッター、あるいは昼間でもカーテンが閉じられた家々が並んでいる。

その通りの間に小高い丘に向かって延びる石畳の道路がある。なだらかな坂道を、二百メートルばかり上った先に、古い武家屋敷を彷彿《ほうふつ》とさせる豪壮な門があった。形《なり》は立派だが、門を支える太い柱は乾き切って木目に沿って白い筋が浮き、屋根に載せられた瓦も歪みがある。固く閉じられた巨大な扉はもう何年も開けられたことはない。敷地を取り囲む塀も、白い漆喰が剝がれ落ち、黄色い土がむき出しになって無残な姿を晒している。荒くなった呼吸を整えようと、一つ大きな息をしながら振り向くと、眼下に美桑の町が広がる。

清枝は潜《くぐ》り戸を開けると、中に入った。玉砂利が撒かれた道の奥には二階建ての豪壮な屋敷、奥に四つ並列に並ぶ蔵を前にして庭園が広がっている。しかし、門と同じように屋敷にも傷みが目立ち、二つある離れは屋根が傾き、いつ崩壊してもおかしくない有り様である。庭園の庭木ももう十年もの間、まともな手入れをしていないせいで枝は伸び放題、腰の高さにまで雑草が生い茂っている。ここまでくると、廃屋と言ったほうが当たっている。

ガラスがはめられた玄関の引き戸を開けると、長年に亘って屋敷の中に蓄積された黴《かび》と埃《ほこり》の臭いが鼻をついた。それも道理というものである。何しろ母屋だけでも、居間は二十畳。さらに、襖を開ければ同じ広さの部屋が七つある。全ての襖を開け放つと百四十畳の広間となり、二階には十畳の部屋が五つ、更に六畳の女中部屋が七つもある。二人の子供が家を出てからというもの、広大なこの屋敷に弘明と二人で暮らしてきたのだ。これだけの屋敷ともなれば、清枝一人でこまめに掃除をすることはできやしない。居間と二人の寝室に充てている次の間こそ、かろうじて生活空間の態《てい》をなしていたが、残りの部屋は物置と化し、二階に至ってはこの数年足を踏み入れた記憶はない。雨が降れば、至る所で雨漏りがしていることは知ってはいても、修繕しようにも金がないのだから仕方がない。

弘明が生きて再びこの家の敷居を跨ぐことはあるまい。今度、この屋敷に戻る時には、遺体搬送車に乗せられ、物言わぬ骸《むくろ》となっているのだ。そして、間髪を容れず近隣の住人が押しかけ葬儀の準備が始まる。

美桑町には都会のような葬儀場はない。葬式は自宅でやるものと決まっており、近隣の婦人が総出で精進料理をつくり、一週間もの日を費やして故人を送る儀式の一切を執り行うのだ。

それを考えると清枝は憂鬱になった。祭壇を設ける部屋の掃除、庭木の手入れは叶わぬまでも、せめて伸び放題になっている雑草ぐらいは毟《むし》っておかねばなるまい。しかし、人目につく部分だけでも庭の広さは五百坪は優にある。弘明の看病をしながら、それだけの仕事をするのはもはや不可能に近かった。そして更に清枝を憂鬱にさせたのが、部屋の傷みようである。祭壇を設《しつら》えるのは、居間の隣の寝室に使っている二十畳の和室でいいとしても、畳の傷みが酷く、その上を歩けば体操で使うマットの上を歩いているかのような頼りない感触が足の裏を通して伝わってくる。かといって、葬儀にかかる費用を考えると、畳を新調するだけの余裕はない。

弘明は、自分が死んだ後、東原の山を売れと言ったが、そんなものは彼が盛岡の医大病院に入院した時点で売り払っていた。こんな田舎の、しかも雑木山である。五町歩ほどの広さがあったが、五百万円ほどの金にしかならなかった。医大、そして高藤に入院費用を支払うと、手元に残ったのは四百万円ほど。葬儀の規模を最小限に抑えても、戒名、お布施、精進料理の材料費、酒代、更には葬儀が終われば終わったで寺に数十万からの備品を寄付するのが慣習である。そして納骨の日には町の会館で住職や近隣の住人を集めて一席設けることになっている。もちろん、葬儀にやってくる人々は、香典を持っては来るが、それだって香典返しに費やせば幾らも残らない。処分できるものと言えば、もはやこの屋敷だけである。しかし、とても人が住めるような代物ではない家に、値段などつくわけがないだろうし、過疎が進んだこの町で、これだけの土地を買おうという人間がそう簡単に見つかるとは思えない。

溜息が漏れた。これから一人でどうやって生活していけばいいのか皆目見当がつかない。

清枝は酷い疲れを感じて、居間の掘り炬燵に腰を下ろすと、気を落ち着けようと茶を淹《い》れにかかる。

と、その時だった。玄関の引き戸の向うから、

「曽我さん。宅配便です」

と言う男の声が聞こえた。

重い腰を上げ、引き戸を開ける。そこにはリンゴ箱を持った男が立っていた。

「判子をお願いします。サインでもいいですよ」

清枝は男が差し出したペンを取り、受け取りのサインをする。

荷物を持つと、リンゴにしては随分と軽い。それにリンゴはこの町の数少ない特産品の一つで、そんな代物をわざわざ送って来る者はいない。

いったい誰が何を送ってきたのだろう――。

差出人の欄に目をやったところで、清枝は凍りついた。差出人には『長沢一郎《ながさわいちろう》』とある。久しく忘れていた遠い昔の忌まわしい記憶が蘇る。悪ふざけにも程があるとも思った。

長沢一郎は十五の歳にこの町を出、その翌年、東京で死んでいる。実際、体の自由が利いた昨年までは、彼の命日が来るたびに、弘明は町外れにある彼の墓参りを欠かさなかった。ただならぬ悪意を覚えながら、怒りに任せて清枝はガムテープを剝がし蓋を開けた。

中には白い布に包まれた何かが入っていた。光沢の度合いからすると布は絹でできているらしい。それを指で摘み中身が露になった瞬間、清枝は息を飲んだ。

真っ先に目に飛び込んできたのは、紛れもない人間の頭蓋骨である。奇麗に洗われているようだが、長く土に埋もれていたのか骨は飴色に変色し、ぽっかりと空いた眼窩の部分には、取りきれなかった微細な土がこびりついている。歯も完全な形で残っており、その表情は笑っているようにも、苦痛に堪え歯を食い縛っているようにも見える。さらにその下には、棒状の大腿骨や腕の部分と思われる太い骨。そして背骨や肋骨が整然と収まっていた。

清枝は悲鳴を上げた。腰から力が抜けその場にへたり込んだ。手が震え、全身の血が音を立てて引いて行く。

しかし、よくよく見ると、本物の人骨にしては奇妙な点があることに清枝はすぐに気がついた。骨が茶毘《だび》に付された形跡がないのである。

火葬された人骨は白色になり、骨壺に収められる際には完全に砕かれ、欠片となってしまうものだ。もちろん土葬となれば話は別だが、この町でも最後に遺体が土葬に付されたのは四十年前のことである。今の時代に、これほど完璧な形の人骨を入手することができるわけがない。

模型？　それにしてはあまりに性質《たち》の悪い冗談だ。どこの誰かはわからないが、こんなものを送り付けてくるとは……。ましてや受取人は、死の床にある夫の名前ときている。

冷静さを取り戻すと、驚愕に代わって清枝の胸中に猛烈な怒りが込み上げてきた。

清枝は開けたばかりの蓋を閉じようとしたが、頭蓋骨の下に白い何かがあるのを見て手を止めた。

恐る恐る箱の中に手を入れ、指先でそれを摘んだ。上に載っていた頭蓋骨がかさりと音を立てて傾く。

白い物の正体は封筒だった。表には『曽我清枝様』と、つたない筆跡で宛名が書き記されていた。

もしもこれが性質の悪い悪戯《いたずら》の類いなら、中に書かれている文面は容易に想像がつく。読んだとしても、不愉快になるばかりでなく、やり場のない怒りをますます深くするだけだ。いっそ、この封筒を開封することなく、このまま捨ててしまおうかとも考えた。

だが、清枝は敢えてその中に入っているであろう手紙に目を通すことにした。誰がどんな意図を持ってこんなものを送りつけてきたのかは分からない。それでも中身を読めば、目的の一端を知ることができるかもしれない。

清枝は乱暴な手つきで封を切る。果たして予期した通り、中には四枚の便箋が入っていた。

酷い筆跡である。字の上手下手が、その者の知性や教養と必ずしも一致するわけではないが、便箋を埋めた文字は、本当に長沢一郎が黄泉《よみ》の世界でこの手紙をしたためたかのような不気味さである。

『曽我清枝様

冠省

この手紙を貴殿が最後までお読み下さることを願いつつ、小生が長年胸に秘めてきた真実をここに書き記します。

同梱申し上げた骨は、五十一年前に失踪した貴殿の父上、杉下良治《すぎしたよしはる》氏のご遺骨であります。』

本文の最初の二行を読んだだけで、清枝の心臓が早鐘を打ち始める。手が震え、便箋がかさかさと音を立てた。そして、手紙の末尾には、またしても長沢一郎の名前が記してある。

清枝は無心で文面に目を走らせた。一心不乱に読んだ。何度も何度も繰り返し読んだ。

そこには清枝が十二歳の時に、突然失踪した実父に何が起きたのか、事の経緯と共に、最期を迎える様子までが詳細に記されていた。そして、誰がその真相を知っているのかも——。

手紙の送り主は分からぬが、何度読み返しても内容に不自然な点は見当たらない。それどころか、当事者でなければ到底知り得ぬ事実、そして何よりも真実であるが故の説得力に満ちていた。ただ一点、弘明が父の失踪に深く関与していた、いや、その当事者であるということを除けば……。

「まさか、あの人が……」

どれくらいそうしていたのだろう。清枝はようやく手紙から目を上げると、ぽつりと呟いた。信じられなかった。母子家庭となった自分に、高校、そして大学を出るまで援助してくれたのは義父のお陰だとしても、妻として迎え、これまで惜しみない愛情を注いでくれたのは誰でもない弘明である。その彼が父の失踪の秘密を知っていたなんて……。いや、もしこの手紙に書かれていたことが事実ならば、弘明が父を殺したということになる。五十年もの間、罪の意識に苛まれることなく真実を隠し通せる人間がこの世にいるものだろうか。もし、そんなことができたとしたら……。許せない。絶対に許すことはできない。

もはや、差出人が長沢一郎なのかどうかなど、どうでもよかった。少なくとも、この骨を送り付けてきた人間は、父の失踪当時現場にいて、その一部始終を見ていたことは間違いない。

清枝の手が自然と箱のなかの頭蓋骨に伸びた。指先から冷たい骨の感触が伝わってくる。そこからは半世紀もの間、人知れず土中に埋もれていた父の無念さが伝わってくるような気がし、次の瞬間、清枝は頭蓋骨を胸に抱くと、

「お父さん、苦しかったでしょうね……。無念だったでしょうね……」

身を震わせ嗚咽《おえつ》を漏らした。

第一章

朝の訪れを告げるのは、階下にある台所の竈《へっつい》から立ち昇ってくる煙の匂いである。

雨戸の隙間を通して漏れてくる朝日が、寝室の薄汚れた障子に幾筋もの線を描き、天井からぶら下がった裸電球を朧《おぼろ》に浮き上がらせる。

長沢一郎は、隣に寝ている四人の弟たちを起こさぬように、寝床から抜け出た。綻《ほころ》びた掛布団の端からは、黄ばんだ綿がはみ出している。それだけの動きでも、差し込んでくる光の筋の中に無数の小さな埃が舞う。垢《あか》と脂を吸い込んだ上に、ささくれ立ち黒く変色した畳を踏みしめながら部屋を出、階段を降りると、頭に洗いざらしの日本手拭いを被り、薄汚れた割烹着にもんぺを穿いて、朝食の支度に追われる母の背中が見えた。釜から噴き出してくる湯気に交じって薪が爆《は》ぜる音が虚ろに響く。

「母ちゃん、おはよう」

一郎は声を掛けると、母の傍らを抜け、外にある井戸へと向かおうとした。

「今日は、稲刈りの残りがあっからな。朝ご飯が終わったら、お前《みゃあ》も田さ出て手伝えな」

小学校六年ともなれば、農家では立派な働き手である。ましてや今日は休日で学校もない。

決して広いとは言えない田んぼだったが、収穫される米は一年の食卓を支える貴重な食糧だ。秋の数日は一家総出で刈り取りを行う。それが家の決まりだった。

「あど、どれくりゃあ残ってんの」

一郎は足を止めると訊ねた。

「昼には終わるべ」

母は振り返ることなく言った。

「ほんでや、午後からは遊びさ出てもいいすか」

「ああ、構わねえよ。どごさが行くのが」

「弘明ちゃんが来るごどになってる」

「危ねえごどをすたらわがんねえぞ。弘明ちゃんは、曽我の大事な跡取りだ。何があったら大変なごとになっからな」

「分がってる」

一郎は手拭いを手に外へ出る。長い把手《とって》のついたガッチャンポンプを上下させると、井戸水が滝のような太い流れとなって迸《ほとばし》り落ち、洗面器がたちまちのうちにいっぱいになる。冷たい水に手を入れ、顔を洗い、乾いた手拭いで拭うと、僅かに残っていた眠気が吹き飛び、意識が完全に覚醒する。

清々しい朝だった。清冽なまでに澄み切った大気が朝日に煌《きら》めき、様々な色のモザイクと化した周囲の山々の紅葉の美しさを際立たせる。

洗面を終わらせた一郎は、手拭いを洗面器に残った水で洗い清め、梁《はり》に渡された針金に掛け、その足で母屋の側にある家畜小屋に向かった。家には田畑を耕すのに使う牛が一頭、それから主に卵を取るための鶏が二十羽ほどいたが、その餌の世話をするのが一郎に与えられた毎朝の仕事だった。

納屋から牛の餌となる切り藁を持ち出し、飼葉桶の中に入れるや、四歳になる赤毛の牡牛が鼻先を突っ込み、荒い息を吐きながらゆっくりと平らげ始める。餌を噛む度に顎が左右に動き、鼻の穴から荒々しい白い息が吐きだされる様は、壮年を迎えた牡牛に相応しいものではあったが、ガラス玉のような黒い目は不思議なほど穏やかである。それを見た瞬間、一郎はついこの間、この牛が去勢されたことを思い出した。

農家にとって、牛は貴重な労働力である。もっとも、牛の手を借りなければならないのは、春から夏先までのことで、冬の間に固まった田んぼの土を鋤《すき》を使って掘り返し、水を引いて田植えの前の代搔《しろか》きが済めば、ほとんど出番はなくなってしまう。大抵の牛は、極めて飼い主に従順で扱いに苦労することはないのだが、この牛はその点少し違っていた。癇が強いというのだろうか、とにかく気性が荒く、扱いに困ることもしばしばで、業を煮やした父が三日前、農閑期を前にして獣医の手を借り睾丸を抜いてしまったのだ。

そのせいなのか、あるいは人間の手によって痛い目に遭わされたことが身に染みたものかは分からぬが、あの日を境にこの牛の性格が一変したことは確かだった。事実、一郎が飼葉を食《は》む牛の額を撫でてやっても、かつてはその瞬間に激しく頭を振り、目に敵意の籠った光を宿したものだったが、今やその気配もない。ただ淡々と飼葉を食むだけである。

一郎は手に残るビロードのような牛の毛の感触と、体温の余韻を感じながら、その隣にある鶏小屋へと向かった。こちらは牛と違って、餌を与えてやる必要はない。家の敷地の片隅には牛小屋の床《とこ》として敷き詰められた牛糞にまみれた藁が堆肥となって野積みされており、そこには無数のミミズが生息している。小屋の戸を開けて外に追い出してやれば勝手に鶏がミミズや虫を突《つつ》く。だが、この日は少しばかり様子が違っていた。鶏小屋の前に、蹲《うずくま》るような姿勢でこちらに背を向けている父の姿があった。

「父ちゃん、何してんの」

「おう、一郎か」

振り向いた父は日頃から愛用している『いこい』を銜《くわ》えていた。煙が染みるのか、目を細めてこちらを見ると、

「稲刈りも今日で終わっから、久しぶりに鶏《とり》っこを潰すべど思ってさ」

嬉しそうに言った。

見ると父は、日頃薪割りの台に使っている切り株の上に載せた鶏の胴体を羽の上から左手で押さえ、右手には鉈《なた》を持っていた。傍らには、もうもうと湯気を上げている熱湯が満たされた木桶が置かれている。自由を奪われた鶏は首を持ち上げ、せわしなく頭を動かし、見開いた目で周囲を見渡す。その度に真っ赤な鶏冠《とさか》がぶるぶると震える。

「あっちさ行ってだ方がいいんでねえか。首を落とされるとこなんか見ですまったら、肉食え

なくなっつぉ」

父は『いこい』を銜えたまま、口の端を歪ませて笑った。

確かに父の言う通りかもしれないと思った。肉は最高のご馳走である。家は専業農家で、様々な作物が採れたが、現金に代えられるものは煙草と蚕《かいこ》だけで、他はほとんどが自家消費で終わってしまう。朝食は納豆と味噌汁に漬物。昼は弁当。夜は焼くと表面に塩が吹き出てくるほど塩辛い鱒か干魚と決まっていた。肉は年に数えるほどしか食卓には上らない。それも、大抵は野菜のごった煮の中にちょっぴり入っただけのものではあったが、選り分けた断片を纏めておいて最後に頬張ると、仄《ほの》かな脂分と滋味が口いっぱいに広がり幸せな気分になった。しかし、それも父が言うように実際に肉となる豚や鶏の命を奪う現場も、解体する様子も目にしたことがないからかもしれない。ましてや、これから殺されようとしている鶏は、日頃自分が世話をしてきたものである。父にしてみれば家禽の一羽に過ぎないかもしれぬが、自分にとってはむしろ愛玩動物という感覚に近いものがある。

もっとも、その一方で、一郎に動物の生命が絶たれる瞬間を見てみたいという気持ちがなかったわけではない。子供は心の奥底に、必ずや残虐な行為に対する興味を抱いているものだ。事実、日頃の遊びの中でも、蛙を捕まえれば肛門に麦藁を差し込み、息を吹き込んで腹を膨らませ、皮を剝いだり、両足を摑んで地面に叩きつけたりという行為を当たり前のように繰り返していた。蜻蛉《とんぼ》を捕まえれば羽を持ち、両側に引き裂いて剝き出しになった背中の肉を別の蜻蛉に食べさせるということも平気でした。

一郎は迷った。鶏の首が切られる瞬間を見てみたいという興味と、生き物の命が絶たれる現場を目の当たりにする恐怖が胸中で交錯した。気がつくと一郎は後ずさりを始めていた。しかし視線は鉈を持った父の手元から離れない。

とその時だった。鉈を持った父の手が大きく振り上げられたかと思うや、切り株の上に置かれた鶏の首目がけて振り下ろされた。重い鉈の刃が木に食い込む音と共に、一際甲高い鶏の断末魔の悲鳴が聞こえた。赤い鶏冠のついた首が飛ぶ。にも拘わらず鶏は最後の力を振り絞って、父の手を翼で撥ね除けると、地面の上を猛烈な速度で、こちらに向かって走り寄ってきた。

一郎は思わず悲鳴を上げた。

だが、それも一瞬のことで、鶏は急に足をよろつかせると地面の上にばたりと横たわった。切断された首から、鮮血が滴り落ち乾いた土を黒々と濡らしていく。

「何だ、見ったのか」

父は煙草を深々と吸い込み、煙を吐きながら苦々しい口調で言った。

一郎は黙って肯く。二人の間に、気まずい沈黙が流れた。

父は何も言わなかった。首のなくなった鶏の足を摑み、胴体を熱湯の中に慎重かつ満遍なく漬けると、庭の片隅に山と積まれた堆肥の方へと歩いて行く。黄色い足が虚空《こくう》を摑むように丸くなり、切断された部分からは鮮血が滴り落ちる。

「父ちゃん、首……」

一郎はかろうじてそれだけの言葉を吐く。

「便所さでも捨てておけ」

父は振り返ることなく言った。

地面に転がったままになっている首の方に歩み寄ると、切断面近くの羽毛は血に染まり、下から持ち上がった厚い目蓋《まぶた》が目の半分ほどを覆っていた。一郎は恐る恐るそれを摘み上げた。指先に柔らかな羽毛の感触が触れ、仄かな熱が伝わってくる。それを感じた瞬間、腰が引け心臓が激しい鼓動を打ち始めた。鶏の怨念が伝わってくるような気がして首を放そうとしたが、指が強ばって思うように動かない。

便所は納屋の隣にあった。一郎は小走りで駆け寄ると板張りの戸を開けた。瞬間糞尿の臭いが鼻を突いた。大きな木桶の上に足を広げるだけの間隔を置き、二枚の板を渡したすぐ下は排泄物でいっぱいになっている。傍らには二つの箱が置かれており、一つには古新聞が、もう一つには尻を拭いた使用済みのそれが入れられていた。糞尿は畑の肥やしに使われる。その際に新聞紙が混じっていたのでは、使い勝手が悪いからである。

桶の中には巨大な楕円形の肉塊が二つ浮いていた。先に去勢された牛の睾丸である。糞尿にどっぷりとつかり腐敗が進んでいるのだろう、昨日見た時よりも随分表面が黒く、そして柔らかくなっているようだった。

一郎は、その中に鶏の生首を放り投げた。ぽちゃんと音がし、首が中に浮く。白い羽毛がたちまち糞尿の色に染まって行く。

首の始末を終えた一郎は、便所の戸を閉めた。ふと庭の端を見ると、早くも父は鶏の羽を毟りにかかっている。父の手が動く度に白い羽が堆肥の上に散乱する。一郎はその姿を目の端で捕らえながら、鶏小屋の戸を開け中に入った。狭い空間を走り回る鶏を外に追いやりながら卵を探す。五個ほどの産みたての卵を手にし、母屋に戻った。

「母ちゃん、これ今日の卵……」

一郎が今日の収穫を差し出すと、

「そごさ置いておげ。それから皆を起ごすて来《こ》。もうすぐご飯にすっから」

母は竈にかけた釜の蓋を開け、炊き上がった飯をお櫃《ひつ》に移しながら言った。

鶏が屠《ほふ》られた瞬間を見た興奮はまだ醒めやらない。いや興奮というよりは衝撃と言った方がいいだろう。首を落とされた後も、自分に向かって駆け寄ってこようとした鶏の姿が脳裏から離れなかった。

冴えない気分で、二階に上がると、弟たちはまだ眠ったままである。障子を開け、雨戸を開いた。新鮮な大気が秋特有の透明な光と共に部屋の中に流れ込んでくる。軒下には乾燥したトウモロコシがずらりとぶら下げられている。粒の大きいものは来年の種、小さいものは冬の鶏の餌用のものである。

「二郎、三郎、起きろ。ご飯だぞ」

兄弟の名前は至って単純なものだった。長男の自分は一郎、次男が二郎、五番目の今年三歳になる一番下の弟、五郎まで、単純に数字を並べただけだ。こんな名前の付け方をしたのは別に両親が子供に格別の愛情を抱いていなかったせいではない。おそらく、それは両親の学歴に起因するものと思われる。なにしろ、両親ともに尋常小学校しか出ていないのだ。それも戦後の農地解放があるまでは、代々この町で小作人として赤貧を強いられてきた家庭の生まれである。いまでも新聞を読むのがやっとという有り様なのだから、気の利いた名前など付けようがなかったのだ。

それが証拠に、小学校三年の時に、自分の名前の由来を聞いて来いという宿題を出され、訊ねた時に父はこう言ったものである。

「本当は、太郎でもいがったんだけんどもさ、一番目から順番に数字をつければ、考えることもねえすな。それに何より覚えやすいべさ」

多分、自分の将来を幼心に確信したのは、あの時だったのかもしれないと一郎は今にして思う。戦後の農地解放で小作人を脱し、自分の土地を手に入れたとはいえ、専業農家としてやっていくには余りにも小さなものだった。父は大正九年の生まれで、今年三十五歳になる。母と結婚したのは昭和十七年。太平洋戦争のまっただ中で、徴兵されて満州へ渡り、一時休暇で帰省した折りに一度の見合いもすることなく母と祝言を挙げ、その翌年に生まれたのが自分だった。

父は満州時代のことはあまり口にしないので、彼の地で何をやっていたのかは分からない。終戦を迎えて間もなく復員すると、その翌年には二郎が生まれ、それから測ったように二年毎に弟が生まれた。家には他に、今年六十になる祖父と、五十七になる祖母がいた。子供が増えたからといって、家計が潤うわけでもない。それどころか食い扶持《ぶち》が増えることが、逆に日々の生活を苦しくすることは子供心にも分かっていた。

　だから高校に進学することなど、夢のまた夢。中学を出れば、昨年から運行されている集団就職列車に乗って、都会に出て働くことになるのだろうと一郎は思っていた。

　兄弟たちが相次いで目を醒ます。九歳の二郎、七歳の三郎は手がかからないが、五歳の四郎はようやく分別がつき始めた年頃である。三歳の五郎に至っては、寝小便の癖が抜けず、夜はオシメの世話になる。布団の中で目を擦りながらむずかる五郎の布団をはぐと、蒸れた尿の臭いが鼻をついた。股間に手をやると、果たしてぐっしょりと濡れている。

　毎朝のこととはいえ、思わず溜息が漏れた。一郎は、傍らに積まれた布を手にすると、五郎のオシメを替え、小さな体を抱えて階段を下りた。

　母が土間を往復しながら、できあがったばかりの朝食を運んでいる傍らで、流しに立った父が潰したばかりの鶏の処理をしている。大方の羽毛は外で始末できたらしいが、細かい毛までは手で毟り取ることはできなかったと見える。火を点した杉の葉で、ほとんど裸になった鶏の表面を丁寧に炙《あぶ》っている。

　それを横目で見ながら茶の間に入ると、すでに祖父母が卓袱台《ちゃぶだい》の前に座っていた。

「ささ、早く座ってご飯食わい。一郎は稲刈りのお手伝《でつた》をすてもらわなけりゃなんねえんだから」

　祖母が急かすように言うと、

「五郎をこっちさよごせ」

祖父が幼い弟を一郎の手から受け取り、胡坐《あぐら》をかいた自分の股間に入れる。

祖母がお櫃を開け、飯を茶碗に盛る。麦飯である。比率は五分五分といったところだろうか。これもまたいつものことだ。田んぼがあるといっても、そこから採れる米だけでは一家九人の腹を満たすには到底足りはしない。大麦を一度茹でたものを笊《ざる》に移して水でぬめりを取り、それを今度は米と共に再び炊き上げる。それがこの辺りの農家の主食であった。その間に、いち早く箸を取った二郎が、納屋の藁の中に埋めておいた納豆を苞《つと》から出し、丼にあけ大量の醤油を注ぎ込みぐるぐると掻き混ぜ始める。醤油を大量に入れるのは、味が濃くなり少しの量でも飯が食えることもあったが、納豆の量自体が嵩を増すからでもある。こうすると、一家九人の朝食の主菜である納豆が、たった一つの苞の分量で済むのだ。

一郎は丼を傾けると、粘りというよりもぬめる納豆を飯の上にのせた。副菜は他に、白菜と沢庵の漬物があるだけだ。祖母が鉄鍋から芋茎《ずいき》と里芋が入った味噌汁を椀に入れ目の前に置いた。

二郎が、三郎が、続いて納豆をのせた飯を掻き込み始める。一郎があらかたを平らげかけたところで、父が手拭いで手を拭きながら食卓に座った。

「父ちゃん、鶏この始末は終わったの」

一郎は訊ねた。

「下準備はな。母ちゃんがいまばらすてる」

「鶏こ？　ほんでゃ、今夜は肉食えんの？」

父の言葉を聞いて、二郎が目を輝かせる。

「んだ。今日で稲刈りも終わっからな。二郎も肉食いたかったら、田さ出て手伝え」

「うん」

「鉄男。九歳の子供《わらす》さ稲刈りなんかさせだら危ねえべさ。鎌で足でも切られたら大変なことになっつぉ」

傍らから祖母が父を窘《たしな》めるように言った。

「稲架けの手伝いくらいはでぎっぺ」

「そんでいいなら俺《おら》も行ぐ」

三郎が傍らからすかさず口を挟む。

「んだな、手があった方が早く済む。お前《みゃあ》も手伝え」

父はそう言うと、恐ろしいほどの速さで納豆をかけた飯を掻き込み始めた。

肉の話をされると、どうしても首を落とされた鶏が、自分目がけて走ってきた時の光景が脳裏に浮かび食欲が萎《な》える。

一郎は箸を置くと、「ごちそうさま」と言い、立ち上がった。空になった茶碗と汁椀を持ち、台所に向かった。ちょうど母は、下処理の済んだ鶏を解体しているところだった。すでに正肉の部分はぶつ切りにされ皿の上に盛られていた。俎板《まないた》の上には、腹の中から取りだした臓物が山となっていた。どうやら、今夜はとびきりのご馳走であるらしい。肉は、大抵野菜とごった煮にされるのだが、その支度がなされていないところを見ると、今日はぶつ切りの肉と、臓物を一緒くたにして醤油と僅かな砂糖で炊くつもりなのだろう。

気配に気がついた母が、胆嚢《たんのう》を戸口から庭に投げ捨て、振り返った。

「ちょうどいがった、一郎ちょっと手伝わい」

見ると母は、腸と思《おぼ》しき長い紐状の物体を手にしている。

「ポンプで水出してけろ」

「いいよ……」

一郎は母に続いて井戸端に出ると、把手を上下させた。水が流れ出すと、母は長い腸を手でしごき始める。たちまち中に詰まっていた内容物が飛び出して来る。鶏小屋に充満する糞と同じ臭いが辺りに漂い始める。

これがすべて堆肥の中に住んでいた、ミミズや虫の残滓《ざんし》なのだ。俺はこんなもので肥え太った鶏をご馳走だと思って食っていたのか——。

いまさらながらにそれに気づいた時、これまで何よりのご馳走だと思っていた肉への欲求が急速に失せていくのを一郎は感じた。

「もういいべ」

腸をしごく母の手が止まった。台所に戻った母はそれを俎板の上に置き、包丁で刻み始める。肉と臓物を鍋にぶち込み、水を入れ火にかける。

朝食を終わらせた父が祖父と共に姿を現し、

「一郎、田さ行くぞ」

と言いながら、鎌を手渡してきた。

＊

三つほどの稲の株を鎌で切り、腰にぶら下げた藁で括ってはその場に置いて行く。それを二郎と三郎が畦道に運ぶ。そこには祖父と母が待ち受けており、稲架へ次々にかけて行く。早朝から始めた作業は予定よりも少し遅れているようだった。日が頂点に差しかかっても、まだ三分の一ほどの稲が刈り取られないまま残っていた。

正午を告げる役場のサイレンが鳴った。

それを見透かしたように、祖母が四郎と五郎を連れて茣蓙とやかん、そして風呂敷に包んだ弁当を持って現れ、

「ささ、お昼にすらい」

と声をかけてきた。

「よし、ほんでや、この辺で昼飯にするべ」

父が腰を叩きながら言う。

「父ちゃん、俺《おら》、昼から用事があんだけんど……」

一郎は恐る恐る切り出した。

「用だ？　なじょな」

「弘明ちゃんと、約束があんだ」

「弘明ちゃんて、曽我のか」

「んだ」

父は刈り取りが済んでいない田んぼに目をやると、短く舌打ちをし、

「弘明ちゃんとじゃしゃあねえべ。何時の約束だ」

と訊ねてきた。

「十二時半……」

「そんじゃ、もう行かねばなんねえべさ」

「行ってもいいすか」

父は無言のまま肯いた。

一家総出の稲刈りの最中に、遊びに出ると言った一郎を許したのには理由がある。

戦後の農地解放があるまで長沢家は曽我家の小作人で、この田んぼも含め、今所有しているすべての農地が曽我の家のものであったからだ。普通、小作人といえば、地主に収穫のほとんどを搾取され、生かさず殺さず、馬車馬のように働かされるものだが、曽我の場合は違った。上納する作物は、収穫量の僅か二割に過ぎず、不作の年には上納を免除することもあったという。それればかりか、貧しい小作人の家の誰かが病気に罹《かか》り、治療費を支払うだけの蓄えがないと聞けば医者を差し向け、治療費を負担する。あるいは、学業に優れた有能な子供がいれば、学費を負担し上級学校への進学を援助するという篤志家の一面も持っていた。

もちろん、そんなことができたのも、曽我の家が広大な土地を持っていたからこそのことである。美桑町の中心には亀山《かめやま》という曽我家が所有する山があったが、そこの頂《いただき》に立ち、地元の者にどこが曽我の土地かと訊ねれば、黙って見渡す限りの田畑、山々を指差すだろう。事実、農地解放に当たっての土地測量に際しても、当主である曽我忠弘は極めて鷹揚で、小作人が主張する境界線に唯の一度も異議を唱えることはなかったという。そのお陰で、長沢の家は決して広いとは言えないまでも、自分の土地を手にすることができたのだが、父が弘明と遊ぶことを黙認したのにはもう一つ、別の理由があった。

どうやら曽我は、近々製材所を始めるらしい。

そんな噂が最近町民の間でしきりに囁かれていたのである。

事実、町外れにある広大な畑は整地が進んでおり、やがてその上に建てられる建造物の目安となる杭があちらこちらに打たれていた。

製材所が建設されれば、当然そこで働く人手が必要となる。限られた収入、それも出来高によって大きく左右される脆弱な経済基盤しか持たぬ農民にとっては、固定収入を得る千載一遇のチャンスである。誰が雇用にありつけるか。このところ大人たちは、寄ると触るとその話題で持ち切りだった。

雇用を決めるのは、屋敷に詰める番頭たちだが、跡取り息子の弘明と親しくしておくのは悪い話ではない。おそらく、父はそう考えたに違いなかった。

「一郎、ご飯食べていげ」

早くも畦道に茣蓙を広げ、その上に座った祖母が声をかけてきた。

「もう時間ねえがら」

一郎は、竹の皮に包まれていたお握りの中から二つを鷲掴《わしづか》みにすると、畦道を家に向かって歩き始めた。田んぼから家までは五百メートルほどの距離である。速足で歩けば五分とかからない。手にした握り飯を頬張る。米五分、大麦五分の握り飯には、生味噌が塗られていた。汗をかいたせいか、味噌の塩気が殊の外美味く感じる。

家に帰りつき井戸水を飲み、飯を胃の中に収めたところで、

「いっちゃん」

玄関の方から声が聞こえてきた。土間を歩き、木戸を引き開けると、そこに弘明が立っていた。紺のズボンに焦げ茶色のセーター。どうやら床屋に行ってきたばかりらしい。頭髪は前髪を一直線に切り揃えた坊ちゃん刈りにしており、刈り上げた後頭部のすぐ下の首筋の辺りには、天花粉《てんかふん》の白い粉がついていた。年中黒い学生ズボン。薄汚れ、継ぎ接《は》ぎだらけのメリヤスシャツ。頭は丸刈りの自分とは身なりからして大違いだった。

「弘《ひろ》ちゃん。床屋さ行ってきたの」

一郎は訊ねた。

「うん」

「ほんでゃ、お昼食べてねえんでねえのが」

「家さ戻ったら出んのが遅ぐなるべ。それに山さ行くなんて言ったら心配するし……」

なるほど弘明の言うことはもっともである。山の中で自分たちが何をしているかは二人だけの秘密だ。大人たちにはもちろん、遊び仲間にも目的が達成されるまでは決して知られてはならないことでもある。だが、それを行うためには大変な労力を要する。腹が減っていたのでは満足な働きができるわけがない。

「ちょっと待ってらい」

頭に閃《ひらめ》いたのは、今朝潰したばかりの鶏の肉である。一家にとっては年に数える程しかお目にかかることができないまともに原形を残した肉であったが、弘明には当たり前に口にするものであることは知っていた。それは日頃の彼が学校に持って来る弁当を見ていれば嫌でも分かる。学校での昼食の時間――。この時ほど、自分の置かれた立場を思い知らされる時間はなかった。昼食の時間になると、巨大なやかんに入った脱脂粉乳が運ばれて来、アルミの碗いっぱいに注がれる。教師の「いただきます」という音頭で、一斉に弁当が開かれるのだが、実際に弁当を持って来られるのはクラスの三分の二ほどしかいなかった。脱脂粉乳を飲み干すと、弁当を持って来られなかった児童は、黙って席を立ち校庭に出ていく。残った児童の弁当にしたところで、貧しい物がほとんどだった。新聞紙に包んだサツマイモ、麦ご飯のうえに梅干しと味噌漬がのっただけのもの、あるいは納豆を麦飯の間に挟んだものばかりだった。中には何が入っているのか知られまいと、弁当を包んできた風呂敷を頭から被って、黙々と箸を運ぶ児童もいた。

白以外の色のない弁当ばかりの中で、卵焼きや魚肉ソーセージの輪切りといったおかずと呼べるものを持って来られたのは、写真屋や商店といった比較的裕福な家の子供だけである。その中でも、弘明の弁当は群を抜いて豪華だった。飯は麦など入っていない白米だけ。おかずと飯との間には仕切りがしてあり、そこには必ず肉か焼き魚、そしてしっかりと調理された色鮮やかな野菜が入っていた。たまに仕切りがないと思うと、白米の上一面に大きな焼き肉が、煎卵と共にのせられていたりした。

そんな食生活を送っている弘明が、麦飯を食らうとは思えなかったが、鶏肉なら喜んでとは言わないまでも、口にしてくれるに違いない。もちろん、ここで夜のご馳走を差し出してしまえば、家族九人に分けられる量は減ってしまうが、首を落とされた鶏が自分目がけて走り寄ってきた光景は今でも鮮明に脳裏に焼き付いている。とても今夜はあの鶏の肉を食う気にはなれない。自分の分を家族に分けてやればいいだけの話だ。

一郎は、

「弘ちゃん、そごさ入らいや」

と言うと、火が落とされた竈にかけられたままになっている鉄鍋の蓋を開けた。肉と臓物が一緒に煮られた鶏の肉が鍋いっぱいに入っている。潰したのは雌だったらしく、黄色いピンポン玉のような塊が混在していた。箸をつかって中身を選り分け、正肉の塊、それも最も美味いと思われる腿の部分を三切れほど小鉢の中に入れた。醬油と砂糖で煮含められた肉から、脂の混じった肉汁が染み出してくる。

「弘ちゃん、俺《おら》セーター着てくっから、これ食べてらいや」

戸口に立ったままでいる弘明に向かって箸を添えた小鉢を差し出すと、一郎は二階に上がった。埃に塗《まみ》れ、継ぎ接ぎだらけになっているセーターを着、再び階下に取って返す。僅かな時間ではあったが、この間に弘明が鶏肉を平らげていることを一郎は疑わなかった。

しかし、階下に降りてみると、弘明は相変わらず鶏肉の入った小鉢を手にしたまま戸口に佇《たたず》んでいる。その顔には、明らかに困惑の色が浮かんでいた。

「弘ちゃん、なじょした」

「いっちゃん……俺そんなに腹減ってねえんだ。んだから、こいづはいい」

小鉢を返してくる間に、弘明の目が竈や台所の流しの間を素早く動く。小鼻が何かの臭いを嗅ぎつけたかのようにひくひくと動いた。一郎は頰に微かに風の流れを感じた。それは、庭にある牛小屋や鶏小屋、蚕小屋そして便所の方から流れてきていた。農家に育った者には生活の臭いそのものであったが、おそらく弘明には我慢ならないものであったのだろう。それに、煤《すす》だらけの家の中にしても、彼が普段生活している屋敷からすれば、衛生観念というものからはかけ離れたものと映ったとしても仕方がない。

それは自分が弘明の家を訪ねた時に覚えた驚きを裏返してみれば容易に想像がつく。

町の中心部を見下すように建つ巨大な屋敷は総檜造りという豪壮さで、七人もの女中が住み込みで掃除、洗濯、料理といった家事一切を行っていた。彼女たちは、すべて町の出身者で、曽我の家で働きながら行儀や料理、裁縫を学び、そこから嫁に出されることになっていた。しかも、しかるべき支度金を貰ってだ。

廊下は鏡のように拭き磨かれ、畳の上にも塵一つ落ちてはいない。二人の家に共通するものがあるとすれば、土壁ぐらいのものだったが、それにしたって自分の家は藁で縛った竹組の上に、粘土と藁を混ぜたものを塗り付けただけの粗雑な造りに対して、片や遥々京都から左官職人を呼んで塗らせた、何でも茶室に使われる聚楽壁《じゅらくかべ》と呼ばれる物であるらしい。広大な庭は玉砂利が敷き詰められ、庭木も先代がやはり京都から職人を呼び寄せた際に、技術を学ばせた地元の職人によって入念な手入れがなされていた。台所には上水道が完備され、中央に設えられた調理台の下には生簀《いけす》があり、そこにはいつでも料理に供されるように大きな鯉が何匹も泳いでいた。夏休みの最中に曽我の家を訪ねると、仙台の中学と東京の高校で学ぶ二人の姉たちが帰省し、町では一台しかないピアノの調べが聞こえてきた。そして最大の違いは便所である。曽我の家の便所は家の中にあり、便器は藍染め付けの陶器が使われており、男性用のそれには臭いを消すと共に、小便の跳ね返りを防ぐ目的で常に青々とした杉の葉が山と盛られていた。さらには、その傍らには生花まで飾られていた。

まさに天と地。二人の間にはすべての点において埋めようのない格差があった。

もっとも、弘明はそうした曽我の家の威光を笠に着て、金持ち然として振る舞うことはなかった。学校が終われば、普通の子供と同じく野山を駆け回り、どろんこになって遊んだし、駄菓子屋でビニールに入ったジュースを飲むことも厭わなかった。

おそらくそれは、人格者、そして篤志家として名を馳せる父親の教育の賜物というものであろうが、それでも牛小屋や鶏小屋から、そして便所から漂ってくる糞便の悪臭、蚕小屋から流れてくる繭《まゆ》の臭い、そして不衛生極まりない台所を目の当たりにして、生理的に覚える嫌悪だけはどうしようもなかったものと見える。

「そうすか……んでゃ……」一郎は弘明の手から小鉢を取り、中の鶏肉を鍋の中に戻すと、

「したら、行ぐべが」

弘明の傍らを抜け外に出た。

二人は刈り取りの済んだ田んぼの畦道を山に向かって歩き始めた。目的地はここから一キロほど先にある曽我家が所有している東原である。

「弘ちゃん、トンネルが完成するまで、あどどれくりゃあかがっぺがな」

一郎は歩を進めながら後に続く弘明に向かって話しかけた。

「昨日から横さ掘り始めて一日で二メートル進んだから、五百メートルとすて、一年っつどこだべ」

「いや、そんなならもっとかかるべさ。冬になれば雪がふるべ。したら穴を掘ることはできなくなっるべっちゃ」

「んだな……すっと、あと二年か」

弘明がぽつりと呟く。

「弘ちゃんは、中学は仙台さ行ぐんだべ」

曽我家には仙台と東京に別邸があった。子供は中学に上がると仙台へ、高校、大学は東京へ行くのが決まりとなっていた。

「ああ」

「すたら、春からは俺《おら》一人で掘らなきゃなんねえのかな」

「春休みど夏休みには帰ってくっから、一緒に掘れると思うげんと、誰が仲間さ入れねえどなんねえかもすんねえな」

「誰がいいべが」

「トンネルが出来上がるまでは、誰にも気づかれちゃなんねえ。口の固いやつでねえとな」

「口だけでねえべ。力もあるやつでねえとな」

「とにかく、あのトンネルができれば、五区のやつらの縄張りに自由に出入りすることができんべ。今のまんまだど、野球の場所をあいづらに取られっ放しになってすまうべさ。後のやつらのごどを考えれば、やっぱす俺だづがやんねえどなあ」

美桑町は町を二十四の区に分けられていた。大人の世界のことは分からないが、小学校では各区ごとに子供会が設けられ、夏になると区単位で貸し切りバスを仕立てて海水浴に行ったり、大人子供を交えての町民運動会や仮装盆踊りのチーム編成の目安になっていた。学校で遊んでいる分には、学年、あるいはクラス単位で行動することが多いために、子供たちの間でいざこざが起きることはなかったのだが、一歩学校を出ると、数少ない遊び場を巡って縄張り争いが頻発していた。というのも美桑町は町の面積が広い分だけ通学範囲が広く、普段の日でも三時半が下校時刻となっており、その時点で児童は全員学校を出るのが決まりになっていた。寄り道は禁じられていたから、児童は一旦家に帰らなければならず、遊ぶのは当然近所の子供たちということになる。ところが美桑町は、ほとんどが山間部か田畑で占められているために、野球をやれるだけの場所は極めて限られていた。もっとも野球をする場所といっても、いずれも山間に開かれたテニスコート二面ほどもない小さな空き地で、思いっきりバットを振れば、たちまち球は周囲の山の中や草むらの中に消えてしまう。勢い、ゲームはゴロ野球で、ノーバウンドでボールが場外に出ればその時点でアウトという情けないものだったが、それでもその場所が確保できるかどうかは深刻な問題だった。

曽我の跡取りである弘明には、大抵のことでは逆らう者はいやしなかったが、子供の世界、それも遊びともなると話は別である。加えて、これも忠弘の教育の賜物か、弘明もまた、学友たちの前で己の力を不必要に誇示することはなかった。

特に弘明が住む一区と、一郎が住む二区には適当な場所がなく、野球を楽しむためには東原を越えた所にある五区の空き地をいち早くものにしなければならなかった。東原は山といっても丘に近いさほど高くはない小山だったが、そこを越えるだけでも子供にはちょっとした時間と労力がいった。苦労して野球道具を担ぎながら、辿り着いてみれば五区の連中がすでにゲームを始めている。そんなことは毎度のことで、それに業を煮やした弘明が発案したのが抜け道のトンネルを掘るということだった。

彼がそんな提案をしたのは、おそらく社会科の授業で町から少し離れたところにある金鉱山を見学したのがヒントになったと思われる。もともと、岩手の県南地区、特に北上川流域は平泉に金色堂があることからも分かるように、砂金が豊富に取れた場所である。あの鉱山からどれほどの金が産出されるのかは分からないが、大きく口を開けた坑道には奥に向けてトロッコのレールが延び、説明に立った従業員の話では穴の長さは十五キロにも及ぶということだった。

「いっちゃん、俺《おら》いいごど考えた」

昼休みの校庭で、耳元に口を寄せ弘明がそう囁いてきたのは、それからほどなくしてからのことである。

「トンネル掘んねえが」

「トンネル？　どごさ」

「東原さだ。あそごさトンネルを掘れば、五区の空き地さ山を越えなくとも一直線で出られっぺ。そしたらあいづらに場所取りで負けることもねえ」

「そいづあいい考えだな」

一郎が一も二もなく弘明の話に乗り気になったのは、あの金鉱山の坑道を見た瞬間から、子供心に穴蔵の持つ神秘的な光景に魅せられていたせいかもしれない。闇の中に延々と続く坑道は、一郎の冒険心を擽《くすぐ》るのに充分過ぎるものがあったことは確かだった。

「掘るべ、トンネル。東原は俺家《おらい》の山だ。それに雑木山だから誰も入ってこねえ。俺だづの秘密のトンネルを掘るべ。こいづができだら、五区のやづら、びっくりすっつぉ」

それからの二人の行動は素早かった。弘明は磁石を用意し、一郎は家の納屋からスコップと鶴嘴《つるはし》を調達した。そして東原の林の中に入ると、雑木の間の適当な場所を見つけ、そこに縦穴を掘り始めた。あれから三週間。今では縦穴の深さは二メートルに達し、昨日はついに横穴を掘りに掛かり、二メートルの距離を稼いでいた。

行く手に東原の林が見えてくる。二人はその麓にある山毛欅の巨木の前で立ち止まった。幹の部分には、鉈で『ターザン場所』という文字が刻まれていた。

この場所を見つけたのは今年の夏休みのことである。基地、あるいは隠れ家というのだろうか、とにかく誰にも知られぬ自分たちの遊び場の拠点となる場所を探そうと、山の中を彷徨《さまよ》っている間にこの場所に目をつけたのだ。上を見上げると、四方に広がった高い枝の間に、荒縄を用いて二人で編んだ椅子が張り巡らしてあるのが色づいた葉の隙間を通して見えた。夏の一日、ハンモックのような椅子に身を委ねていると、林の中を心地よい風が吹き抜けて行く。煩《うるさ》いほどの蟬時雨の中に、山毛欅の葉がかさかさと音を立てるのを聞くのは、まさに至福の時であった。この世には二人以外の誰もいない。ここは俺たちの住処《すみか》だ。そう思うと、えも言われぬ解放感に満たされたものだった。

ここを『ターザン場所』と名付けたのにはそれなりの意味があった。山毛欅の大木の根元からは、太い藤の蔓が伸びており、その上部は四方に広がった枝にしっかりと絡みついていた。鉈でその根元を断ち切ると、蔓は宙吊りになり、反動をつけてぶら下がると、数年前、『漫画少年』に掲載された『冒険ターザン』の主人公そのものになったような気がしたからだ。

「少す休まねえが」

夏の楽しかった思い出に駆られたのか、弘明が言った。

「久しぶりに上さ登ってみっか」

一郎は即座に同意した。

先頭を切って弘明が山毛欅の木に登り始める。一郎がそれに続く。

枝の間に張り渡した椅子に腰を下ろすと、このふた月半の間に荒縄はだいぶ傷んではいるようだったが、快適であることには変わりはない。違ったものがあるとすれば、蝉時雨が聞こえないことと、林の中を吹き抜けて行く風が冷たくなっていることだった。周囲の木々に繁る葉も様々な色に綾取られている。

「いっちゃん。まだあけび残ってるべか」

弘明がねだるような目を向けながら言う。

「んだな。まだあっかもせねえな。ちょっと見でくっか」

一郎は、腰を上げると木を降りる。あけびの在処《ありか》におおよその見当はついていた。というのも、新緑の頃となると、木々に絡みついたあけびの蔓から鮮やかな緑色の芽が吹き、小指ほどのそれをゆがいて食べるのがこの辺りの習慣であったからだ。あけびの芽は、新鮮な野菜が採れだす前の貴重な山菜の一つである。その時期に食卓に上る山菜はほかにも色々あったが、あけびは僅かに弾力のある歯ごたえといい、口に残るほろ苦さといい、味の点では一頭地を抜いていた。もっとも、大人はもっと香りや苦味の強い他の山菜を好んだが、それらに比べて遥かに癖のないあけびの方が子供にとっては食べやすい。山に入り、あけびの芽を笊の中に山となるほど摘んで帰るのは、春の遊びの一つでもあった。

一郎は、春に新芽を収穫した場所を目指して山の中を歩いた。弘明が行動を共にしなかったのは、彼が林の中のあちらこちらにある漆に極端に弱かったせいである。

事実、昨年の学芸会では、『仙人の酒』という演劇をし、弘明は主役の一人であるハオ仙人の役を仰せつかったのだが、それに用いる杖を彼が山から調達してきたのが漆だった。漆には木となるものと、蔦《つた》となるものの二つの種類がある。彼が切り取ってきたのは見事な瘤《こぶ》と捩《ね》じれのついた、まさに仙人が持つに相応しいものであったことに違いはなかったが、これが蔦漆だったからたまらない。弘明の顔は翌日には無数の微細な水疱で覆われた。

漆のアレルギーには猛烈な痒みがともなう。掻けば水疱が潰れ、粘り気のある体液が染み出し指につく。その手で他の部分を触ると、そこもまたかぶれるという悪循環に陥る。水疱はたちまち全身に広がり、結局弘明は役を降り、学芸会を欠席しなければならなくなったのだった。以来、弘明は山には決して一人では入らなくなった。山中を歩く時には先頭に一郎を立て、その背後を歩く。それが決まりごとになり、一言一郎が「漆があるぞ」と注意を促せばその場所を迂回して進むようになっていた。もっとも、この時期ともなると、漆の葉は真っ赤に色づき、多少の知識のある者なら明確に区別がつくようになるのだが、弘明はよほど懲りたとみえて、必要以上に警戒することを怠らなかった。

あけびの蔓はすぐに見つかった。水楢《みずなら》の木に巻き付いた蔓の先を辿ると、上に四つばかりの紫色に熟したあけびの実がある。

一郎は木に登り、それをもぎ取ると、ターザン場所に取って返した。

「弘ちゃん、あったぞ。ちょうど食い頃だ」

紫色に熟れたあけびを受け取った弘明は、顔をほころばせ、ぱっくりと口を開けた実を見た。

割れ目を押し広げ、白い果肉にむしゃぶりつく。一郎もそれに続いてあけびの果肉を口に含んだ。

濃厚な甘味が口いっぱいに広がる。あけびの果肉はその多くがゼリー状の被膜に包まれた種で食べる部分はほとんどない。それを舌先で転がし、自然の甘味を充分に味わったところで口から一気に吐き出すのだ。

「うんめえな。この吊るすべっきゃ」早くも弘明は二つ目のあけびに手を伸ばす。今度はそれをすぐには口にせず、しげしげと見詰めると、「すっかす、誰が言い始めたものかは分がらねえけんども、こうして見っと、べっきゃそのものだな」

卑猥な笑いを浮かべた。

『べっきゃ』とは、この辺りの方言で女性器を指す隠語である。あけびは蔓にぶらさがるようにしてなることから、『吊るすべっきゃ』と呼ばれるのだ。

「女のあそごっつのは、こすたな形すてんの」

男兄弟だけの中で育った一郎は、同年代の女性器を見たことはない。記憶の中にある女性器といえば、母のものだけで、それも風呂に一緒に入った際に陰毛に覆われたその部分を正面から見たことがあるだけだ。

「色は紫色でねえよ。肌の色と同ずなんだけんども、形はそっくりだ。ほんで割れ目を広げてやっと、中は桃色の肉の奥さちっちゃな穴っこがあんのっさ」

弘明は含み笑いを浮かべながら自慢気に言った。

小学校六年ともなれば、性に関して目覚め始める年頃である。子供ができる方法程度のことは知っていても何の不思議はないのだが、女性器の仕組みを子細に語れる者などいやしない。ところが、時に触れ弘明の口から語られる性の知識は、実際に見たものでなければ話せないような生々しさがあった。最初のうちは、二歳年下の彼の妹の性器を見て、そのままの印象を話しているのだろうと思っていたのだが、秘密を知ったのは小学校二年の秋の時だった。

近くの子供たちを交えて遊んでいる最中に、小学校に上がる前の女の子が突然弘明に近寄るなり、

「弘明ちゃん。葉っぱ取ってもいいすか」

と言ったのである。

「馬鹿！　こすたなとこで、そんなごとを言うもんでねぇ」

珍しく慌てた様子で言葉を返す弘明を尻目に、その女の子はズボンの中に手をいれると、一枚の木の葉を取り出した。

「この事を家の人さ語《かだ》ってゃわがんねえがらな」

弘明は血相を変えて黙っているよう念を押し、さらには一郎に向かって、

「いっちゃんもだぞ」

と睨みつけてきた。

「弘ちゃん、何すたの」

何が起きたのか理由が分からず問い返した一郎に向かって弘明は、

「あいづのあそご見たんだ」

声を押し殺して言った。

「あそご？」

「べっきゃだ」

「弘ちゃん、ほすたなごとやったの」

「あいづだけでねえよ、一区と二区の女子《おなご》のあそごは全部見た」

「なじょしてそすたなごとできんの」

「簡単だ。あんだのあそご見せらいや。そう言っただけだ」

「なすて葉っぱなんか入れでおぐの」

「俺《おら》が見だっつ証拠だ」

一郎とて、幼心にも女性器に対する興味は持ち合わせていた。だが、年端の行かぬ幼女とはいえ、いきなりそんなことを申し出ても、簡単に応じるはずがない。おそらく、弘明において、それを可能ならしめたのは、やはり曽我家の威光があったからこそのことであろう。

何しろ、町の主催する行事では、来賓として当主の忠弘が漏れなく列席し、町長の後で言葉を貰うのが慣習である。小学校の入学式にしても同じで、校長の後に続いて忠弘が祝辞を述べた。忠弘が町を歩けば、誰もが立ち止まり頭を下げる。まさに美桑町において、曽我家は領主そのもの、何人《なんぴと》たりとも異議を唱えることは許されない。それが不文律であったのだ。

「弘明ちゃんさ何がしたらわがんねえぞ。言われるごとは何でも聞げ」

子供たちにしたところで、物心つく頃からそう言い聞かされてきたのだ。その弘明の命令とあれば、幼女が彼の意のままになるのも当たり前というものだろう。

「弘ちゃん、本当に一区と二区の女のあそご、全部見だのが」

一郎は詰問するような口調で問い返した。というのはその時、脳裏に一人の女の顔が浮かんだからだ。杉下清枝――。彼女は四年前の春にこの町にやってきた転校生で、父親は小学校の教員をしていた。水沢で生まれ育った彼女は、多くの同学年の女子児童とは明らかに違う雰囲気をかもしだしていた。十人が十人、おかっぱ頭に粗末な衣類を纏っている中で、しっかりと櫛を通した長い髪をおさげに編み、その先にはいつも赤いリボンが結ばれ、アイロンの折り目がついた白いブラウスに、プリーツのスカートを穿いていた。そして、すっと通った鼻筋に薄い唇、長い睫毛《まつげ》の下にある黒い瞳は可愛らしいという言葉を通り越して、子供心に一目見た時から、これほど美しい子供がいるのかという思いを一郎は抱いた。以来、一郎の中で清枝は特別な存在になった。彼女が毎朝七時半に家を出ると分かってからは、それに合わせて家を出、その姿を後ろから追う。授業中でも、先生の目を盗んでは彼女の横顔に見とれてしまうこともしばしばだった。

清枝の住む教員住宅は弘明の家からすぐの所にあった。区割りでいけば一区である。もしも、弘明の言うことが本当だとすれば、清枝の下着を脱がし、彼女の性器を見、その証として同じように葉っぱを入れたのだろうか。そんな弘明の申し出に、あの清枝が応じたのだろうか。

その光景を想像しただけで、一郎は腹に鉈で切り裂かれたような鈍く重い痛みが走るのを覚えた。

「昔からここさ住んでるやつのはな」

「ほんでゃ、全部でねえのか」

一郎はすがるような思いで訊ねた。

「一人だけ見てねえやつがいる」

「誰だ」

「清枝だ。あいづだけは、なしてだか言い出せなくてな」

弘明は顔に微かだが照れたような笑いを浮べながら言った。

それを見て取った瞬間、一郎は弘明が清枝に特別な感情を抱いていることを悟った。

弘明は、清枝を好いている。だから彼女にあそこを見せろと言い出せずにいるのだ。清枝は俺の宝だ。他の女ならともかく、彼女だけは絶対に守らなければならない。

以来、一郎はそれまでに増して弘明と頻繁に遊ぶようになった。自分の目の届くところに弘明を置いておけば、清枝に悪さをすることなどできはしない。そう思ったからだ。

幸いクラスがずっと一緒だったこともあって、ほぼ毎日、学校が終われば一目散に家に帰り、カバンを置くとすぐ彼の家に出掛けて外へ誘った。日曜日も夏休みも冬休みも、とにかく清枝と二人になる機会を作らないようにした。雨の日には、曽我の屋敷や一郎の家の納屋が遊び場になった。弘明の家には、『漫画少年』を始めとする雑誌が山ほどあったし、一郎の家の納屋に山と積まれた藁の束は、それで小屋や船を作ったりすると、それだけでも雑誌のなかの冒険漫画の主人公気分を味わえた。そんな努力が功を奏したものか、あるいは女子児童が羞恥心に目覚める年頃に差しかかり、性器を見せる女子がいなくなったものかは分からないが、以来弘明の悪癖は鳴りを潜めたようで、年を経る毎に彼の興味はもっぱら屋外での遊びに目が向くようになっていたのだった。

「いっちゃん、セックスって知ってっか」

あけびに目をやっていた弘明が、突然聞いたこともない言葉を口にした。

「セックス？」

「んだ。男と女がべべこをするごどをセックスっつんだ。知《せ》ながったべ」

「弘ちゃん、なしてそんな難がすいこど知ってんの」

「俺の家さは、七人も女中がいるべ。来年いちばん年上のトキちゃんが嫁さ行ぐごとになってさ。母さんが嫁入り前に読んでおげって『完全なる女性』つ、外国の人が書いだ本をけだんだ。難がすい本なんだけんども、女の裸の写真やべっきゃの絵なんかが載ってっから、トキちゃんがいねえ間につい夢中になって読んですまったんだけんども、その中さ面《おも》せごどが書いてあってさ。いっちゃん、男と女がなしてべべこするが知ってっか？」

弘明は小鼻を膨らませて訊ねてきた。

「子供作るためだべ」

「そんだけでねえのっす。べべこすっとな、男も女ももの凄ぐ気持ちいぐなんだと。そいづをオルガズムっつんだげんと、男はそごさ行き着ぐど、子種、精子つうやつをちんちんの先から出すんだど。その時は、女も気い失うほど気持ちがいいらすいんだな」

「ほんとが」

「んでっさ、もっとびっくりすんのは、そいづが一人でもできるっつことなんだな。男も女も……」

「なじょしてや」

弘明は、実を食べ終わったあけびの殻を目の前に突き付けてくると、中に残った黒い種の一つをぱっくりと開いた切れ目の上部にちょこんと載せた。

「女のべっきゃには、クリトリスっつ疣《いぼ》みてえなもんがあんだど。ここを自分で触って擦ったりすっと、べべこをすんのと同じように気持ちよぐなんだど。こいづをオナニーっつんだけんどもな」

「おなにー……」

「うん。そんで、そのオナニーっつのはさ、その本に書いてあるには、女は小っちゃい頃からでも、分がんねえうちにやっているものらしくてさ。俺《おら》もそいづを読んでがら、組の女の様子を見でっと、机の角さ股のところを押しつけてる女子が結構いんだよな。あいづがどうも、そうらすいんだな」

一郎は夢中になって弘明の言葉に耳を傾けている間に、股間が窮屈になってくるのを感じて、荒縄の椅子の上で姿勢を正した。

「おめえ、ちんちん固ぐなってきたべ」

「んなごだあねえ」

図星を指され、一郎は必死になって弁解したが、弘明はにやりと薄ら笑いを浮かべ、

「そいづを勃起っつんだ。女子のべっきゃの中さ、ちんちんを突っ込むための準備だ」

したり顔で言う。

「女のやりがたは分がったけんども、男はなじょにすんだべ。ちんちんさは、そんな疣なんかねえべ」

「女の読む本だがらなあ。男のことは書いてながったんだけんども、たぶん、あいづがそうでねえがど思うんだ……」

「あいづって？」

弘明は一瞬口を噤むと、

「俺《おら》が、去年漆さかぶれたごど覚えでっぺ」

一郎に視線を向けてきた。

「うん」

「おみゃあ、誰さも言ってゃわがんねえぞ。二人だけの秘密だがらな」

「分がってる」

「あの時な、顔さ掻いた手でちんちんを触ってすまったのさ。そんでちんちんの皮もかぶれですまってな。んだげんとも、あそごばかりはぼりぼり掻くわけにはいかねえべ」

「んだべな」

「そんで、俺はちんちんを手で撫でるように擦ったのっす」

「ほしたら」

一郎は先を促した。

「ちんちんが固ぐなってな。その方がかぶれたところを掻き易いもんで、そのまま擦ってだら、なんつうんだべ、ほれ、竹登りすてっと二回目辺りでちんちんが気持ち良ぐなって、全身から力が抜けですまうことがあっぺ」

「あるある」

「それのもっと強烈なやつがきてっさ。ちんちんの先がら、糊のようにどろどろした物がどばっと出てきたんだ。目え回るほど気持ち良ぐってな。たぶんそいづが、男のオナニーっつもんでねえかと思うんだ」

はあっと、一郎は溜息を漏らした。一緒に野山を駆け回り遊んではいても、弘明の学校の成績は群を抜いていて他の追随を許さなかったし、どこまでが家の土地か分からないほどの莫大な資産を持っている上に、性に関しての知識も足元にも及ばないときている。この男にはどう逆立ちしても、何一つとして敵わない。それをまざまざと思い知らされたような気がしたからだ。

「いっちゃん、今日、家さ帰ったらやってみろ。気持づいいがら」

「そすたなごど、でぎねえよ、俺……」

内心では興味津々、おおいに心動かされるものがあったが、一郎は思わず視線を逸らして低い声で言った。

「やったら教《おせ》ろよ。約束だぞ」

弘明は妙に大人ぶった口調で言いながら、ぽんと一郎の肩を叩き、

「さあ、そろそろ行くか。早くしねえと、作業が遅れっからな」

荒縄の椅子から立ち上がった。

＊

トンネル掘りの現場は、そこから百メートルほど雑木林を奥に入ったところにあった。

どういうわけかは分からないが、林の中に直径十メートルばかり、ほとんど木々が生えていない場所があったのだ。もちろん地面は落葉が長年降り積もった腐葉土で覆われており、一メートルほど掘り進めると、周囲の木々の根が網の目のように地中に這ってはいたが、その部分を越し、二メートルほどに達した時点で粘土の層にぶつかった。

穴の直径は一メートル五十センチ。二メートルまで掘り進んだ縦穴には、手作りの梯《はしご》が立て掛けてあった。掘るための道具は一郎の家の納屋から持ち出した、鶴嘴と二つのスコップである。それらは縦穴の底に置かれたままになっている。

「さて、ほんでややっぺが」

弘明はセーターを脱ぎ、シャツ一枚の姿になる。

「弘ちゃん。今のうちはまだいいげんと、横穴をこのまんま掘り進めたら、土を掻き出すのにトロッコがいるんでねえべか」

「んだな。たぶん、土は固えみてえだからレールはいらねえと思うげんとも、掘り手ど、土を外さ運ぶ役とさ分けねえばなんねえべな」

一郎の言葉に弘明が肯く。

「したら、今度来る時までに、リンゴ箱さ車を付けだのを用意しとくべ。そいづさ縄つけで引っ張れば作業も捗《はかど》るべ」

「それから蠟燭ど水平儀だな。穴は浅ぐども深ぐども駄目だがらな。蠟燭は、俺家《おらい》の仏間さいっぺえあっからいいどすて、水平儀はいっちゃんの家さあっか」

「確か父ちゃんの道具箱の中さあったど思う」

「よし、ほんでゃそいづも次に持って来てけろ」

「分がった」

弘明が梯を降りる。一郎がそれに続く。穴の下に降り立って上を見上げると、木々の葉に覆われた丸く小さな空が遥か遠くに見える。高さ一メートル程の横穴に身を折り曲げて入ると、弘明がスコップを使って土を掘り始める。掻き出されてくる土を一郎が後方に送る。一定の量が溜まったところで縦穴の底に出、麻の米袋にそれを詰め、梯を登って地上から引き上げる。

腰を屈めての穴掘りは重労働である。十五分も作業を続けていると、腕が、腰が、太股が張り同じ姿勢を保つことが我慢できなくなる。

「弘ちゃん、休むべ」

一郎の言葉を待っていたかのように、弘明の手が止まる。二人はスコップを置き、横穴から這い出し、梯を登って縦穴の外に出た。

透過光で見る紅葉は殊の外美しい。雑木林の中を吹き抜ける風に木々の葉が揺れ、火照った体の熱を奪っていく。

近くの山毛欅の木の幹に身を凭《もた》せかけ、休息を取っていると、あまりの心地よさに眠気を覚えた。

とその時だった。落ち葉を踏みしめる足音が聞こえたかと思うと、雑木の間を縫って一人の男が姿を現した。作業服の上下。腰には竹で編んだ籠をぶら下げ、足には長靴を履いている。

慌てて立ち上がった二人に向かって、

「あれ、弘明と一郎でねえが」

こんな所に人がいることなど予想だにしていなかったのだろう、いささか驚いたように声をかけてきた。

「先生……」

一郎は小さな声を漏らすと、その場に立ちすくんだ。弘明もまた、直立不動の姿勢を取って、微動だにしないでいる。

男の正体は、三年生の担任をしている杉下良治だった。

「おめえだづ、こんなところで何やってんのや」

杉下が、無遠慮に訊ねてきたが、

「先生ごそ、こすたなどこで何やってんの」

弘明はそれに答えず逆に問い返す。

「キノコ採りさ来たんだ」

　そう答える杉下の目が、二人の傍らにある穴に向く。

「何だ、その穴は」

　一郎は何と答えたものか、弘明の顔を見た。

「何でもありません。ただ穴こを掘ってだだけです」

　弘明は決然として言葉を返した。

「何のために」

　杉下は穴に歩み寄ると底を覗き込む。

「こいづあまだ、随分と深く掘ったもんだな。何すっぺってこすたなごとやった。しかも横さ延びてんでねえが」

　こうなったらすべてを打ち明けるしかない。

「トンネルを掘っぺどしてました」

　一郎は観念して言った。

「トンネル？　何だってそすたなものを掘ってんだ」

　杉下の口調が俄《にわか》に詰問するかのように激しくなる。

「野球の場所取りさ負げねえようにするためです。一区ど二区には場所がなくて、そんで五区の空き地さ抜ける穴を掘っぺど思って……」

「五区？　こっからだど、五百メートルもあっぺさ。そんな長いトンネルを掘るつもりだったのが」

「はい……」

「馬鹿者！」

瞬間、一郎の頬に痺れるような衝撃が走ったかと思うと、隣にいた弘明の頬がびしりと湿った音をたてた。杉下のビンタが飛んだのだ。

「おめだづ、どんな危ねえごとやってんのか分がってんのが。いいが、トンネルなんつものはな、大人にだって簡単に掘れるもんでねえんだ。大学で専門に勉強した技師が掘っても、落盤といって、穴が崩れてすまうことが当たり前に起こるもんなんだぞ。炭坑では、そうした事故がしょっちゅう起ぎで、多くの人が死んでることぐれえおめだづも知ってっぺさ」

「んでも、先生。社会科の見学で金鉱山の穴を見さ行ったげんども、あそこではただ穴っこを掘ってるだけだったでねえすか」

弘明はビンタにめげる様子もなく食い下がる。

「見学すたのは穴の入り口だけだべ。中さ入ったわげでねえべ」

「それはそんだけんども……」

「ほんだら訊ぐが、お前はトンネルを支えるために何が必要が分がってんのが」

弘明が沈黙した。

「知《せ》ねえべ。トンネルはな、ただ掘ればいいつもんでねえ。穴が崩れねえようにするために梁を組み、周りを支えながら掘り進むものなんだ。そのためには強度計算といってな、大学で習う難がすい数学を勉強すなくてはなんねえんだ。そんだけのこどをやっても事故は起きる。おめだづのような子供が掘った穴なんか、あっという間に崩れてすまう。こすたなどこで、生き埋めになれば、助けなんかこねえぞ。この山の中で誰にも知られず、土の中で骨になってすまうだけだ」

下を向いた目線の先に杉下の長靴があった。一瞬の沈黙の後、突然頭上から、

「埋めろ！　この穴をすぐに埋めろ！　二度とこんな馬鹿なごどすんでねえ」

杉下の声が聞こえた。

計画が発覚してしまった以上、トンネルを掘り進めることはもはや不可能だ。

一郎は横穴の中に置いたスコップを取ってこようと、穴に向かって歩を進めた。

「待で。一郎、どごさ行ぐ」

「穴埋めろって言ったでねえすか。スコップを中さ置きっぱなしにしてっから……」

杉下の問い掛けに、一郎が答えると、

「そしたら、俺が行ぐ。何があったら大変だからな。おめだづはここさいろ」

彼は腰に下げた竹籠を地面に置き梯を降り始める。

やがて縦穴の底から、

「すかす、よぐもこんなに深く掘ったもんだ。ほんとに危ねえどこだった」

杉下の声が聞こえ、横穴に向かって入り込んで行く気配がした。

穴の縁《ふち》に歩み寄り底を見ると、そこに杉下の姿はない。ぽっかりと口が開いた横穴の口から

スコップが一つ、また一つと放り出され、杉下の腕がそこから出て来た。

その時だった。どすんという重量を持った鈍い音がしたかと思うや、横穴が一気に崩れ落ち、入り口が完全に塞がった。縦穴の底にはみ出した杉下の肘《ひじ》から先の腕が激しく虚空を掻く。

血の気が引いた。心臓が締めつけられたように激しい鼓動を打ち始める。

「弘ちゃん！　先生が！　先生が埋まった！　穴が崩れた！」

一郎が振り向き様に叫ぶと、それより先に気配を察知した弘明がすぐ傍まで駆け寄ってきていた。

「早ぐ助けねえど、死んですまうぞ！」

弘明が梯を駆け降りて行く。それに一郎が続いた。しかし、穴の底は二人が降りると、余りに狭くまったく身動きが取れない状態になった。

「俺《おら》がやる！　いっちゃん、外さ出ろ！」

弘明がスコップを取るなり命じた。

一郎は梯に手を掛け、登ろうとした。その足を何かが物凄い力で摑む。見ると、土中から突き出した杉下の手が一郎の足首の辺りに食い込んでいる。必死の思いで梯に掛けた足を踏ん張り、摑まれた足を渾身の力を込めて引っ張った。逃れようとしたのではない。もしかすると土中から杉下の体が抜け出てくるのではないか。そう思ったからだ。

しかし、土に埋まった杉下の体はびくともしない。

「弘ちゃん！　早ぐしてけろ！」

一郎は足に込めた力を抜くことなく叫んだ。

「分かってる！　分かってっけんども、土が崩れてきてどうしようもねえんだ」

弘明が一心不乱にスコップを振るいながら答えたが、彼が言う通り土砂は掘った時よりもかなり細かくなっており、いくら掻き出してもその部分に次から次へと崩れ落ちてくるだけで作業は一向に捗る気配はない。

ふと、足首を摑んでいた杉下の手の力が弱まった気がした。

「先生！」

思わず一郎が叫び声を上げたのと同時に、彼の手が地面に滑り落ち、再び縋《すが》る物を見つけようとするかのように、虚空を掻く。

「弘ちゃん！　先生が……」

弘明がスコップを放り出し、その手を摑み何とか土砂の中から杉下の体を抜き出そうとする。しかし、それは空しい努力だった。彼の腕から徐々に力が抜けて行くのが分かった。指先が小刻みに震え出し、一瞬赤く染まったかと思うと、それがみるみる白く色を変えて行く。

「駄目だ……」

弘明が呻くように言うと、杉下の手を放す。腕がどさりと土の上に転がった。

「駄目だって……先生、死んじまったのか」

体ががたがたと震え出す。頭の中が真っ白になり、何も考えられなくなった。血液が鉛になってしまったかのように、急速に体が冷え、ぬめりを帯びた汗が背筋を流れて行く。喉に粘液が染み出し、呼吸が苦しくなる。

大変なことになったと思った。夢なら早く醒めて欲しいと思った。

トンネルの穴が崩れたのは事故には違いないが、どんなに弁解しようと、先生が死ぬきっかけを作ったことに間違いはない。

人殺し。

瞬間、一郎の脳裏に考えるだにおぞましい言葉が浮かんだ。

美桑は小さな町だ。この町で人殺しなどという犯罪が起きた話は聞いたことがない。こんなことが知れれば町は大騒ぎになり、自分たち二人は警察に連れて行かれるに決まっている。それから先、どういうことになるのかは分からないが、二つだけ確かなのは、自分がこれからの人生を人殺しの汚名を背負って生きていかなければならないということと、家族もまたこの町では生きていけなくなるということだ。それは爪に火を灯すような貧しい暮らしを強いられながら、日々の生活を送っている家族が路頭に迷うことを意味する。もちろん、それは弘明にも言えることで、いかに莫大な財産を持っていようとも、跡取りが人を殺したとあっては、曽我の家の権威は失墜し、家そのものの存在すら危うくなるに決まっている。

「弘ちゃん……なじょすっぺ。先生は俺《おら》だづが殺したも同然だ。こすたなことがバレだら俺だづは――」

後は言葉にならなかった。涙が溢れてきて、一郎は腕を目に押し当て身を震わせながら号泣した。

「いっちゃん……上がれ……」

背後から弘明の声が聞こえた。底冷えのするような冷たい響きを持った声だった。

振り向くと、涙で霞む視界の中に、覚悟を決めたような強い眼差しを向けてくる弘明がいた。

「早く、上がれ」

弘明は一郎の尻を叩き、梯を登るよう顎で促してきた。

彼にどんな考えがあるのかは分からないが、とにかくここは指示に従うしかない。

一郎が地上に出ると、弘明が続けて二つのスコップを手に梯を登ってくる。

「誰が大人を呼んでくっぺが」

遺体を掘り出すにしても、二人の力だけではもはや無理なように思われた。そう申し出た一郎に向かって、

「駄目だ……そんなごとをすたら、俺《おら》だづは大変なことになっぺさ」

弘明は首を左右に振りながら答える。

「すたらなじょにすんの」

「このまま、穴を埋めですまうんだ」

弘明は、押し殺した声で言う。

「えっ……先生をこのままにすてが？」

「んだ」弘明は、足元にあったキノコの入った竹籠と土を運び出すのに用いた麻袋を無造作に穴の中に投げ入れると、「こんなごどが人に知られてみろ。俺だづはこの町さいられなくなる

ぞ。一生人殺しって言われんだぞ。お前《みやぁ》、そんでもいいのが」

それを言われると返す言葉がない。一郎は一瞬沈黙したが、

「んでも、先生がいなぐなれば、キノコ採りさ行ったこどは家の人が知ってんだ。警察や消防団が山狩りを始めでここを見つけられたら……」

それでもかろうじての言葉を吐いた。

「俺だづがトンネルを掘ってだごどは、誰も知らねえ。穴を埋め戻すて、その上さ落ち葉を掛けてすまえばそうは簡単に見つかるもんでねえ。それに、捜しさ来た人がこごさ来ても、まさがこの下さ先生が埋まってるなんて、誰も思わねえに決まってる」

弘明は手にしていたスコップの一つを突き付けてくると、

「なじょする。やんのがやんねえのが」

今まで聞いたこともないような厳しい口調で問い掛けてきた。

保身の気持ちが罪の意識に勝った。気がつくと一郎はスコップを手にしていた。

「やんだな」

一郎はこくりと肯いた。

「時間がねえぞ。急げ」

弘明の言葉に急かされるように、穴の縁に立った。底には崩れた横穴から突き出した杉下の腕だけが覗いていた。虚空を摑むように折れ曲がった指が、少し黄色みを帯びたように変色している。それを見た瞬間、今朝父が屠った鶏の足を思い出し、胃の中が急に熱くなり、一郎は激しい

嘔吐感を覚えた。それをすんでのところで堪え、周囲に堆積した土砂を穴の中に投げ入れ始めた。

杉下の腕の上に、黒い土が降り注ぎ、見えなくなった辺りで、

「最初に穴を埋め始めたのは、いっちゃんだからな」

突然、背後から弘明の声が聞こえた。その言葉にぎくりとして手を止め振り返ると、

「これで、主犯はいっちゃん、俺は従犯だ」

睨みつけるような眼差しを向ける弘明がいた。

「埋めろって語ったのは弘ちゃんでねえか」

反論する声に怒気が籠った。

「冗談だ」弘明は、微かに歪んだ笑いを浮かべると、自らスコップを手にし、「いっちゃんと俺は、共犯だ。一生、同じ秘密を抱えて生きて行ぐ仲間だ」

土砂を穴の中に投げ入れ始めた。

冗談とは思えなかった。主犯という言葉を敢えて弘明がこの場で持ち出したのは、罪の意識に苛まれた揚げ句、真実を自分が漏らすことを恐れ、口封じに出たに違いない。いや、それだけじゃない。もし、目論みが外れ、先生の死体が見つかるようなことがあった時には、その罪を自分一人になすりつけようとしているのかも知れない。それは充分に考えられることだった。

弘明が山に入ったことは、曽我の家の誰も知らない。トンネルを掘ってたことも二人だけの秘密だ。道具はいずれの物も、家の納屋から持ち出したものだ。稲刈りの場から抜け出すに当たっては、弘明と遊びに行くと言ったが、彼にそんな約束はしていないと言われてしまえばそれ

までだ。町で絶大な権勢を振るう曽我の家の跡取りと、山間百姓の家の息子に過ぎない自分の言葉のどちらを人々が信じるかは考えるまでもない。

一郎は、初めて弘明の心の奥底に潜んでいた本性を垣間見た思いがした。

貧しい暮らしを強いられている自分のような人間と、分け隔てなく遊んできたのは、一旦自分に火の粉が降り注ぐような事があった際の生贄《いけにえ》にするためだったのだ。自分のような人間は、彼にしてみれば所詮殿様と家来。そして家来は殿様のためには一命を投げ出しても助けなければならないものと、思っているのだ。

しかし、こうなった今となってはどうすることもできない。自分の身を守る術《すべ》はただ一つ。完全にこの穴を埋め、杉下の死体が発見されないようにするしかない。

一郎は、胸中に込み上げる罪の意識と屈辱に塗れながら、必死に土砂を穴の中に投げ入れ続けた。

＊

一郎の家に晩酌の習慣はなかったが、その日は稲刈りが終わったこともあって父と祖父は珍しく酒を飲んだ。薄い水色がかった一升瓶に入った二級酒は、コップに注がれると裸電球の下で淡い黄色い液体となる。口を細めながらそれを啜る父と祖父の顔には、秋の大仕事をひとまず無事に終わらせた満足感が漂っていた。

肴《さかな》は朝に潰したばかりの鶏である。

弟たちは口々に、「肉だ！　肉だ！」とはしゃぎ、鉢に山と盛られた鶏肉を争うように摘んでは頬張る。

「こりゃ、おめだづ、ちゃんと嚙んで食わねばわがんねえべさ」

子供たちを叱りながらも父は上機嫌である。どうやら正肉よりも脂肪のついた皮や、金柑のような卵巣といった臓物の方が酒には合うらしく、そうした部分を箸で摘んでは口に運んでいる。煮詰められ飴色に変わった上にだいぶ縮んではいたが、脂気が抜けた分だけ鶏皮は人間の皮膚に近い質感を漂わせている。それが穴の中で最後に見えた杉下の手の色を彷彿とさせ、一郎はとても肉を口に運ぶ気にはなれなかった。加えて息絶えた直後とはいえ、人間をこの手で埋めた事実が一郎の心を責め苛む。こうしている間も、卓袱台を前にして胡坐をかいた足には、杉下が最後に必死の思いで摑んできた時の感触がはっきりと残っている。そして、事がいつか発覚するのではないかという恐怖――。

とても食事どころの話ではなかった。昼食にお握りを二個平らげただけで、腹には何も入っていないはずなのに一向に食欲が湧いてこない。それどころか胃が鈍く重い痛みを発し、何かを口にすれば、この場でもどしてしまいそうだ。手にした箸が重かった。

せめて汁だけでも口を付けなければと思うのだが、どうやら母は潰した鶏のガラで出汁を取ったものらしい。表面には鶏の脂が黄色い輪となって浮かんでいる。それがまた杉下の手の色を連想させる。

「なじょした、一郎。食わねえのが」

旺盛な食欲を示す弟たちを前に、肉を漁《あさ》るでもなく、かといって汁を啜るでもない様はいやが上にも目立つ。早くも酔いが回り始めたのか目蓋をしばたかせながら父が訊ねてきた。

「う、うん……」

一郎は何と答えたものか言葉に窮したが、

「んだから言ったべさ。鶏っこの首を落とすどこなんか見たら、肉食えなくなるべって」

父は箸を伸ばせずにいるのは、鶏を潰す状況をつぶさに見たせいだと思い込んでいるようで、眉間に浅い皺を寄せながら言った。

「んだってあの鶏っこ、首を落とされでも、俺《おら》さ目がげで走って来たんだよ。あすたなもの見だら、誰だって肉なんか食えなくなっぺっちゃ」

勝手な思い込み以外の何物でもなかったが、食欲が湧かない理由をあれこれ詮索されるよりは、話の流れに乗ってしまった方が楽である。一郎は下を向きながらぼそりと答えた。

「そいづあ困ったたな。他に何もおかずはないよ」

母が傍らから口を挟むと、

「目刺しでも焼いてやらいや。一郎だって腹減ってっぺさ」

祖母が気の毒そうに言葉を返した。

「そすたなこどをするこだあねえ。鶏っこを潰すなんて、年に何度もねえごった。鶏っこは、卵を採るが食うために飼ってんだ。男のくせに、潰すどこ見てすまったから食えねえなんて情けねえ。それに一郎だけさ目刺しを出せば、明日の朝のおかずは一人前足りなくなるべ」

「オラの分をやればいい。ちょうど明日は浜のおんつぁんが来る日だべ……」

美桑町にも、もちろん魚屋はある。しかし、町の多くの住民は二十キロほど離れた隣県の宮城の浜からやってくる行商の魚売りを利用するのが常だった。毎週月曜日になると、馬の背に竹で編んだ大きな行李をぶら下げて赤銅色に日焼けした初老の男がやって来て、各集落を廻る。それが『浜のおんつぁん』である。彼が持参するのは、塩漬けの切り身や干魚、干ワカメやヒジキといった日もちのするものが主であったが、それでも何日店頭におかれたか分からない代物を魚屋から買うよりは新鮮だった。特に春になると、行李いっぱいに氷詰めにしたカツオが届く。山間の町では刺し身を口にすることなど、ほとんどできない上に、それなりに値が張る代物らしかったが、その時期には一度か二度、家の食卓にも刺し身が上った。もっとも刺し身といっても、そのまま醤油に浸けて食するのではなく、寄生虫を殺すのと食あたりを避けるのを兼ねて酢酸をかけ、真っ白になったところを口に入れるのではあったが、肉と同等のご馳走ではあった。

「わがんね！」しかし、父は一言の下に祖母の申し出を撥ね付けると、厳しい目で一郎を見た。

「お前《みやぁ》も、あど三年もすれば他人の飯を食うごどになんだ。その時に出されだものを食えねえなんで言えるが。殺すどこを見てすまったから、鶏っこは食えねえがら他の物をなんで言えんのが。言えねえべ」

「そうは言っても、今朝のごどだよ」

祖母がさらに食い下がったが、父は構わなかった。

「ほすたら、次は食えんのが。時間が経てば、鶏っこを潰した時のごどを忘れですまうっつのが」

一郎は下を向いた。手の中の茶碗と箸がますます重くなっていく。

「出されだものは黙って食え。食えねえもんがあんだったら、食えるもので済ませろ。俺家《おらい》は、曽我の家のような金持ちどは違うんだがらな」

父は、そう言い放つと怒りを鎮めるように酒に口をつけた。

急に一郎の視界がぼやけた。父の厳しい叱責——。鶏肉が食えないと言っただけで、これほど怒るのだ。もし、杉下を埋めたことが発覚したら、どんな目に遭うか分からない。いや、父ばかりではない。見ず知らずの大人たちに囲まれ、事の次第を子細に詰問されるに決まってる。そしてその先にはどんな罰が待っているか知れないのだ。それを思うと、一郎は酷い恐怖と孤独感に苛まれた。

手にしていた茶碗に盛られた麦飯の上に、涙が滴り落ちる。鼻水が滲み出し、思わず一郎は鼻を鳴らした。

「泣ぐな！　何だ飯の時間に」

父の一喝が飛んだ。弟たちの手が止まる。華やいだ夕餉《ゆうげ》の席が静まり返り、重苦しい沈黙が流れた。

ふと雨戸の向うから微かに雨の気配がした。しとしとと茅葺き屋根に降り注ぐ雨音が断続的に茶の間に忍び込んで来る。

「雨が……。刈り取りが終わった後でいがったな」

祖父が静かに言った。

その時だった。突然、町の中央の方から甲高い半鐘の音が聞こえてきた。

「火事？　火事だべが……」

母が半鐘の方に目をやりながら、腰を浮かせる。

「どごだ」

子供が涙するところを見て、気まずい思いに駆られていたのだろう。父は立ち上がると、土間に置かれていた突っ掛けを履き外に出た。

「火の手は見えねえな。空も赤くなってねえす」

開け放した引き戸の向うの闇の中から父の声が聞こえる。

「やんたねえ……もうすぐ冬だっつのに」

祖母が眉をひそめる。

美桑のような小さな町に消防署はあっても職業消防士はいない。町の有志で構成される自衛消防団があるだけだ。町の中央に五カ所、主立った集落に消防車やポンプが置かれた車庫があり、当直の団員の下に一報が入ると半鐘が鳴らされる。そして、団員が駆けつけて来たところで消防車が出動する。もちろん、団員のすべてが常に臨戦態勢でいるわけではないから、とりあえずの人数が揃ったところで消防車は直ちに火災現場へと向かう。出遅れた隊員は、砂利道を駆けるか、あるいは自転車、オートバイといった手段を用いて後を追う。

しかし、奇妙なことに半鐘の音は一向に鳴り止む気配がないどころか、いつまでたってもサイレンの音が聞こえてこない。

ことが発覚したのだ。夜になっても帰らない杉下を案じて、家族が警察に届けを出したに違いない。

一郎は即座に悟った。

ひっきりなしに鳴る半鐘の音に呼応するかのように、一郎の心臓が激しい律動を刻み始める。胃がきりきりと痛み出す。茶碗を持った手が震え、掌にじっとりと汗が滲んでくる。

果たしてその推測を裏付けるように、外で父と誰かが言葉を交わす声が聞こえてきたかと思うと、

「おどっつぁん。浩輔《こうすけ》さんが頼みがあんだど」

父が土間に入って来ると言った。その背後から、肩から袖口に沿って黒地に赤の線が入った消防団の法被《はっぴ》を着た中年の男が顔を出した。普段は町の真ん中で酒屋を商っている黒田《くろだ》である。

「やあや、ご飯時に申す訳《わ》げねえね」黒田は荒い息を吐きながら土間に立つと、「大変なごとになってっさ。小学校の杉下先生が、キノコ採りさ出だまんま、今になっても帰ってこにゃあって、奥さんからだんぽ（巡査）様さ届けがあって。そんで消防団がこれから捜しさ行ぐごとになったのっさ」

緊張した面持ちで言った。

傘も差さずに夜道を駆けてきたのだろう、法被はずぶ濡れである。袖口から水滴が土間に滴り落ちるのが見えた。

「キノコ採りに山さ入った？　どごの山だべ」

祖父が問い返す。

「そいづが分かんにゃあのっさ。先生は山歩きが好きで、この時期になっと休みの日にはよぐ山さ入ってキノコ採ってだんだと。今朝も弁当背負って、一人で家を出たっつんだけんどもっさあ、山って語らいでも町を出ればこの辺は全部山でがすぺ。どごを探せばいいのが、見当つかなくて。ほんでキノコど言えば喜助《きすけ》さん、あんだだべ」

春の山菜、秋にはキノコを採るために山に入る人間はたくさんいたが、収穫量、特に秋のキノコのそれには人によって歴然とした違いが出る。山菜は誰の目にも明らかな場所に存在するが、キノコはそうはいかない。落葉した葉の下、あるいは腐葉土に半ば埋もれるようにしてひっそりと繁殖するものだから、普段山に入らない町場の人間には足元すぐのところにキノコがあっても目に入らない。

その点から言えば、祖父はキノコ採りの名人であったことは確かである。秋になると、毎日竹籠を腰に下げて山に入り、かなりの収穫を手にして帰って来た。もっとも、祖父は山に入るに当たっては、誰の同伴も許さなかった。父はおろか、孫の一郎でさえも同道を頑として拒んだ。理由はただ一つ。キノコの出る場所は決まっており、その在処を他人に知られてしまえば自分の取り分が激減するからだ。たとえ身内であろうとも、キノコの在処は墓場まで持って行く。それがキノコ採りの鉄則で、山の中を歩く時でさえ常に周囲に人目がないか、誰かが自分の後をついてはこないか、警戒を怠ることはない。

「キノコの採れる場所ど語ってもなあ……」

思い当たる場所は幾つもあるだろう。しかし、それを明らかにしてしまえば、町の人間たちにキノコの在処を知られてしまう。それでは、今まで守り通した長年の努力が水の泡となってしまう。祖父は歯切れの悪い口調で呻くと禿げ上がった頭を撫でた。

「喜助さん。お願ぎゃあしやす。教《お》せでけねえべか。人の命が懸かってるこどだから」

黒田は頭を下げた。

「すかす、先生はこの辺の山のごとをどんだけ知ってんだべ」

「先週もキノコを大っきな籠さ一づも採ってきたっつよ」

「つごとは、かなりの目利きつごどだな」

「んなんだべなあ」

「すたら、なんぼか心当たりのあるどこがねえわげでもねえな」

「教せでけるすか」

「しゃあねえべ……人の命が懸かってると言われだら……」

「申す訳げねえげんとも、消防署の方さ来てけねべが。教せらいだどこを中心に山狩りすっから」

「分がりゃんした」

祖父はようやく重い腰を上げると、父と黒田と一緒に家を出ていった。

女子供だけになった家の中は、急に静かになった。

「一郎、肉が食えねえつんだら、これでご飯を食わい」

祖母が卵を一つ差し出して来た。

「あんだ、今日は特別だよ。わがままは母ちゃんも二度と許さねえがらね」

母が軽い溜息を吐きながら言った。

胸の動悸はまだ収まる気配がない。いや不安は祖父が山に出かけた時点から、ますます酷くなるばかりである。何しろこの辺りの山は隅から隅まで知り尽くしている祖父である。ひょっとすると、東原のあの場所が祖父が密かに隠し持つキノコ採りの場所とも限らない。

一郎は東原の現場の様子を思い返してみる。

穴は完全に埋め戻した。掘り返した土を残さず使い、さらに二人で踏みつけた後、周囲の落ち葉でその部分を入念に覆い隠した。多少の土砂の痕跡は残ってはいるが、そこに杉下が埋まっていると考える人間がいようはずがない。

ばれやしない。絶対にばれるもんか——。

一郎はそれでも拭い去ることができない不安を飲み込むかのように、卵をかき混ぜるとそれを麦飯の上にかけ、一気に掻き込んだ。時折沢庵を摘みながら、茶碗に盛られた飯を平らげると、空腹感が満たされたせいか、少し気が楽になった。

「ご飯が終わったら、風呂さ入らい」

食事半ばで出掛けて行った父と祖父の食器を残し、片づけに取り掛かった母が言った。

「いいのすか。父ちゃんも爺ちゃんもまだだべ」

「帰りはいづのごとになっかわがんにゃあがら。先さ入ってさっさと寝らい。明日は学校だべ」

「うん……」

一郎は立ち上がり土間に降りた。風呂は別棟で庭の片隅にある。番傘を手に外に出ると、雨は思ったよりもかなり激しい。傘にぶち当たる水滴が激しい音を立てる。地面に跳ねた雨水が、たちまちのうちに足元を濡らして行く。闇の中にひっそりと佇む小屋の引き戸を開けた。頭の高さほどにぶら下げられた石油ランプの灯火が狭い室内を朧に浮かび上がらせる。

打ち放しのコンクリートの上に敷かれた簀子。長年使われたせいで黒ずんだ染みが目立つ杉の風呂桶。火はすでに熾火《おきび》になっているようで、焚き口からは仄かに赤い光が漏れている。風呂場特有の石鹸と湯の匂いに混じって、微かに薪が燃えた煙の残り香が鼻をつく。

一郎は着衣を脱ぎ、湯を使った。トタン屋根に降り注ぐ雨の音はますます激しさを増してくる。手桶で汲んだ湯を流す音がかき消されてしまうほどの凄まじい音だ。

湯船は小柄な一郎でも脚を完全に伸ばすことはできない大きさである。膝を僅かに折り曲げ、湯に浸かっていると、何やら土葬にされる棺桶の中に入れられているような気がしてきた。今にも頭上からいきなり蓋を被せられ、そのまま土中に埋められてしまうのではないかという恐怖が込み上げてきて、一郎は思わず立ち上がり風呂桶の縁に腰かけた。

「おーい……」

激しい雨音に混じって、誰かを呼ぶ男の声が聞こえた。不意にランプの火が揺らぎ、壁に投影された自分の影が亡霊のようにさわりと蠢《うごめ》いた。瞬間、一郎の背筋に戦慄が走り、皮膚の上に鳥肌が立った。杉下が自分に声をかけてきた気がしたからである。

耳を塞ぎたくなったが、体が凍りついたように動かない。湯の中に浸かった下半身、その太股の部分に体温よりも微かに生温かいものが勢い良く流れて行くのが分かった。失禁していた。

埋められた杉下の霊が自分に呼びかけているのだ。

注意を逸らそうと意識すればするほど、一郎の感覚は逆に研ぎ澄まされて行く。

「おーい――」

空耳ではない。確かに男の声が聞こえる。

体ががくがくと震え始める。

「先生ごめんなさい！　ごめんなさい！」

一郎は必死に詫びながら、目を閉じて今度は念仏を唱え始めた。

「おーい。先生。杉下先生――」

先生？　杉下先生？

幽霊にしては妙である。一郎は目を開け、磨《すり》ガラスの入った窓をそっと引き開けた。

風呂場の小屋の屋根には樋がなく、トタン屋根に降り注いだ雨は、幾筋もの流れとなって庇《ひさし》の上から直に地面へと落下する。その向うに広がる闇の中を山に向かって一列に連なる小さな光が見えた。

「先生。杉下先生──」

声は確かにその方向から聞こえてくる。どうやら祖父の案内で山に入った消防団の団員たちが、懐中電灯を手に口々に杉下の名を呼んでいるものらしい。そして、その列は杉下が埋まる東原とはまったく別の方向に向けて進んでいた。

それを目にした瞬間、一郎の胸中を支配していた緊張の糸が緩み、代わって安堵の気持ちが込み上げてきた。

一郎は自分の小便が混じった湯に体を沈めると、

「分がんねえさ……絶対に分がるわげがねえ……」

自らの心を鼓舞するように、何度も同じ言葉を呟いた。

＊

翌日の学校は、朝から杉下が突然消息を絶った話題で持ち切りだった。

町の中に住む児童の父兄には、消防団に所属している者が少なくなかったし、何よりも事件らしい事件とは無縁の町である。町を挙げての山狩りなんてことは、おそらく初めてだっただろう。それにも増してその日も登校時間より早く、町には消防団の法被を着た団員たちが行き交い、近隣の町の警察が駆けつけ、さらには図鑑でしか見たことのないシェパードの警察犬までもが登場したとあっては、児童たちの興味を引かないはずがない。もちろん、担任の先生は、杉下の失踪に一言も触れることはなかったが、児童たちは授業の間の休み時間になると、顔を突き合わせるようにしながら話に夢中になった。

清枝はその日学校を休んでいた。失踪の真実を知り、さらには杉下の骸を埋めた身には、彼女の顔を見ずに済むのには救われる思いがした。しかしその一方で、清枝が学校を休んだことが一郎の心に杉下を埋めたということに加え、淡い恋心、いや憧れを抱く異性を悲しみの淵に突き落としたという新たな罪の意識を覚えさせることになった。

事の真実など知る由もない同級生たちは、休み時間になると一郎の下にもやって来て、杉下の話題を持ち出した。適当に相づちを打ちながら話に聞き入る一方で、空席になった清枝の机を見ると、どうしても寡黙になった。そして考えは自然とこれからの清枝の行く末へと向かってしまう。

元々彼女は地の者ではない。父親がいなくなってしまったとなればもはやこの地に留まる理由はない。杉下がこのまま発見されなければ、早晩町を出て行き、どこかへ転校して行ってしまい、もしかするともう二度と清枝の姿を目にすることはできないかもしれない。そんな考えが頭を擡《もた》げてくると、彼女に対する狂おしいばかりの思慕の念が込み上げてくるのだった。

一方の弘明はと言えば、意外なことにいささかも動揺の色を見せることなく、いつもと変わらぬ顔で泰然としている。杉下失踪の話題を振られても、何食わぬ顔で話に興じ一郎の様子を窺う素振りもない。そこからは、事の真相が絶対に発覚するはずがないという確信と共に、仮に杉下の遺体が発見されたとしても、自分には害が及ばないという不気味なほどの余裕が伝わってくるようだった。そうした弘明の姿を見ていると、杉下を埋めた際に芽生えた疑念が一郎の中で再び頭を擡げてくる。

事あらば弘明は俺を犯人に仕立て上げようとするに違いない——。

不安と疑念は、時間と共に増幅されて行く。耐えきれなくなった一郎は、ついに昼休みの校庭で弘明を捕まえると、小声で昨日のことを切り出した。

「弘ちゃん、昨日のことだけんともさ……。大丈夫だべが」

「大丈夫って、何がや」

「今日も朝がら消防団や警察が山さ入ってっぺ。もす、東原さ入ったら……」

「東原さ行ったどこで、土の下さ先生が埋まってるなんて分がるわげねえべ」

昨夜の雨をたっぷりと吸い込んだせいで柔らかくなった土をズックのつま先で掘りながら、弘明はいとも簡単に答える。

「なして、そすたなごど言えんの。今日は警察犬も出てっぺさ」

「昨夜はあんだけ雨が降ったんだ。先生の匂いなんか流されですまって、犬なんか役に立つわげにゃあよ」

「そんなもんだべか」

「そんなもんだ」弘明は確信に満ちた口調で言い、「それに消防も警察も、先生は怪我か急な病気にでもなってどごがで倒れてるんでねえがって思ってっがらな」

と続けた。

「本当にそう思ってんだべが」

「いっちゃん、爺様や父ちゃんから何も聞いでねえのが」

そう言われて、昨夜遅くに襖を隔てた隣の部屋から密かに交わされる父と母の会話を一郎は思い出した。

「そう言えば、父ちゃんが母ちゃんさ、先生は山の中で怪我すて動げなくなったが、卒中さでも罹っだんでねえがって語ってたな」

「だべ。それに、今日の山狩りはいっちゃんの爺様が捜す場所を決めだんだ。そん中さ、東原は入ってねえよ」

したり顔で断言した。

「なしてそんなごど知ってんの」

「昨夜、消防団が集められるとすぐに、俺家《おらい》で炊き出しが始まってっさ。夜中に皆が引き揚げてきてがら、お握りと酒っこ飲みながら今日の山狩りをなじょにすっかっつごどを話し合ってだのを聞いでだんだ」

「んだげんとも、先生が見つかんねえつごどになれば、捜す場所も変わってくっぺ」

「先生は土の中さ埋まってんだぞ。俺《おら》だづが喋んねえば、誰も分がりゃすねえって。東原さ行ったところで、穴は埋め戻すたす、その上さ葉っぱも掛けだ。分がるわげねえよ」

弘明は、黄ばんだ十本ほどの竹が二列に並べられた尖頭棒の一つに飛びつき、足を上下させ

ながら登り始めた。やがて鉄製の櫓《やぐら》の上に腰を下ろすや、

「いっちゃんも登って来《こ》」

と声をかけてきた。

一郎は促されるままに竹棒を登った。

「いっちゃん。美桑は広い。捜す場所はなんぼでもある。それにあとふた月もすねえうちに雪が降る。そうなれば、来年の春まではここらは全部雪の下さ埋まってすまう。その頃には、町の誰もが先生のごどなんか忘れてすまうべ」

小学校は小高い丘の中腹にあり、尖頭棒の上に登ると町の中心部と周囲を取り囲む山の麓が一望に見渡せた。弘明は、遠くに視線をやりながら静かに言うと、

「だがらいっちゃん。あんだが喋らにゃあ限り、絶対に先生のごとは分がんにゃあ。んだがら絶対に喋ったらだめだぞ。二人だけの秘密だがらな」

一転して鋭い眼差しを向け、誰が聞いているというわけでもないのに声を落として念を押した。

果たして、杉下の捜索は弘明の言う通りに展開した。

消防団員と言っても、全員が普段は本業を持っている人間たちばかりである。一週間もすると、山狩りに参加する者はいなくなり、警察の姿も見えなくなった。もっとも、町の人々が杉下の消息に関心を失ったわけではない。「先生は神隠しにあったのだ」と言う年寄りがいれば、「前任地にいた時に、懇《ねんご》ろになった女子《おなご》先生がいたらすい。駆け落ちすたんでねえべが」とい

う、真相を知る者にとっては見当外れの噂がまことしやかに囁かれるようにもなった。

しかし、それで一郎の気が楽になったかと言えば答えは逆である。殺したわけではないにせよ、先生を埋めた。その罪の意識、真実を知ることの重圧は、一郎を常に責め苛んで止まなかった。

十一月も半ばに差しかかったある日、一郎は意を決して一人東原に向かった。この時期になると、学校の教室にはストーブが設置される。燃料は薪で、五年生になるとストーブ当番が決められ、朝一番に登校し教室を暖かくしておくのが決まりだった。焚きつけは落葉した杉の葉である。それを新聞紙と一緒にストーブの中に入れ、薪を燃やすのだ。十月の末には、午後の授業を中止して、学校の裏山に児童が出掛け、杉の葉を拾うのが晩秋の行事の一つとなっていたが、そんなものはひと月も経てばあらかた無くなってしまう。それ以降は、当番にあたった児童が週末に山から杉の葉を拾い、補充しておくことになっていた。

杉林は町のいたるところにあったが、東原を選んだのは、やはり杉下の埋めた場所が今どうなっているかが気掛かりだったせいである。すっかり落葉し、枝ばかりとなった雑木の間を縫うようにして山に入った。程なくして杉下を埋めた場所に辿り着く。穴はこの間に何度も降った雨のせいで、中の土砂が固められたのだろう、上に被せた葉が僅かに凹んでいたが、それ以上の変化はなかった。

誰一人としていない山の中を、初冬の風が吹き抜け、びょうと寂しげな音を立てながら周囲の枝を震わせた。山が、いや杉下が泣いているような気がして、一郎はその場に跪《ひざまず》くと穴の名残に向かって手を合わせ、

「先生、許してけらい……。許してけらい……」

と何度も胸の中で祈ったが、それでも事足りない。思い立って雑木の中を彷徨い歩くと、一抱えほどの大きさの岩が落ちていた。十二歳の子供が一人で持ち上げるには重量がありすぎたが、横から渾身の力を込めて押すとごろりと転がる。一転がりさせてはまた押すという作業を繰り返し、それを穴の名残の上に置いた。墓石だった。墓碑銘を彫るわけにはいかないが、それが一郎にできる杉下へのせめてもの供養だった。

清枝は、杉下が消息を絶った三日後から学校に出てきた。長い髪を三つ編みにし、先には赤いリボンをつけ、セーターの襟元から覗くブラウスの襟にしっかりとアイロンがかかった身なりこそ相変わらずだったが、さすがに父親が何の前触れもなく姿を消したショックは隠しきれないものがあるようだった。休み時間になっても、人の輪には加わらず席についたまま教科書を広げるのだが、いつも同じ頁に目をやっているだけである。放課後も掃除が終わると、赤いランドセルを背負い、真っすぐ家路につく。そんな日々を送るようになっていた。

彼女を痛めつけていたのは、精神的な部分だけではなかった。年が明け、杉下の話題が住民の口に上らなくなった頃になると、弁当の中身が変わってきたことに一郎は気付いた。貧しい農家が圧倒的多数を占める町である。固定給を得られる仕事は、町役場、郵便局の職員、あるいは教師くらいと数えるほどしかなく、中でも教師の給与は群を抜いて高給だったことは間違いない。清枝の弁当は、おかずと飯の間に仕切りがあり、肉や魚といったご馳走が詰められていたものだった。

冬になると、二時間目の終わりと同時に、担任の先生が「弁当を温めるやつは出せ」と言い、教室の中央に置かれたストーブの周りには風呂敷や新聞紙に包まれた弁当箱が積まれるようになる。もっとも、その時に弁当を温めることができるのは、裕福な暮らしをしている限られた児童だけである。一郎のように麦飯の間に納豆を挟んだものを不用意に温めたりしようものなら、中身が傷んでしまいかねないからだ。

年が明ける前までは、清枝も弁当を温める口だったのだが、三学期が始まった途端差し出さなくなってしまったのだ。それどころか、弁当を食べるに当たっては、アルマイトの蓋を立て、中身を隠すようにして箸を使う。何気なく様子を窺っていると、口元から細い糸が引くのが見えた。

いかに父親が突然消息を絶ったからと言って、急に生活に困窮するとは思えない。むしろ、清枝の弁当の中身が急に変わったのは、彼女の母親が夫はもう帰っては来ないことを覚悟し、今後の生活を考え家計を節約しておかなければならない、という決意の表れであるような気がした。

おそらく、清枝は三月に小学校を卒業すると同時にこの町を離れてしまうに違いない。

それを思うと、あの忌まわしい出来事が発覚することなく終わりを迎えるのだという安堵と共に、もう二度と清枝の姿を見ることはできなくなる、という狂おしいばかりの思慕の念が込み上げてきて、一郎の心は千々《ちぢ》に乱れるのだった。

第二章

「そしたら、お父さん、ごごさ決めでいいんですね」

「はあ、よろしくお願ぎゃあしやす」

「一郎、お前もいいんだな。先方さ行ぐど返事すていいな」

中学校の職員室の隣にある小さな部屋で、進路担当の教員、藤崎邦男《ふじさきくにお》が念を押した。

「はい……」

「そうが。そすたらこれで決まりだ」藤崎は体を椅子に預けると、「勤め先は小さなラーメン屋だけんどもさ、お前にその気があんだら、調理師免許を取らせでもやるっつす、定時制だが高校さ行ってもいいど言ってる。住み込みだから飯の心配はねえ。もっともその分だけ月給は三千円と安いげんとも、手さ職が身に付くど思って我慢すっこどだな」

眼鏡の奥の目に笑いを浮かべながら言った。

昭和三十三年九月――。一郎の進路が決した瞬間だった。

就職先にラーメン屋を選んだのは、祖母の強い奨めがあったからだ。長く曽我の小作人として過してきた祖母は、食べ物にことのほか強い執着を示した。卑しいというのではない。小作人といっても曽我の家は上納米には寛容で、収穫の二割を納めれば済んだが、米はもちろん、麦や他の野菜でも屑のような欠片《かけら》に至るまで無駄にすることはなかった。おそらくそれは、戦時中の赤貧洗うがごとくの生活の中で身に付いたものであろう。都会ほどではないにせよ、当時の食糧事情が劣悪を極めたのは美桑も同じで、稗《ひえ》や粟《あわ》を食らい、南瓜《かぼちゃ》の入った湯のような粥は何よりのご馳走であったと言う。

「食い物屋が一番いい。景気が悪ぐなっても、人は食わねえごとには生きでいげねえがらな」

物心つく頃から、折りに触れそう言い聞かせられてきたのだ。進路指導が始まると、一郎は山と積まれた求人票に目をくれることなく、即座に調理師になることを申し出た。もちろん高校に進学したいという気持ちがなかったと言えば嘘になる。地元には小さいながらも、普通科、家庭科、農業科、それに三年前に新設された畜産科がある高校があったが、田畑や養蚕から得られる収穫は、家族九人が食べていくのがやっとである。電気代や一郎を含めた子供たちの僅かばかりの教育費や、必要最低限の日用品を購入してしまえば余分な金など残らなかった。

それは何も一郎の家に限ったことではない。一学年に百二十名からの生徒がいる中で、高校に進学するものは僅か三十名余。他の生徒のほとんどは、家業の農家を継ぐか、町を離れ仙台、あるいは東京への就職を希望していた。進学希望者にしたところで、家の経済力によって進む高校は違っていた。比較的裕福な商店主や学校の先生の子供は町を離れ、三十キロほど離れた町にある旧制中学の流れを汲む県南一の高校に下宿をしながら通うことができたが、百姓の小倅《こせがれ》はほとんど例外なく学業の成績いかんに拘わらず地元の高校へと進み、いずれ家業を継ぐか町を離れて職に就くものと決まっていた。

大学など夢のまた夢。結局社会に出るのが少しばかり延びるだけだ。

進学にさほど執着しなかったのは、そんな諦念の表れでもあった。

加えて、あの事件から三年を経た今となっても、杉下を埋めた記憶は、一郎の心に癒えない傷として深く刻み込まれていた。あれから東原には一度も足を踏み入れてはおらず、杉下の話題はいつの間にか人の口に上ることもなくなっていたが、山並みを見る度に、そして秋が来る度に、土中から虚空を摑むように突き出された彼の手が鮮明に脳裏に蘇る。

この町さえ離れてしまえば、もうあの山を見ずに済む。距離さえおけばあの忌まわしい記憶から解放されるに違いない。

一郎が東京に職を求めることにした最大の理由は、むしろその一念の方が大きかった。


弘明は、小学校を卒業すると予定していた通り、仙台の私立中学へ進学した。

仙台で暮らすようになってからは、弘明の服装や仕草は会う度に垢抜け、大人びたものになっていった。東北最大の都市である仙台の話は、聞いているだけでも楽しかった。生まれてこの方、足を踏み入れたことのないデパートの話や中学の様子は、いやが上にも一郎の興味を惹き、都会の生活への憧れをかき立てた。加えて仙台の小田原遊廓の話は、そんなものの存在さえ知らなかった一郎の性への興味を大いに刺激した。もっとも、弘明とて十三歳の子供である。遊廓に足を踏み入れることなどできやしないことは分かっていたが、聞きかじりの知識にしても、彼の話は妙に生々しく、そんな日は、家に帰ると風呂場でかつて教えられた自慰をして込み上げる劣情を解消したのだった。

しかし、それも二年に上がった頃になると、二人の関係は自然と疎遠なものになっていった。

一つは、弘明が一年の時よりも町に戻ってくる頻度が少なくなったからである。高校は東京へ、そしてそのまま大学へと進むことを宿命づけられた弘明には、東北大学の学生が家庭教師につき、早くも受験に備えるようになったのだ。町へ帰ってくるのは、盆と正月の三が日だけとなり、それが終わるとすぐに仙台に取って返すようになった。

そしてもう一つの理由は、二年になる春に曽我の家が予《かね》てより噂になっていた製材所を始めたことに起因する。果たして、仮事務所となった曽我家の離れには、農民が列をなして押し掛けるようになった。一郎の家もその例外ではなく、母が雇用を求めて列に並んだ。採用人員は五十名余というところに二百人を超す人間が並んだというから競争は激烈である。誰もが顔見知りのような町で、客観的見地に立った選考が行われるわけがない。やがて雇用されることに必死になった人々は、採用担当となった番頭に幾許かの金を握らせなければ採用は覚束ないという噂をまことしやかに囁くようになった。

「一郎、あんださ頼みがあんだけんども……」

母がいきなり切り出したのは、ちょうど春休みに入り、弘明が帰省した翌日のことだった。

「何っしゃ」

いつになく改まった口調に一郎が問い返すと、

「製材所の働き手の話なんだけんどもさ。番頭の佐竹《さたけ》さんさなんぼが渡さねえどわがんにゃあのだど。そすたなごど言われでも、オラ家《い》さそんな金はねえべ。お前の口がら弘明ちゃんさ母ちゃんを使ってくれるよう語《かた》ってけねえが」

母は思い詰めたような顔で言った。

「そいづあ構わねえげんとも……弘ちゃんさ言ったどごで、なじょにがなんだべが」

跡取りには違いないが、まだ十三歳の子供である。曽我の家ではどうかは知らないが、大人の話に口を挟むな、というのが父の口癖である。一介の山間百姓の家でもそうなのだから、町、いや県有数の資産家として名を馳せる曽我の家で弘明が家業の、しかも従業員の雇用に口を差し挟む余地があるとは思えなかった。

「駄目で元々だげんともさ、製材所に稼ぎさ出れればオラ家も助かる。なにしろ、あんだの下さはまだ四人もいるす、五郎が再来年学校さ上がれば金はなんぼあっても足りにゃあがらな」

それを言われると返す言葉がない。一郎は、翌日弘明の下を訪ねると、母の採用の件を切り出した。

「そすたなごどなら簡単だ。他でもにゃあいっちゃんの頼みだがらな。父さんに頼んでおぐべ」

弘明はいとも簡単に言い放ち、薄気味の悪い歪んだ笑いを浮かべた。

一郎の家にとっては、これからの家の家計を左右するような大問題でも、曽我の家には弘明の口添えでどうにでもなる些細なことであるらしい。どういう因果かは分からぬが、たまたま金持ちの家に生まれついたというだけで、人の一生というものはこれほどまでに差がつくものなのか。金というものは、他人の人生をも左右するだけの力があるものなのか。

一郎は、弘明と自分との間に横たわる、埋めようにも埋められない大きな溝の存在を改めて思い知らされたような気がした。それと同時に、弘明が言った「他ならぬいっちゃんの頼みだ」という言葉が、深く胸に突き刺さった。

弘明は杉下を埋めた翌日、尖頭棒の上で言葉を交わしたきり、あのことを決して口にしなかった。東原にも一郎が知る限り、一度たりとも足を踏み入れてはいない。それどころか帰省した折りには、家から出ずに籠りきりになるのが常だった。

他ならぬいっちゃんの頼み。そしてその言葉に続いて浮かべた歪んだ笑い——。

それらが何を意味するかは言うまでもない。杉下を埋めたことに罪の意識を覚えているかどうかは別として、少なくとも弘明は事が発覚することを今でも密かに恐れているのだ。自分が何かの拍子に真実を吐露するのではないかと……。ところが母を製材所に採用してやれば話は違ってくる。自分に大きな借りを与えると同時に、家の命運を完全に握ってしまうことになるからだ。母を採用してやることは、弘明にとって人質を得たと同義語であり、家の安定を思えば例の一件を一郎は生涯口にすることなどできない。あの笑いはそれを確かなものにした証だ、と一郎はその時思った。

もちろん、一郎も今に至って真実を語る勇気などありはしなかった。しかし、生まれついて与えられた力によって、常に胸の片隅で疼《うず》いて止まない良心を封じられた屈辱は、最後に残った一郎のささやかな誇りをずたずたに引き裂き、弘明との訣別を決意させたのだった。

そして、その年の春には、それよりも早くもう一つの別れがあった。

清枝である。

彼女の母は、不意に杉下が帰って来るのではないかという希望を捨てきれなかったのだろう。彼女が小学校を終え中学に上がっても美桑の町に留まった。もっとも、今まで住んでいた教員住宅には新任の教師が赴任して来たせいもあって、農家の離れを借りてのことだが、清枝と三つ違いの息子とを抱え、小学校の脱脂粉乳を作る調理場で働くようになったのである。

清枝の母が、大鍋に脱脂粉乳の粉をぶち込み、大きな杓文字《しゃもじ》で白濁した液体をかきまぜるだけとはいえ、仕事にありつけたのは、境遇に同情した校長の力にも加えて、弘明の父の口添えがあったからだと聞いた。

中学に上がった清枝は、ますます寡黙になり、悲しみを忘れようとするかのように勉強に打ち込んだ。成績が下がる、あるいは少しでも生活態度に人の注意を惹くようなことでもあれば、すべて父親の失踪に結びつけられる。だから僅かな欠点でも人前で晒《さら》してはならない。そんな固い決意のほどが見て取れるような気がした。

小学校の時とは違い制服を着た清枝は、俄に大人びてきて、美しさに磨きがかかった。中学では、生徒全員が何かしらのクラブに入るのが決まりで、清枝は体操部に、一郎は野球部に入った。彼女がなぜ体操部を選んだのかは分からぬが、一郎が野球部を選んだのには理由があった。グラウンドの隣には講堂があり、そこに続く狭い廊下で練習する体操部の様子を窓越しに見ることができたからだ。野球部では一年坊主は球拾いと決まっていたのが好都合だった。土埃の舞う校庭で球を追いながら講堂を見ると、常に清枝の姿があった。彼女が側転すると、後ろに垂らしたお下げ髪が弧を描き、続いて開脚した脚が窓を過《よぎ》る。その度に一郎の胸は高鳴り、清枝への想いはますます強くなるばかりだった。

小学校を卒業すれば、町を離れるとばかり思っていた清枝がいる。しかも生活は相変わらず苦しく、おそらく彼女もまた中学を卒業すれば就職を余儀なくされるだろう。清枝が窮地に追い込まれたのは、父親が突然いなくなってしまったことにある。そして杉下を消し去ったのは誰でもない、この自分である。杉下失踪の真実は、生涯口にするつもりはないが、清枝を自分の手で幸せにしてやることができれば、未だ心の片隅に熾火のように燻《くすぶ》って止むことのない罪の意識から解放されるのではないか。

清枝に抱く想いは日を追う毎に強くなって行き、いつしか一郎は、二人の将来に思いを馳せるようになった。皮肉なことに、杉下を埋めたという行為は、一郎を清枝から遠ざけるどころか、むしろ近づける方向へと作用するようになったのである。

一度芽生えた妄想は、果てることなく広がっていく。毎夜、風呂場に置かれたランプの仄暗い明かりの中で、自慰を行う度に脳裏に浮かぶのは清枝の姿であり、ぱっくりと口を開けたあけびの白い果実がそれに重なった。白濁した粘液を放出し、湯で洗い流せば、体内で炸裂せんばかりになっていた劣情は一時収まるのだが、さほどの時間を置かず股間が再び熱を持ち鎌首を擡げてくる。

一向に癒されぬ欲望に駆られた一郎は、ついに清枝への想いを告白することを決意した。

三学期も終わりに差しかかった土曜日の午後のことだった。中学には週番という制度があり、クラスの名簿順に番が回ってくるのが決まりとなっていた。掃除が完全になされているか、学校の決まりを破った者はいないか、その程度のことを確認するのが役割であったが、もう一つ、下校後の学校の戸締まりが完全になされているかを見回ることになっていた。それもたった一人でだ。その日は清枝が週番だった。

一郎は下校時刻が過ぎ、誰もいなくなった教室で清枝が現れるのを待った。何もしないで自分の席に着いていたのでは怪しまれる。それに彼女の気を惹くためには、それなりの道具は必要だ。幸い一年のクラスはまとまりが良く、二年になってクラス替えがされる前に小さな文集を作ろうという話が持ち上がっていた。卒業すれば就職するものと決まっていた一郎は勉強にはさほど熱心に取り組まなかったが、絵だけは別だった。夏休みの宿題や、秋の写生会で描いた絵が廊下に展示されると、決まって金色の折り紙が貼り付けられるほどの腕前だった。

蠟でできた原紙をがり版板の上に置き、鉄筆で線を描き、柄の上部で塗りつぶしながら蒸気機関車の絵を描いた。道具一式を家に持って帰るわけにはいかないから、清枝に残っている理由を訊ねられても言い訳ができるし、何よりも自分が誇れる数少ない才能を彼女にアピールできるのは、彼女の関心を惹くに違いないという読みもあった。

どれほどの時間が経ったのだろう。やがて廊下の向うから足音が聞こえて来ると、教室の引き戸が開いた。顔を上げた先に清枝が立っていた。

「いっちゃん、まだ残ごってだの？　下校時間はとっくに過ぎだよ」

清枝は表情一つ変えることなく、落ち着いた声で言う。

「文集の表紙の絵を描いでんだ。がり版を家さ持って帰るわげにはいがねえべ」

「そんでや、すかだねえげんとも、決まりは決まりだがらね。カーテンは閉めるよ」

清枝はそう言うと、窓際に歩み寄り黄ばんだ白いカーテンを閉め始める。

心臓が速い鼓動を打ち出す。これから長く胸に秘めてきた想いを打ち明けるのだと思うと、今まで順調に運んでいた鉄筆の動きが止まった。

一郎のそんな内心の葛藤を知るよしもない清枝は、きびきびとした動作でカーテンを閉めていく。教室の中が薄暗くなり、白いカーテンを通して漏れてくる透過光が顔立ちのはっきりした清枝の顔に陰影をつけ、その美しさに一郎は息を飲んだ。

清枝はカーテンを閉め終えると、教室の中央に置かれた薪ストーブを覗きにかかる。身を折り曲げたせいで、呼吸をする度に肩が動き、二つに分けたお下げ髪の間から覗くうなじが白く艶めかしい。

部屋の中には誰もいない。ここで彼女が声を上げたところで誰がやってくるわけでもない。

一郎は、清枝の体を背後から抱きしめたい思いに駆られた。もちろんそんな行為に打って出れば、清枝は激しく抵抗するだろう。しかし、思いを遂げてしまいさえすれば、おそらく清枝は他人に打ち明けることはない。人に知れれば、清枝がまともな縁談を得られるはずはなく、この町にいられなくなってしまうに決まっている。父の帰りに望みを抱き、今に至っても苦しい生活を強いられながらも細々と生活している努力も水泡に帰してしまう。そんな選択肢は絶対にあり得ない。

一郎の股間が俄に熱を帯び、学生ズボンが窮屈になってくる。

しかし、事を起こすより前に、清枝は立ち上がると、傍らに座る一郎の手元を覗き込み、

「いっちゃん、うまいこと描くもんだね」

ほとほと感心した態で言った。その口元には静かな笑みが浮かんでいた。

それを間近に見た瞬間、一郎の中に渦巻いていた凶暴な感情の芽生えが矛《ほこ》を収めた。自分に何の警戒心も持っていない彼女を裏切ることはできないと思ったからだ。しかし、清枝に対する想いを打ち明けるのはこの時を逃せば二度と訪れない。

一郎は、おもむろに立ち上がると、怪訝《けげん》な顔をして見る清枝を尻目に、開け放たれたままの教室の引き戸を閉め、

「清枝、そごさ座れ。話がある」

意を決して言った。

ただならぬ気配を察して、清枝の顔に緊張と怯えの色が浮かぶ。しかし、それは一瞬のことで、清枝は強い口調で訊ね返してくる。

「何、話って」

「いいがら、そごさ座れ」

いつでも逃げ出せるようにだろう、清枝は椅子に座らず机の上に腰を下ろし、一郎とは視線

を合わさず黒板を見やった。一郎は、戸口に佇んだまま訊ねた。

「お前《みやぁ》、誰が好ぎな男いんのが」

「なしてそんなごど聞ぐの？」

どうやら、清枝はこちらの意図を察したらしい。今までとは打って変わって余裕に満ちた口調、しかも含み笑いさえ浮かべて言った。

「誰もいねえんだったら、俺《おら》ど付き合わねえが」

あれほど躊躇していたのに、自分でも驚くほど素直に言葉が出た。

「なして？」

「なしてって、俺はおめえのごどをずっと好きだったからだ」

くすりと笑ったものか、ふんと鼻を鳴らしたものかは分からない。とにかく清枝は、判断のつかぬ音を漏らしながら一呼吸置くと、

「付き合うってなじょにすんの？」

相変わらず黒板を見詰めたまま訊ねてきた。

そう言われると返す言葉がない。しかし沈黙は失敗を意味する。

「ぶ、文通とが、日記を交換すっとがさ……んでながったら、一緒に遊びさいぐどがさ……」

一郎は苦し紛れの言葉を吐いた。

「それが付き合うごどになんの」

「なるべさ……」

「んだべが。いっちゃんとはクラスは一緒だす、手紙書くって語ったって何を書いでいいのが分がんにゃあす。それに私は日記なんか書く習慣もねえもの」

「お前《みゃあ》だって、悩みはいろいろあるべ。勉強のごどか、進路のごどかさ。俺《おら》はお前が何を考えでんのが知りてえんだ。悩みがあんだったら一緒に考えてえんだ」

「手紙や日記を交換するってなじょにして？　学校で渡すの。それとも郵便で送るの」

「どっちでもいいよ」

「学校でそすたなごどすれば、噂になるよ。家さ送ってくればお母さんに何やってるって怒られるに決まってる」

「手紙や日記をお互いの机の中さ入れでおげばいいべ。俺は誰さも語んにゃあがら」

「私はやんだよ。それに私は勉強が忙すいす、第一いっちゃんさ相談せねばなんねえごどなんて何もにゃあもの」

「俺にはお前に相談してえごどがいっぺえあんだ」

清枝はうつむき何事かを考えているようだったが、やがて顔を上げると天井の一点を見詰め、静かに言った。

「いっちゃん。悪いげんとも、やっぱりそいづはできないよ」

「なして。俺のごど好かねえのが」

「好きどか嫌いっつごどでねえの……。この際だがら言うげんとも、私、三月になったら美桑を離れて四月からは仙台の学校さ転校するごどになったんだ」

「本当が！」

心臓が一瞬冷たくなり、激しい鼓動を刻み始める。一郎は思わず清枝の方に向かって、身を乗り出した。清枝はこくりと肯くと、

「お父さんがいなくなってがらも、お母さんはいつお父さんが帰って来るがもしんねえがらって、頑張ってだけんども、もう一年以上音沙汰はない。手がかり一つ見つかるわけじゃない。三学期が終われば知れてしまうごどだから言うげんとも、お父さんは退職っつごどになってすまうごどが決まったの。それでようやくお母さんも諦めがついたみでゃあで、仙台の実家さ身を寄せるごどになったの」

「すたら、文通すたっておがしくねえべ。美桑の町で、何があったら教《お》せでやっから」

一郎は必死の思いで食い下がったが、清枝は静かに頭を左右に振ると、

「美桑のことなんか……知りたくない……早く忘れてしまいたい……いい思い出なんてなんにもないもの」

呟くように言った。

清枝の一言一句が一郎の胸を抉《えぐ》る。

彼女が美桑を忘れてしまいたいという気持ちに駆られるのは理解できないわけじゃない。そんな心情にさせたのも、仙台に行く原因を作ったのも誰のせいでもない、自分がしでかしたことの結果だ。しかし、美桑の町を忘れたいということは、同時に自分のことも清枝の脳裏から消し去られてしまうのだと思うと、一郎は我慢ならなかった。

忘れられてなるものか。俺には清枝を幸せにする義務がある。それが俺にできる唯一の罪滅ぼしだ。

一郎の中で何かが弾けた。すべての思考が完全に停止し、頭蓋の中が壊れたラジオのように高い音で満たされた。気がついた時には、清枝を机の上に押し倒し、彼女の上にのしかかりながら両手で肩口を押し付けていた。

不意を突かれた清枝は大きく目を見開き、半開きにした口を震わせながら一郎を見ている。恐怖のせいか、声すら出せないでいるようである。

「好きだ……清枝……好きなんだ……」

掠れる声を振り絞り、何度も同じ言葉を吐きながら、一郎は清枝のスラックスの腰の部分にあるファスナーに手をかける。

「止めで！　いっちゃん、止めでけろ！」

一郎の目的を悟った清枝は、ファスナーに伸びた手を押さえ、声を振り絞りながら抵抗を始めた。しかし、一旦解き放たれた欲望は収まる兆しはない。一郎はその手を摑むと彼女の頭上に引き上げ、左の手で一纏めにして押さえつける。ちょうど万歳をする形になった清枝は、激しく脚をばたつかせる。体を巧みに使いながら清枝の動きを封じ、再びファスナーに手をかける。セーラー服の上着は胸のすぐ下までまくれ上がり、白いブラウスが露になる。ファスナーを完全に引き下ろしたところで、一郎は清枝の腰に手を差し入れ、スラックスを一気に引き下げた。皺くちゃになったブラウスの裾の下から白い木綿の下穿きが見える。

「やんだ！　止めで！」

清枝が脚をぴたりと閉じながら叫ぶのを無視して、一郎は下穿きに手をかけ、それを膝の上まで引き下げた。秘所が露になる。初めて見る同年の女性の性器は、母のそれとは違い恥毛には覆われてはおらず、ふくよかな肉の上をうっすらと色づき始めた産毛が覆っていた。その下にはぴたりと閉じた割れ目が息づいている。瞬間、白いカーテンを通して、冬の雲の切れ目から一際強い日差しが漏れてくると、清枝の下半身に反射し淡く色づいた産毛の色が失せ、神々しい光を放った。

清枝の体から力が抜けるのが分かった。見ると彼女は顔を両手で覆い、身を震わせながら嗚咽を漏らしている。

力が抜けた。性行為についての知識はあっても、いざ女性器を前にすると、具体的にこれからどうしたらいいのか分からなくなったからだ。

渦を巻いていた激しい感情の嵐が過ぎ去ると、一郎の胸中に後悔の念と恐怖が込み上げてくる。

こんな行為に打って出た自分を清枝は許しはしまい。もし彼女がこのことを誰かに喋れば、大問題になることは明らかだ。教師や父に激しい叱責を受けて済むような話ではない。

「清枝……悪がった……勘弁すてけろ……」

今更詫びを言ったところでどうなるものでもないことは分かっていたが、それ以上の言葉が見つからない。一郎は清枝を解放すると、椅子に座り悄然《しょうぜん》と肩を落とした。

清枝は泣きじゃくりながら、厳しい視線で一瞥《いちべつ》をくれると、乱れた衣服を直し立ち上がった。詰《なじ》る言葉も、軽蔑の言葉一つも発しないことが、彼女の怒りの深さを物語っていた。そして閉じられた引き戸に向かって脱兎のごとく走り寄ると、そのままの勢いで廊下へと飛び出して行った。

しかし、清枝は一週間経っても、二週間経ってもそのことを表沙汰にはしなかった。休み時間でも教科書を広げ、放課後になると体操の練習に余念がなかった。まるであの日のことなど、何もなかったように振る舞ってはいたが、ただ一つ、一郎と口を利くどころか一瞥さえもくれなくなったのが唯一の変化だった。

そして三学期の終了とともに、清枝は美桑の町を離れ、仙台へと引っ越して行った。学年最後の授業でも、転校の知らせはなく、春休みの間にひっそりと町を離れたのである。

清枝の転校を一郎に知らしめたのは、地方紙に掲載された教員の異動の記事で、そこには『(退職) 美桑小学校・杉下良治』とだけ記してあった。

＊

一郎が東京に向かって美桑町を後にしたのは、卒業式が終わった翌々日のことである。

前の晩は、家の田んぼで採れた糯米《もちごめ》を母が蒸《ふ》かし、赤飯を作った。当日の朝には、まだ暗いうちから起き出した両親と祖父母が餅《もち》をつき、門出を祝った。

父は何も言わなかったが、母はさすがに胸に込み上げるものがあったらしい。甲斐甲斐しく給仕をしながら、何度も薄汚れた割烹着の袖で目頭を拭った。

細やかな祝いの膳を平らげると、いよいよ出発となった。この年、集団就職で関東に出る同級生は三十余名。朝一番のバスで一ノ関に出るために集合場所の停留所に行くと、早くもかなりの数の同級生が集まっていた。男子は学生服に制帽を被り、女子はセーラー服。手には身の回りのものを詰めたバッグか風呂敷包みをぶら下げていた。二十名ほど卒業生が集まった頃、東京まで引率する藤崎が姿を現し点呼を始める。その手には紫紺に白抜きで『岩手県　美桑中学校』と染め抜かれた幟《のぼり》が握られている。停留所に集まった人数が少ないのは、道すがらバスに乗り込んで来る者もいたし、一ノ関に親戚がいる者は前泊し駅で合流することになっていたからである。

やがて砂利道の向うから、黄色いライトを点したボンネットバスがやって来る。その姿を認めた瞬間から、見送りに付き添ってきた家族と子どもたちとの間が騒がしくなった。別れの言葉がひっきりなしに交わされ、その合間に嗚咽が聞こえた。一郎には父が付き添ってきていたが、「辛抱すろよ……」とだけ言うと、かつて満州に従軍した折りに使っていた雑嚢を手渡してきた。

バスがブレーキを軋《きし》ませながら停まった。折り畳み式のドアを車掌が開けた。子供たちが後ろ髪を引かれるように、何度も振り向きながら次々にバスに乗り込んで行く。

「んでや、父ちゃん。行ってくっから……」

一郎が別れの言葉を口にすると、

「家さ帰る汽車賃だけは手放すんでねえぞ。いいな」

ついに感に堪えかねたといった様子で父は目をしばたかせながら声を掛けてきた。

何かを言えば涙になりそうで、一郎は黙って肯きバスに乗り込む。

車掌が告げるとバスはのろのろと走り出す。外はようやく朝日が昇り始める気配が訪れただけで、まだ薄暗い。ビニール張りの座席で腰を浮かしながら後方を見ると、父が大きく手を振っているのが見えた。一郎も窓を開け、それに応えようとしたが、その姿はすぐに朝の闇の中に消えて見えなくなった。

「発車願います」

仄暗い蛍光灯の明かりに照らし出された車内には、これから未知の土地で暮らすことになった同級生たちの啜り泣きがあちらこちらから聞こえた。生まれ落ちて以来十五年に亘って過してきた町である。一郎にも万感胸に迫るものがあったが、徐々に明るさを増す山の稜線の中に、東原を認めた瞬間、杉下が埋まる場所から離れられる解放感と、清枝との間にあった苦い記憶が複雑に交錯した。

ここには忌まわしい思い出が多すぎる。俺は二度とこの町には帰ってこないかもしれない――。

一郎は遠い東原を見ながら、ふと思った。

バスが一ノ関の駅に着くまでには二時間ほどの時間がかかった。木造の駅舎の前の広場には、東京に向かう県南各地の中学卒業生が集まっていた。藤崎は幟を広げると、「美桑中学の者はここに集合」と言い、改めて点呼を取った。全員が揃ったところで、出発前の注意事項を話し出す。

「これがら大事なごどを話すがらよく聞くように。上野駅までは列車が真っすぐ行くげんとも、途中下車をすたり勝手な行動は慎むごど。それから上野さついだら、職業安定所の職員の人が迎えさ出でます。その人だづが皆を上野公園さ案内すて点呼を取ります。その後皆が働ぐごどになる勤務先を管轄する職業安定所さ行って、迎えさ来てる雇い主さ引き合わせるごとになんのだけんど、東京には悪い人がいっぱいいます。特に上野公園さは、物ごいどが、皆を騙して作業員宿舎さ送り込もうとする手配師がいだりすんので、充分に気をつけるように。いいな」

丸坊主、おかっぱ頭の子供たちが一斉に肯く。

それを確認したところで、

「ほんでや、これがら汽車さ乗ります。二列になって先生の後さついて来るように」

藤崎の先導で、一郎は同級生と共に駅舎に入った。ホームは改札を抜けるとすぐのところにある一番線である。朝の曙光の中を、轟音を上げて蒸気機関車がホームに滑り込んでくる。長い距離を駆け抜ける中で、一時の休息を得る安堵の溜息を吐くかのように、蒸気を噴きブレーキの音を軋ませながら機関車が止まった。褐色に塗られた客車には、先頭から数両には県北からの中学生が乗っていたが、一郎たちの乗り込む車両には誰もいなかった。中はスチームで蒸すように暑く、床に塗られたオイルと石炭の煤の臭いがした。雑嚢を網棚に上げ、板張りの椅子に腰を下ろすと程なくして汽笛が鳴った。蒸気を噴き上げる音と共に、列車はゆっくりと走り出す。一ノ関まで見送りに来ていた家族がいるものは、窓を開け半身を乗り出しながら最後の別れを告げる。そして再び啜り泣きが、車内のあちらこちらから聞こえるようになる。

 しかしそれも長くは続かない。列車が古川を過ぎた頃になると、車内はちょっとした修学旅行気分となり、俄に騒がしくなってくる。


「いっちゃん、あんだ高校はなじょにすんのや。やっぱ定時制さ行くのが」

四人掛けの席の正面に座る、伊勢《いせ》勝志《かつし》が訊ねてきた。

「どうだがな。俺《おら》の勤め先はラーメン屋だべ。定時制さ行ってもいいどは言われでっけんども、食い物屋は昼と夜が忙すいがらな。働き始めて様子を見でみにゃあごどには何とも言えにゃあな」

「なすてラーメン屋なんかにすたのや。その気になれば、もっといい就職先はなんぼでもあったべ」

勝志は板橋区にある望遠鏡製造会社で働くことになっていた。もちろん製造会社といっても、大手企業の下請けで、一部分を作っているだけの小さな工場のようなものだが、求人票の中には定時制高校への通学を援助するという一文が記されていたらしい。加えて小学校卒業と同時に弘明がいなくなって以来、勝志は中学の三年間学業はトップで、一郎と同じく山間百姓の家に生まれていなければ、県南の名門校に進学することも可能なはずであった。そのせいか、学業への思い入れは並々ならぬものがあり、定時制を卒業して、いずれは夜間の大学に進み、しかるべき企業に入社して身を立てたいと言っていた記憶がある。

「俺はかっちゃんと違って頭悪いがらなあ。手さ職をつけた方がいいど思うんだ。それに食い物屋は景気に左右されにゃあつのが婆ちゃんの口癖だすな」

「すっと、いずれは独立すてラーメン屋を持つのが」

「まだ、はっきりど考えだごどはねえげんとも、そうなればいいと思ってる。ほんでもなあ、店を持つどいっても、いづのごとになんだべ。なにしろ、俺の給料は三千円だがらなあ。住み込みだす、賄い付き、定時制さ行くんだったら学費も出すとは語ってけんども、店持つ金までは出してけえねべす……」

「いっちゃんは、長男だべ。すたらいずれ美桑さ帰って店出せばいいんでねえが」

「俺家《おらい》さそんな金はねえよ。だいたい長男の俺さ家を継がせねえで稼ぎさ出したことがらも分がっぺ。俺の下さはまだ四人も弟がいんだ。母ちゃんが曽我の製材所さ稼ぎさ出るようになって、なんぼか楽にはなったど語っても、これがらますます金がいっからなあ。やっぱり俺が見習い終わって金を稼いで仕送りができるようになんのが先だべ」

「曽我ってば、弘明ちゃん。東京の高校さ合格すたんだってな」

「うん……」

弘明に母の職の斡旋を頼んだことが功を奏したものかどうかは分からぬが、母が曽我製材所開業と同時に作業員として働き始めることができたのは事実だった。そのせいで、あれ以来弘明と会うことはなかった一郎にも、折りに触れ弘明の消息は母を通じて知らされていた。

それによると、弘明は仙台の私立中学を卒業し、この春見事に東京の名門大学の附属高校に合格したという。田舎では金持ちの坊ちゃん学校として名を馳せる大学の附属である。もっとも、田舎では地方の大学とはいえ、誰しもが国立の方が無条件で格上と考えるのが常である。政財界に多くの人材を輩出していると知ってはいても、『坊ちゃん学校』、しかも私立という言葉から受ける印象は、むしろ合格したのは学力のなせる業ではなく、金の力によるものとの印象を拭えなかった。

「大学までそのまま進める高校なんだってな」

「曽我の家だもの。どうにでもなっぺさ」

「いいなあ、弘ちゃんは……。東京の大学さ行って、家を継げば何の苦労もにゃあんだからなあ」勝志は心底羨ましそうな声を出すと、「そう言えば、清枝のごど聞いたが」

声を潜めるように言った。

どきりとした。清枝とは彼女が町を離れて二年、この間に彼女の名前が同級生の間で出ることはたまにあったが、彼女は親しかった女子生徒とも一切の交流を絶ったらしく、仙台に移り住んでからの消息は完全に途絶えていた。

「清枝がなじょがすたのが」

一郎は思わず身を乗り出した。

「何でも、仙台の高校さ進むごどになったらすいよ。ほれ、清枝の父ちゃんはあんなごどになったべ。一家の柱がいなぐなって、かなり生活は苦すがったらすいんだけんどもさ。清枝、仙台さ行っても勉強をかなり頑張ったんだべな。成績優秀で、宮城一女さ合格すたんだど。仙台一の女子高だ」

「んで」

「んでな、そいづを聞いた弘ちゃんの父ちゃんが、そんたら優秀な娘だら学費を援助すべど語ってけだんだど。弘ちゃんの父ちゃんも杉下先生のごどを可哀想に思ってだんだべな」

「本当が」

「本当だ。母ちゃんが曽我の近ぐの薬局のおやんつぁんがら聞いだんだがら間違いにゃあよ」

「なすて、曽我の家が清枝のごどを知ってたんだべ」

「さあ、大人の世界のごどだがらな。清枝の母ちゃんにすたって、先生がいなぐなってがら、一年も町さ残って苦労すたんだ。そのごどは弘ちゃんの父ちゃんも知ってぺす——」勝志はそこで言葉を区切ると、「もすかすっと、弘ちゃんが口添えすたんでねえがな」

さらに声を落として言った。

「弘ちゃんが？　なすて」

「小学校の時、気がつかなかったが。俺が見たどこでは、弘ちゃん、清枝さ気があったんでねえがど思うんだ。弘ちゃんは、中学さ上がっと同時に仙台さ行ったげんともさ、清枝が美桑を離れて仙台さ行ったっつごどぐりゃあは当然耳さ入っぺさ」

そうだ、弘明だ。

直感的に一郎は思った。

胸の中を無数の虫が蠕動《ぜんどう》するように騒《ざわ》めきだす。

勝志が言うように、清枝が美桑を離れて仙台に移り住んだことは、当然弘明の耳にも入っただろう。仙台は大きな街だが、その気になれば弘明が彼女の居場所を突き止めることは難しい話ではない。陸上競技会、文化祭、運動会。学校は違っても、再会する機会はいくらでもあっただろう。

女中が嫁に行くに当たっては、充分な支度金を持たせて送り出す。上の二人の娘は東京の高校にやり、たまさかの休みで帰省した時のためだけに、町に一台しかないピアノを所持している。それればかりか、農地解放に当たっての測量も大らかなもので、小作人の主張に異議一つ唱えなかった曽我の家にしてみれば、たとえ地の者でなくとも、清枝の家が窮地に陥っていると聞けば救いの手を差し伸べても不思議ではない。ましてや高校の学費など、材木の何本かを売り払えばすむようなもの。曽我の家にしてみれば、出費のうちにも入らないはした金だ。

『清枝だ。あいづだけは、なしてだか言い出せなくてな』

かつて、東原のターザン場所で、弘明があけびを食べながら一区と二区の女子児童の性器はすべて見たと豪語した際に、ぽつりと漏らした言葉が脳裏に浮かんだ。

おそらく弘明は町を離れた以降も、清枝のことを忘れてはいなかったのだ。二年になって、急に美桑に近づかなくなったのは、勉強が忙しくなったせいばかりではない。清枝が傍にやってきて、彼女のその後の様子を窺う必要がなくなったからだ。

弘明は清枝を狙っている。

一郎には弘明の思惑が透けて見えるような気がしたが、今となってはどうすることもできない。自分と彼との間に横たわる貧富の差は、どうあがいても埋めようのない開きがあったし、何よりも清枝に対して行った行為を考えると、今後どんな手を弄《ろう》しても彼女が許すとは思えなかった。

結局貧乏人はどうあがいたところで金持ちには敵わないのだ。金の力さえあれば、人の歓心を買うことも、いや人の心さえ自由にできるのだ。俺はどんな手を使ってでも金持ちになってみせる。曽我の家にも勝る財を一代で築き上げてみせる。

かつて覚えたことのない金に対する執着心と野心が頭を擡げてくると、一郎は窓の外を流れる春まだ浅い田園風景に目をやりながら固く心に誓った。

*

上野駅までは半日を要した。

「うえの〜。うえのぉ〜」

列車が日がとっぷりと暮れた十八番ホームに停車すると、独特のアクセントでアナウンスが流れた。藤崎が持つ幟を目印にしながらホームに降り立つと、石炭の燃える臭いが鼻を突いた。道中、列車がトンネルに入ると車内に煙が流れ込んできたせいで、同級生たちの顔にはうっすらと煤がつき、黒ずんでいた。まるで留置場に送られる囚人のように隊列を組み、出口から上野公園へと向かった。僅かな坂を登る間に、背後を振り返るとネオンが瞬く東京の街が見えた。通りには街路灯が点り、人通りも絶えることがない。美桑では日が暮れると外に出る者などいやしない。夏の七夕には各商店が競って工夫を凝らした飾りを出すのが慣習で、かなりの人出があったが、それも比較にならないほどの人間が溢れ返っている。眼下すぐに見える上野駅には、国電がひっきりなしに出入りしており、煙を吐かない『電車』を見るのは生まれて初めての一郎は、別世界に足を踏み入れてしまったかのような思いに駆られた。

どうやらその思いは皆同じであったらしい。車中では気を取り直し、修学旅行にでも出掛けたようにはしゃいでいた同級生たちも急に心細くなったのか、いつの間にか言葉を発する者はいなくなっていた。上野公園に到着すると、藤崎が点呼を取る。全員が揃っていることが確認され、待機していた職安の職員に引き渡された。

「んでやな。元気でやれよ」

「おみゃあもな。まだ会うべ」

口々に別れの言葉を交わしながら、十五歳の少年少女たちは散り散りになって行った。

一郎の働き先は中野にあった。再び上野駅に戻り、国電で中野に着いた頃には七時近くになっていた。さほど広くはない職安のホールは、全国各地から集まった中学生でいっぱいだった。リストを持った職員が名を告げる度に、一人、また一人と群れの中から生徒が引き取られて行く。

「岩手県美桑中学、長沢一郎君」

ほどなくして名前を呼ばれた一郎は、

「はい……」

と返事をしながら前に進み出た。

職員はちらりと一郎を見、今度は、

「珍来軒さん」

と大声で叫んだ。

迎えの人波の中から、一人の男が前に進み出た。くたびれた黒いズボンに薄汚れたジャンパー。胸元からは白い司厨着《しちゅうぎ》が覗いている。歳の頃は四十半ばといったところか。痩せているにもかかわらず、額にはうっすらと脂が浮かび、裸電球の明かりを反射して鈍い光を放っている。短く刈り込んだ頭髪にはかなり白いものが目立っていた。

「長沢君か」

「はい……」

「白木《しらき》だ。よろしくな」

早くも使い物になるのかどうかを値踏みするような油断ない視線で一郎を一瞥すると、白木は節くれ立った分厚い手で雑嚢を持ち、

「それじゃ行こうか」

先に立って外へと歩き出した。

＊

珍来軒は中野駅の北口からすぐのところにあった。

戦災を逃れた建物をそのまま使っているせいで、構えはみすぼらしいものだったが、白木によれば立地が良いせいでかなり繁盛しているのだと言う。一階は調理場と十の椅子が横一列に並べられたカウンターがあり、四人掛けのテーブル席が五つあった。二階は店主の白木一家が住む住居である。上京前に聞かされていた話では、住み込みということだったが、一郎に与えられた住居は店から歩いて十分ほど、南口から程近いところにあるアパートになったと告げられた。

店は既にその日の営業を終えていた。家族だけに挨拶を終えたところで、そこに案内する道すがら白木はジャンパーのポケットに両手を入れたまま、住居がアパートに変わった理由を話した。

「去年までは、職人に同居して貰ってたんだが、上の息子が高校に上がっちまったもんでな。勉強に集中するのに部屋が欲しいって言いやがってさ。それに下の娘も再来年は高校だ。いつまでも親と一緒に寝て貰うわけにはいかねえからな。それでこの際お前にはここに住んで貰うことにしたんだ。食堂の息子に学問は必要ねえって言ったんだが、親が言うのも何だが、あいつは妙に勉強ができてな。富士高に受かりやがったんだよ」

学校の名前を持ち出されても、東京の学校事情など知るわけがない。一郎は黙って話に聞き入るしかなかったのだが、白木はそんなことはお構いなしに続ける。

「富士高っていやあ、この辺じゃ西高に並ぶ名門だ。東大だって夢じゃねえ。まあ、そんなことにはならねえとは思うが、やれるだけのことはしてやろうと思ってよ」

息子がその富士高とやらに合格したことがよほど嬉しくてたまらぬらしく、何度も言葉を変えながら息子自慢を繰り返した。

やがて、密集した住宅街の中に一際大きな建物の輪郭が黒いシルエットとなって浮かび上がった。

それが一郎にあてがわれたアパートだった。いや、それはアパートと呼ぶより、造りはどこかの学校の寮といった方がぴったりくる代物だった。建ててから四十年は優に経っているだろう。美桑のような田舎にある家屋よりも安普請であることは一目で分かった。瓦葺きの屋根は大きくうねり、常に開け放たれた玄関の土間の壁面には黒光りするほど年季の入った木製の郵便受けが備え付けられていた。傍らには二階へと続く階段があり、そこを昇るとコンクリートの長い廊下の両側に、ベニヤでできたドアがそれぞれ十ずつ並んでいる。その奥の突き当たりには五つの大便用の個室と、同数の小便器、そして洗面所があった。

白木が鍵を取り出し、ドアを開けた。

部屋は床の間のない三畳である。田舎の生活に慣れた身にはことさら狭く感ずる。壁に塗られた漆喰は、すっかり黄ばみ、無数の染みがこびりついている。畳の上に置かれた一組の古ぼけた布団がうら寂しさに拍車をかけた。

「明日からさっそく仕事だ。朝は八時に店に来ること。閉店は日によって違うが、夜九時には終わると思ってくれ。いいな」

白木はそう言うと、鍵と何かが書かれた一枚の藁半紙を手渡し去って行く。

一人になった一郎は、雑嚢を置き、畳の上に腰を下ろした。どうやら、長く空き部屋となっていたらしく、畳は日に焼け茶色に変色している。窓の梁には針金が張られており、一目で安物と分かる化繊のカーテンが掛けられている。そっと薄いカーテンを引き開けると、磨ガラスかと思うほどに薄汚れた窓ガラスの外に、ぽつりと灯る街路灯の裸電球が見えた。

白木から手渡された藁半紙に目をやった。そこにはここで生活する上での注意事項と、銭湯の位置が金釘《かなくぎ》文字で記してあった。生活上の注意事項といっても、大したものではない。友人をむやみに連れ込むな。火気には気をつけろ。出勤時間には遅れるな。そんな程度のことだ。

部屋には半間ほどの扉のついた押入があった。

一郎は雑嚢の中から衣類を取り出し、中にしまい込む。田舎を発つ前に祖父から貰った懐中時計に目をやると、時刻は間もなく午前零時になろうとしていた。

いつもならとっくに寝ている時間である。

布団を敷くと、三畳の部屋はほとんど空きがなくなった。急いで服を脱ぎ、電気を消して布団に包まる。化繊のカーテンの上に、街路灯の明かりがうす雲を通して漏れてくる月影《げつえい》のように浮かび上がる。隣の住人はまだ起きているのだろう。長い年月の間に柱と壁の間にできた僅かな隙間から、隣の部屋の黄色い光が一筋の線となって漏れてくる。

布団の襟元から、長い旅の間に体に染みついた煤の臭いが微かに漂ってくる。それが今や遠い故郷となった美桑の町と東京との距離を感じさせた。物音と呼べるものは何も聞こえてはこないのだが、どこかに人の気配がする。まだ起きていると思われる隣人のものではない。街全体が騒めき、得体の知れないエネルギーがこんな深夜になっても渦を巻いているのだ。

一郎の脳裏に美桑に残った弟たちの顔が浮かんだ。

昨日の夜までは、床に入ればいつも先に眠りについた弟たちの寝息が聞こえた。その点から言えば、人の気配のする中で眠りにつくのは一郎にとって当たり前のことで、決して眠りを妨げるものではなかった。しかし、狭い空間を満たして止まない大都市の鼓動は明らかに異質のものであり、一郎の神経をますます鋭敏なものとしていく。

睡魔は一向に訪れる気配はない。それでも何度か寝返りを打っているうちに、長旅の疲れもあってか一郎は眠りに落ちて行った。

物音で目が醒めた時には、薄いカーテンを通して朝の光が部屋の中に差し込んでいた。

はっとして枕元に置いた時計を見ると、時刻は午前七時になろうとしていた。

慌てて身支度を整え、タオルを手に部屋を出る。薄暗い廊下には数人の若い男の姿があった。皆一様に学生ズボンを穿いているところからすると、大学生であるらしい。

男たちの目が一斉に自分に向けられるのが分かった。

住人が皆知り合いのような町で育った一郎は、何と挨拶をしていいものか分からず、そのまま廊下の奥にある洗面所に向かい顔を洗った。そうこうしているうちに、次々に起き出してきた住人たちが洗面所に現れ、朝の挨拶を交わし始める。

早々に洗面を終わらせた一郎は便意を感じドアを開けた。床に埋め込まれた便器は、掃除をする者など滅多にいないのだろう、尿石に汚れ、飛び散った大便がそのままになっていた。もっとも、大きな木桶に渡した板に跨がって用を済ませていた一郎にとっては、汚れ切った便所もさほど気にはならない。濡れたタオルを手にそこに入ろうとした刹那、背後から、

「君、新しく越して来たのかい」

呼び止められ振り返ると、そこに一人の男が立っていた。歳の頃は二十代半ばといったところか。七三に分けた頭髪に黒縁の丸眼鏡をかけた痩せた男だった。白いワイシャツに黒の学生ズボンを穿いているところを見ると、やはり学生であるらしい。

「はい……昨夜……」

一郎が答えると、

「だろうねえ。ここじゃ便所紙は自前でね。紙を持たないでうっかり用を足すと大変なことになるよ」

男は丸眼鏡の下の目を穏やかに細めながら言った。

「……そいづは聞いでながったもんで……」

落とし紙は用意してはいなかったが、ちり紙ならば部屋にある。一郎は取って返そうとしたが、

「朝の便所は取り合いでね。順番待つのは辛いよ。これ、使って」

男は手にしていた落とし紙を差し出してきた。

「申し訳《わ》げねがす」

「君、東北？」

「はい、分がるすか」

「そりゃ分かるさ。僕は仙台出身でね。東京に出てきて六年になる。お陰でいまじゃ、言葉もすっかりこっちのものになってしまったけどね」

男は穏やかな声で言い、

「東北はどこ？」

優しい眼差しを向けながら訊ねる。

「岩手です」

「集団就職かい」

「はい」

「そうか……大変だね。部屋はどこ？」

「203号室です」

「じゃあ、僕の隣だ。204号室に住んでる飯倉武司《いいくらたけし》だ。よろしくな」

「長沢一郎です」

飯倉はうんうんと肯くと、

くる。

「面倒な挨拶はまたにしよう。早く用を済ませなよ」

一郎を促した。

飯倉に勧められるままに扉を閉め、便器に跨がった。暗い穴が遥か下の便壷まで一直線に繋がっている。一階の便所も同じ構造であるらしく、便が落下する音がひっきりなしに聞こえてくる。

排便を終わらせて扉を開けると、他の個室に籠ったものか飯倉の姿はなかった。落とし紙を貰った礼を言おうと思ったが、昨夜白木に八時に店に来いと言われた言葉が脳裏を掠め、一郎はそのまま店へと向かった。

出勤、通学の人の群れに交じって、中野駅前の商店街を抜け、珍来軒に着いたのは八時十分前のことである。店の入り口の引き戸のガラスを通して、まだ仕舞われたままの赤い暖簾《のれん》が見えた。

「おはようございます」

一瞬の間を置いて引き戸を開けた。薄暗い店内にいた初めて見る二人の男が同時に視線を向けてくる。どうやら、これから一緒に働くことになる従業員であるらしい。

「今日からお世話になる長沢一郎です。よろすぐお願いしやす」

引き戸を引き開ける気配を察したのか、階段の方から足音が聞こえると、白木が姿を現した。

「おう、時間通りに来たな。どうだ、昨夜はちゃんと眠れたか」

「はい……」

「腹減っただろ。朝飯を食え」

白木はサンダルを履きながら歩み寄り、

「その前に、これから一緒に働くことになる仲間を紹介しておくよ。こっちは、矢部安治《やべやすはる》、それから松木幸介《まつきこうすけ》だ」

二人を交互に見やりながら言った。

矢部は四十になろうかと思われる男で、寝不足なのか、あるいは愛想が悪いのかは分からぬが、焦点の定まらぬ目をしたまま、一郎には何の関心も示すことなく、黙々と飯を口に運んでいる。体は酷く痩せているのに箸を持つ腕には発達した筋肉の束がへばりついている。その不均衡さが一郎の印象に残った。

「松木だ。宜しくな」

幸介は席に座ったまま、軽く頭を下げる。角刈りにした頭といい、まだ幼さが残る目元といい、こちらはさほど歳は違わないようだった。それだけじゃない。身長、体への肉の付き方も酷く似ているようである。しかし一瞬だが、その目に新入りの度量を値踏みするような不穏な光が宿ったのを一郎は見逃さなかった。

瞬間、一郎の脳裏に中学校に入学した頃の情景が蘇った。

小学校と中学校の学校生活の最大の違いは上下関係の厳しさである。それは美桑のような田舎の中学でも同じで、中学に入ると上級生には無条件の服従が強いられた。十三歳の一年生と十五歳の三年生では、体格に格段の差がある。もちろん腕力や悪知恵のつき方も比較にはならない。登下校時に上級生に出会えばその場で直立不動の姿勢を取り、脱帽して礼をする。学生服の詰め襟を開けることは厳禁。ズックの肩掛鞄にしても襷《たすき》掛けにしていなければならなかった。それらの一つでも無視すれば大変なことになった。

上級生が教室の入り口に現れ、あるいは下校時に待ち伏せされ、体育館の裏に引っ張りこまれた揚げ句、鉄拳制裁を受けることになるのである。美桑の中学では、これを『引っ張られる』と言い、よほど腕力があり、かつ早くからその才を発揮し、上級生に一目置かれる存在になれば話は別だが、ほとんどの生徒は二年生を終えるまで上級生の脅威に怯えながら過ごさなければならなかったのだ。大抵の場合、危険な上級生には共通点があった。使い込んだ学生帽の後ろを裂き、詰め襟の学生服の第一ボタンを常に外し、鞄にしても肩にぶら下げている。そして、中学を終えれば進学せずに町を離れ就職して行く、といった具合にだ。

一郎も、一度だがその洗礼にあったことがある。入学して間もなく、登校の際に先輩への挨拶をつい忘れてしまったのだ。薄暗い体育館の裏に引っ張り込まれ、そこに待ちかまえていた五人ほどの三年生は、獲物を手中に収めることを確信した余裕に満ちた残忍な薄ら笑いを浮かべ、

「お前《みやあ》、今朝先輩さの挨拶をすながったんだっつな」

「そんたら、帽子を取んのが面倒くせえが。先輩さ挨拶すんのがやんだっつのが」

いたぶるように言い、いきなり平手で帽子を払うと、恐怖の余り言葉を返すこともできずにいた一郎の顔面に向けて強烈な拳を叩きつけてきた。鼻に鈍い痛みが走り、鼻腔が煙たくなっ

た。衝撃で倒れた体に蹴りが入れられた。口の中に鼻血が流れ込み、鉄の味がした。顔面だけはこれ以上傷つけられまいと、必死に地面に顔を押し付けると、湿った土の感触と共に泥が口の中に入ってきた。あの時の血と泥が混じり合った味は今でもこの体がはっきりと覚えている。

幸介が向ける目には、あの時自分に鉄拳を振るった上級生たちに共通するものが確かにあった。

「さあ、早く飯を食え。開店は十一時だが、その前にやることは山とあんだ。早飯も仕事のうちだからな」

白木は、そう言うと幸介の正面にある席を目で指した。

そこには小さな目刺しが三匹と納豆、そして皿に盛られた沢庵と白菜の漬物が置いてあった。

「飯はお櫃の中のもんを食え。味噌汁も用意してある。お前にやってもらうことは飯を食いながら幸介から聞いておけ」

一郎は促されるままに、調理場に入り味噌汁を椀に入れた。具は豆腐とワカメである。お櫃の中には昨夜の残りであるらしい白米が入っていた。

朝は一汁一菜と麦飯と決まっていた一郎にとって、それは充分にご馳走の部類に入るものである。

飯を山と盛った丼と、味噌汁の入った椀を持って席に着くと、一郎は黙々と箸を運んだ。

「お前、岩手の出身なんだってな」

白木が二階に戻ったところで、幸介が切り出した。矢部は相変わらず何の関心も示すことなく、飯を口に運んでは咀嚼《そしやく》を繰り返すばかりである。

「はい。そんです」

「そんですじゃなくて、そうですだろ」

幸介は箸を逆手に持ち、二本の指で目刺しを摘むと頭からかぶりつく。

「その訛《なま》り、早く直さねえと苦労すんぞ。ズーズー弁は東京じゃ通用しねえからな」

「はい……」

そうは言われても、生まれてこの方標準語は喋ったことがない。いや少なくとも美桑においては、そのズーズー弁が標準語なのだから仕方がない。箸が途端に重くなる。

「今日からは、俺が今まで一人でやってきた仕事をお前が手伝うことになる」

「はい……」

「飯を食ったら仕込みの下準備だ。ほら、裏庭に井戸があんだろ。まずそこで、米を研ぐ」

幸介は調理場の外の庭にある井戸を顎で指す。そこには実家で見慣れたガッチャンポンプとコンクリートでできた井戸があった。

「米は一日に六升使う。昼に四升、夜二升が目安だ。釜は二升炊きが二つある。燃料はガスだ」

「ガスすか……俺《おら》はガスを使ったごどねえんだげんとも……」

方言を使うなと言われても、俄に言葉を矯正できるはずがない。一郎の声はどうしてもか細くなる。

「何だよ。お前んとこは、まさかまだ薪で飯炊いてるなんてんじゃねえだろうな」

「今でも竈さ薪をくべて……」

「お前どんなとこ住んでたんだあ」幸介は呆れた様子で言うと、「まあいい。とにかく薪で飯炊くよりはガスの方が遥かに簡単だ。んなもんは今日一日やれば覚えちまうだろ」

軽い溜息を漏らした。

「ついこの間まで電気も来てなかった千葉のど田舎の出のくせに、よく言うぜ」

矢部が表情一つ変えることなく、呟くように初めて口を開いた。

幸介が明らかに敵意の籠った目で矢部を一瞥する。

「そんで、飯を炊いたら次は何をすればいいんだべ」

一郎は慌てて取りなすように口を挟んだ。

「野菜を洗って、釜に火を入れた頃には十時になる。そしたら出前の注文を取りに廻んだよ。で、十一時半からは戦争だ。岡持もって注文先をひたすら廻る……」

「何軒くらい廻んだべ」

「多い日には注文は百くらいあるかな」

「百軒も廻んのすか」

「一つの事務所で、五つ、六つと纏まった注文をくれるところもあるからな。廻んのは二十軒から三十軒ってとこかな」

「それをどんだけの時間でやればいいんだべ」

「昼飯の時間は十二時から一時の間って決まってんだろ」

「一時間で二十も三十も廻んねばなんねえのすか」

　六十分という絶対的時間の中で、それだけの軒数をこなさなければならないとなれば、一軒当たりに割ける時間は二分から三分。簡単な算数の計算である。出前の範囲がどれほどのものなのかは分からないが、どう考えても不可能だ。

「まあ、普通の家への出前もあるし、一概には言えねえ。それに俺も出前を手伝うから、一時間の間に十軒ちょっとっていったところかな」

　それでも五分弱である。途端に弱気の虫が頭を擡げ、一郎は思わず箸を止めた。

「どっちにしても、昼飯時は戦争だ。飯なんか食ってる暇はねえ。体力が物を言うんだ。だから朝飯はしっかり食っておくんだな」

　幸介は底意地の悪そうな目を向けてニヤリと笑うと、丼飯を掻き込む。

「松木さん……今まで出前、一人でやってだのすか」

　一郎は重い箸を動かしながら訊ねた。

「あれ、お前何も聞いてなかったの？」

「何をですか」

「去年も新入りが入ったんだけどさ。二カ月もたねえでとんずらこいたんだよ。青森出身のやつでさ。出前を取ろうにも、訛りが酷くて話が通じねえんだからしかたねえよ。おかげでこの一年近くは、出前は俺とおかみさんが受け持つことになってさ。酷え目に遭ったぜ」

「その辞めた人は、なじょになったのすか」

「なじょにって、それどうしたのかってことか」

一郎が肯くや、

「んなこたあ知らねえよ。朝起きたら寝床はもぬけの殻。以来、音沙汰なしだ」幸介は造作もなく言うと、空になった食器を片づけ始め、「一郎。さっさと食え。ここじゃ、食器を洗うのは新入りの仕事だからな」

一喝しながら席を立つ。

これからの仕事を聞いているうちに、白米を腹いっぱい食える喜びなど、とうの昔に消え失せていた。丼の中にはまだ、半分ほどの飯が残っている。

『米という字を分析すればヨ　八十八度の手がかかる――』

祖母が事ある毎に口ずさんでいた『米節』の一節が浮かんだ。今ごろ美桑の家では、相変わらず一汁一菜のおかずと麦飯を前にした朝食を摂っているに違いない。それに比べれば、いま自分の目の前にあるものは紛れもないご馳走である。残すわけにはいかなかった。

一郎はおもむろに味噌汁を飯の上にかけると、それを一気に掻き込んだ。

幸介が、矢部が、驚いたような顔をしたが、一郎は構わなかった。

「ご馳走さまでした……」

一郎は手を合わせると、食器を纏め調理場へと入った。幸介が「こいつを洗っておけ」と言い、矢部の食器を一緒に持ってくる。やがて、階段から足音が聞こえ、白木の妻のハナがお盆の上に山と積んだ食器を持って現れる。

「長沢君、これもお願いね」

ハナは無造作にお盆を流しに置くと、再び二階へと取って返す。

洗剤らしき物は見当たらない。しかたなく一郎は水道の蛇口を捻り水を出す。もうすぐ四月になろうというのに、水は手を切るように冷たく、たちまち指先の感覚がなくなっていく。ふやけた飯粒がこびりついたタワシを使い、食器を洗っているうちに、白い司厨着を着た白木が降りて来た。

「一郎、そんなに水を使うな。水道はただじゃねえんだ。桶に水を溜めて洗剤で下洗いをする。そしてもう一つの桶ですすぎ洗いをするんだ」

白木は水道を無造作に止めた。

「はい……」

「それから客に出す食器はたくさんあるから井戸で洗う。いいな」

一挙手一投足を見られていると思うと、動きがぎこちなくなる。洗剤の在処を訊ねようと思うのだが声が出ない。指先に覚える痺れが痛みに変わっていき自由が利かなくなってくる。それでも必死の思いで食器を洗い終えると、

「一郎、いつまで洗ってんだ。早くこっちを手伝え」

井戸で米を研ぎ始めた幸介の声が聞こえた。

慌てて裏庭に出、笊に空けた米を研ぎ始める。ふと傍らに目をやると、無色透明の液体が入

った容器が置いてある。調理場にも同じ物が置いてあったのを思い出し、

「これが、洗剤すか？」

一郎は思い切って訊ねた。

「何だ、お前洗剤知らねえのか」

幸介が呆れたように言う。

美桑では、食器を洗うに際して皁莢《さいかち》の実を使っていた。

秋になると、巨大な莢豌豆《さやえんどう》のような形をした実が皁莢の木に鈴なりになる。それを採取し、軒先に吊るして乾燥させ、莢を割って取り出した実をぬるま湯に浸けると出てくる泡で食器は洗うものと決まっていた。油ものには竈の中から灰を取り出して作っておいた灰汁《あく》である。

「お前、いったいどんな田舎で暮らしてたんだ」幸介は舌打ちすると、「まあいい。使い方は後で教えてやる。とにかく先に米を研げ」

苛立った声を上げた。

ガッチャンポンプを押しては、水を桶に入れ、米を押すようにして何度も洗う。傍らでは、幸介が野菜を洗い、俎板の上に載せて包丁を入れる。

「野菜は捨てるところはねえ。葱の緑のところ、キャベツや白菜の芯、人参の皮は全部麺の汁の出汁《だし》に使うからな」

幸介は包丁を器用に操りながら、野菜を切り分けて行く。くり貫いたキャベツの芯を笊の中に入れ、残った塊を二つに切り、もう一つの笊へと積み上げて行く。ポンプから流れ落ちる大

量の水がたちまちのうちに一郎の足元を濡らして行く。上京前に買ったばかりの白いズックの靴は灰色に変色し、学生ズボンも膝までずぶ濡れになった。

「一郎、米はまだか」

白木のせかすような声が聞こえる。

「はい！　いま持っていぎゃす」

水をたっぷり吸った一升の米はかなりの重さがある。それを両手で抱え調理場へと持ち込むと、二升炊きの釜の中に空ける。

調理場もまた戦場のような慌ただしさである。矢部はすでに幸介が持ち込んだキャベツを細かく刻み始めている。傍らに置かれたアルミの巨大なボウルの中に氷箱から取り出した豚のひき肉が山となっている。白木はその隣で、棒状に練ったメリケン粉をちぎっては麺棒で伸《の》し薄い皮に仕上げていく。何を作っているのかは分からないが、その手際の良さに思わず動きを止め見とれていると、

「米を運び終わったら、さっさと幸介を手伝え」

白木の一喝が飛んだ。

慌てて井戸端に戻り、野菜を洗い始める。

「一郎——」

ふと目を上げると幸介の顔がすぐ間近にあった。

「お前、よりによって、何でこんな店を就職先に選んだんだ」

「なすてって言われても……婆ちゃんが、食い物屋はどんな時代がきても食うに困んにゃあって……」

「食うに困んねえか」幸介はふっと口元を歪めると、「確かに食うには困んねえが、こんなとこで働いていても、先は知れてんぞ。何しろ約束されてんのは飯だけだからな」

声を潜めながら今度は白菜の芯に包丁を入れた。

「先は知れてるって、なすてですか」

「お前、給料幾らって約束された」

「三千円です」

「俺は二年働いているけど、上がったのは二百円だけだ。安《や》っさんは、歳は三十九。ここで働き始めて十年になるけど、月給は六千円だ。大学出たての小学校の先生の給料は八千円。こんだけ長いことこき使われても大学出たばっかのヤツほども貰っちゃいねえ。これじゃ店を持つどころか、所帯も構えられやしねえよ。もっとも、安っさんは昔ポン中で、ちょっとここが緩くなっちまってるから、気にもしてねえだろうけどよ」

「矢部さん、ポン中だったのすか」

一郎はぎくりとして手を止めた。

「安っさんでいいんだよ。あの人は五分の口叩かれても気にしねえから」

「五分の口って?」

「ほんと、お前は面倒くせえやつだな。歳に関係なく同じ口を利くことを五分っつんだよ」幸介は苛立った声を上げ、「あの人はよ、埼玉の出身なんだが、徴兵にあって満州に送られちまってよ。もっとも兵隊に行ったたって言っても炊事兵だったらしいんだが、そこでヒロポンを覚えちまったらしいんだな」

また新しい白菜に包丁を入れる。

ヒロポンの恐ろしさは知っていた。美桑の家のすぐ近所には、馬の蹄を専門にしている鍛冶屋があったのだが、そこのヨッちゃんと呼ばれていたおばさんがかつてヒロポンを常用していたのである。

ヨッちゃんは、母よりも十ばかり年上で、酷く痩せておりいつも疲れた顔をしていた。皮膚の色は土気色で張りがなく、いつも真っ赤に焼けた蹄鉄が馬の蹄に押し付けられ、釘が打たれる様子をぼんやりと眺めていた。彼女には一郎よりも六つ年上の和明という息子がいたのだが、これがかなり変わっていた。学校へも行かず、毎日野山を当てどもなく彷徨い歩くのが日課であったこともさることながら、特に目を惹いたのがその格好と言動である。何しろ、垢にまみれてテカテカになった学生服の下には、常に女物のシャツを着、首には真っ赤な化繊のスカーフを巻いていたのだ。話し口調は女言葉で、喋る時には針金のように痩せた体にシナを作る。

小学校の頃は下校時間になると、そんな和明の姿を目にすることがままあった。弱者が虐《いじ》めの標的になるのはいつの時代も同じである。さすがに弘明がいる時にはそんな行動に出る者はいなかったものの、性質の悪い仲間が一緒だと小枝を手に持ち、鼻歌を口ずさみながら彷徨い歩く和明の後をつけ、とんでもない蛮行に及ぶ者もいた。

「やーい、和明。この男女《おとこおんな》」

「汚《だってやぁ》らわしい！　あっつぁ行げ」

石を投げ、あるいは土団子を投げして後を追う。上級生の中には和明の動作が緩慢なことをいいことに、彼の体を押さえつけ、

「お前《みやぁ》、金玉ついでんのが」

と言いながらズボンを脱がしにかかる者さえいた。

もっとも、和明の行動が学校へも行かず、野山を徘徊しているだけなら話はそれで終わっていたかも知れない。だが、和明が中学三年になった春、美桑の町でちょっとした事件が起きた。鍛冶屋の四軒ほど隣にある家の軒先に、時折何かが付着したちり紙が置かれるようになったのだ。その正体が精液であることを知ったのは大分後の話で、当時小学校三年だった一郎にはそれが何であるのか、大人たちが何ゆえ眉を顰《ひそ》めるのかは分からなかったが、これといった事件とは無縁の町はちょっとした騒ぎになったものだった。当然、一郎の家でも祖父母、両親がその一件について話すことがあったのだったが、誰の口からともなく即座に和明の名前が出た。

「あの家さは、年頃の娘ばり、三人もいっからな」

「たぶん、和明の仕業に間違いねえべ」

「だってゃあごだ。あすたな物を、若《わ》ぎゃあ娘のいる家の前さ置ぐなんて……」

「しょうがねえべ。和明はヨッちゃんがヒロポンやってた時にでぎだ子供だっつがら」

「あの人、ヒロポンやってたのすか……。どうりでねえ……」

「高藤先生が一目見て語ったっつよ。『何だ、あんだ、ヒロポンやってんな』って。ヨッちゃんも結婚するまでは、横浜の紡績工場さ稼ぎさ出てたすぺ。どうもそごで覚えだらすいんだな」

「おっかにゃあ、薬だごだあねえ」

そんな会話が交わされたことは鮮明に覚えている。

結果から言えば、精液のついたちり紙をその家の軒先に置いた犯人は、最後まで分からずじまいだったのだが、中学を終えて和明が町からいなくなるとぴたりと止んだと言うから、やはり彼の仕業であることは間違いなさそうだった。そう、和明は、夜な夜な抑えきれぬ欲望を自らの手で処理し、精液のついたちり紙を深夜、若い娘がいる家の軒先に置くという行為を繰り返していたのだ。

まさに常軌を逸した行動である。

ヒロポンは使用した人間を廃人同然にするばかりではなく、その子供までを異常にする恐ろしい薬だ。どんな行動に出るか常人にはまったく予想できない。

そんな人間が包丁を握っている、その傍で日々を過す。それだけでも、一郎は胸が苦しくなってくるのを覚えた。

「もっとも、今じゃヒロポンも簡単には手に入らねえ。お陰で今じゃもっぱらこれだ」

そんな一郎の心中を知るよしもない幸介は空いた手を口元に持って行くと、コップを呷《あお》る仕草をした。

「酒すか」

「ああ、そうだ。安っさんはよ、毎晩仕事が終わるとまずビールを一本飲む。それから焼酎だ。まあ、おやっさんもさすがに売値で取るわけにはいかねえから、仕入れ原価で飲ませてやっているらしいんだが、月末になりゃ給料なんかあらかた消えちまう。辞めようにも辞められねえわけよ」

「そんなんで仕事になんのすか」

「安っさんの腕を見たか」

一郎は肯くと、

「体の割には凄く太い腕すてっかすよね」

矢部の腕の発達した筋肉を思い浮かべながら答えた。

「あれでも、やっぱ軍隊にいただけあってよ、鍋を振らせりゃそりゃ見事なもんでよ。それに仕事は早い。だからおやっさんも首を切れねえんだよ」

幸介がそこまで話した時、調理場の中から、

「幸介！　そろそろ出前を取りに行く時間だぞ。一郎を連れてさっさと廻って来い」

白木の怒鳴り声が聞こえた。

「さあ、時間だ。これから戦争だ。今日は俺のやることをしっかり見てろ。明日からはお前と俺が手分けして客先を廻ることになるんだからな」

幸介は白菜を山と盛った笊を抱えると、立ち上がった。

＊

戦争──。珍来軒での仕事は、まさにその一言に尽きた。

客先は、主に中野駅前に事務所を構える小さな会社や工場、あるいは個人商店で、十時を過ぎたところで一軒一軒を訪ね歩くのだ。もちろん、注文のあるなしは日によって違えば、客先によって件数もまちまちである。一日に廻る得意先は約三十ほど。それを一時間ほどの間に廻り、注文を伝票に書き込んでいくのだ。

珍来軒は麺類と丼物、それに定食まで提供していたから、客の注文を聞き、それを伝票に書き留めるだけでも大変である。もちろん中には、予《あらかじ》め注文を取り纏めた紙を手渡してくれるところもあったが、多くの場合は事務所のドアを開け、

「毎度！　珍来軒です！　昼の注文を取りに来ました」

と叫び、それから品書きを見て決める客の注文を伝票に書き込まなければならなかった。

客先を廻る度に、伝票はたちまち厚くなっていく。店に戻り伝票を置く頃になると、出前の注文の電話が鳴り始める。電話の応対をするのはハナと決まっており、カウンターの上に置かれた伝票は益々厚さを増して行く。

幸介が言った通り、安っさんの働きぶりは物凄かった。白木は麺類、安っさんは炒め物と役割が決まっており、人気のチャーハンなどは一気に五合ほどの飯を入れた中華鍋を軽々と操っ

た。鍋を振る度に具が混じった飯が宙を舞い、お玉でそれを掬い上げると皿の上に盛りつけて行く様は圧巻だった。

しかし、問題はそれからである。

「岡崎工機さん。上がったよ！」

白木が早くも次の仕事に取りかかりながら叫ぶのを耳にしながら、岡持の中に料理を入れて店を飛び出すのだが、名前と場所が一致しないのだ。出前に追われている幸介に尋ねるわけにもいかず、うろついた揚げ句にようやく辿り着いた頃には、麺が伸びていることもあれば、注文した客から、

「今ごろ何だ！　遅いんだよ！　持って帰れ！」

厳しい言葉を投げつけられることなど何度もあった。

それに輪をかけたのが言葉の訛りである。珍来軒では出前に自転車を使わなかった。すべて全力疾走である。天気のいい日はともかく、雨の日にはゴムのカッパを着込んでいることに加え、両手に岡持を持っているせいでどうしても配達時間が延びてしまう。

「こんな伸びちまったソバなんか食えるかよ」

客の叱責に、

「申す訳げござりへん。こすたに雨の酷い日だど、なじょすても遅ぐなってすまって……」

などと答えれば大変なことになった。

「まさか、こんなもんを食えってんじゃねえだろうな。金がいらねえなら別だがよ」

「俺《おら》さ、そすたなごど言われでも……なじょにすたらいいんだべ」

焦れば焦るほど出てくるのは岩手の言葉ばかりだった。

「お前、何言ってんだ。さっぱり分かんねえよ」

嘲るような歪んだ笑いを浮かべながら、手で追い払われてしまうのだ。

重い岡持を持って店に戻り、事情を話す間もないまま、突き返された料理をカウンターの上に置くと、白木は睨みつけるように一郎に一瞥をくれると、そのまま調理を続けるのだったが、店がひと区切りすると、決まって調理場の中に一郎を呼び出し、文句を言う前に大きなお玉で思いきり頭を殴った。

「おめえ、今日はいったい幾らの料理を無駄にしたと思ってんだ」

白木の最初の言葉はまず無駄になった料理の金額からと決まっていた。突き返された出前の伝票を両手で握りしめ、殴られた頭を抱える一郎の様子を慮《おもんぱか》ることもなく声を震わせた。

無駄になった金額など、すぐに分かるわけがない。それにもまして白木は手加減することなくお玉を頭に叩きつけるものだから、痛みは強烈である。まさに目から火花が飛び、目の前が暗くなる。押さえた手の中で、打撃を受けた部分が瘤となって膨らんでくる。

「ウチはな、一杯五十円のラーメンを売ってんだ。卵丼は八十円だ。ラーメン十杯無駄にすりゃ、五百円。こんなことを一週間も続けりゃおめえの給料なんか吹っ飛んじまう。昼飯抜くか、それとも代金を給料からさっ引くか。どっちにする」

答えは決まっていた。

田舎へは手取り三千円の中から千円を毎月送金することになっていたからだ。僅か、ラーメン二十杯分の金である。一家八人の生活費には、幾らの足しにもならないが、その程度の金でもあると無しとでは大違いだった。何しろ、母のがま口に札が入っていることは滅多になかった。鉛筆が欲しいと言えば、母はよれたがま口を開け、中の小銭を選り分け十円玉を一個渡してくれるのが常だった。だから筆入れの中はいつも、鉛筆と消しゴムが一つずつ、それにナイフが一つしか入っていなかった。芯を削らぬように、細心の注意を払いながら木の部分だけに刃を入れる。芯の硬さは2H。これも鉛筆の減りを極力抑えるためである。

授業のノートを取る時はともかくとして、試験の答案を書くときは一苦労だった。答案用紙は藁半紙でできているせいで繊維が粗い。がり版刷りのインクの色に合わせて、答えを濃く書こうとすると、硬い芯が繊維に引っ掛かり、紙が破れてしまう。あるいは、芯がぽきりと折れ、試験中にもかかわらず、慌ててナイフで鉛筆を削らなければならなかった。

元より中学を卒業すれば、すぐに就職するものと決まっていたから、勉強には然程熱心に取り組んだ記憶はなく、成績もほとんどが『3』。中には『2』を付けられた教科もあったが、そんな苦労をしなければもう少しいい成績が残せたのではないかという思いは今も抱いている。もちろん鉛筆が短くなり、手に持てない長さになっても捨てたりはしなかった。金属のサックにちびた鉛筆をはめ込み、それが支えきれなくなるところまで使った。美桑を出る頃には、使い古した鉛筆は、菓子箱一つ分ほどの量になっていたが、それも捨てることなく二郎へと受け継がれた。

せめて弟たちにはＨＢの鉛筆を使わせてやりたい。母の財布の具合を心配することなく、ノートや鉛筆を買わせてやりたい、と一郎は思っていた。

十五歳といえば、まだ育ち盛り。仕事は大変な重労働である上に、休み時間などほとんどないと来ている。しかも、調理場からはいつも食べ物の匂いが漂ってくる上に、店内では客が美味そうに、麺を啜り、飯を平らげていく。そんな姿を目の当たりにしているのだから、こんな残酷な話はない。

空腹のせいで胃が痛くなり、やがて眩暈《めまい》がしてくる。ともすると、その場にへたりこみそうになる。

三時になって、安っさんと幸介が遅い昼食を食べ始めると、一郎は山となった汚れた食器を抱えて井戸端にしゃがみ込み、黙々と洗い物を始めるのが日課となった。十日もすると、毎日六升の米を研ぎ、山と積まれた食器を、しかも、素手で合成洗剤を使って洗うものだから、たちまち手が荒れ、甲や指先がひび割れ、ぱっくりと口を開ける。アパートに帰り、その部分にチンク油を塗っても傷が癒える暇などありはしなかった。

一郎は他人の飯を食うことの辛さ、そして何よりも、僅か三千円の給料と引き換えに、身を粉にして働かなければならない惨めさを痛感するようになった。油にまみれた食器は、洗剤を使った上にいくらタワシで擦っても、冷水ではなかなか奇麗にならない。

こんな日々がいつまで続くのかと思うと、将来のことどころか明日を考えるのも嫌になる。『食い物屋はどんな時代がきても食うに困んにゃあ』と言った祖母の言葉に、その気になった自分が馬鹿に思えてくる。事実、幸介は就職して二年も経つというのに、仕事の内容はといえば、出前持ちと食材の下準備ばかり。鍋を振っているところなどただの一度も見たことはない。一郎が下についたせいで、それらの労働の一番辛い部分から幾分解放された程度のことでしかない。調理の仕方など、この先何年いても覚えられるわけがないのは明白だった。

俺が悪いんじゃない。もう、こんな店辞めてやる。

客先で、言葉の訛りを馬鹿にされ、出前の品を突き返されては昼飯を抜かれる度に、何度そう思ったか知れない。疲れ果てた体を、アパートの布団に横たえ、薄いカーテンを通してぼんやりと映る街路灯の明かりを見ているうちに、美桑を発つ前、父が握らせてくれた汽車賃を使い、いっそこのまま田舎に帰ってしまおうかという衝動に駆られることさえあった。

しかし、かろうじて思い止まれたのは、田舎への仕送りのことがあったこともさることながら、安っさんの助けがあったからだ。

「これ、洗っとけ」

それは昼飯を抜かれて一週間も経った頃のことだった。いつものように井戸端で食器を洗っていると、昼食を済ませた安っさんが食器を差し出してきた。

「はい……」

受け取った食器を受け取ると、丼の中には一握りの白米が残っており、その上には餃子が一つ、載せてあった。さらには飯の中に沢庵が二切れ埋め込まれていた。

「安っさん……」

思わず一郎が顔を上げた時には、安っさんは、頼りない足取りで何事もなかったように、店の中へと引き返して行く。

安っさんは、栄養を酒で摂っているような人で、朝食にしても飯は丼に半分ほど。おかずの量もそれに見合った程度しか食べない。夕食に至っては、おかずを肴に酒を飲むだけで、米は一切口にしない。飯は釜から各自が食べられる量を盛ると決まっていたから、残ることなどありえないはずである。

安っさんが、どんなつもりでそんなことをしたのかは分からない。しかし、そんなことはどうでもよかった。いや考えている暇などありはしなかった。

一郎は姿勢を変え、店に背を向けると、丼の中に手を入れ、余った飯とおかずを鷲摑みにして口の中に押し込んだ。同じ動作を二度繰り返しただけで、丼の中はすぐに空になったが、それでも空腹が幾分和らぎ、体が仄かな熱を帯びてくるのが分かった。

乞食だ。残飯を漁るなんて、乞食そのものだ。

惨めな思いは捨てきれなかったが、それよりも耐えられない程の空腹が和らぐことの方が嬉しかった。情けなさとありがたさが胸中で交錯し、視界がぼやけた——。

安っさんは、それから一郎が昼飯を抜かれると、必ず残した飯を「洗っておけ」と言って、井戸端に持って来るようになった。

珍来軒で働くようになって、最初の危機を何とか凌ぐことができたのは、そんな安っさんの助けがあったからだ。もっとも、安っさんは、それ以外に滅多に口を利くことはなかった。店を閉め、片づけが終わって、幸介と三人で遅い夕食を摂っている間も、黙々と酒を飲むだけだった。

早々に、夕食を終わらせると、

「安っさん、お先に失礼します」

酒を飲み続ける安っさんを残し、その足で銭湯に向かうのが一郎の日課になった。もっとも、銭湯は十六円もしたから、一日置きのことだったが、明るく広い湯船に浸かるのは、何よりの楽しみになった。

三ヵ月も経つ頃になると、出前もどうにかつつがなくこなせるようになった。

もちろん訛りが抜けたわけではない。時間通りに出前が届くようになると、客の方が一郎の訛りをむしろ面白がるようになったのである。

「兄ちゃん、東北かい？」

「集団就職で出てきたのか」

岡持から注文の品を出す間に、そんな問い掛けをしてくる客も珍しくなくなった。春が過ぎ、夏になると、水仕事も苦にはならなくなった。丸刈りだった頭髪が伸びたところで角刈りにし、ズボンも新調した。すぐに使えなくなった靴も買い替えた。ランニングシャツの上に、白い開襟の司厨着を羽織ると、一人前の調理師になったような気がした。

美桑にいる家族には、約束通り毎月千円の仕送りを欠かさなかった。給料はいつも月末に千円札が三枚、剝き出しのまま白木から手渡された。その中の一枚を現金書留にして家に送ると、二週間ほどして必ず葉書が届いた。差出人は主に母だったが、二郎も便りをくれた。決して上手な字ではなかったが、自分が使うことがついぞ叶わなかったＨＢの鉛筆が用いられているのが嬉しかった。

母からの手紙には、一郎の東京での生活を案じる言葉とともに、曽我の製材所で働いている様子が書き記してあった。それによると、母は毎日朝八時半には弁当を持って製材所に出、午後五時に仕事を終える日々を送っているという。勤め始めた頃は、木っ端を集めるのが仕事であったが今は角材を電動鋸にかけ、板へと製板するのに変わったらしい。月給は五千円。決して高いものではないが、美桑のように雇用基盤が脆弱な上に、現金収入の道が限られている町では、充分に家計の助けとなる額である。

すべてが好転しているように思われた。峠を一つ越した。そんな実感があった。

白木に叱られることはめったになくなり、幸介のことをいつの間にか、コーちゃんと呼ぶようになっていた。二日に一度の銭湯通いも、いつしか幸介と一緒に行くようになっていた。その帰りには、銭湯の近くにある彼のアパートを訪ね、夜遅くまで語り合うこともあった。訛りも多少抜け、東京の言葉にも耳が慣れてきたようでもある。

「一郎、お前、盆には田舎帰んのか」

幸介がそう切り出したのは、七月も半ばを迎えようという辺りのことだった。

帰省――。正直言って、母や弟から葉書を貰う度に、美桑の町への郷愁が掻き立てられたのは事実である。できることなら、盆休みには二日でも、三日でも帰りたいのは山々だったが、一郎はどうしても踏ん切りがつかなかった。

この三月《みつき》ばかりの間に、服や靴を買ったせいで、旅費を捻出するのが難しいということもあったが、一度美桑に足を踏み入れれば、杉下を埋めた東原を見ることになる。せっかく薄れかかったあの忌まわしい思い出がまた鮮明に蘇るのではないかと思うと、どうしてもそんな気にはなれないでいたのである。

「今年は、帰んねえがなど思って……」

「何で」

「汽車賃もかかるすね」

「汽車賃って、お前、給料全部使っちまったのかよ」

「そんでねえのっす。実はね、コーちゃん。俺、給料の中から毎月千円仕送りしてんだよね。それにほら、ここさ来てがら、ズボンや靴とが買ってしまったす。銭湯代とか、なんだかんだと細々どした出費もあるすぺ。往復すてすまったら、すっからかんになってすまうもの」

「そっか……お前、千円も仕送りしてんのか」

幸介は、感慨深げに何度も肯く。

「コーちゃんは帰んだべ。千葉は岩手なんかよりもずっと近いものね」

「俺か」幸介はふっと寂しげな笑いを浮かべ、窓の外を見やると、「帰ったところで、俺には家族はいねえんだよ」

ぽつりと言った。

「家族、いねえって？」

一瞬理由が分からずに、一郎が訊ねると、

「みんな死んじまったんだよ」

幸介は寂しげな目を向けた。

「なすて？」

「俺は確かに千葉の出身なんだけどさ」

「うん」

「だけど、育ったのは千葉じゃねえ。東京の深川なんだ」

「深川？」

「隅田川を渡ったとこにある下町よ」

幸介は遠い過去を振り返るように開け放たれた窓の外に目をやると、初めて自身の身の上を話し始めた。

「俺の家は、代々千葉って言っても、山奥の駒井野ってとこで百姓をしてたんだ。結構広い畑があったし、まあ、そっから取れるもんだけでも、食うには充分な収穫があったらしいよ。家には親父とお袋、それに爺さんと婆さん。それに、親父には妹が一人いたんだ」

一郎は黙って幸介の話に聞き入る。

「だけど、俺が生まれた年戦争が始まった。おばさんは尋常小学校を出るとすぐに、立川にあった軍需工場に働きに出た。まあ、女子供が飛行機を造っていた時代だ。そんな話はあの時代珍しくも何ともねえ話なんだが、俺が一歳になった時、親父に赤紙が来てよ、その一年後には親父も南方で戦死しちまったんだよ」

「ほんでゃ、コーちゃんは父ちゃんの顔を知らねえで育ったの？」

「親父の顔どころか、お袋の顔だってあんまり覚えちゃいねえよ。親に繋がるものっちゃ、戦友だったって人が届けてくれた親父が使っていた雑嚢だけだ」

「なして？」

「不思議なもんで、不幸は不幸を呼ぶもんなんだな。親父の戦死公報が届く前に、爺さんが卒中に罹っちまってよ。乳飲み子と爺さんの世話だろ。それに畑を耕さねえことには、食っては行けねえ。無理をしたんだろうな。お袋、結核になっちまってさ。一年もしねえうちに死んじまってよ。爺さんもそれから半年も経たねえうちにあの世に行った……。そしておばさんも、立川が空襲されたのを境に、ぷっつりと音信を絶った——」

「死んだの？」

「多分ね。あの頃の空襲は、焼夷弾が空から雨霰《あめあられ》と降ってきて、辺り一帯を焼き払うんだぜ。黒焦げの死体が残ってたって、誰のもんか分かるわけねえだろ。点呼を取って、名乗りを挙げなきゃそれまでよ」

幸介は、口元を歪めながら言い、続けた。

「婆さんが三歳の俺を抱えて畑仕事をするわけにもいかねえわな。駒井野には、親類縁者もいたらしいんだが、あの時代どこの家だって暮らしに余裕なんてありゃしねえ。それに困ったやつの足元を見るのが人間の常だ。親類とはいっても、ただで世話しようなんて奇特なやつはいねえさ。世話はしてやる代わりに、それなりのもんを払えって言われたらしいんだな」

「金すか」

「金なんかあるわけねえだろ」幸介は鼻を鳴らした。「親戚のやつ、こう言いやがったらしいよ。婆さん一人じゃ畑なんか持っててもしかたねえだろ。食い物と住むところは用意してやるから、畑と山、それに家を差し出せってな」

一郎の脳裏に、篤志家として美桑の町民の尊敬を一身に集めた、弘明の父忠弘の姿が浮かんだ。

戦後の農地解放に当たっても、鷹揚に構え境界一つ争うことなく土地を差し出し、女中が嫁に行くに際しては、身支度の一切を持たせてやった。清枝にしたところで、その恩恵に与《あずか》った一人だ。忠弘の援助がなければ、彼女がいかに学業に優れていたからといっても、進学は叶わなかったことは間違いない。もちろん、それは余りある財産という裏打ちがあってのことには違いないが、困窮した者に暖かい手を差し伸べるのも人間ならば、それを機と見てすべてを毟り取ろうとするのもまた人間である。

幸介の言葉を聞いているうちに、一郎はどちらが人間の本性なのか、分からなくなる。

「そんで、なじょにしたの」

「どうするも、こうするもあるかよ。婆さんは、この土地は幸介のもんだ。この子が大きくなって、後を継ぐまでは誰にも渡さねえって言って、古い友達を頼って東京に出たんだよ」

「そごが、深川だったのすか」

幸介は肯くと、

「その家の婆さんが、駒井野の隣村の出身でウチの婆さんと幼なじみでさ。深川で下駄屋をしてたんだが、自分家《ち》の食い物にも事欠く時代だ。年寄りと幼子の二人ったって、世話する余裕なんてどこを探してもありゃしねえ。それでも、気の毒に思ったんだろうなあ。庭先にあった炭小屋を貸してくれてたんだが、半月もしねえうちに、東京大空襲だ。婆さんは、俺をつれて必死に逃げ、何とか生き残ることができたんだが、下駄屋の家族は行方不明。可哀想な話だけどよ、それが婆さんと俺にとっちゃ、幸いしたのよ。まあ、終戦までは、浮浪者同然の暮らしを強いられたんだが、戦争が終わって、そこに掘っ建て小屋を建てても、文句一つ言うやつは出てきやしなかったんだよ。婆さんは、俺が中学二年の時に死んじまったんだが、それから一年。俺は中学を卒業するまで、そこで過すことができたってわけさ」

薄ら笑いを浮かべながら言った。

「コーちゃん。生計はなじょにすて立てでだの」

「戦争が終わるとすぐに婆さんが働きに出たのさ。何でもやったみたいだね。闇市の飲み屋の手伝い。世の中が持ち直してくると、料理屋のお燗番。食堂の皿洗い。二十八年に遺族年金が支給されるようになってからもずっと死ぬまで働きづめだったな。俺が今の店で働くことになったのも、その時の伝手《つて》でね。最後に働いていた食堂のオヤジが、珍来軒を紹介してくれたのさ」

「深川の家は？」

「今や家の形が残ってるだけのようなもんだ。豚小屋だってもうちょっとマシって代物さ。夜露がかろうじて凌げるってとこかな」

「駒井野の家は」

「さあな」幸介は他人事のように言う。「三歳の時に離れたきり、一度だって足を踏み入れちゃいねえんだ。どうなってるかなんて分かりゃしねえよ。もっとも、婆さんは土地の権利書だけは何があっても離さなかったから、今じゃ俺の物であることは確かだけどな」

「帰る気はねえのすか」

「お前ね、駒井野がどんなとこか知ってんのか」

「知るわげねがすぺ」

「そりゃ酷い田舎らしいよ。第一、千葉なんて山奥行けば今の時代にだぜ、まだ電気の来てねえとこだっていっぱいあんだぜ。それに、いまさら帰って何すんだよ。まさか百姓やるわけにはいかねえだろ」

幸介の言うことはもっともである。

百姓は誰にでもできる簡単な仕事ではない。どんな作物を作るにしても、技術もいれば人手もいる。規模によっては、牛や馬といった家畜の力が必要だ。代々その土地を受け継ぎ、先人によって培われた知恵の伝承なくしてはろくな物などできるはずがない。一代の空白は廃業を意味し、たとえ幸介がこれから百姓に専念することを決意したとしても、軌道に乗るまでは長い年月が必要となる。

「すたら、コーちゃんは、将来どうするつもりなの？　珍来軒から独立すて、いずれ店でも持つつもりすか」

一郎は訊ねた。

「食堂のオヤジになるなんて御免だよ」

「何が夢があんだね」

「ああ……」

「コーちゃんの夢ってなに？」

「そいつはまだ分かんねえ」幸介は意味深な笑みを浮かべると、「ただ、こいつだけは言える。今の世の中で大金持ってんのは、戦後のどさくさで賢く動き回り、財産を築き上げたやつだけだ。お国はもはや戦後ではない、なんて言いやがるけどよ、何が起きるか分かんねえのが人の世ってもんだ」

何かを確信しているような目を向けた。

「そうは言っても、もう戦後のどさくさのような時代は来ないんでねえべが。日本は新しい憲法で、戦争は二度とすねえって決めたんだから」

「日本は戦争をしねえって決めたが、じゃあ、他の国はどうなんだよ。太平洋戦争が終わっても、朝鮮じゃ戦争は続いただろ。それが戦争特需を生んで、しこたま儲けたやつが幾らでもいんだ。今のところ朝鮮は落ち着いちゃいるが、また戦争が始まりゃ同じようなことが起きる。ソ連とアメリカとの間で戦争が始まりゃ、日本だって巻き込まれるに決まってんだろ。そんな時代が来りゃ、さして銭を持たねえやつでも、才覚一つでのし上がることはできる。俺はそう思ってる」

幸介の言うことは分からないでもないが、余りに彼の構想が具体性に欠けていて、一郎にはピンと来ない。

思わず押し黙ると、そんな気配を察したものか、

「ところで一郎。お前、酒は飲んだことあんのか」

と幸介はいきなり話題を転じた。

「いや、酒は一度も……」

「そうか、じゃあ、これからビール飲みに行くか」

「そんな……コーちゃん。俺、まだ十五だよ」

「俺はお前の歳にはもう飲んでたよ。酒の一つ、煙草の一つもやらねえで職人が務まるかよ」

幸介はいとも簡単に言う。

「コーちゃん。煙草やんの」

「さすがにオヤジの目があっから店じゃ吸わねえが、アパートに帰りゃ当たり前にやってる。ビールだって、ほとんど毎晩飲んでるよ。この近くに、『お染』って、ババアが一人でやってる小料理屋があんだが、どうだ一郎、これからそこへ行かねえか」

「すたって、俺、そんな金ねえす……」

煙草はともかく、酒に興味がなかったと言えば嘘になる。今までそれを口にしなかったのは、酒に関して言えば、貧乏な美桑の家では父や祖父でさえも、盆と正月、それにたまに鶏を潰した時くらいしか口にすることはなく、常備されているものではなかったからだ。

それに珍来軒ではビールの値段は二百五十円もする。小料理屋なんてところでは、もっと高いに違いない。手取り三千円。しかもそのうちの千円は仕送りに消えてしまう身には、一本のビールとはいえ、余りに高額に過ぎた。

「金のことなら心配すんな。新宿で立ちんぼの女を買って、筆下ろしをさせてやるほど気前は良かねえが、ビールの一本や二本なら俺がおごってやる。さあ、行こうぜ」

幸介は、躊躇する一郎を尻目に、話は決まったとばかりに立ち上がった。

自分とは二百円しか違わぬ給料しか貰っていないのに、どこからそんな金が出て来るのだろうと、一郎は怪訝な気持ちを抱いたが、そこまで言われれば従わないわけにはいかない。

その夜、一郎は幸介のおごりで初めてビールを口にした。それはほろ苦く、どこか金属的な味がする代物であった。決して美味いとは言えないものの、酔いが回るにつれ、何だか自分が少年の域を脱し、職人として一歩を踏み出した。一郎をそんな気持ちにさせた。

＊

初めての盆休みは、東京で迎えた。

住人のほとんどが大学生ばかりのアパートは、盆休みよりも早く、七月も半ばを迎えた辺りになると、都会の中に取り残された廃屋のように静かになった。

一郎は、盆休みの一週間を幸介のアパートで過した。

ある日は、電車で新宿に出掛け映画を見、またある日は完成したばかりの東京タワーを見物に出掛けたりもした。帰りには、幸介のアパートで、酒屋から買ってきたビールを飲んだ。電車賃以外の金は、すべて幸介のおごりだった。

金の出所の謎はすぐに解けた。戦死した彼の父親のために支払われる遺族年金である。幸介によれば、年金証書を郵便局に持って行けば、四月、七月、十月、十二月の年四回、一回につき一万三千三百円が現金で支払われるのだと言う。ひと月に換算すれば、四千四百三十三円。彼の月給以上の額が黙っていても入ってくるのだ。気前が良くなるのも肯けようというものだが、一郎はそれを幸介が自分のことを気に入ってくれた何よりの証だと考えた。

幸介のアパートに転がり込んだのには理由があった。隣の部屋に住む飯倉が、夏休みにもかかわらず、帰省しなかったからである。彼はお茶の水にある東京医科歯科大学の医学生で、今年の年末には医師の国家試験を控えているせいで、その勉強が忙しいのだと言った。どうりで、壁の隙間から深夜になっても明かりが漏れて来るはずである。

そんな人間が隣にいるというのに、幸介と一緒に酒を飲み、馬鹿話に花を咲かせるのはさすがに気が引けた。その点、幸介の住むアパートは気が楽だった。住人はやはり学生ばかりで、こちらは、両隣とも帰省中で九月まではまったく無人となっていたからだ。

中学で進路指導を担当していた藤崎邦男が店を訪ねて来たのは、盆休みが終わった直後のことである。夕方の出前を終え、店に戻ると隅にあるテーブル席に白木と向かい合って座る藤崎の姿があった。

「先生」

「おう、一郎、元気でやってるようだな」

藤崎が柔らかな笑いを浮かべながら、優しい目で一郎を見た。

「先生、なして東京さ」

久しく会っていなかった美桑に縁ある人間を前にすると、さすがに胸に温かいものが込み上げてくる。

「就職担当の教師は、年に一度卒業生の職場を訪ねて歩ぐごどになってんだ。それに来年、就職を世話する先の様子も見ておがねばなんねえべ」

故郷の訛りを聞くのも久しぶりのことである。それがまた一郎の郷愁を掻き立てる。

「長沢君、仕事はいいから、そこに座んな」

普段は呼び捨てにするのに、白木は中野の職業安定所で呼んで以来、初めて一郎を名字で、しかも「君」づけで呼んだ。

一郎が勧められるまま、藤崎の前に座ったところで、

「いやあ、先生。本当にいい生徒さんを紹介していただきまして、感謝しております。長沢君も、ここに来た当初は、慣れない仕事の上に言葉でも大分苦労したようですが、今ではすっかり仕事も覚えて一生懸命働いてくれる。ウチも大変助かっとります」

白木が客にも見せたことのない愛想笑いを浮かべながら言う。

「一郎は、三年間野球部におりますて、そりゃ厳しい練習に耐えてきたんです。何しろ、美桑の野球部の、特に夏休みの練習は厳すくて。この炎天下に十時から三時まで連日練習。それも最初は山道を十キロも走ってがら、初めてボールを握るんでがすよ。その間はもつろん、水は一滴も飲めねえ。すかも野球部員は、肩を冷やすてはなんねえがら水泳は禁止。他の生徒たづは、毎日川で水遊びをするっつのに、大変な我慢を強いられんのでがす。根性もつきすぺ」

「ほう、そうでしたか」

白木は大袈裟に驚きの色を浮かべ、体をのけ反らせて見せる。

「冬は、雪で外での練習はできねえもんで、もっぱら室内で体を鍛えます。ウサギ跳び、ヒヨコ歩き、腹筋。それも半端なものではありません。三年間続けられんのは、半分もいません。なあ一郎」

水を向けられて、一郎は面はゆい気持ちに駆られながら曖昧な笑いを浮かべる。

「一郎、今日はもう仕事はいい。先生と話したいこともあるだろうし……」白木はそう言うと、

「先生、今日、この後は？」

藤崎に向かって訊ねた。

「長沢君が最後です。面談が終わったら、宿に戻ります」

「宿はどちらです？」

「上野駅の傍に……」

「じゃあ、夕食を是非ウチで摂って行って下さい」

「いや、私はそんな――」

藤崎は一応固辞するような素振りを見せたが、その声に力は籠っていなかった。

「長沢君はまだ見習いで、料理を作ることはできませんが、生徒さんの就職先の料理を召し上がるのも、先生の役目ってもんじゃないですか」

白木は、有無を言わさぬ口調で言うと、

「安っさん、餃子に酢豚、それに焼豚を切ってお出しして。幸介、先生にビールだ」

席を立ち、調理場へと向かいかけた。

「白木さん、困ります。ビールだなんて」

藤崎は困惑したように手を上げ、それを制する。

「いいじゃありませんか。こんな暑い中、わざわざ岩手から訪ねていらしたんだ。それに今日はもう宿に帰って寝るだけでしょう」

「それは、そうですが……」

幸介が氷の塊の浮いたドブ浸けの中から、ビールを取り出しグラスと一緒にテーブルの上に置いた。店の中は扇風機が一つ回っているだけで、窓を開け放っていてもうだるような暑さである。手拭いで滴り落ちる水滴を拭いたビール瓶の表面がたちまち結露する。

幸介が栓を抜き、「先生、どうぞ……」と、ビールを差し出す。

「それじゃ、すいません……お言葉に甘えます」

藤崎はそれをグラスで受けると、一息に飲み干し、心底美味そうな顔を隠そうともせずに、手の甲で口元を拭った。

「先生、今日はどの辺を廻ってきたんです」

一郎は、切り出した。

「まず最初に板橋、それから足立さ行って、ここさ来たんだ。昨日は江東、荒川ど廻って来た」

「板橋っつうごどは、勝志のどごさも行ってのすか」

「ああ、行った……」

藤崎は、空になったグラスを満たしながら、低い声で言う。なぜだか分からないが、彼の眉間に浅い皺が寄った。

「勝志は元気でやってだすか」

「おめえ、何も聞いでねえのが」

「いや、俺は何も……」

勝志に限らず、同じ列車で東京に出てきた仲間たちからは、時々手紙や葉書が来ることがあった。

それは近況を知らせるものであったばかりでなく、近々休みを合わせて一度会おうという文言が記されていたが、珍来軒は日曜が休日とは言っても、汚れ物の片づけや、料理の仕込みの下準備があり、事実上無休という有り様だったから、一郎は唯の一度も返事を書けずにいたのだった。

「先生、勝志、何があったのすか」

「盆の休みで帰省したきり、戻ってねえんだよ」

藤崎は苦い物を飲み干すように、また一口ビールを口に含んだ。

「なすて？」

「いや、それが分がったら苦労はすねえよ。俺はてっきり勝志も元気で働いているものどばり思ってだんだが、何が気にくわねえのが、とにかく突然何の前触れもなく姿を消したんだよ」

「まさが、美桑さ戻ったんだべが」

「あいづが勤めでた会社の社長も首を傾《かし》げるばりでさ。俺も、美桑さ帰ったら、すぐに勝志の家さ行ってみるどは言ったんだげんとも……お前《みやぁ》、本当に心当たりはねえが」

そう言われて、ふと彼から貰った直近の葉書に、書かれていた一文が脳裏に浮かんだ。

『仕事は望遠鏡の本体にゴムを貼ることばかりで、勤務時間は朝八時から夕方の五時までと聞いていたが、残業が多く、深夜まで働くことが多い。そのせいで、定時制の高校へはなかなか行けない――』

「心当たりっつうわげではねえげんとも――」

一郎が、葉書に書かれた文言をそのまま話して聞かせると、藤崎は深い溜息を漏らし、

「あー。おそらく、そいづだな」

納得したかのように、口をへの字に結んで何度も首を振った。

「そいづって？」

「勝志はよ、定時制の高校さ行って、いずれは夜間の大学さ通いたいっつのが希望だったのっさ」

「俺《おら》さもそう語ってだね」

「だけんどもよ、初めて就く仕事だべ。先方がそうは言ってけでも、仕事を覚えんのがまず先で、定時制さ行けるまでには、一年やそこら先の話すになっつぉって、念を押してたのっさ。あいづもそれは承知のはずだったんだが、勝志はそれに耐えられながったのがもすんねえな」

「したって先生、働き始めてまだ、四ヵ月やそこらだよ。我慢できねえど語っても、少し早過ぎんでねえすか」

「皆が皆、お前のように考えている者ばかりでねえがらなあ」

その時、皿に盛った焼豚を持って白木が現れると、

「先生、どうぞ。ウチの焼豚はなかなか評判いいんです。是非召し上がってみてください」

相変わらずの愛想笑いを浮かべながら、藤崎の前にどんと置いた。

「申す訳げござりへん」

頭を下げた藤崎は、早々に箸を取ると、いつもより分厚く切られた焼豚の一枚を口に運んだ。

三枚肉を使った焼豚の白い脂身がブルッと震える。藤崎はそれを舌を鳴らしながら咀嚼し、ビールで洗い流し、

「なすて、こう辛抱の足りねえやづばりなんだべなあ」

嘆くような言葉を吐いた。

「つごどは、他にもいなくなったやづがいんのすか」

「勝志ばりでねえ。行く先々で辞めたどが、いなくなったっつう話すばりだよ。たった四カ月の間に半分近くのやづが就職先さはもういねえんだ」

「そんなにいんのすか?」

「まあ、美桑の出身者に限ったごどでもなければ、今になって始まったごとでゃねえげんともさ」一息ついたのか、藤崎は箸を置き、「そりゃ、中学卒業すたての十五の子供が、誰一人とすて知らねえ人間ばかりの中さ入れられれば寂しくてすかたなぐなるのは分がる。言葉の問題もあるべす、他人の飯を食う辛さもあるべさ。んだげんとも、少す前までは、同ず歳の子供の中には、軍隊さ入ってもっと厳すい毎日を過すた者もいたんだ。それに比べれば、苦労っても大したもんでねがべに――」

深い溜息を吐いた。

藤崎の言葉を聞きながら、一郎はここで働き始めた直後のことを思い浮かべていた。

客先が頭に入っていないうちに出前に出され、「遅い!」と言われては突き返され、「お前、何言ってんのかさっぱりわかんねえよ」と訛りをからかわれ、揚げ句は何日も昼飯を抜かれた。

白木にお玉で頭を何度叩かれたか知れない。そんな日々が続けば誰だって仕事が厭になる。自分だって何度美桑に戻ろうと思ったことか。

十五歳の少年少女には、初めて親元を離れ、右も左も分からぬ大都会で暮らすに当たって幾つもの関門がある。その最初の関門を越せるかどうかは、助けになってくれる人間との出会いがあるかなしかによる。実際、自分にしても、もし、安っさんが丼に残した飯を与えてくれなければ、幸介と親しく言葉を交わすようになっていなければ、どうなっていたか分からない。

そして、何よりも自分が最初の関門を越せた最大の理由は、やはり東原に埋めたままになっている杉下の存在が大きい。せっかくあの忌まわしい思い出のある美桑の町を抜け出したというのに、ここで家に戻れば、再び東原を見ながら生活する日々を送らなければならない。それだけは御免だという気持ちがあったからだ。

思いがそこに至ると、暫く忘れていた杉下の顔が、脳裏に鮮明に浮かんできそうになり、

「先生、勝志はなじょになったんだべ」

一郎は、慌てて訊ねた。

「さあな……。学校で世話したどこを辞めてすまったとなっと、もし、美桑さ帰ってなげればその後の消息は摑みようがねえ。東京には集団就職で出てきて、勤め先を飛び出したのを捕まえでとんでもねえどこで稼がせっぺって狙ってる悪いやづが沢山いっからな。無事にいい仕事さ就けてればいいいんだけんどもなあ」

もはや打つ手はないとばかりに、視線を落とした。

藤崎は、それから白木に勧められるまま閉店までビールを三本飲み、出された料理をすべて平らげ、

「一郎、いい勤め先さ就けで良がったな。辛抱すろ。田舎の父ちゃん、母ちゃんさも元気でやってるって伝えておぐがら」

最後に言い残すと店を出て行った。

洗い物を片づけ、幸介と共に帰路についた時には十時をまわろうとしていた。裸電球の灯る街路灯の下を二人で肩を並べて歩きながら、

「コーちゃん。今日は悪がったね。先生と話すをすてる間、大変だったべ」

自分の分の仕事をこなさなければならなくなった幸介に詫びを言った。

「そんなこたあ気にすんなよ」

幸介はゴールデンバットを口に銜えると、マッチで火をつけ、

「しかし、どこの先公も同じだな」

薄い煙を吐きながら吐き捨てるように言った。

「何が」

一郎は幸介が何を言わんとしているのか、理由が分からず問い返す。

「俺はお前らの話を聞いてて、笑いを堪えんのに必死だったぜ。進路指導担当として、生徒の就職先を廻ってるなんてもっともらしいことを言っちゃいるが、本当の目的はまったく別のとこにあるに決まってっかんな」

「んなごどはねえんでねえすか。藤崎先生は――」

「立派な先生だって言いてえのか」幸介はまた一つ、ぷうっと煙を吐くと続けた。「立派な先公が、晩飯時を狙ったように訪ねて来るかよ。出されたビールや料理を全部平らげて、酔っぱらって帰ったりするかよ」

「出されたものを残すたりすんのは失礼だど思ったんだべ」

「お前、本当にお人好しだな。じゃあ、あの先公が持っていたでかい風呂敷包みの中には何が入っていたと思う」

そう言えば、確かに藤崎は書類入れの鞄と一緒に、大きな風呂敷包みを抱えていた。言葉に詰まった一郎に向かって、

「あん中にはよ、ウチに来る前に訪問した会社から貰った土産が入ってんだよ。世間じゃ中卒の集団就職者は、金の卵って言われてんだ。それは賃金が安いってだけじゃねえ。学がねえ人間は、なんぼこき使っても、就職前の条件と現実が違っていても文句を言う手段を知らねえからだ。そして雇う方にしてみりゃ与える仕事が単純労働である分だけ、代わりはなんぼでもいるからだ。あの手土産はな、来年もまた、あんたのところを卒業する生徒をウチに廻してくれっていう賂《まいない》だ。おそらく、足代と称してそれなりの金も貰ったに決まってる。もっともウチのような食堂からは、そんな美味しい土産を貰えねえのは先刻承知だ。だから夕飯時に押し掛けて、タダで飲み食いをして行ったってわけさ。別にお前のことなんか、これっぽっちも気にしちゃいねえよ」

幸介は、何もかもお見通しとばかりに確信に満ちた口調で言う。

「まさが――」

「嘘だと思うんなら、盆暮れにあの先公の家に行ってみ。求人票を出してる会社から、中元や歳暮が山のように届いてるに決まってる。先公にとっても、集団就職する生徒は金を産む金の卵よ。お前らは売られたんだよ。一山なんぼの商品としてな」

薄暗く路地を照らす街路灯の裸電球の周りには、明かりを求めて集まってくる無数の虫が舞っていた。大きな蛾が一匹、電球に触れてぽとりと地面に落ちた。その姿に大都会での生活に大きな夢を抱いて故郷を後にし、夢破れて職場を去った勝志の姿が重なった。

「一郎……。この世の中にはな、人を利用して金を稼ぐ人間と、利用されて貧乏暮らしに甘んじる人間の二つしかねえんだ。そのことを絶対に忘れんじゃねえ。絶対に人を信じちゃなんねえ。それだけは忘れんな」

幸介の言葉が、思い出された。地面の上で、羽をばたつかせる蛾を見ながら、一郎は自分では気がつかないうちに、深く肯いていた。

*

仕事は半年もするとすっかり慣れた。何しろ料理に使う材料の下準備、出前しかさせてもらえないのだ。当初は一日二十軒以上の配達など、とても不可能だと思っていたが、客先を覚えてしまうと要領良くこなせるようになった。頭を使うことなど何もない。ただ手と体を動かしさえしていればいいのだ。当然体も楽になる。

夜になると、幸介の部屋に寄り一本のビール、あるいは焼酎を飲む。それが日課のようになっていた。

覚えたのは酒ばかりじゃない。煙草も覚えた。

「職人が煙草の一つも吸わねえでどうすんだよ」

まともな料理一つ作れない職人などあったものではないのだが、差し出されたゴールデンバットを口に銜えてみると、何だかもう一歩大人の世界へ足を踏み入れた気持ちになった。マッチで火を点し、煙を吸い込んだ瞬間、一郎は激しくむせた。それでも我慢して何度か煙を体内に送り込むと、今度は目の前に紫色の幕がかかった。猛烈な吐き気が襲ってくる。

たまらなくなった一郎は、部屋を飛び出て便所に駆け込んだ。コンクリートの床に備え付けられた薄汚れた便器の穴は、二階から真っすぐ便壺に直結しており、覗き込むと薄暗い裸電球の明かりを反射してたまった糞便の表面が仄白く光っている。穴の底からはクレゾールの臭いが漂ってくるというのに、反射面が微かに揺れるのは無数の蛆《うじ》が蠢いているからだ。

折り曲げた体を震わせながら、一郎は激しく嘔吐した。吐瀉物の中に含まれたアルコール、そしてクレゾール、糞便の臭いが鼻をつく。涙と涎《よだれ》に塗れた顔を洗面所で洗い部屋に戻ると、

「誰でも最初は気持ち悪くなるもんだ。だけど、それを過ぎると止められなくなっちまう。我慢して吸うか？　それとももう止めにしとくか？」

幸介がにやにや笑いながら訊ねてきた。

「吸うよ……」

一郎は再びゴールデンバットを口に銜えると、火をつけた。今度はゆっくりと、煙を肺に入れた。気道が収縮し咳き込みそうになる。肩が反射的にぴくりと震える。

「喉から肺にかけて、絞まるような感じがすんだろ」

一郎は肯いた。

「それがいいんだよ。もっとも、そんな感じがすんのは最初のうちだけだけどな。俺なんざ、今となっちゃ何も感じやしねえ」

幸介はすうっと煙を吐きながら言う。

「じゃあ、なすて吸うの」

「馬鹿だな、美味いからだよ。お前にはまだ分かんないだろうけど、飯の後や仕事の後の一服ってのはたまんねえもんなんだぞ。そのうち分かるよ」

確かに幸介の言う通りだった。最初のうちこそ、こんなものの何が美味いのかと思ったものだったが、我慢して吸っているうちに、一郎は煙草の魅力に毒されていた。煙を体内に送り込むと、蟀谷《こめかみ》がきゅっと絞まる。指先が冷たくなり痺れるような感覚が走る。それに続いて押し寄せてくる解放感。虚空を漂う煙の行く手を見ていると、一日が終わったという心地よい疲労感に満たされる。

酒と煙草を覚えれば、二カ月も経った頃になると、一郎はいっぱしの煙草のみになっていた。

「一郎、お前女知ってっか」

そう言い出したのは、やはり幸介だった。

その日は店は休業日だったが、日頃仕事に追われていると、何をしていいのか思いつかない。娯楽と呼べるものは、山ほどあったが、このところ煙草を覚えてしまったせいで、それまで月に一度は出掛けていた映画代にも事欠くありさまだったから、幸介のアパートで古ぼけた雑誌を捲り、煙草をふかしている最中に彼が突然切り出したのだ。

「女知ってっかって……」

一郎はその意味がすぐには分からず問い返した。

「やったことあんのかって聞いてんだよ」

「やったことはねえけんども、あそこの仕組みなら知ってるよ」

一郎はかつて弘明から聞かされた、女性器の構造について話し始めた。

「ふう〜ん。全然女には関心ねえと思っていたけど、知識だけは妙にあんだな」

「田舎さいた頃に、弘明ちゃんっていう金持ちの息子がいてさ、女中が嫁に行く時には『完全なる女性』つう本を持たせてやるらしくて、それに女のあそこのことが詳しく書いてあったんだよ」

「そんな難しい本を読んだって、やるこたあ決まってる。猿だって誰にも教えられねえのに、ちゃんとやるこたあやるだろ。それと同じだ。俺が聞いてんのは、そんなエロ本から仕入れた知識じゃなく、本物の女とやったことがあんのかってことだよ」

幸介は直截に切り出す。

「ねえよ……あるわげねがすぺ」

一郎は口籠りながら応えた。

「センズリは」

「はあ?」

「手でこいたことあ、あんのかって聞いてんだよ」

「ああ、オナニーのこと……」

「何だそれ」

「自分でやることをそう語んだよ」

「ってこたあ、やってるわけだ」

やってるどころの話ではない。オナニーなら毎日やっている。どうやら脳と肉体の覚醒は別物であるらしく、朝目覚めると最初に感ずるのは股間が熱く窮屈になっていることだ。はっきりしない意識の中で、ふと気がつくと手はそそり立つペニスを握りしめている。途端に清枝の顔と共に、町を離れる前々年、抗《あらが》う彼女の体を机の上に押し付けた際に見た淡く色づく性器が脳裏に鮮明に浮かぶ。万年筆のペン先を彷彿とさせる割れ目。水蜜のような質感を持ったふっくらとした肉丘。途端に掌を通じて伝わってくる拍動が強くなる。

実家にいた頃には、常に弟たちが傍で寝ていたから、自慰行為をするのは風呂場でと決まっていたが、ここではそんな配慮は無用である。包皮を摑み亀頭を激しく擦る。やがて会陰部の奥が熱くなり、尿道を塊が込み上げてくる。放出の快感とともに下腹部の上に、糊のようにべとつく精液がへばりつく。

最初のうちは、落とし紙で始末をしていたが、薄い紙が性器に付着し、それを片づけるのが面倒なので、いつの間にか日本手拭いを使うようになっていた。しかも、夜床についても眠りに入るまでの間に、もう一度オナニーをするものだから、白い日本手拭いは今では糊張りをしたようにごわごわになり、柔らかい部分を探す方が難しくなっていた。

一郎は黙って頷く。

「どうだ、そんなら新宿行かねえか」

「新宿さ、何しに行くの？」

「決まってるじゃねえか、女を買いに行くんだよ」

「えっ……」

一郎は戸惑った。

確かに女の体には興味があった。いや、女を知ることが本当の大人になるための第一歩だとさえ思っていた。それに比べれば酒や煙草なんて代物はガキの遊びに毛が生えたようなものだ。

しかし、問題は最初の女である。今となっては清枝との縁は完全に切れてしまい、今後どんなことがあっても仲を修復することは不可能なことは分かっていた。しかし、それでも最初となる女は、清枝ほどとは言わずとも、生涯忘れ得ぬ記憶に残る相手にしたいという思いがあった。それがどこの誰とも分からぬ女、しかも金で買う女と初体験を済ませることには抵抗がある。そしてもう一つ、一郎を躊躇させたのは、肝心の金である。

給料というのは不思議な魔力を持っている。働き口さえ失わなければ、毎月月末には決まった金が懐に入ってくるのだ。しかも三食保証されているともなれば、少なくとも飢え死にすることはない。酒代はほとんど幸介が出してくれてはいたが、煙草代、服や細々とした日用品を購入すると、給料日前にはすっからかんになってしまう。それでもあと数日我慢すれば、また金が入ってくると思うと、どうしても金遣いが荒くなる。

女を買うのに幾らかかるのかは知らないが、遊びに費やすには高額に過ぎるものであることは容易に推測がつく。

「どうだ、付き合わねえか」

幸介はゆっくりと煙草を燻《くゆ》らせながら訊ねてくる。その仕草といい、余裕に満ちた口調といい、十八歳とは思えない。

「コーちゃんは、もう女を知ってんの？」

一郎は訊ねた。

「あったり前だろ。俺なんざ、お前の歳にはとっくに女を知ってたよ」

「本当すか」

「中学の二年の時に婆さんが死んじまってから、俺の家は不良のたまり場になっちまってよ。ぐれた女も出入りするようになって、そこで一つ年下の女とやっちまったのよ。不細工な女だったが、んなこたあ関係ねえ。美人でも不細工でもついてるもんは一緒なら、やるこたあ同じだからな」

「はあ……」

一郎は溜息をついた。

それが幸介には未知の世界を語って聞かせる快感となったのか、下唇を突き出し煙を勢い良く吐き出すと、

「やったはいいんだが、ところがこの女が妙に懐いちまってさ。将来一緒になりてえなんていいだしやがったんだよ。冗談じゃねえわな。確かについてるもんは一緒だから、顔なんざ布団をかけりゃいいんだが、あんな不細工な女を毎日見ながら飯を食い、生活していくとなりゃ話は別だ。俺が深川を離れて珍来軒に就職を決めたのは、あの女と縁を切るにもうってつけだったってわけさ」

こともなげに言い放った。

幸介の言葉を額面通りに受け取れば、相手は十三歳か十四歳ということになる。

一郎の脳裏に清枝のまだ熟さない性器の様子が浮かんだ。

薄く色づいた恥毛に覆われた性器。あの割れ目を押し割って自らの性器を押し込む。いまにして考えてもそんなことができるとは思えない。もちろん、それは育った環境によるものなのかもしれない。何しろ、岩手の田舎では性行為、いやセックスなどというものは、結婚した男女が初めて許されるもので、未婚の男女、ましてや年端もいかぬ中学生が行うなどということは考えられないことだったからだ。

事実、弘明から『一区と二区の女子のあそこは全部見た』と聞かされた時には、それだけでも大きな衝撃を受けたものだ。そんなことが大人に知れたら大変なことになる。いかに曽我の跡取り息子とはいえ、一生拭い去れない汚名を背負って生きていかなければならないと、他人事ながら恐れおののいたものだ。

ところが、幸介の言葉には女を知ることの重大性は微塵も感じられない。それどころか、関係を結んだ女をいとも簡単に捨て去ったことを自慢気に話す有り様である。こうなると弘明がやった行為など、まさに子供の遊びの延長上にあるもので、深刻に考える必要などまったくないことのように思えてくる。

何と応えたものか思案する一郎に向かって、幸介は続ける。

「まあ、センズリと女と何が違う。出すもんを出すのは同じじゃねえか、と言われりゃその通りなんだが、そりゃ女を知らねえやつが言うことでよ。女を抱く面白さってのはな、体の五感全部を使って味わえるってとこなんだよ。お前、女が濡れるって知ってっか」

「ぬれる？」

一郎は意味が分からず問い返す。

「女の乳を揉む、あそこをいじる。そうしているうちに、女の体の中からぬめっとしたもんが出てくんだよ。あそこが濡れてくんだよ」

喉が渇き始めた。股間が疼いてくる。初めて聞く正真正銘の性行為の話に、一郎は思わず身を乗り出していた。

「何でだか分かっか？　男のチンチンを入れやすくするためさ」

「本当にそんなごどになんのすか」

「温けえんだよな。女の中はよ。センズリこいて我慢してんのとは気持ちの良さも全然違う」

幸介は夢見るような口調で言うと、

「どうだ一郎、お前もさっさと女を知っちまえよ」

ニヤリと笑いながら誘い水を向ける。

「んだげんとも、俺、金ねえし……」

「筆下ろしの記念だ。俺がおごるよ」

「おごるって、そんなわけには行かねえよ。高いんだべ」

「ちょんの間ならそう高くはねえ。五百円出せば充分だ」

「五百円って、給料の六分の一でねえすか」

「だから、俺には親父の遺族年金があんだよ。まあ、こうしたもんは先輩が面倒みるもんだ。本当なら安っさんあたりが気をつかうのが筋なんだろうが、あの通りポン中で少しいかれちまってるんじゃしょうがねえもんな」

「すかす……」

幸介の話にはそそられるものがあったことは事実だ。事実、股間は指を触れればすぐにでも果ててしまいそうなほどにいきり立っている。

しかし、大切な初体験を商売女と行うことへの抵抗感は拭い去れない。かと言って、一度芽生えた欲情の炎はそう簡単に消せるものでもない。

「どうすんだ。行くのか行かねえのか」

幸介は少し苛立ったように声を荒げると、

「心配すんな。五百円出してやったからって、あとで恩着せがましいこたあ言わねえ。俺はそんなケチな男じゃねえよ」

今度は一転して優しい声で言った。

断るのが悪い気がした。幸介にここまで言わせて話に乗らなかったとあっては、これから先、仕事場での関係にも何らかの影響が出てくるかもしれない。安っさんが思いやりのある男であることは知っていたが、店を離れれば全くの没関係。何かと面倒を見てくれているのは幸介である。その彼との関係を良好に保つためにはこの申し出を断るわけにはいかなかった。

もっとも、それは初めての女を金で買うことへの後ろめたさを自らに納得させるための、方便であったのかもしれない。一郎とてセックスに対する興味は人並みに持っていた。朝に晩に、ただ一度だけ実際に目にした清枝の秘所を脳裏に浮かべながら欲望を処理してきたのが何よりの証左である。

ふと、一郎の脳裏に弘明の顔が浮かんだ。

女の性器の構造を解説してくれたのも、オナニーを教えてくれたのも弘明だった。財力も学業も何一つとして弘明に勝てるものはなかった。遊びにしても、弘明の後をいつもついて回るだけ、先んじたものがあるとすれば、清枝のべっきゃをこの目で見たことぐらいだ。しかし、自分の読みが外れていなければ、いずれ清枝は弘明のものになるだろう。美味い料理を目にしても、それを平らげるのは弘明では何の意味もない。それにその頃になっても、果たして自分は女を知ることができるのだろうか。いや、それはいまの生活が続く限りあり得ない。第一、まともな女と知り合う機会などありはしないし、女を買うにしてもそれだけの収入が得られるわけがない。この機会を逃せば、また弘明に先を越されてしまうに決まってる。一足も二足も早く社会に出ても、一人前の『男』になるのも、弘明の後というのは、余りにも情けない。せめて女を知ることぐらいは弘明に先んじて——。

思いがそこに至った瞬間、堪え切れないほどの劣情が一郎の体内を満たし始めた。しかし、勢いのまま言葉を発するにはためらいがある。

「んでゃ、行きやす」

一郎は、歯切れの悪い口調で返事をした。

「何だよ、その気のない返事は。それに行きますじゃなくて、連れて行って下さいだろ」

幸介がいささか傲慢な口調で言った。

「はい、連れて行って下さい」

「よっしゃ。そうなりゃ、これから風呂行こうぜ。女に嫌われたくなきゃ、体をきれいにしておくこった。特にチンチンはな」

幸介は大口を開けて笑い、煙草を灰皿に擦り付けた。

*

新宿へ出た頃には午後七時を回っていた。

中野からは僅かな距離だが、街の様相は一変する。東口から靖国通りに出ると、ビルが建ち並び、すみれ色に暮れなずむ空に蜘蛛の巣のように電線が架かっている。都電がひっきりなしに行き交い、その合間を縫うように黒い排気ガスをまき散らしながら車が走っている。

幸介は何も言わずに、靖国通りを四谷の方向に歩いて行く。やがて行く手に花園神社の入り口が見えてくる。鬱蒼とした森が茂り、ビルの群れが途切れる。人通りもぐっと少なくなったようである。

「昔はよ、この辺りは色街でさ、二丁目は赤線、こっから先は青線があって随分賑わったらしいんだが、二年前に売防法ができたもんで、休みの日だってのにこのありさまだ」

幸介が初めて口を開いた。

「売防法?」

「売春防止法だよ。ちなみに赤線っていうのは、お上からお墨付きをもらった遊廓のことでさ、青線ってのはいわば潜りだ」

「そんでも、今でも金で女を買えんの」

「当たり前だろ」幸介はちらりと一郎を見ると続けた。「なんぼ法律で禁じたところで、体を売る女が消え失せるかよ。吉原、向島、玉の井……。表立って看板こそ出しちゃいねえけど、形を変えて商売続けているところは幾らだってある」

「コーちゃん。そすたなところさ、何回も出入りしてんの」

「何回もってわけじゃねえが、そうだな、ふた月に一度くらいは来てっかな。ちょんの間一回で五百円は痛いけど、金で済む分後腐れがねえからな。素人女に手を出して、後を追っかけられるよりよっぽどマシだ」

「大丈夫なんだべが」

「何がだ」

「女を買うことは法律で禁じられてんだべ。もし警察が踏み込んできたら――」

幸介が突然噴き出した。

「お前もよくよく心配性だな。どんな立派な仕事についていても、男が女とやりてえって気持ちは抑えられねえんだよ。なんぼ法律で禁止したって、止めるこたあできねえ。んなこたあ警察だって百も承知だ。実際、取り締まる側の警官にしたって、身分を隠して女を買いに来てるに決まってる」

「警官がそんなことすっぺか」

「一郎よ。警官だって、チンチンが立たなくなった年寄りばっかじゃねえんだぜ。若い男の頭の中なんて、女のことで一杯だ。嫁さん貰うまで我慢しろって言ったってできるわけがねえ。それをへたに止めてみろ。中には無理やり女とやっちまうやつが出てこねえとも限らねえ。そんなことになりゃ、警察の面目丸潰れだろ。お上だってその辺りのこたあ、よく分かってるさ」

幸介は靖国通りから花園神社の脇道へと入って行く。

「第一よ、売春を禁止した法律を作った政治家連中にしたって、同じ穴のムジナだ。芸者や妾を何人も囲ってるどころか、腹違いの子供まで産ませて平然としてやがるのは何人もいんだろ。だからといって夫婦になるわけじゃあるまいし、結局は金を掴ませて済ましてるんじゃねえか。要は女を金で買ったのと同じこった。だから手入れなんて心配すっこたあねえんだよ」

行く手に狭い路地が見えてくる。一個一個は独立した建物だが、隣家との間隔はほとんどなく、通り一つが長屋に挟まれているように思える。軒下には仄暗い電球が灯り、開け放たれた引き戸の前に木綿や、化繊の洋服を着た女が立っている。中には丸椅子に座った目つきの悪い婆さんが腰かけている家もある。大気が得体の知れぬ何かを含んだように淀み、息苦しいほどの妖気が漂う。

「お兄さぁ〜ん」

煙草をはすに銜えた女が声を掛けてくる。濃い化粧。唇を真っ赤に塗った女だった。

一郎は、ぎくりとして一瞬足を止めそうになったが、幸介は心当たりがあるのか、まったく関心を示さず、どんどん通りを奥へと進む。

「ガキが来るところじゃないよ！」

背後から罵声が飛んだ。

心臓が早鐘を打ち始める。通りに立つ女たちの視線が自分たちに注がれるのが分かる。足を踏み入れてはならない所にきてしまった。そんな後悔が過ったが、幸介は平然と歩を進め、やがて一軒の家の前で止まった。

「おばちゃん、空いてっかな」

幸介は丸椅子に腰を下ろして煙草をふかしている初老の女に声をかける。

歳の頃は五十をとうに越しているだろう。着崩れた和服、ぼさぼさ頭の女が虚ろな目を向ける。どこかで見たことがあると思い、遠い記憶を探ってみる。そう、夏になると氷詰めにした籠に入れられた鯖や鰯が馬の背に括られ運ばれてきたものだったが、水揚げされて半日もたった魚の目はどんよりと曇り血が滲む。あの魚の目だ。

女は無言のまま、二人を値踏みするように目を細めながら見る。一瞬、油断ならない鋭い光が宿ったが、また元のどんよりとした目に戻る。

「まだ、宵の口だ。今日は二人かい」

「ああ」

「ちょんの間なら一人五百円だよ」

幸介はすかさずポケットから札を取り出すと、女に握らせた。

女が重い腰を面倒くさそうに上げる。

まさかこの女が——。

一郎は逃げ出したい気持ちに襲われたが、どうやらそれは杞憂だったらしい。

「若いうちから、女遊びを覚えるとろくなことになりゃしないよ」

「こいつは今日が筆下ろしなんだ、いいのをつけてやってくれよ」

「ほう、そうかい」

女は初めて一郎を見ると、にっと笑った。黒い空間が見えた。最初は煙草の脂《やに》のせいで歯が黒くなっているのかと思ったのだが、よく見れば前歯がすっかり抜け落ちている。ますますもって一郎はとんでもない所にきてしまったと心細くなる。

「ハナエ、カズヨ。お客だよ」

女が奥に向かって声を掛けると、上がり框《がまち》のすぐ傍にある襖が開いた。

白の化繊のワンピース、白のブラウスに水色のスカートを穿いた二人の女が姿を現した。どちらも二十代半ばといったところか。二人とも肩まで伸びた髪にパーマをあてている。

「いきなり、俺と兄弟になんのは厭だろ」

幸介が耳元で囁いた。

「兄弟？」

「俺のお古に入れるってことだよ」

どちらにしたところで、毎日何人もの男と寝ている女であるが、確かに言われてみれば幸介のお古を最初の相手にあてがわれるのは抵抗がある。だが、金を払ったのは幸介だ。一郎が贅沢を言うわけにはいかない。

一郎は黙って頷いた。

「じゃあ決まりだ。俺はハナエにする。いいな」

白のブラウスに水色のスカートを穿いた女が前に進み出る。幸介が靴を脱ぎざまに、

「カズヨさん……だっけ。こいつ、今日が初めてなんだ。よろしく面倒見てやってくれ」

ワンピースを着た女に言った。

「あら、そうなの？　初物いただけるわけ」

カズヨと呼ばれた女は、その場に佇んでいる一郎に向かって心底嬉しそうな笑顔を向けた。顔に白粉《おしろい》を塗った分だけ、唇に塗った紅の色がことさら鮮やかに見える。天井からぶら下げられた明かりに照らされた顔は、ふっくらとしており、切れ長の目が印象的な女だった。

幸介は後ろを振り返ることもなく、二階へと続く階段をハナエと共に登って行く。

「さ、早く上がんなさいよ。ちょんの間は三十分って決まってんだ」

背後から女の声が聞こえた。

一郎は慌てて靴を脱ぐ。

カズヨが一郎の手を握る。柔らかな手だった。汗ばんでもいない、乾いてもいない。吸い付くような感触と肌の温もりが伝わってくる。

カズヨは一郎の手を引き階段を登り始めた。二階の廊下には裸電球が一つ灯っていた。どうやら、この店には二つの部屋しかないらしい。閉じられた襖の向うから、幸介とハナエが交わすくぐもった声が聞こえてくる。

「入って」

カズヨは襖が開け放たれたままになっているもう一つの部屋の前に立ち、一郎を中へと誘った。

二畳ほどの広さの部屋には、小さな明かりが灯る行灯《あんどん》が置かれ、薄い布団が敷かれていた。背後で襖が閉じられる音がした。途端に部屋の中が仄暗くなり、カズヨの白い顔が浮かび上がる。白粉の匂いが嗅覚を刺激するのが覚悟を決めさせた。途端に股間が熱を持ち始める。

「あんた、仕事は何？」

「えっ？」

「学生じゃないんでしょ。手がそんだけ荒れてるところからすると、水を扱う仕事？」

カズヨは背中に手を回し、ワンピースのボタンを外しながら言った。

「中華屋で働いてます」

「歳は？」

「十六……」

「集団就職で出てきたの」

「はい……」

カズヨはワンピースをするりと落とした。白いシミーズが露になる。

「国はどこ？」

「岩手です」

一郎は酷い喉の渇きを覚え、生唾を飲み込んだ。

「あら私は秋田……」

「カズヨさんも集団就職すか」

　カズヨはこくりと頷くと、「そこに横になって」と言いながらシミーズを落とした。豊満な胸が明かりの中に浮かび上がる。木綿の下穿きだけの姿で僅かに股を開く。

「東京は怖いとこだよ。世間を知らねえ田舎者には特にねえ。あんたも辛いことがいろいろあんだろうけど、がまんせねば駄目だよ」

　もう声は出なかった。ズボンが酷く窮屈でならない。かといって、これからどうしていいのかまったく分からない。一郎は床に寝そべったまま、カズヨの裸体を見詰め激しく呼吸を繰り返す。

「あんた、女のあそこを見たことある?」

　一郎は首を振った。籾殻《もみがら》を詰めた枕が無数の虫が轟くように耳障りな音を立てる。

「見せてやろうか」

　カズヨは言うが早いか、最後の下穿きをするりと脱ぎ捨てた。黒々とした恥毛に覆われた秘所に視線が釘付けになった。カズヨは一郎の上に跨がり僅かに膝を曲げると、指で割れ目を開く。肉の色が目を射った。血抜きを終えたばかりの牛の肉のような色だった。それは、かつて弘明があけびを用いて説明してくれた女性器の構造とは全く異なるものだった。肉体内部に直接続く器官といえば真っ先に思い浮かぶのは口だが、カズヨの指によって広げられたその部分は、内臓そのもの、いやまったく別の生き物がそこに根付いているような印象を一郎に与えた。

押し広げた指の間からはみ出した、肉襞《ひだ》、いや皮膚なのだろうか、その縁は黒ずみ、冬になるとたまさか食卓に上った牡蠣《かき》のようでもある。

そこにはかつて目にした清枝の幼い性器の神々しさもなければ、清らかさの欠片もありはしなかった。

目を背け、この場から逃げ出したい思いに一郎は駆られたが、一旦燃え盛った欲情の炎はそう簡単に消せるものではない。

やがてカズヨは布団の上に膝をつくと、一郎のシャツを脱がしにかかる。ボタンが一つ一つ外される。上半身が裸になる。柔らかな乳房が皮膚の上を這う。

ベルトに手がかかった。ズボンのボタンが外される。パンツがいきり立ったペニスで小高い山を作っている。

「触ってごらん。おっぱいでも、あそこでも……」

一郎は恐る恐るカズヨの乳を触った。今まで経験した事もない柔らかな肌の感触。そして弾力が掌いっぱいに広がる。思わず溜息が漏れる。

カズヨはもう一方の左手を優しく摑むと、

「ここにこれからあんたのチンチンが入るんだよ」

見せつけていた秘所へと一郎の手を誘《いざな》う。

温かな粘液が指先に触れる。思い切って指を動かしながら、体の中に滑り込ませると乳房より遥かに熱を帯びた肉に包まれる。

カズヨがパンツを脱がせる。邪魔するものがなくなったペニスが勢い良く飛び出す。

「越前さんだね」

まだ完全に剝けてはいない一郎のペニスを見ながら、カズヨは言った。

「奇麗にしてから入れようね」

カズヨは枕元にあったちり紙に手を伸ばすと、包皮をぐいと引き下げた。瞬間熱いものが会陰部から尿道に走った。

「あっ……」

「ひゃあ」

一郎の悲鳴と同時にカズヨも驚いたような声を上げたが、すぐに優しい笑みを浮かべ、

「若いんだから大丈夫だよ。ほら、チンチンもまだ元気だ」

といい、ちり紙で放出してしまったものを丹念に拭うと、そのまま一郎のペニスを摑み腰を沈めた。

一郎は少年から大人になった――。

＊

射精の快感の余韻は家に帰っても続いていた。亀頭が熱を持ち、歩く度にパンツが擦れるだけでペニスがそそり立つ。柔らかな乳房の感触は、掌がはっきりと覚えていた。夜になって床

に就き、明かりを消すと記憶はより鮮明になる。自然に股間に手が伸び、自慰をする。朝は朝でそそり立ったペニスを摑み、また欲望を始末した。

幸介は店を出た後、『男』になった感想を求めてきたが、ぎこちなく歩く一郎の姿を見て、薄ら笑いを浮かべるとそれ以降は何事もなかったように、童貞を捨てたことを訊ねることはなかった。女を買った金を出してやったことについても、恩着せがましいことは一言も口にしなかった。

表面上は今までと同じ日々がまた始まろうとしていた。

体に異変を感じたのは、それから一週間が経った頃のことだった。

朝目覚めて、いつものように自らの手で行為を始めようとしたのだが、どうも尿道に違和感がある。

便所に行き、小便を試みると尿道に酷い痛みが走った。無数の針が体内から流れ出してくるような激痛である。とても普通の排尿は困難だった。しかし、膀胱いっぱいに溜まった尿をそのままにしておくわけにもいかず、情けない放尿を済ませると、それだけでも酷い疲労感に襲われた。

いったい何が自分の体に起きたのか分からなかった。仕事の合間に尿意を覚え、便所に駆け込むと、大便をするのと同じくらいの時間がかかる。

「どうした一郎、腹の具合でも悪いのか」

さすがに便所に行く度に、長い時間がかかるようになると、白木が訊ねるようになったが、異変が起きている場所が場所である。いっそ腹具合が悪いと言って、病院へ行くことも考えたのだが、医者とはいえ人前で性器を見せることには抵抗があった。

二、三日もすれば治る。

一郎は、耐えることにしたのだったが、症状は日を追う毎に悪くなるばかりである。やがて、朝起きるとパンツに白い粘液がこびりつくようになった。

何かが起きていることは間違いなさそうだった。

こうなったら仕方がない。今日は休みを貰って病院へ行こう。

そう決心し、うめき声を上げながら朝の放尿をしていると、

「どうしたの？」

背後から聞き覚えのある声が呼びかけてきた。振り向くと、隣の部屋の飯倉の顔があった。

「何でもないです」

一郎は思わず嘘をついたが、

「小便が出ないの」

飯倉は心配そうな顔で訊ねてくる。

「そんなんでねがす」

一郎は下っ腹に力を入れた。瞬間、気を失いそうになるほどの激痛が尿道を走った。

「あっ……」

悲鳴が上がった。

「小便をすると痛むんだね」

こうなると隠し通せるものではない。一郎は黙って首を上下に振った。

「いつから」

「十日前くらいから……」

「ちょっと見せてくれる」

飯倉は、一郎の横っ腹の辺りを触診し始める。

「この辺は痛むかい？」

「いいえ」

「腎臓じゃないか……じゃあ、痛むのはどこ」

「小便の……つまりチンチンの……」

飯倉の顔が曇った。

「こっち向いて」

飯倉は正面から一郎のペニスを見た。ずり下げたパンツについた粘液の痕跡が目に入ったらしい、今度は厳しい目をすると、おもむろに一郎のペニスをしごき上げる。白い粘液が尿道から染み出してくる。

「長沢君。君、まさか女性と性行為を持ったりしたんじゃないだろうね」

一郎は答えが見つからず俯いた。

飯倉の溜息が聞こえた。

「どこに行ったの」

こうなれば嘘をついても仕方がない。

「新宿です……」

「女を買ったんだね」

「……はい……」

「これは淋病だね」

「淋病って？」

「性病を貰ったんだよ。君のパンツについているのも、いま尿道から出てきたのも膿《うみ》だよ。尿道が炎症を起こしているんだ」

飯倉は冷たく言い、背後にある手洗い場で洗面器に水を満たすと、蛆殺しのために置いてあったクレゾールを注ぎ入れ、手を入念に洗った。

「ああいうところで身を売っている女はね、色んな病気を持っているんだ。淋病、梅毒、軟性下疳《げかん》。君が女性に興味を持つのは分からないではないが、少なくとも金で身を売っている女と性行為をするのは絶対にやめたまえ。淋病はまだしも、梅毒なんかうつされた日には、一生を棒に振ることになるよ」

淋病についての知識はまったくなかったが、梅毒という名前を聞いて一郎は震え上がった。

美桑の町には、曽我には足元にも及ばないまでも、裕福な商家は何軒かあった。中でも仏具屋は一軒しかなかったせいで、かなり羽振りが良かった。仏壇から始まり線香に至るまで仏事に関するものは何でも揃っている上に葬儀まで請け負うとあって、家族の他に二人の従業員をつかって切り盛りしていたのだったが、問題は、そこの店主である。田舎には珍しく、小太りで色白の男だったが、たまさか店を訪れるといつも帳場に座ってぽかんと口を開けたまま所在なげにしている。特に印象的だったのが、彼の目である。良く言えば邪気がない、見ようによっては何も考えてはいない。とにかく俗事には一切関心がないといった風情で、いつ行っても一日座敷に座っているだけなのだ。

あれは中学に上がる寸前のことだったろうか。彼岸の墓参りの前に線香を買いにその店に出掛けた時のことだったと思う。店は混み合っているというのに、店主はいつものように帳場に座ってぼんやりしているだけで、接客を手伝う気配もない。

さすがに、不思議に思い、店を出たところで、

「母ちゃん、なしてあの人店を手伝わねえの」

母に訊ねた。

母は一瞬、言葉に詰まったようだったが、

「寛司《ひろし》さんは、脳梅なんだよ……」

眉を顰めながらぽつりと言った。

「脳梅？」

その意味が分からず問い返すと、

「梅毒っていう恐ろしい病気に罹ってるんだよ。仏壇を仕入れるために、年に一回か二回京都

さ行くんだっつげんとも、寛司さん、若い頃随分遊んだらすくて、そこで梅毒を貰ったんだど。それをほっといたままにしたもんで、毒が脳さ回ってあんなふうになっちまったんだど」

「梅毒ってなじょにしたら罹んの」

「女子《おなご》からうつんだよ」

「なして女の人がら」

「それはお前がもう少し大っきくなったら分がる。梅毒はな、おっかねえ病気だ。そのうち、鼻がもげで、狂い死にすてすまう。あんなもんさ罹っだら子供さだってうつっからね。お前、『ミツコ馬鹿』って知ってっぺ」

もちろん知っていた。ミツコ馬鹿というのは、三十過ぎのおばさんのことで、垢に塗れたボロをまとい、いつも野山を放浪していた。どこに住んでいるのかは分からないが、肩まで伸びた髪は糊で固めたように汚れきり、人を見ると怯えたような目で逃げ去る。弱者が虐めの標的になるのは世の常というものだが、特に人をいたわるという概念が完全に身についていない小学生は容赦がなかった。

「ミツコ馬鹿がいっつぉ」

誰かがそう言えば、たちまちその言葉は野火のように子供たちの間に伝わり、さすがに女子児童が加わることはなかったが、男の子たちは手に石を持ち、あるいは棒を持って駆けつけては、

「ミツコ馬鹿！　あっつぁ行げ！　だってやぁ」

野山を追い回したものだった。

「ミツコ馬鹿の父ちゃんも、梅毒さかかってで、その時できた子供だったんだと」

「んでや、ミツコ馬鹿もそのうち鼻がもげてすまうの？」

「そして狂い死にだ」

母はどうしたら人が梅毒に感染するのか、肝心の部分は巧妙に言葉を濁して語らなかったが、とにかく梅毒という病の恐ろしさは深く一郎の脳裏に刻み込まれた。

その名前が飯倉の口から出た。しかも、話の経緯からすると、どうやらそれは女性との性交渉によって感染するものらしい。

俺も寛司さんのようになるのだろうか。ミツコ馬鹿のようになるのだろうか。いずれ白痴になり、鼻が取れてしまうのだろうか。

己の顔の中央に鼻の穴が二つ、ポツリと開き、周りの肉が醜く溶けてしまった光景が脳裏に浮かぶと、背筋が凍りついた。

「飯倉さん、助けてけらい。俺《おら》なじょにすたらいいんだべ。梅毒さ罹ったら、馬鹿になってすまうんだすぺ。鼻がもげですまうんでがすぺ」

一郎は泣きそうな声で訴えた。

「梅毒に罹っているかどうかは血を採ってみないと分からないが、淋病なのは間違いないだろう。とにかく早く検査を受けて治療することだ。何なら僕の大学の病院を紹介しようか」

こうなったら腹を括って一刻も早く治療を受けるしかない。

「おねげえしやす」

一郎はすがるような思いで頭を下げた。

その日一郎は体調が悪いと言って、飯倉の紹介で東京医科歯科大学の泌尿器科で治療を受けた。

治療に当たった医師は、年齢を知ると呆れた顔をしながらも、面倒くさそうに患部を見、注射を打った。梅毒に関しては、もう少し様子を見ないと血液を採っても反応が出ないといい、一週間分の薬を処方した。

やがて一週間が過ぎ、血液を抜かれ、さらに結果が出るまでにはそれから三日かかった。

仕事を半日休み、病院に出掛ける一郎を白木は心配するどころか、

「この忙しい時に……朝一番で行って昼の出前までには帰って来い」

と険《けわ》しい声を出して送り出した。

注射を受け、薬を飲んだせいか、尿道の痛みはすぐに引いた。膿も程なくして出なくなった。

一郎の身を案じたのは幸介である。彼は毎日仕事が終わると、部屋を訪れてきたが、性病を貰ったなどという話は幸介にだってできるわけがない。

「具合悪くて……ごめんねコーちゃん」

ドアを開け、詫びの言葉を告げると、幸介は何も言わず帰って行った。

結局、血液検査の結果は、梅毒反応は陰性。どうやら、淋病だけで済んだようである。

結果を飯倉に告げると、

「梅毒を貰わなくて良かったな。だけど二度とあんな場所に行っちゃ駄目だよ」

彼は念を押すように厳しい顔で言った。

罰が当たったと思った。幸介の誘いがあったからといって、女を買うことに同意した責任は自分にある。その揚げ句に、こんな病気まで貰ってしまった――。

部屋に一人でいると、目の前に跨がったカズヨの牡蠣のような性器と、清枝の幼さの残る性器が脳裏に交互に浮かんだ。と同時に上京の車中で、清枝のような女を娶《めと》れるだけのひとかどの人物になってみせると誓った決意はどこへ行ってしまったのかという激しい自責の念にも捕らわれた。

料理の下準備に皿洗い。そして出前――。いまだ鍋にさえ触れていない自分にそんな将来が開けるのか。こんな自堕落な生活をしていて、金を摑むことができるのか。

一郎は本気で自分の将来を考えた。このまま珍来軒にいても、学もない、手に職もない自分が社会の底辺から這い上がることなどできはしない。ならば、どうする――。

前途に一筋の光明すら見いだせない。考えれば考えるほど状況は絶望的だった。

惨めだった。

一郎は、その日、東京に来て二度目の涙を流した。

第三章

正月も一郎は美桑には帰らなかった。

母から一通の手紙が舞い込んだのは、二年目を迎えた春のことだった。

いつもの葉書ではない。封書である。

何事かと思いながら封を切り、すぐに文面に目を走らせた。鉛筆で書かれた文字は、相変わらずの酷い金釘文字で、てにをはもどこかおかしい代物であったが、内容は一年以上帰省していない一郎の身を案ずることに続いて、主に弟の二郎の今後についての相談事だった。

今年中学二年になる二郎は、学校の成績が良く、このままの調子でいけば進学校である一ノ関の高校への入学、延《ひ》いては大学へ進むことも可能であるという。もちろん、美桑町から一ノ関の高校にやるためには通学は不可能で、下宿を余儀なくされるので、それは叶わない願いである。しかし、せっかくこれほど学業に秀でているのだから、せめて地元の高校くらいには行かせてやりたい。そのことに関して、一郎の許しを乞うてきたのだ。

もちろん、二郎が高校に進学することに、異を唱えるつもりはなかった。集団就職で都会に出ることがどれほど厳しいものかは誰よりもこの自分が一番よく知っている。これからの時代、たとえ高卒の学歴であったとしても、中卒だけの学歴しか持たぬ人間とでは開ける将来に雲泥の差がある。

三年——。たった三年余分に学業を修めただけで、大手の商事会社、メーカー、銀行と、日本を代表する大会社への就職も夢ではなくなるのだ。

もちろんそうした会社に職を得たとしても、幹部候補生として採用された大卒者と高卒者では最初から給料も違えば登る階段も異なるのだが、給料は自分のような中華料理屋の下働きや、工員とは比較にならないし、寮を始めとする福利厚生も充実している。少なくとも出世ということを端《はな》から諦めてかかれば、生涯安定した生活を送れることは確実というものだ。

ましてや、次男である二郎はいずれ家を出、一家を構えなければならない宿命を背負っている。母が二郎を高校にやりたい気持ちは充分に理解できた。

しかし、問題は母が二郎が高校に進学するにあたって、仕送りの増額を求めてきたことだ。

『高校に行かせてやれなかったあんたに、こんなことをお願いするのは心苦しいが、さいきん、じいちゃんの体のぐあいが悪く、びょういん代やくすり代がかかって困ってます。かあちゃんも、せいざいしょでかせいではいるんだが、お金がたりません。もう五百円しおくりをふやしてもらうわけにはいかないだろうか』

祖父の体調が悪いことは、昨年の暮れあたりから届く葉書に折りに触れ書かれていたことだった。詳しいことは分からぬが、三年前から製材所で働くようになって、家計のやりくりが少しは楽になったに違いない。おそらく、そうした事情もあって二郎を高校にやることを考えるようになったのだろうが、毎月三千円の給料の中から千円を仕送りし、さらに五百円増額するとなると都合千五百円。これは一郎にとって大金である。

そういえば、就職してもう一年が経つのに、白木から昇給の話はまだない。確か幸介は以前、二年働いて二百円給料が上がったと言った。二年で二百円ならば、今年は百円は上がっていいはずだ。

そう思い立った一郎は、翌日店に出ると、調理場に姿を見せた白木に向かって恐る恐る切り出した。

「親方……話したいことがあんだけんど……」

裏庭の井戸では幸介が野菜を切っている。安っさんは、肉の下準備に包丁を振るっている。

「何だ話って」

白木はぶっきらぼうな口調で訊ねてきた。

「ここでゃちょっと……」

思わず俯いた一郎に向かって、白木は、

「じゃあ、あっちで聞こうか」

客席のテーブルを目で指した。

二人が正対する形で座ったところで、

「何だ」

白木は煙草に火をつけながら言った。

「給料のことなんだけんども……」

「給料?」

煙が目に染みたのか、あるいは気を悪くしたのかは分からない。煙を燻らす白木の目が細くなった。

「働き始めて一年が経ちすぺ。少し増やして貰うわげにはいがねえべが」

一郎は意を決して、白木の目を見詰めながら言った。

「お前、まだ下働きだろ。半人前の働きもできねえうちから給料上げろってのか」

「ここさ来た時に聞いたんだけんども、コーちゃんは二年働いて二百円上がったって……」

「あいつは、少なくとも出前でヘマするようなこたあなかったからな。お前、まともに出前ができるようになるまでどんだけ料理を無駄にしたと思ってんだ」

「そいづは、飯を抜かれて弁償してるでねえすか」

「口だけは一人前にきけるようになったんだな」白木は鼻を鳴らすと、「まあ、いいだろう。じゃあ来月から百円上げてやる」

話は終わったとばかりに、吸い付けたばかりの煙草を灰皿に擦り付けようとした。

「親方……五百円上げて貰うわげにはいがねえべが」

「五百円だあ？　馬鹿を言うのもいい加減にしろよ。調子こくなよ。何でいきなり五百円も上げなきゃなんねえんだよ。どこをひっくり返したらそんな金額が出てくんだ」

「実は、昨日田舎から手紙が来て、弟が再来年高校さ行ぐごどになって……。本当なら母ちゃんが稼ぎさ出るようになって、学費だけなら何とかなるはずだったんだげんとも、爺ちゃんが病気になってすまって……それで金がいるんです」

「あのな一郎よ。お前何か勘違いしてねえか。飯も食わしてやりゃ、寝床だってアパート借りてやってるんだ。しかも一人部屋だぞ。お前のように集団就職で出てきたやつはよ、どんな大っきな会社に入ったって住むとこは寮の相部屋って相場は決まってんだ。飯だってウチに比べりゃずっと粗末なもんだ。それで文句を言うやつなんか一人もいねえぞ。確かに、名のある会社に勤めたやつの給料はお前よりはいいだろうさ。だがな、飯代、アパート代をウチが持ってることを考えりゃ、むしろお前の方がずっといい給料を貰ってるってことになんだろが。その上五百円も上乗せしろってのは虫が良過ぎるってもんだろ」

白木は一気に捲《まく》し立てる。もみ消す煙草が半ばから真っ二つに折れた。

「親方、一年で百円の昇給っつごどは、来年も百円上がるど考えていいんだべが」

一郎は必死に食い下がった。

「そら、お前の働き次第だな。何とも言えねえよ」

「すたら、俺一生懸命働きます。んだがら、今年五百円上げて貰うのは前借りっつうごどにしてけねえべが」

「んなこたあ、できるわけねえだろ」白木は鼻で笑った。「月五百円上げてやりゃ、一年で六千円。三年なら一万八千円。毎年千二百円ずつ上がるとしても、この先何年かかって返すつもりなんだ。その間にお前にとんずらこかれたら、どうすんだよ。それとも何か、もし、お前がこの店を借金返す前に辞める時には耳揃えて返すってのかよ。そんな保証はどこにもねえだろ。話すだけ無駄だ。昇給は百円。それが厭なら辞めてもらっても構わないんだぜ」

白木は、一郎を鋭い目つきで一瞥すると席を立った。

無茶な申し出であることは分かっていた。それによくよく考えてみると、白木の言うことにももっともなところはある。出前でヘマをして飯を抜かれることはあっても、余り物とはいえ田舎では考えられないようなご馳走にありつけたし、アパートも借りて貰っている。これを実費支給と考えれば、中卒にしてはかなりいい待遇を受けていると言わざるを得まい。それに、この店に居着いても、安っさんが辞めでもしない限り、鍋を振る機会はまず訪れないだろうから、そう長く勤めるわけにはいかない。いずれ頃合いを見計らって、他に職を探す時が来るだろう。そんな予感もあった。

思いがそこに至った時、ふと、一郎の脳裏に祖父の病状が浮かんだ。

もし、祖父がこの一年、いや二年の間に死ぬようなことになれば、あるいは自分の仕送りと、製材所から貰う母の給料で何とか二郎を高校に行かしてやることができるのではないだろうか。

身内の不幸を期待するのは、不謹慎極まりないことだが、とにかくそれを確かめないことには、打つべき手も違ってくる。

その夜、一郎は店が引けると、一人で風呂屋に出掛けた。

一日おきにしか訪れなくとも、一年同じ風呂屋に顔を出していれば、顔なじみである。

「おじさん。お願いがあるんだけど……」

東京での生活も一年を過ぎると、意識すれば訛りのない言葉を喋ることができる。一郎はガラスの嵌められたドアを引き開けるなり、番台に座る主人に言った。

「何だい」

「長距離電話かけたいんだけど、電話貸してもらえますか」

珍来軒にも電話はあったが、話の内容が内容である。それに聞こえよがしに、金の話を白木の前でするのは気が引けた。

「いいよ。母屋の玄関に回んな」

風呂屋の母屋の玄関に入り、そこにいた夫人に来意を告げた。ダイヤルを回すと交換が出た。

「岩手県の美桑町、一番をお願いします。料金も……」

交換手に告げると、暫くして呼び出し音が鳴った。

美桑町一番は曽我の家のものである。

「はい……」

女中だろうか。若い女の声が応えた。

「長沢の一郎だげんとも、申す訳《わ》げねがすが、母ちゃんを呼んできてけねえべが。四十分ほどすたらこっちがらかけっから」

美桑では電話を所有している家は極めて僅かで、よほど裕福な家庭にしかない。そのせいで、電話を所有している家にはこうした依頼が頻繁にあり、夜道を駆けてでもその家の者が伝えに走るのが慣習となっていた。

「分かりゃんした。すぐに呼びさ行ってくっから」

果たして女中は当たり前のように一郎の申し出を快諾する。

曽我の家から実家までは片道十五分、往復で三十分はかかる。

その間に風呂を浴びた一郎は、再び母屋に取って返すと、受話器を取り市外通話を申し込んだ。

「もしもし」

「長沢の一郎です」

「ああ、お母さん来てっから。ちょっと待ってけらいね」

申す訳《わ》げござりへん、という恐縮した声が聞こえ母が電話に出た。

「もすもす」

東京に来て初めて耳にする母の声である。懐かしさが胸に込み上げて来る。

「母ちゃん」

「一郎が」

「元気だか」

「ああ、元気だ。あんだはなじょった」

「元気でやってる。手紙読んだよ。爺ちゃん悪いのが」

「軽いんだげんども、あたってすまってさあ。この三月ばかりはずっと寝たきりなんだ」

あたったというのは、中風（脳溢血）のことである。となれば、死ぬまで何年かかるか分かったものではない。一郎は早くも絶望的な気持ちになり、次の言葉が見つからず押し黙った。

「面倒は婆ちゃんが見てんだげんども、下の世話もせねばなんねえす、大変なんだ」

「母ちゃん。仕送りのことだげんども、親方さも話してみたんだけんど、やっぱ月千五百円は無理だ。何ともなんねえ」

「やっぱりそうが……」

「月三千円すか貰ってなくて、来月から百円だけ上がんだげんども、東京で生活すてっとそれでも足りねえくらいだ」

「んだべなあ……去年の盆も、今年の正月も帰ってこれながったくりゃあだものなあ……」

「二郎には高校さ行って貰いてえのは山々なんだげんどもさあ、こればっかりはどうにもならねえ」

「無理なごど語《かだ》って悪がったな。お前《みやあ》も楽でねえべに……」

「俺のごどは心配すんな。それより母ちゃん大丈夫が。材木の製板って危なぐねえのが」

「最初はおっかながったけんどもな。慣れですまったさ」

母は笑い声を上げたが、心なしかその声に力がないように思われた。

「父ちゃんは元気だが」

「爺ちゃん以外は皆元気だ。三郎も来年は中学だすな。家のごどは心配すっこだあねえがら、元気でやれ。二郎のごども何とかなるべ」

「何とかなるって？」

「長くなっと電話代がかかる。ほんでゃな」

「うん……」

電話が切れた。

母の声が余韻となって耳の中に残って離れない。

一郎は考えた。今の給料からいって千五百円は大変な出費である。しかし、本当にその金額が捻出できないのだろうか。自分の今の生活を振り返ってみると、正直言って月末には手元に残らないほどのどんな出費があるのか皆目見当がつかない。確かに煙草は覚えた。酒も覚えた。しかし煙草は三日に一箱を空ける程度で大した出費とは言えない。酒にしたところで、大半は幸介のおごりで、これもたかが知れている。女を買うのはもうこりごりだから、そちらの方に金がかかっているわけではない。

至極当たり前の生活をしていても、金は出ていく。改めて考えてみると、不思議といえば不思議である。

もっとも、三千円という給料が、世間相場からみても、遥かに低いことは明白だった。料理屋という仕事柄、下着は汗ですぐに駄目になるし、風呂代もかかる。休日には憂さを晴らすために映画にもでかける。雑誌だって買う。もちろん、そうしたことをすべて我慢すれば千五百円の金を捻出することは可能かも知れないが、それでは余りにも生活に潤いというものがない。

そう、東京というところは、そこで暮らしているだけでも金が出て行く場所なのだ。田舎とは違って、動くだけで金がいるのだ。

突然電話が鳴った。受話器を持ち上げると交換手の声が聞こえた。

「ただいまの通話は五分で百五十円です」

田舎の母と言葉を交わしただけで、これである。銭湯の代金は十六円だから、たった五分で十日分の料金が吹っ飛んだことになる。

一郎は軽い溜息を吐きながら、皺くちゃの百円札と十円玉を五枚ポケットから取りだし、礼を言いながらそれを夫人に渡すと家路についた。

夜道をアパートに向かって歩いていると、再び母の声が脳裏に蘇ってくる。

最後に母が言った、

『二郎のごども何とかなるべ』

という言葉が妙に引っかかった。

どうにかなるって、どうすんだよ。来年は三郎も中学生だ。ますます金がかかるじゃねえか。五千円の収入で、どうやって二郎を高校にやれるんだ——。

夜道を照らす街路灯の裸電球の明かりがいつになく暗く感じる。

宴会の帰りだろうか。ネクタイをだらしなく緩め、折り詰めを持ったサラリーマンらしき男が、足をよろつかせながら歩いて来る。彼の口ずさむ鼻歌が聞こえた。

いい身分だよ。酒を食らった揚げ句に、土産を持っての帰宅かよ。

千五百円の金を捻出することに、これほど思案を巡らす人間がいる一方で、毎月充分な給料を貰い、子供を高校、大学に行かせてやれる人間もいる。しかも手にあかぎれを作ることもなければ、汗水垂らして外を駆けずり回ることもなく、大きなビルの中で机に座って仕事をしているだけでだ。

ふと、中学の授業中に先生が言った言葉を一郎は思い出した。

『額に汗する労働は尊いものです』

あんな言葉は嘘っぱちだと思った。口からでまかせの奇麗事だと思った。

額に汗して働く人間よりも、頭、いや知恵を使う労働こそ、この社会では価値があるのだ。

もしもそうでないと言うなら、俺は何だ。巷《ちまた》にごまんといる肉体労働者はどうなんだ。額に汗して働く労働なんて誰でもできることじゃないか。だからそんな仕事に限って給料が安いんだ。頭を使う、知恵を使う、つまり額に汗などかかない労働こそ、誰にでもできるものではない分、大金をせしめることができるのだ。

一郎は気がついた。

この世で成功する学問は、学校なんかで教えられるものではない。個人の才覚の中に潜んでいるのであって、その鍵はこの社会の中にしかないのだ。それを見つけ出せるかどうか、それこそが人間の本当の意味での才能というものだ。

しかし、この社会の中でのし上がるきっかけなど、そう簡単に思いつくものではない。

一郎はその答えを探し求めるかのように、正面を見据え夜の路地をアパートに向かって歩いた。

＊

それから三ヵ月ほどの時間が瞬く間に流れた。

真夏の労働は過酷を極める。店の中には扇風機があるだけで、日中は入り口、裏庭に続く戸を開け放していても風はほとんど通らない。調理場は調理器具に終始ガスの火が入っている上に、煮えたぎるスープを入れた寸胴鍋《ずんどうなべ》がかけられており蒸し風呂のような暑さである。外は外で、天頂から太陽が容赦なく照りつけてくる。その中を岡持を持って客先と店を駆け足で往復するのだ。そして昼時が終わると集金――。

毎日がそんなことの繰り返しだった。

母から再び封書が届いたのは、そんなある日のことである。

封を切り、便箋を広げると、例によって特徴のある金釘文字が書き連ねてある。盆の帰省を促すにしては長過ぎる。かといっていまさら仕送りの話でもあるまい。怪訝な思いを抱きながら、文面に目を走らせ始めるとすぐ、一郎はその場で固まった。全身から力が抜け、気がついた時には便箋を手にしたままその場にへたり込んでいた。

製材所で指を落とした――。

手紙にはそう書いてあった。

最初に一郎の胸中に込み上げてきたのは、母を製材という危険な労働に就かせてしまったことへの後悔だった。自分の稼ぎがもっと良かったら。いや本当にあと五百円のやりくりができなかったのだろうか。

一郎は自責の念に駆られながら、文面を読み進めたのだが、母が指を落とした時の状況、そしてその後に続く最後の一文を読み終えたところで一つの疑念を覚えるようになった。

手紙によると、母が指を落としたのは、角材を電動鋸を使って板に加工している最中のことであり、仕上がった板を傍らに置こうとした瞬間、左の小指の先が鋸の歯に触れてしまったのだという。切断箇所は指の第一関節から先。つまり爪の部分ということになる。だから、農作業には支障がない。手当ても高藤先生にしてもらい、三週間もすればまた職場に復帰できる、とあった。問題はその先である。

事故に責任を感じた曽我忠弘は、治療費はもちろん、職場を休んでいる間の給料に加え、五万円もの見舞金を出してくれた。だからもう二郎の高校の学費も祖父の治療費の心配もすることはない、というのだ。

篤志家を以て鳴る曽我のことである。一介の従業員といえども指を切断したともなれば、たとえ製材所に落ち度がなくとも手厚い補償をするのは不思議なことではないのだが、母の文面からは、指の切断という大きな怪我をしたことへの落胆よりも、むしろ五万円という現金を手にしたことへの喜びが漂っている気がした。

厭な予感がした。

まさか母は事故に見せかけ、わざと自分の指を鋸に触れさせたのでは——。

考えられないことではなかった。曽我忠弘の性格、日頃の行状、そして財力を考えれば、作業中の従業員が大怪我をすれば何もしないでいることなど考えられない。しかも、切断したのは農作業をするにも日常生活を送るのにも最も支障のない左手の小指、ましてや第一関節から先である。事故にしてはできすぎである。

母は賭けに出たのかも知れない、と一郎は思った。

二郎の学費と祖父の介護費用の二つを同時に捻出するのは不可能である。かといって二郎の将来を断ち、朽ち果てて行くのを待つばかりとなった祖父に持てる僅かな財力を注ぎ込むのはとても我慢できるものではないだろう。たった爪の先程の指を鋸に触れさえすれば、曽我のことだ。きっと手厚い補償をしてくれるに違いない。

母はそう踏んだに違いない。

そして母の思惑通り、五万円という見舞金にしては法外な金を手に入れた。おそらくそれは母にしても、予想だにしていなかった額であったのだろう。何しろ母が製材所で働いて得る十カ月分の収入に匹敵するのだ。これほどまとまった現金を手にすることは初めてのことでもあったろう。

多分、こうして自分に手紙をよこしたのは、仕送りの心配はなくなったということを告げるためであったのだろうが、それよりも、計画があまりにもうまく行き過ぎたことが母を有頂天にさせ、それが文章に表れてしまったのではないか、と一郎は思った。

切なかった。空しかった。

五万円など、金持ちの曽我の家にとっては、大した金額ではない。だが、貧しい暮らしを強いられるわが家にとっては途方もない大金である。それを得るために小指を鋸にかけた母――。いったい母はどんな気持ちで、指を切断したのだろう。これで息子に仕送りを無心する必要がなくなったと思ったのか。二郎を高校に行かせてやれると思ったのだろうか。

一郎は己の境遇を恨んだ。金がないということがこれほど残酷なものかと改めて思い知った気がした。金、金、金――。世の中は金だ。金がないことには幸せなどありえないのだ。しかし、いまの自分にはたった一枚の千円札を摑む力さえない。

一郎は惨めな気持ちに襲われながら、金釘文字が並ぶ手紙を見た。その上に涙が零《こぼ》れ落ち、乾いた音を立てた。

その夜一郎は、美桑にいる母に葉書を書いた。


母ちゃん。指のけがはだいじょうぶですか。すぐに帰って、かん病したいんだけど、仕事がいそがしくて今年の盆も帰れません。正月には帰れると思いますので、けがが治るまで無理はしないでください。こっちは元気でやっています。

＊

翌日は朝から雨になった。雨の日の下準備はいつにも増して、辛いものだった。何しろ暑い最中にカッパを着込み、裏庭の井戸端で野菜を洗い、包丁を振るうのだ。ゴムのカッパの中は、十分もしないうちに熱が籠り、たちまち汗が噴き出す。こうなるとカッパを伝ってしたたり落ちる水滴が雨のものなのか、汗なのか分かったものではない。

幸介と向き合いながら黙々と下準備に追われていると、

「幸介。ちょっとこっち来い」

ただならぬ口調で白木の呼ぶ声が聞こえた。

「はい……」

幸介はカッパの頭巾を脱ぎ、首に巻いたタオルで顔を拭いながら店の中へと入る。

何事かと思い一郎が様子を窺うと、

「ここへ座れ」

白木はテーブル席に幸介を座らせ、分厚い通帳を数冊、どんと音を立てて置いた。藁半紙を紐で括ったそれは、注文の内容や売り上げを記した出前の通帳である。

「何で、俺がお前を呼んだか分かるか」

白木は押し殺した声で訊ねる。後ろ向きになっているせいで、顔の様子は窺い知れぬが、肩に力が入り彼が怒りに駆られていることは分かった。

「何スか親方、怖い顔して」

幸介は平然と言葉を返す。

「これ、お前の通帳だよな」

幸介は、その中の一冊を取り、ぱらぱらと頁を捲った。

「そのようですね」

「お前、売り上げ抜いてんだろ」

「はあ？」

「売り上げ抜いてんだろうって聞いてんだよ」

「冗談でしょう。そんなこたあ、俺はしてませんよ。第一、銭勘定は毎日通帳と合わせて計算してんでしょう。俺が集金してきた金、びた一文だって足りなかったこと、今まで一回でもありました？」

「ねえよ。いつも通帳とぴたりと合ってる」

「でしょう。だったら何でそんなこと言うんです」

普通、あらぬ疑いをかけられれば人間誰しも激高するものだ。ましてや金を抜いたなどと言われようものなら必死になってしかるべきなのだが、幸介はいたって冷静である。彼のそんな様子を見た瞬間、一郎は心臓にしめつけられたような息苦しさを覚え、鼓動が速くなるのを感じた。カッパの中の熱が増し、背筋に温《ぬる》い汗が流れ始める。

「お前、いい根性してんな。この期《ご》に及んでまだしらばっくれんのか」

「何を証拠にそんな言いがかりをつけんです。俺には何のことかさっぱり分かんないですよ」

「なら教えてやる」白木は肩をいからせる。「ウチの通帳はな、一綴り百枚ちょうどって決まってんだよ。ここんところ、店は忙しいのに毎月の売り上げが思ったほど伸びてねえのが気になってな。三日ばかりウチのやつが夜なべして、この一年の通帳を全部計算し直したんだ。ところが帳簿と通帳の金額は全部合ってる。そこで、ふと気がついてよ。通帳の枚数を数えてみたってわけよ。そしたらお前の通帳はどいつもこいつも百枚に足りやしねえ。こりゃどういうことだ」

珍来軒の通帳は、すべて白木の手製である。藁半紙や新聞広告を切り揃え、その上部に錐《きり》通しで穴を二つ開け紐を通したものを使っていた。出前の注文を取る際には、受け持ちの客先を一巡し、まとまったところで調理場に回す。届け先は通帳の頁の上に書いてあるから白木に告げられた所へ料理ができ次第運ぶことになる。代金は原則出前の際に受け取ることになっていたが、中には注文主がいないために、客の少ない午後に客先を廻って改めて集金することもあった。その際には、注文内容と代金を確認するために通帳を持参することになっていた。

「へえ、そうなんすか。そんなこたあ全然知らなかったなあ」

意外なことに幸介は顔色一つ変えることなく、平然と言ってのけ、さらに、

「親方、手製の通帳でしょ。最初っからなかったってこともあるんじゃないんですか」

通帳をぱらぱらと捲りながら言った。

「数え間違いだ？」

「最初から全部百枚あったなんてどうやって証明できんです」

「一郎の通帳も調べたさ。あいつの通帳は全部百枚、ぴったり揃ってたぜ。足りねえのはお前の分だけだ」白木の肩が小刻みに震え出す。「お前がしらばっくれるんなら、警察呼んで調べ

て貰ってもいいんだぜ。こりゃ、立派な泥棒だからな」

幸介は顔を歪ませ、ふてぶてしいばかりの笑みを宿すと、ぼりぼりと頭を掻いた。

「しょうがねえな。そんなせこいことやってるとは思わなかったな」

「やっぱり抜いてやがったんだな」

「ああ、抜いたよ。大した金じゃねえけどな」

幸介はついに白状した。

「この野郎！」

鋭い一喝が飛んだかと思うと、白木の丸太のような腕が一閃《いっせん》し、拳が幸介の頬にめり込み肉が湿った音を立てた。幸介の体が椅子とともに吹っ飛ぶ。

「恩を仇で返すようなまねをしやがって。いったい幾ら抜いた」

「分かんねえよ。いちいち覚えちゃいねえよ。後で集金する時に、一、二軒抜いただけだよ」

幸介は口元を押さえながら立ち上がり様に答える。指の間から鮮血が滴り落ち、カッパの上を伝って行く。

「この一年で六十枚から足りねえんだよ。一軒五百円としてもだ、三万円だ。おめえの給料のほぼ一年分だ。大金だぞ」

「がたがた言うんじゃねえよ。このくそオヤジ」

幸介は初めて燃えるような憎しみの籠った目で白木を見た。口から鮮血を滴らせている分だけ、凄まじい迫力である。

「何だと！」

「大体よ、給料が安過ぎんだよ。毎日毎日野菜切らせて米研がせ、揚げ句は皿洗いに出前と駆けずりまわらせやがって、それで三年我慢してたった三千三百円しか貰ってねえんだぜ。しかも料理一つ教えてくれるわけでもねえ。それでどうやって生活しろってんだよ。俺の将来考えたことあんのかよ」

「ふざけたことぬかすな。アパート借りてやって、銀シャリの飯を食わしてやって、何が不足なんだ」

「都合のいいこと言ってんじゃねえよ。銀シャリが聞いて呆れらあ。お櫃に残った冷や飯か、お蒸かしじゃねえか。それにアパート借りてやったって言うがよ、そら、おめえもたまには息子や娘の目を気にしねえで、あのババアとやりてえからだろ。たかが三万そこその金を抜かれたからって、ぐだぐだ言うんじゃねえよ。充分儲けてんだろ」

「貴様、言うに事欠いて何てこと言いやがる。そんな大口叩くなら、抜いた金を耳を揃えて返して、さっさと出て行きやがれ」

「んなもん、とうの昔に使っちまったよ」

「三万もの金、何に使った！」

「おう、よ〜く考えろよ。一郎が俺よりも少ねえ給料で、我慢してこんなしょぼい店で働いてんのは、何でだか分かっか。俺がおめえに代わって、いろいろ面倒見てやったからだよ。本当はおめえがやってやんなきゃならねえことを俺がやってやったんだよ。店の金を使ってな」

自分の名前を出されて一郎は慌てた。確かに幸介には随分金を使って貰ったことは事実である。日々の酒代、それに一度だけだが女も抱かせて貰った。しかし、それは幸介が遺族年金から得た金だと言ったからで、まさか店の金を着服していたとは思いも寄らぬことだった。

一郎は何か言い訳をしなければならないと思ったが、まったく考えもしなかった展開にすっかり動揺して言葉が出ない。

「本当か一郎！　てめえもグルか」

「俺は……俺は──」

「一郎は金の出処《でどころ》なんて知らねえよ。俺の一存でやったこった」

幸介がすかさず口を挟んだ。

「こいつ、警察に突き出してやる。鑑別所で頭を冷やしやがれ」

「ああ、呼べよ。そのかわり、俺は警察が来る前に、こっから逃げ出して共産党に駆け込むぜ。おめえ、言葉に慣れねえ一郎が出前でしくじると、飯抜いたよな。こんなことが知れたら、連中この店に、旗立てて押し掛けてくんぞ。商売どころの話じゃねえぞ」

「てめえ、赤か！　どこでそんな知恵つけやがった」

白木は仁王立ちになって拳を握りしめた。

暫し緊迫した沈黙が流れた。やがて、白木は、

「出てけ……今すぐ出てけ！　二度と俺の前にその面《つら》見せるんじゃねえ」

呻くように言うと、テーブルの上に置いてあった灰皿を幸介に向かって投げつけた。

幸介は、血の混じった唾を床にゆっくりと吐くと、悠然とした足取りで扉を開け、こちらを振り向くことなく扉を閉めた。

ぴしゃりという音が一郎の耳朶を打ち、静まり返った店の中に激しい雨音だけが虚ろに響いた。

*

幸介はその日を境に姿を消した。

白木は表立って一郎を責めることはなかった。言いたいことは山ほどあっただろう。できることなら、幸介に抜かれた金を全額とは言わずとも、恩恵に与った分くらいは取り戻したいという気持ちもあったに違いない。

しかし、白木は、あの事件のことには一切触れず淡々と仕事をこなした。淡々と、というと聞こえはいいが、実際は少し違う。それまでは、注文を告げれば「あいよ」とか、「おう」とかいう威勢のいい声が返ってきたものだったが、返事一つしやしない。その代わり振っていた中華鍋の縁をお玉でガンと叩く。そんな時は、明らかに白木の肩には力が入り、司厨着から剝き出しになった腕の筋肉が束になって膨らんだ。ガスコンロと鍋が触れ合う音が高くなり、リズムも乱れた。朝の挨拶をしても、無言のままそっぽを向く。最後の客を送り出すより先に、いち早く厨房を去り、いつの間にか二階に上がってしまう。まったくの無視を決め込むようになったのである。

白木は口にこそ出さなかったが、一郎もまた店の金を着服した共犯者だ。幸介が金を抜いていたことを知らなかったはずがない。そう思っていることは間違いないようだった。

本来ならば、一郎も即刻首にしたかったところだろうが、彼がそうした手段に打って出なかったのには理由があった。昼の注文取りと出前のためである。

これまでは一日二十から三十軒の客先を二人で廻っていたのが、今度は一人である。もちろん、幸介が抜けた今となっては、それだけの軒数を一人でこなすのは不可能だ。かといって補充の小僧がすぐに調達できるはずもなく、結局専業主婦を決め込んでいたハナが幸介の代わりを担うことになった。しかし、若い男と中年の女では体力に歴然とした違いがある。ましてや料理を入れた岡持を持って街を駆け回るのはかなりの重労働でもある。ここで一郎を首にしてしまったら、店は立ち行かなくなる。つまり、首を免れているのはもっぱら店の経営的見地からによるものであることは一郎にも察しがついた。

昼の出前はこれまでにも増して辛い仕事になった。これまで十五軒廻ればよかったのが、三十軒になった。もっとも店を出てしまえば、親方の不機嫌な様子を見なくて済んだから、外廻りの方が気は楽だったが、一郎は新たな試練に晒されることになった。

店仕舞を終え、遅い夕食を安っさんと一緒に摂り始めた一郎の目の前で、ハナがその日の出前の金勘定を始めるようになったのである。あの日以来、店の売り上げと出前の集金を一緒にすることは禁じられた。一郎が集金してきた金は、集金袋の中に伝票と一緒にしておくのが決まりになった。それをハナがこれ見よがしにテーブルの上に広げ、伝票を一枚、また一枚と捲りながら算盤を置き、札と小銭をかき集め、間違いのないことを確認するのが毎日の決まり事となったのだ。

算盤の玉を弾く音。小銭が触れ合う微かな金属音を聞いていると、何を口にしているのか分からなくなる。それも二度三度と繰り返すのだからたまったものではない。昼前から注文取りに駆けずり回り、眩暈がしそうなほどの空腹感を感じていても、間違いはなかったろうか、一円でも足りなければ大変なことになると思うと、食欲が急速に萎《な》えていく。胃が重くなって、箸が止まった。

元より、一郎は売り上げを着服などしていなかったのだから、金に不足があるはずがない。ハナは計算を終えると、一言も発することなく席を立つ。

階段の軋む音が二階に消え去ると、全身から力が抜けた。昼間の疲れが何倍にもなって噴き出してくる。同時に自分が泥棒同然に扱われている屈辱感に襲われた。

従業員僅か二名。家族経営そのものの職場で人間関係が崩れてしまうと、事態は最悪である。もういやだ。こんなところで働くのは御免だ。

さすがにそんな行為が続くと、店を飛び出してしまいたい気持ちに駆られるのだったが、かといって、次の職場の当てはない。しかも学歴は中卒。調理師見習いとは言っても、調理の一つすら身につけてはいないのだ。東京に親戚もなく保証人の一人も立てられなければ、まともな仕事にはありつけはしない。加えて不用意に飛び出せば、当面の住居にも困る。上野の山で野宿などしようものなら、どんな連中にかどわかされるか分かったものではない。

「一郎……お前、次の仕事探した方がいいかもしんねえぞ」

安っさんが珍しくぼそりと話しかけてきたのは、そんな日々が十日ほど続き、翌日からは盆休みになるという夜、ハナが例の金勘定を終え、二階に消えた直後のことである。

「どうしてですか」

一郎はぎくりとして、まだ半分ほど飯が残った丼をテーブルの上に置いた。

安っさんは、店では出せない焼豚の端肉を箸で摘むと、ビールを呷り、どんよりとした目を向けた。

「今日の昼にな、親方と奥さんが話してるのを聞いたんだよ。来年一人、再来年一人、人を採るんだとよ。集団就職の中卒をよ」

「本当ですか」

一郎は下腹に重く冷たい塊が形をなして行くのを感じながら訊ねた。

「どういうことか分かんだろ。来年一人増やすのは、幸介の野郎の後釜なんだろうが、ここんところこの辺りにも商売敵《がたき》が増えて、今以上店が繁盛するとは思えねえ。まあ、今の客をがっちり押さえていくのが精々だ。なのに再来年一人採るっていうことはだ——」

「俺《おら》の代わりってことすか」

「たぶん、そうだろうな」

安っさんは、ちいっと歯を鳴らすと続けた。

「気づいてんだろうが、親方はよ、例の一件は幸介がしでかしたことにはなっているが、おめえが何も知らなかったとは思っちゃいねえ。幸介はあのとおりトッポいやつだ。やったのはあいつだとしても、おめえも承知していたと睨んでる」

「俺は何も知らなかったんです。嘘じゃないです」

「俺は信じているがよ」安さんはぐっと胸の奥から絞り出すようなげっぷをした。「田舎から出てきて一年しか経っていねえおめえが、店の金に手をつけたりはしねえよな。それにそんだけの悪さをする根性もねえだろう」

「コーちゃんは、お父さんの遺族年金があるからって言ったんです。だから、俺……」

「そうは言ってもよ。時期が悪いよなあ。おめえ、この春に給料上げろって親方に談判しただろ」

「はい」

「それに借金、つうか給料の前借りを頼んだよな」

一郎は無言のまま頷いた。

「そんな話を切り出されりゃ、誰でも金に困ってるって思うわな」

「それには理由があるんです。弟が再来年高校に行くことになったから、仕送りを増やして欲しいって田舎から連絡があって……。そのことは親方にもちゃんと言いましたよ」

「そんなこたあ、親方にとってはどうでもいいんだよ」安っさんは淀んだ瞳の中に、鈍い光が宿った。「俺らはよ、その日の仕事が終われば、引きずるものは何もねえ。何をしようと自由な雇われ職人だ。ましてやおめえの年頃は、遊びてえ盛りだ。金がなんぼあっても足りはしねえ。遊びを覚えりゃ安月給でやっていけるわけがねえ。ああやって、ハナさんがこれ見よがしに金勘定してんのはよ、幸介がいなくなっても、まだおめえとヤツは繋がってんじゃねえか。甘い汁を吸っちまったおめえがまた金に手を出すんじゃねえか。そう思ってっからなんだよ」

状況は安っさんに言われなくても、その通りであることは間違いない。

一郎は唇を嚙みしめ、下を向いた。

「俺……どうしたらいいんだろう。ここを出ても行くところなんてねえし……」

「そうだなあ」安っさんが、深い溜息を漏らしながら、グラスにビールを注ぐ気配がする。

「なあ、一郎。この際、一度田舎に帰ってやり直したらどうだ」

安っさんが低い声で言った。

「田舎に帰るなんてできないです……。そもそも町に働き口があるくらいなら、東京なんかに出てこねえし」

「しかしよ、そうは言っても、東京でまともな働き口なんか探すのは無理だぞ。お前の代わりが来て、この店を追ん出されれば、それこそ行き場がねえ。やり直すなら、早いうちの方がいいに決まってる。おめえだって、毎日目の前でこれ見よがしに金勘定されんのはたまんねえだろ」

安っさんが正しいことは分かっていた。求人の話が本当なら、自分が再来年の春には店を追い出されるのは間違いないことだろう。切ることを決めた人間に、調理の方法など教えてくれるはずもなく、これから先も、食材の下準備、皿洗い、そして出前に追われる日々を過さなければならないのだ。三年経ってもまともな仕事を教えてくれないのでは、それこそ時間の無駄というものだ。しかし、店を辞めても次の当てはない。

一郎はいよいよ進退窮まって、俯くばかりである。

同時に安っさんの優しさが身に染みた。考えてみればポン中の彼と、まともに言葉を交したのは店に入って以来初めてのことだ。下働きの自分の身の上がどうなろうと、安っさんには関係ない。自分がいなくなったところで、安っさんが出前を取りに行かされるわけじゃなし、親方夫妻の目論みに反して、自分が突然店を辞めて困るのはあの二人で安っさんじゃない。

もしかすると、この店で一番自分の身を案じてくれていたのは安っさんだったのかも知れない。

一郎がそんな思いを抱き始めたその時だった。頭上で安っさんが何かを取り出す気配がした。

思わず顔を上げると、

「明日から盆休みだ。一度田舎に行って、ゆっくり考えて来い。帰って来るも良し、戻らないも良し。身の振り方は自分で決めろ」

そう言うと、皺くちゃの千円札を一枚、テーブルの上に置いた。

「安っさん……」

理由が分からず問い返した一郎に向かって、

「汽車賃、ねえんだろ。持ってけ」

酔いの回った目を向けながら、静かに笑った。

*

アパートに戻った時には、午後十時を回っていた。

酒は店で原価で飲める上に、三度の飯の心配もない。ましてや所帯を持っているわけでもない身の上とはいえ、千円という金は、安っさんにとっても大金である。もちろん一郎は安っさんが差し出してきた千円を受け取るわけにはいかないと、拒んだ。しかし、安っさんは酔いの回った目を向けると、

「やると言って一度差し出したもんを受け取れるか。さっさとひっこめろ！」

語気を荒らげて一郎を睨みつけた。普段はとろんとしていて、何を考えているのかさっぱり分からない人間だけに、初めて感情を剝き出しにして迫る安っさんの言葉には異様な迫力があった。

気圧《けお》されるままに、慌てて札をポケットに押し込んでしまったのだったが、一郎は美桑の町に帰る決心がつかないでいた。いずれ店を去ることは避けられないと分かった以上、一番いいのは安っさんが言うように、盆休みの間に美桑に戻り、改めてこれから先のことを考えることだ。しかし、一旦美桑に戻れば、二度と東京へは出て来られない。おそらくはあの寒村に住み、曽我の製材所に働き口を見つけられれば御《おん》の字というところだろう。そして仕事の合間を縫っ

て、父親の畑仕事を手伝う。精々がそんなところだ。何の刺激もない、毎日、同じことを繰り返しながら、長い年月をかけて朽ち果てるのを待つ——。

確かに東京での生活は苦しかった。だが、一旦大都会の魔力に触れた今となっては、田舎の暮らしは余りにも退屈過ぎる。何よりも十七にして将来の可能性のすべてを自らの手で閉ざしてしまうもののように思われた。加えて、弘明のこともあった。彼がいまどこで何をしているかは知らないが、敷かれたレールの上を順調に歩んでいるなら、今頃東京の大学の附属高校で学んでいるはずだ。仮に受験に失敗していたとしても、大学に進み学士様となった後は、美桑に戻り曽我の跡取りとして町に君臨する存在になると決まっているのだ。何一つ不自由することなく、優雅な暮らしを送る彼を見ていれば、己が置かれた境遇との違いを改めて思い知らされることになる。弘明とは、子供時代に一緒に野山を駆け巡った仲である。ましてや杉下を埋めたという決して人に知られてはならない共通の秘密を持っている。その一方の当事者が歩む輝かしい日々を目の当たりにしながら、これからの人生を歩むのは耐えられるものではない。

かと言って、自分の身を案じ千円もの金をくれた安っさんの心情を考えると、このまま盆休みを東京で過したのでは、せっかくの好意を無駄にすることになる。

一郎は、皺くちゃになった千円札を、卓袱台の上に置いて考え込んだ。

とりあえず衣類を雑嚢に詰め、帰省の準備をしてみたものの、やはり決心がつかない。

どれくらいそうしていたのだろう。ドアがノックされる音で我に返った。

こんな夜遅くに訪ねてくる人間などいやしない。怪訝な気持ちを抱きながら、札をポケットに仕舞い、雑嚢を押入に入れドアを開けると、そこに幸介の姿があった。

「コーちゃん……」

「悪りいな、夜遅くに」

薄汚れた半袖のワイシャツ。ねずみ色のズボンを穿いた幸介が、何事もなかったかのように、にやけた笑いを顔いっぱいに浮かべ廊下に立っていた。古ぼけた雑嚢を背負い、焼酎の一升瓶さえぶら下げている。

「どうしたの。コーちゃん、どこさいだの？」

矢継ぎ早に訊く一郎に向かって、幸介は、

「立ち話も何だ。入ってもいいか」

部屋の中に視線を向けて言った。

「いいよ。入って」

幸介は後ろ手でドアを閉めると、上がり框に靴を脱ぎ部屋の中に入る。

「いやあ、店を飛び出したはいいが、酷え目にあったよ」

幸介は畳の上に腰を下ろし、持参した焼酎の一升瓶を卓袱台の上に置く。

「アパートには戻らなかったの？」

「戻ったさ。店を飛び出してからすぐにな。何しろあそこには千葉の土地の権利書や親父の年金証書、判子、俺の財産の一切がっさいが置いてあったんだからな。親方も相当頭に来てただろ。もし、サツにでも垂れ込まれたら、俺は鑑別所送りだ。それだけは勘弁だぜ。身の回りの物をこいつに詰めてすぐにずらかったってわけよ」

　幸介は膨らんだ雑嚢をポンと叩く。

「で、それからは」

「例の深川のぼろ家にしけこんだんだが、前にもまして、雨漏りはするわ、カビだらけだわで、酷えの何のって。それで、ちょうど明日からは、おめえも盆休みだろ。その間だけでもここに泊めて貰おうと思ってさ。金のことなら心配すんな。先月年金が入ったばっかだからよ」

　任せておけとばかりに幸介は胸を張った。

「コーちゃん。あれから大変なことになったんだよ」

　一郎はそれから暫くの間をかけて、自分が今どんな境遇に置かれているか、白木夫妻がいずれ自分を追い出そうと企んでいるらしいことを話して聞かせた。

　そもそも、自分がこんな目に遭うことになったのは、幸介が店の金を着服したからである。てっきり彼の口からは詫びの言葉の一つもあるものと思ったのだが、

「だったらあんな店、とっとと辞めちまうこった。早く見切りをつけられただけ良かったじゃねえか」

　幸介は、鼻でせせら笑いながら一言の下に片づける。

「コーちゃんは年金もあるし、夜露を凌げる場所もあっからいいだろうけど、俺には店を追ん出されたら行くとこはないんだよ。大体、店の金を抜いてたなんて、俺はこれっぽっちも知らなかったんだから。店じゃ俺は共犯扱いにされてるんだよ」

一郎の口調は、どうしても詰問調になったが、

「大体よ、あいつらが業突張《ごうつくば》りなんだよ。安い金で人をこき使うわ、料理は全然教えねえわ。挙げ句の果てには伝票の数にまで細工をしてやがる。あんなことするのは、そもそも俺たちを端から信用してなかったことの証拠だろ。いたってロクな目に遭わねえよ」

幸介は、ぞんざいな口調で言い放つと、ゴールデンバットを銜え火を点し、さらに持参した焼酎の栓を抜き、

「飲もうぜ。今夜は徹底的に飲もう。どうせ盆休みの間は何もするこたあねえんだろ。一郎、コップをくれよ」

と命じた。

一郎は、コップを卓袱台の上に置いた。幸介がすかさず一升瓶を傾け、焼酎を注ぐ。

「まっ、色々あったけどさ、人生悪いことばかりが起こるもんじゃねえ。そのうち俺たちにもツキが回ってくるさ」

幸介はコップを摘み上げると、焼酎をそのまま飲み始めた。気乗りがしなかったが、一郎もまたそれに続いてコップを口元に持っていったのだったが、どうやら合成焼酎であるらしく、薬品のようなアルコールの匂いが鼻を突いて、とても飲む気にはなれない。唇を湿らしただけでも、胸が熱くなり、気分が悪くなる。

「コーちゃん。これからどうするつもり。新しい仕事の当てはあんの」

一郎はコップを置きながら訊ねた。

「俺か？」幸介は焼酎を半分ほど口に含むと、ごくりと飲み干し、手の甲で口元を拭う。

「もちろん当てはあるさ」

「新しい仕事、見つかったの」

「ああ、深川の八百屋だがな」

「今度は八百屋で働くの？」

ツキが回ってくるさ、と楽観的なことを言う割には、随分と地味な仕事を見つけたものである。第一、八百屋の仕事は、食堂よりも朝が早い。店仕舞だって、普通の家の夕食が終わった頃のことになるから、実質労働時間は珍来軒よりもずっと長いはずだ。さすがに出前や集金はないにしても、重労働であることに変わりはないだろう。

「おめえ、よりによってなんでまた八百屋なんてショボい仕事を見つけたんだって思ってんだろ」

「そんなこと、ないけど……」

図星を指されて一郎は口籠った。

「まあ、確かに八百屋の仕事は楽じゃねえさ。毎朝暗いうちに起きて、市場に出掛けて仕入れの手伝いもすりゃ、店に商品を並べもしなけりゃなんねえ。給料だって、珍来軒とほとんど同じだ」

「じゃあ、なんで」

「俺が中学の頃、やっちまった女がいたって言ったの覚えてっか」

「うん」

「深川の家に戻ったらよ。その女に見つかって、ついまたやっちまったのよ。まあ、俺は溜まったもんを吐き出す世話になった程度のもんだったんだが、あいつにしてみりゃこれでよりを戻せるとでも踏んだんだろうさ。で、そいつの家が地元で八百屋をやっててな。俺がこれから仕事を探さなきゃなんねえって言ったら、ちょうど小僧の口があるって言うじゃねえか」

「じゃあ、コーちゃんはいずれその女と結婚して店を継ぐの」

「馬鹿言え。そんなつもりはこれっぽっちもねえよ。大体あんな不細工な女、なんぼ金を積まれても御免だぜ」

「でも、コーちゃんにその気はなくとも、あっちはそう思ってんじゃないの」

「俺も今回のことで少しは勉強したのさ」幸介は半分残った焼酎を、まるで水を飲むように一気に空けると、また一升瓶を傾ける。「金を抜いたのがバレたのはよ、料理屋には伝票なんて証拠が残っからだろ。その点、八百屋の銭扱いなんていい加減なもんだ。売り上げは笊に入れるだけ。何がなんぼ売れたかなんて分かりゃしねえ。少し傷んだ野菜は捨てちまうかオマケに回す。丼勘定もいいとこよ」

「また金抜くの？」

これには一郎も驚いた。珍来軒で売り上げを抜いたのがバレて、店を追われたというのに、また同じことを繰り返そうとしている。しかも、今度は最初からそれが目的なのだ。ここまで来ると、極め付きの悪党。いや、生まれながらにしての泥棒と言ってもいい。

「俺たち中卒の人間がよ、この世の中でのし上がんのは生半可なことじゃねえ。楽な仕事で大金稼げんのは、大学卒業して大企業に勤めてるやつだけだ。もちろん、高校を出ただけでも大っきな会社に勤めるやつはいる。だけどな、そんなやつらの将来なんて見えちまってる。いつまで経っても大卒の人間にこき使われ、連中の出世のために下働きをしながら一生を終えるんだ。まあ、確かに給料は保証してくれる分だけマシっちゃマシだがな。その点、八百屋はいいぜ。一日五百円抜ければ、ひと月一万五千円だ。それに給料が加わりゃ、大卒の月給より多いぜ。適当に金を抜いたところで、とんずらこきゃそれまでの話よ」

得意げに話す幸介の姿を見ていると、一郎の胸中にそれまで彼に感じたことのない新たな感情が込み上げてきた。一時とはいえ、幸介に心を許し、酒や煙草を覚え、一端《いっぱし》の職人を気取っていた自分がことのほか哀れ、かつ滑稽に思えてきた。そして次に込み上げてきたのは猛烈な嫌悪である。

幸介のことは恨んでもいいはずだと思った。確かに白木には言いたいことは山ほどある。過酷な労働。安い給料。決して幸せとはいえなかったが、幸介が金を着服したりさえしなければ、女を買った揚げ句に性病を貰い、惨めな思いをしなくとも済んだだろうし、新たな仕事を探すにも、自らの意思で余裕をもって当たれるはずではなかったか。

こんな男と、たとえ盆休みの間だけとはいえ、この狭い空間で寝起きを共にするのは御免だと思った。いますぐにでも立ち去って欲しいとも思った。しかし、そんなことを言い出そうものなら、幸介がどんな反応を見せるか、それが読めなかった。少なくともいままで暴力を振るうことはなかったが、それは自分が彼の言うことに何一つ異議を唱えることなく、唯々諾々として従ってきたからにほかならない。次に就職する八百屋で、再び金を抜く計画を話したのも、自分を子分だと思っているからに違いない。

「まあ、お前も色々考えるところはあんだろうが、首を切られることなんか心配すんな。店を追ん出された時にゃ、俺を頼って来い。ひと月やふた月、お前を食わしてやるこたあ、簡単だからよ」

果たして、幸介はそう言い放つと、呵々《かか》と笑い、焼酎を飲むペースを上げた。

それから先は何を話したのか、覚えてはいない。あばら家での寝起きがこたえたのか、あるいは安酒の酔いが急速に回ったのか、幸介は泥酔し、話がまったく意味をなさないものになってしまったからだ。

幸介は、一升瓶半分ほどの焼酎を空けたところで、畳に横になると鼾《いびき》をかきながら眠り始めた。

三畳一間の小さな部屋である。卓袱台と置きっ放しになっていた雑嚢を押入の中に片づけ布団を敷くと、畳はほとんど見えなくなる。横になった一郎に、幸介が体を擦り寄せてくる。蒸し暑い夜だった。窓を開け放していても、大気の流れはほとんどない。幸介と触れ合った部分から、彼の不快な体温が伝わってくる。安物のアルコールの匂いが纏わりついてくる。明かりを消して横になっても、眠気は一向に訪れない。暗がりの中で、何度も寝返りを打ちながら、脳裏に浮かぶのは幸介が言った、

『店を追ん出された時にゃ、俺を頼って来い』

という一言だった。

こんなやつに付き纏われたんじゃ、ロクなことはない。いずれこいつはもっと大きな犯罪を犯すに違いない。そして、事が発覚した暁には、決して自分一人で罪を被ることなく、俺を道連れにするか、あるいは罪そのものを俺になすりつけるかも知れない。

思いがそこに至った瞬間、一郎の脳裏に美桑の東原で杉下を埋めた際に弘明が発した言葉が浮かんだ。

『これで、主犯はいっちゃん、俺は従犯だ』

あの時と同じことになると思った。そう、幸介も弘明と同様に、万が一の時の生贄を用意しておきたいのだ。杉下の一件は、先生の失踪ということで片が付いたが、あのような幸運が再び訪れるとは限らない。ましてや幸介は確信を持って罪を犯そうとしているのだ。事が発覚するまでにどれほどの年月がかかるのかは分からない。しかし、長くなればなるほど、着服した金の額は大きくなる。当然罪は重くなり、二十歳前なら鑑別所に送られる。成人していれば刑務所だ。金を抜かれた八百屋だって、黙っているわけがない。天涯孤独となった幸介から金を取れないとなれば、矛先を向けるのはこの俺、そして美桑の家だ。

もう、人に利用されるのは御免だと思った。何としても幸介との縁を、一刻も早く断ち切らなければならないと思った。

ならばどうする――。

必死に考えるうちに、一郎はついに決心した。

幸介との縁を完全に断ち切るためには、自分が姿を消すしかない。それは珍来軒からも去ることを意味するが、どうせ再来年には店を追われる身である。それが一年半早く来るかどうかの違いだけだ。そう思うと、あの拗《ねじ》れに拗れた人間関係の煩わしさから逃れることが、ことのほか魅力的なものに思えてきた。

窓がほんのりと明るさを増してくる。懐中時計を見ると、時刻は午前五時になろうとしていた。

今、ここを発てば朝一番の列車に間に合う。

一郎はそっと寝床を抜け出した。幸介は相変わらず鼾をかきながら、熟睡していて気づく気配がない。慌ただしく着替えを済ませ、先に帰省のために用意した押入の中の雑嚢を手にする。茶箱を開けズボンのポケットに有り金のすべてをねじ込む。美桑を出る時に、万が一の汽車賃と言って父が預けてくれた金だ。安っさんから貰った千円もあるから美桑に戻るには充分だった。

ドアをそっと閉め、部屋の外に出た。早朝の廊下はひっそりと静まり返っている。鍵を取り出し、施錠をした。中に幸介が残っているのに鍵を閉めるのはおかしな話だが、そうすることが彼との関係を絶つことを暗に伝えることになると一郎には思えたからだ。コンクリートの廊下を忍び足で歩く。階段を降り、外に出ると、昇り始めた太陽の光が目を射った。体が完全に覚醒してくる感覚がある。一郎は中野駅に向かって全力で駆け始めた。背負った雑嚢が、一郎の体を鞭打つように背中で飛び跳ねた。

＊

上野駅は大変な人出だった。両手に土産物を持った帰省者で通路もホームも溢れ返らんばかりである。一郎の乗る東北本線盛岡行きの普通列車は十六番線に停車していた。花林糖《かりんとう》のような焦げ茶色に塗られた客車の前には乗客が群がり、人々が我先に乗り込んで行く。それも乗車口からばかりではない。開け放たれた窓から、子供を押し込む者もいれば、大人も同様である。まるで戦後のどさくさながらの喧騒と混乱である。

何とか客車に乗り込むと、通路は新聞紙を広げた床に座り込んでいる乗客で一杯で、中へは入れない。しかたなく、デッキの隅に雑嚢を背負ったまま座り込んだところで発車のベルが鳴った。

野太い汽笛が聞こえた。連結器が前方から後方に向けて重々しく鳴り、やがて機関車が吐く蒸気の音に合せるかのようにゆっくりと進み始める。むせ返るような熱にうだった車内に風が吹き込んでくる。機関車から吐き出される煙が流れ込んできて、石炭の燃える臭いが漂い始める。東京の街並みが、後方へと過ぎ去って行く。

一郎はその光景をぼんやりと眺めた。奇妙な感覚だった。あれほど、美桑に戻ることを躊躇していたのに、いざ列車が走り始め、東京の街が遠ざかって行くと、不思議なことに故郷への郷愁が込み上げてくるのだ。東京にはいい思い出などありはしなかったが、美桑にしたところで同じはずである。しかし、客車の黒い床から漂って来る油や石炭の煙の臭い。そして列車がレールの継ぎ目を乗り越える度に発する軽快にして単調な音の繰り返しを聞いていると、えも言われぬ安堵を覚えると同時に、これまで感ずることのなかった解放感に襲われるのだった。

やはり東京には、得体の知れぬエネルギーが渦を巻いているのだ。野望や、欲に支配され、日々忙しく動き回る人間たちが発する熱量が、そこで暮らしているだけで人間を緊張させ疲弊させていくのだ。

事実、立錐の余地もない車内にも、東京が遠ざかるにつれ、先ほどの喧騒が嘘のように、まったりとした空気が漂い始める。それは列車の揺れと相俟《あいま》って、一郎に猛烈な睡魔が訪れた。無理もない。昨夜は幸介の突然の来訪で、一睡もしていないのだ。しかも昼間はいつものように仕事に追われていたせいで、疲労は極限に達していた。

一郎は床の上で膝を抱えて座ったまま、いつしか深い眠りに落ちていた。

気がついた時には、周囲の光景は一変していた。緑の絨毯を敷き詰めたような田園風景が広がり、遠くには巨大な山々が連なっている。真夏の日差しを浴びて青く霞む山脈。一際高くそびえ立つのは磐梯山である。デッキに吹き込んでくる風は、鮮烈にして爽やかで、明らかに東京の淀んだ大気とは異なるものである。

「あと、五分で郡山です。郡山には十分の停車です」

車掌ののんびりしたアナウンスが流れる。

一郎は立ち上がると、一つ大きな伸びをした。列車は徐々に速度を落として行く。敷石の一つ一つがはっきりと目視できるようになる。

やがて、列車は駅に着き、甲高い金属音を響かせながら停まった。

「郡山〜、郡山〜」

駅名を告げる声が、煩いばかりの蟬時雨《せみしぐれ》と重なって聞こえてくる。

新たに乗り込んでくる客はさほど多くなかった。下車する客の方が遥かに多い。通路越しに客室を見ると、寝ている間に空席ができている。窓際の空席を確保すると、雑嚢を椅子の上に置いた。不自然な格好を強いられていたせいで、腰と膝の関節に鈍い痛みを覚えた。それでも、座席を確保できたことで、気持ちが楽になったのか、急に空腹と喉の渇きを覚えた。

窓から身を乗り出してホームを窺うと、桃を山と積んだ台の前に佇む若い娘の売り子がいた。どうやら桃は福島の名産品であるらしい。竹籠にいれられた果実は大振りで見事なものだった。そういえば、慌てて東京を後にしたために、美桑の家には土産と呼べるものを何一つ買ってはいなかったことに一郎は気がついた。

桃は美桑でも採れはするが、地なりのそれは小さなリンゴ程度の大きさしかなく、それほど甘いものでもなかった。この先の道中に土産に相応しい代物に出会えるかどうかは分からない。それに、桃ならば喉の渇きを癒すのにも好都合でもある。

一郎は売り子を呼び、桃を一籠買った。細く割いた竹で編まれた籠の中には、十個ほどの桃が、皮を剝くための竹べらと一緒に入っていた。

汽笛が鳴った。再び列車が走りだす。揺れに身を任せながら、中の一個を取り出した。桃の表面には微細な産毛が密生しており、窓から差し込む日差しに反射して、無数の光を放った。瞬間、一郎は遠い記憶を呼び起こされて、思わず手を止めた。

ふくよかにして、張りのある桃の肌。その上に密生した産毛。果実の表面に縦に走るなだらかな割れ目――。

それは生まれて初めて、目の当たりにした清枝の性器そのものであった。

清枝の顔が、弘明の顔が脳裏に鮮明に浮かぶ。集団就職の列車に乗り込み、上京する車中の光景が蘇る。

『結局貧乏人はどうあがいたところで金持ちには敵わないのだ。金の力さえあれば、人の歓心を買うことも、いや人の心さえ自由にできるのだ。俺はどんな手を使ってでも金持ちになってみせる。曽我の家にも勝る財を一代で築き上げてみせる』

あの時、俺はそう心に誓ったのではなかったか。

このまま美桑に戻ってしまえば、俺は二度と東京に出ることはあるまい。山深いあの地で、田畑を耕しながら、あるいは日雇いに毛が生えた程度の職を得、細々と生計を立て一生を終えるのが精々だろう。確かに都会の現実は厳しかった。中卒の身がそんな大それた夢を抱いたのがそもそもの間違いだったのだといえばそれまでだろう。しかし、美桑を離れてたった一年半ほどで、これから先の長い人生を諦めてしまっていいのか。

なるほど、一代で財を成し、社会的地位を得ることは尋常なことではない。一か八かの賭けでもある。しかし、その賭けに勝つか負けるかなんてことは誰にも分からない。ただ一つ言えることは、勝者にならんとする者は、常に社会という賭場の中に身を置き、延々と己の能力という札を張り続けなければならないということだ。そして一旦目が出た時の見返りは、賭場の盆の大きさに比例する。ここで美桑に帰ってしまうのは、自らその大きな盆を去ることを意味する。

本当にそれでいいのか。後悔はしないのか——。

一郎は、手にした桃をじっと眺めながら、何度も自らに問うた。

列車はこうしている間にも、刻一刻と美桑との距離を縮めて行く。東京との距離がどんどん離れて行く。だが、東京に戻ったところで、また珍来軒での日々が待っているだけだと思うと、自分の前途には何もいいことなどありはしないのだ、という気持ちにも襲われる。

一郎は答えが見い出せないまま桃を籠に戻すと、網棚に上げた。続いて椅子に置いたままになっていた雑嚢に手を伸ばした。汚れたそれは、父がかつて満州に従軍した際に使ったものである。蓋を閉じる革紐の部分に、名札入れが括り付けてあり、中には汚れ切った紙片が入れられていた。

『松木兵治《へいじ》』

褪せたインクで書かれた文字が目に飛び込んできた。

松木？

一郎はぎくりとして手を止めた。松木と言えば、幸介の名字である。

なぜ、幸介の雑嚢が――。

謎が解けるまでに幾許の時間もかからなかった。昨夜、幸介がアパートを訪ねてきた時に、同じ雑嚢を持っていたことに一郎は気がついた。物が乏しい時代で、戦時中兵隊に支給された衣類や道具をまだ使っている人間はたくさんいる。ましてや幸介の父親も戦争中は徴集され軍隊へ行ったのだ。兵隊の装備品は、規格が統一されているから、どこの部隊に配属されても皆同じ物を持っている。昨夜は帰省するかしないかを迷いながらも、下着や衣類を詰めた雑嚢を押入の中に入れておいた。そして幸介が寝入ったところで、布団を敷くために彼の持ってきた雑嚢を押入の中に仕舞った。

アパートを出る時は、薄暗がりであった上に、慌てていたせいで確かめもしなかったのだが、どうやら間違えて幸介の雑嚢を持って来てしまったらしい。

一郎は、慌てて椅子に座り直し、雑嚢を開けてみた。果たして中には彼の衣類と共に、年金証書と土地の権利書が入っている。現金も八千円ほどあった。

大変なことになったと思った。

彼の全財産が、いま自分の手元にあるのだ。目を醒まして雑嚢がなくなっていることに気がつけば、状況からいって、自分が全財産を持って逃げたと幸介は思うに違いない。

彼が、珍来軒を飛び出して平然としていられるのも、分不相応な遊びをしていられるのも、土地はともかく、父親の年金があるからである。年四回。一回につき一万三千三百円。年額にすれば五万三千二百円である。一月三千三百円の自分の給料以上の大金が、黙っていても入ってくる。

まさに幸介にとっては生命線そのものである。

そんな大事なものが持ち去られたとなれば、黙っているはずがない。どんなことをしても取り戻そうと必死になる。出身地は知られているから、金を工面し美桑の家まで追いかけて来るに決まっている。これが東京ならば、自分を捜しだすことは不可能だが、美桑は違う。長沢を名乗る家は数軒あるが、そこに一郎と付くのは一人しかいない。

ならば、このままどこかの地に身を潜めるか——。

しかし、その考えもすぐに否定された。仮に自分が見知らぬ土地で暮らすとしても、幸介のことである。父や母に年金証書と土地の権利書を息子に盗まれたと迫り、弁済を強要するだろう。美桑の家の収入など知れたものだ。母が指を落として手にした金が五万円。それだって、年金の一年分にも満たない。田畑を耕して得る収入と、母が製材所から得る収入のすべてを合わせても、とても足りるものではないし、全収入を幸介に支払ったのでは二郎の高校進学どころか、生活そのものが成り立たなくなる。

そしてもっと恐ろしいのは、それ以前に幸介が雑嚢がなくなったことを警察に届け出るのではないかということだ。盗難にあったと訴え出れば、自分は窃盗犯として追われることになる。捕まれば、鑑別所送りは避けられない。中卒という学歴に加えて、鑑別所に入れられた人間を、雇ってくれる職場にまともなものなどありはしない。それどころか、窃盗の過去を持つ人間として、この先の人生を暮らさなければならなくなる。

それだけは御免だ。

一郎は焦った。何としてもこの誤解だけは解かなければならないと思った。

とにかく東京へ戻ることだ。年金証書と土地の権利書を返してしまうのが、いま第一に考えなければならないことだ。

東京へ引き返そう――。

一郎は雑嚢を抱えて席を立ち、車掌室へと向かった。

「すいません。東京に引き返したいんですが、早く戻るにはどうしたらいいでしょうか」

車掌は一瞬、怪訝そうな目で一郎を見たが、すぐに時刻表を広げると、

「福島から三時の急行に乗るのが早いですね」

と答えた。

「三時の急行ですね」

「ええ」

「ありがとうございます」

痛い出費だったが、事情が事情である。一郎は、そのまま席に取って返すと、雑嚢を膝の上に置き、列車が福島に着くのを待った。

＊

東京の街並みが見えてくる。

一郎を乗せた急行列車は、上野駅の十八番線にゆっくりと停まった。

「上野～、上野～」

のんびりしたアナウンスが駅舎に木霊《こだま》する。駅は閑散としていた。今朝の喧騒が嘘のようである。

一郎は、ホームを急ぎ足で歩くと、山手線に乗り換えた。花林糖色の電車がやってくる。盆休みに入った上に八時を回っているせいもあって、ここもまた驚くほど乗客の姿はない。緑色の布が張られたシートに座り、雑嚢をしっかりと抱えた。どぎついネオンの明かりが車窓を流れて行く。車輪とレールが擦れ合う、キーキーという音が神経を逆撫でする。

神田で中央線に乗り換えた。新宿を過ぎ、中野に近づくと、胸が苦しくなってきた。幸介は俺を許すだろうか。まさか、もう警察に届けているんじゃないだろうか——。

胸が苦しくなる。指先に痺れるような感覚が走る。シャツから漂ってくる汗と煤の臭いが胸苦しさに拍車をかける。

やがて電車は中野に着いた。

足が重かった。気が急いていても体が思うように動かない。背負った雑嚢、手に提げた桃が重く感じる。それでも一郎はアパートに向かって、住宅街の道を歩き始めた。

見慣れた光景も、久方ぶりに見た東北の山々、そして田園風景を目にした後では、奇妙な違和感を覚える。何年も前に住んだ町を訪ねるような、不思議な気持ちになる。

次の路地の角を曲がると、いよいよアパートに辿り着く。急に、何かが焼けた焦げ臭い臭いが鼻をついた。炭や炭団《たどん》の類いではない。薪でもない。もっと幾つもの、しかも大きな物が盛大に燃えた臭いだ。

路地を曲がった瞬間、一郎はその場に立ち止まった。家々が軒を連ねた一角が消え去っているのだ。そこにあるべきはずのアパートも、隣の家もない。ぽっかりと空いた空間が黒く広がっている。地面の上に、焼け焦げた家の部材が無残に積み重なっている。

火事が起きたことは一目で分かった。それも一郎が住んでいたアパートを中心として、両隣四軒、路地を挟んで一軒の家が全焼。軒先が焦げている家が何軒かある。現場周辺には荒縄が張られ、焼け出された住民たちが、すっかり悲嘆した様子で後片づけをしている。路上には、火災現場を目の当たりにするのがよほど珍しいのだろう、興味津々といった態で焼け跡を見る子供たちの姿がある。アパートは学生が多く、この時期は皆帰省していたせいもあるのだろう、人の姿は見えない。

一郎はただ呆然として、どうすべきか次の行動の判断がつかなかった。

アパートが焼けてしまっても、惜しい物など何一つなかった。ただ、気になるのは幸介がどうなったか、どうしたら彼に会い誤解を解けるか、その一点だった。

もっとも、はしっこい幸介のことである。火事に巻き込まれ焼け死んだとは考えられない。となれば、彼が次に行く先は、例の深川の家ということになるのだが、その住所は聞いていない。

これでは、有り金をはたいて福島から引き返してきた意味がない。おまけに今夜の寝床すら確保できなくなったとあっては、泣きっ面に蜂そのものだ。

途方に暮れるというのはまさにこのことだった。

「こら、お前たち。あっちへ行け！　夏休みだからって夜更かしすんじゃねえ」

焼け跡を整理している、家の住人の一人が、子供たちを追い払う声が路地に響いた。

叱られた子供たちが、駆け出してくる。

「ねえ、ちょっと……」一郎はその中の一人を呼び止めた。「何かあったの」

「火事だよ」

「そりゃ、分かるけど……。燃えたのはいつ？」

「今朝」

「何時頃」

「七時頃だったかな。ラジオ体操が終わって、朝ご飯を食べてる時だったから」

七時といえば、アパートを出て一時間半ほどした頃である。

「どこから火が出たの」

「あそこに古いアパートがあったんだけど、そこからだよ。二人も死んだんだよ」

「人が死んだの？」

「うん。お医者さんともう一人……」

「えっ……」

医者というのは隣の部屋の飯倉のことだ。淋病の一件以来、気まずい思いがして顔を合わせないようにしていたのだが、医者に盆も正月もない。ましてや大学病院で働くようになって間も無いともなれば、この時期アパートに残っていてもおかしくはない。となれば、残る一人は誰か……。

「もう一人、死んだ人って誰？」

「知らないよ、そんなこと」

子供は、そう言い残すと、仲間の後を追って駆け出して行く。

『お医者さんともう一人』

子供が言い残した言葉が、耳から離れない。二人目とは誰だろう。まさか幸介が……。

一郎は残る一人をどうしたら確認できるかを考えた。

警察、あるいは消防署に出向き、名乗りを上げれば幸介の安否はすぐに分かるだろう。

しかし、問題はそれからだ。もしも火元が自分の部屋だとしたら、ことは厄介である。なにしろアパートに加えて、五軒もの家がもらい火を受けて全焼したのだ。飯倉に至っては前途ある医者だ。当然補償という問題が持ち上がるに決まっている。出火の原因を作ったのが幸介だとしても、居住者である自分に責任の一端が課せられるのではあるまいか。

白木の顔が脳裏に浮かぶと、その可能性は充分にあるように思われた。売り上げの一部を着服して店を追われた幸介を部屋に泊めたことを知れば、「責任はお前にもある。一生を賭けてでも金を支払い続けろ」と言うに決まっている。当然その矛先は、美桑の両親へも向けられるに違いない。もちろん家を売り、田畑を処分したところで田舎のことだ。東京では一軒の家を建てるにも満たない額にしかならぬだろうが、息子のしでかした不始末と問い詰められれば、東京者と違って弁の立たぬ田舎者だ。精一杯の誠意とばかりに丸裸になることを承知で応じようとするだろう。足りない分は勘弁してくれと、地べたに額を擦り付け、土下座して許しを請うだろう。

それでは祖父母は、父や母は、四人の弟たちはどうやってこれから暮らしていけばいいのだろう。二郎を高校にやるために、おそらくは自ら指を落とした母の決意も、全て水泡に帰してしまうことになる。そして自分はと言えば、店を辞め一切の縁を断ち切ることを決意したばかりの白木と、一生涯に亘って関わりを持ち続けなければならないことになる。

それはあり得ない選択肢だった。

ここは、慎重にことの成り行きを見極めることだ。迂闊に動くべきではない。

一郎は、いま来た道を引き返し、中野の駅に向かった。これだけの大都市である。火事は東京のどこかで、毎日起きる。それでも見たところ全焼六軒、死者が二名も出ているとなれば充分大火事の部類に入るだろう。火災が起きたのは朝七時だというから、夕刊に火事の概要、ことによると死者の名前も載っているかも知れない。

駅前のスタンドで、夕刊を買った。しかし、紙面のどこを見ても、火災を報じる記事はない。早く真実が知りたかった。焦りと苛立たしさが込み上げてくる一方で、ここにいる姿を顔を知る人間に見られてはまずいという警戒心に駆られた一郎は、切符を買うと国電に乗った。そして再び上野に出ると、駅の近くにある宿に入った。旅の商人相手のものか、賄いは無し、宿泊費は前払いの木賃宿である。

四畳半の粗末な部屋には、小さな机と茶器の入った盆が置かれているだけだった。食欲など湧かなかった。郡山で買い、籠に入ったままの桃があったが、それを食う気にもなれなかった。薄い布団を敷き、早々に横になった。裸電球の光の輪の中に浮かぶ木目の浮いた天井を見詰めていると、頭の中は今後のことでいっぱいになる。

火元はどこか。出火の原因は何か。もしも、火元が自分の部屋で、焼死したのが幸介でも、火事の責任は自分が負わなければならないのか。累は実家にも及ぶのだろうか――。

灯を消して寝ようとしても、眠気は一向に訪れない。むしろ闇の中にいると不安は増幅されていくばかりである。開け放した窓から時折聞こえる夜行列車の汽笛や、レールの上を走る客車が奏でるゴトン、ゴトンという鈍い音を聞いていると、どこか遠く知らない土地へ行ってしまいたい衝動に駆られる。時間の経過とともに、汗で重く湿ってくる布団の上で何度も寝返りを打つうちに、自分をこんな窮地に陥れた幸介の顔が浮かんできた。

昨夜、お前《みゃあ》が来ねがったら、こすたなごどにはなんながったんだ。今頃は美桑の家で、桃を食いながら、また東京さ戻んのが、別の道さ進むのがを考えている筈だったんだ。それをお前が台無しにした。そりゃあお前はいいべさ。天涯孤独の身の上だ。酒を飲み、女を抱き、売り上げから金を抜いても、すべて自分の思うがままだ。鑑別所や刑務所さ入るようなごとになっても、悲しむ人もいねえべす、誰さ迷惑をかけるわげでもねえ。だげんど、俺《おら》には家族がいんのだ。ちょびっとの仕送りさえも当てにしている親や弟がいんのだ。もし、俺がお前のような境遇だったら、アパートが焼げだところでこのまま素知らぬ顔で東京を離れ、どこかの街で人生のやり直しができだんだ。

一郎は幸介を呪った。何度も何度も、呪詛《じゅそ》の言葉を胸の中で繰り返した。大火の中で焼け死んだもう一人が幸介であるのは当然で、それこそ天の報いだとさえ思った。

一睡もできないうちに、窓の外に見えていた空が白み始める。一郎は寝床を抜け出すと、雑嚢と桃を手に誰もいない帳場を抜けて上野駅に向かった。ひんやりとした朝の空気に、微かに石炭の煙の臭いがする。電車が走り始め、都市が目覚め始める気配がする中を、上野駅に向かって歩く。駅の新聞スタンドには、配達されたばかりの新聞が、山となって積まれていた。

一郎は、全国紙よりも東京のニュースを詳しく伝える東京新聞を買った。昨日の夕刊には載っていなかったが、あるいは今朝の朝刊ならば、火事のことを報じているかもしれないと思ったからだ。

果たして紙面を広げると、社会面の中央に『中野で火災　六軒全焼死者二名』という見出しが飛び込んできた。


昨日午前七時頃、中野区中野の木造二階建てのアパートから火災が発生し、周辺家屋五軒が全焼する火事があった。出火原因は漏電と見られる。アパートの焼け跡からは医師の飯倉武司さん（26）、調理師見習いの長沢一郎さん（17）の二名が焼死体で発見された。周囲は戦前からの古い木造家屋が密集する住宅地で、火の手が早く延焼を食い止めるのが難しく、大火となった。

一郎は、記事を繰り返し読んだ。

飯倉の死には改めて衝撃を受けたが、それよりも幸介ではなく、自分が死んだと報じられていることに、一郎は奇妙な感覚に襲われた。

身元を自分だと特定したのは、警察なのか消防なのかは分からない。ましてや、どんな根拠があってそういう結論を出したのかなど知る由もない。ただ、幸介の体格は身長といい体つきといい、自分と極めて似ていることは確かだ。アパートの焼け具合から見て、焼死体はかなり酷い損傷を受けていただろうし、盆のこの時期、アパートに残っていた住人は、ほとんどいない。隣同士の部屋から死体が発見されれば、状況的に死んだのは自分であると思ったのか。しかも、火災の原因は漏電によるものだという。

背筋に粟立つような興奮が走るのを覚えた。一晩中、胸中で繰り返してきた幸介への呪詛の言葉が、全く違った響きをもって、一郎の頭蓋の中で渦を巻く。体のどこかで、固く閉ざされていた重い扉が開き、黒くねっとりとした熱を放つ何かが心中を満たしていく気配を感じた。それは今までついぞ感じたことはない奇妙な感覚だった。明らかに善意とは異なる、むしろ真逆にある負の感情であった。

もし、長沢一郎はこうして生きていると名乗り出なかったら――。

新聞から目を転じた先に映る街の光景が一変していた。世界が急に鮮やかな色を放ち、別世界に迷い込んだような感覚に襲われた。一郎は、自分の胸中が長く厚い靄《もや》に閉ざされていたことを初めて悟った。

おそらく、それは数々の忌まわしい思い出に起因しているものだと思われる。美桑での貧しい暮らし。弘明と一緒に杉下を埋めたこと。清枝への果たせなかった思慕の念。珍来軒での過酷な労働。女を買った揚げ句の淋病。たった五万円の金のために、指を落とした母の行為。幸介の金銭着服のせいで立たされることになった窮地。そして雑嚢の取り違え――。

考えて見れば、これまでの人生は、決して人には言えない忌まわしい出来事と不幸の連続であり、その度に胸中に垂れ込めた靄は色を濃くしていったのだ。そして何よりも、家族という絶対的なしがらみに今までの自分が支配されてきたことに一郎は改めて気がついた。

もしも家族がいなければ。天涯孤独の身であったなら――。

一晩中繰り返してきた幸介への呪詛の言葉は、実のところ何物にも縛られず、自由奔放に生きることができる人間への憧れの裏返しであったのだ。ここで再び長沢一郎が生きていると名乗りを上げれば、再び元の生活が待っているだけだ。食うのが精一杯の山間百姓が、金持ちになれるわけなどありはしない。家の貧乏が続く限り、自分にも貧乏はついて回る。雇い主の顔色を窺いながら、過酷な労働の対価としてようやく得た僅かな賃金の中から仕送りをし、将来への夢すら持てない人生を歩むしかないのだ。しかし、ここで家族との一切の縁を断ち切り、これから先松木幸介として生きていけるならどうなるか。

少なくとも、幸介が受け取っていた年金はすべて自分が自由に使えることになる。年に五万三千二百円。それだけの金が黙っていても転がり込んでくる。しかも、戸籍は幸介のものを自由に使えるから、職に就くにも日常生活にも何の不自由はない。天涯孤独の幸介である。これから先、彼の名を名乗っても、誰が気づくわけでもないだろう。加えて土地の権利書だ。もっとも、土地は千葉のど田舎だというから二束三文のものだろうが、それでも無いよりはマシというものだ。

松木幸介として生きていけば、人生を一からやり直せる。

そう思うと、一郎にはいままで負の連鎖と思ってきた人生が、まったく別のものとして見えてきた。

そもそも、杉下の一件が彼の失踪として片づけられたのがツキの始まりだったのだ。清枝のことにしてもそうだ。あんな行為をされたことを彼女は口外しなかった。集団就職で珍来軒に就職し、幸介と巡り合ったのも、こうしてヤツの全財産が自分の物になるためのことだったと思うと、すべてに納得が行く。実の息子が死んだとなれば、親は悲しむだろうが、この人生は誰のものでもない。俺のものだ。そしてこれは、俺にようやく訪れた人生最初のチャンスなんだ。ツキが回ってきた。俺にツキが回ってきたんだ！

忍び笑いが漏れた。自分の中で、別の人格が覚醒してくる感覚があった。

俺は親を捨てる。家族を捨てる。長沢一郎は死んだんだ。その決意を新たにするためにも、もう方言は使わない。今日から俺は松木幸介だ。

一郎は、手にしていた新聞紙を折り畳むと、悠然とした足取りで上野駅の構内に向かって歩を進めた。

第四章

松木幸介として生きることを決めた一郎は、中野を去るとすぐに、日本橋にある運送会社に職を求めた。珍来軒で働いていた頃には、店を追い出されれば次の仕事を見つけるのは難しいと思っていたが、いざ腹を括ってみると案に反して勤め先はすぐに見つかった。世は東京オリンピックを四年後に控えて、好景気に沸いていた。都心では首都高速道路や、近代的な競技施設が次々に建設され、東京は急激に近代的な都市に生まれ変わろうとしていた。気がつけば普通の家庭にも、テレビ、洗濯機、冷蔵庫といった電化製品があるのが、もはや当たり前になっていた。人々の生活が豊かになれば、物資の流れは活発になる。物資を捌《さば》くためには人手が必要になる。

皮肉なことに、一郎が就職先を見つけたのは、幸介の死が報じられた新聞の求人欄にあった一行広告である。

『急募　運転助手。学歴不問。寮完備。当社規定により優遇。菅谷《すがや》運送』

たったそれだけの告知を頼りに、ものは試しとばかりに出向いてみると、拍子抜けするほどあっさりと採用となった。給料は四千円と、相場からすれば低額だったが、朝夕の食事と住まいが用意されているのだから文句は言えない。寮は隅田川を隔てた江東区森下にあった。

菅谷運送は、五十五歳になる社長の菅谷久高《ひさたか》を筆頭に、その妻の勝子《かつこ》が事務を受け持つ会社で、十台のトラックを保有し、従業員は四十名。日本橋に隣接する馬喰町《ばくろちょう》界隈の衣料問屋から発送される荷物を都内、埼玉、千葉、神奈川に配送していた。広告には運転助手とあったが、一郎に与えられた仕事は配送貨物の荷積みと荷下ろしである。朝早くに菅谷の住居を兼ねた事務所に出向くと、勝子が作った朝食が用意されている。それを平らげると昼飯の沢庵が二切れ添えられたおにぎりを持ち、トラックの助手席に乗り客先を廻る。配送を終えて事務所に戻るのは、大抵日がとっぷりと暮れた頃である。出来合いのコロッケや魚のフライをおかずに腹を満たすと、猛烈な睡魔が襲ってくる。帰り道に銭湯に寄って汗を流すと、寮に戻り泥のような眠りにつく。労働の過酷さは、珍来軒の方が遥かにマシだった。ふた月もしないうちに、一郎はあまりの辛さに、転職を考えるようになったのだが、二度目の給料を手にした時、面白いことに気がついた。

前月分の給料が、ほとんど手付かずのまま残っているのだ。

何しろ、寮費と飯代はただである。日中は助手席に乗り、荷物の積み下ろしに追われ休息もままならない。寮に帰れば睡魔に耐え切れずに、寝入ってしまう。日曜は休みだったが、一週間の疲れを取るのが先で、どこにも出掛ける気にならないときている。

寮には古参の運転手や助手がいたが、いい歳をした男が同じ屋根の下で暮らしていれば、やることは決まっている。夜な夜な酒を飲みながら、チンチロリンを始めるのだ。もちろん一郎にも仲間に入れと声がかかった。かつてなら、幸介の誘いに乗ったように一郎もまた無理をしてでも座に加わっただろう。しかし、過酷な労働からくる疲労がそれを許さなかった。加えて松木幸介として生きることにした限りは、言葉の訛りを消さなければならない。東京に出てきて一年半。標準語を使うことには大分慣れてきてはいたが、気のおけない人間と話をしていると、どうしても東北弁が出てしまう。これからは、絶対に訛りのある言葉は使えない。その緊張感が肉体の疲労に拍車をかけた。

三月もすると、手元には会社の給料だけでも七千円の金が残った。標準語で通すことも苦にはならなくなっていた。十月には幸介の父の年金が入った。郵便貯金の残高は、月を追う毎に膨らんで行く。こうなると、金を貯めるのが面白くてしかたがない。安月給を奪い合い、博打《ばくち》に熱中する同僚たちが馬鹿に見えてくる。

新たな金儲けの種を見つけたのは、年の瀬が差し迫ったある日のことである。

横浜の衣料品店に荷物を届け終え、帰路についた車中で、運転手の小森《こもり》に向かって一郎が何気なく発した一言がきっかけだった。

「小森さん。正月は田舎に帰るんですか」

小森は山形の中学を卒業してすぐ、いまの仕事に就いて十年になる古株である。仕事納めが終われば、当然帰省するものと思って訊ねたのだったが、

「それがよ、このままじゃ帰るにも帰れねえんだよ」

何やらいわくあり気な答えを返してくる。

「このままじゃって、どういうことです」

「博打の負けがこんじまってさ。金がねえんだよ」

「昨日、餅代を貰ったじゃないですか」

菅谷運送では、年末に餅代として半月分の給料に相当する金が支給されたばかりである。

「そりゃ、切符は買ったさ。だけど田舎に帰るのに手ぶらってわけにはいかねえだろ。俺んとこはよ、親父とお袋、家に残った兄貴は貧乏人の子だくさんてやつでさ、六人もガキを作りやがったせいで、甥っ子、姪っ子に土産を買う金がねえんだよ。だから、今夜立つ場が勝負ってわけよ。勝てば凱旋、負けりゃ切符を払い戻して、正月は寮でふて寝だ」

「そりゃ大変だ」

「ところが勝負をかけようにも手持ちの金が心もとなくってよ。おめえは博打をしねえから分かんねえだろうが、勝負事には流れってもんがあってな。ツキが回ってくりゃ勝ちが続く、つかねえとなりゃとことん負け続ける。我慢して賭け続けりゃ、必ずツキは回ってくるもんなんだが、その前に肝心の金が無くなりゃ、それまでだ」

「ふう〜ん。どれくらいあれば、そのツキってのが回ってくるんです」

特別な意図があって訊ねたのではなかった。安月給同士が、金を奪い合う一方で、自分はこの馬鹿者たちが想像もつかないような現金を手にしている。その優越感が一郎には愉快で堪らなかっただけの話だ。

「千円あればなあ。誰か都合してくれりゃ、一割付けて返してもいいんだが……」

小森は絶望的な溜息を吐いた。

その言葉が金を貯めることが面白くてしかたなくなっていた一郎の嗅覚を刺激した。

一晩で一割？　俺が寝ている間に、それだけの金が稼げるのか。だとすれば、こんな美味しい話はない。もっとも、そう思う一方で、果たして小森が貸した金に一割の利子を付けて支払いを実行するかどうかは大いに疑問があった。なにしろ一郎は新入りである上に、一番歳が若い。長年肉体労働に従事してきた古参に、腕に物を言わせて迫られれば踏み倒されて泣き寝入りという憂き目に遭う可能性だってある。特に小森は、白面《しらふ》の時は至って温厚な性格なのだが、一旦酒が入ると人が一変するいわゆる酒乱で、暴れ出すと手がつけられない。何人もの同僚相手に大立ち回りを演じたのも、一度や二度の話ではなく、腕っ節の強さは折り紙つきである。

しかし、寝ている間に一割の金が入ってくるのは大変な魅力だ。

一郎は何とかうまい手はないものかと必死に知恵を絞った。

やがて、脳裏の片隅に、一つの考えが浮かんだ。

「小森さん。千円用立てたら、本当に一割利子つけてくれんですか」

「ああ、払うよ」

「山形までの切符っていくらです」

「千三百円だったかな」

「払い戻したら、それ丸々戻ってくんですか」

「手数料を取られるが、大したこたあねえ」

「じゃあ、その切符、俺に預けてくれませんか。そしたら俺、金貸してもいいですよ」

「どういうことだ」

小森は怪訝な顔をしながらも、瞳を光らせながら訊ねてきた。

「小森さんが勝てば、切符は返します。負ければ俺が切符を駅で払い戻しする。それならいいでしょ」

「お前、取りっぱぐれることを心配してんのか」

小森はようやく一郎の意図を理解したらしく、呆れた声を上げた。

「信用しないわけじゃないですけど、なけなしの金を貸すんです。それに借金には形《かた》ってもんがあるでしょ」

「だけどよ、払い戻しの手数料を差し引いても、一割以上の利子になんだろ」

「厭なら別にいいんです。俺には関係ないことだから。小森さんが困っているようだから、言ったまでです」

一郎は、突き放すように言うと、助手席の窓の外に目を転じた。

小森は暫く考えているようだったが、博打の誘惑には抗し切れないものがあるらしく、「分かった。お前の言う通りにするよ」

無言のまま頷くと、アクセルをぐいと踏み込んだ。

＊

いつもは耳障りな博打に興ずる男たちの声も、この夜ばかりは違って聞こえた。

今夜の戦果に年越しが懸かっているとあってか、賭場は午前零時になっても終わる気配がない。

枕元には、小森から預かった切符が置かれていた。彼が負ければ明日にでも、東京駅にでかけ、払い戻しをすれば百円以上の儲けになる。労せずして、板垣退助がやってくる。通帳の数字がでかくなる。丼の中で骰子《さいころ》が跳ねる軽やかな音が、金の囀《さえず》りに聞こえた。

賭場が終わったのは、午前二時を回った頃だった。

遠慮がちに部屋のドアがノックされた。

「松木……起きてっか」

小森の声が聞こえた。

裸電球からぶら下がった紐を引き、明かりをつけた。布団を抜け出すと真冬の冷気が身を包む。

一郎は丹前を羽織ると、切符を手にドアを開けた。

「勝ちました？」

小森はニヤリと笑うと、一郎の前に数枚の札を握り締めた手を翳した。

「危ねえとこだったよ。最初はつかなくてな。おめえから借りた千円がなかったら、すっからかんになっていたとこだった。ツキが回ってきたら、面白いように目が出てさ。四千円の上がりだ」

「これで、田舎に凱旋できるってわけですね」

「そういうこった」

小森は安堵したように、大きな息を吐くと、

「約束の金だ」

千円と百円の札を一枚ずつ差し出してきた。

「確かに……じゃあ、これ……」

一郎は札を受け取りながら、もう一方の手に持っていた切符を渡した。

「ありがとよ。また頼むぜ」

啞然とした。たった数時間金を借りた代償として、一割の利子を払った上に礼を言う。その心情が分からなかった。もし、本当にその言葉が小森の本心だとしたら、世の中にこれほど素晴らしい商売があるだろうか。

金を持つことの醍醐味とはこういうことか。金持ちとは人に羨まれるだけでなく、代償と引き換えの手助けでさえも感謝の言葉をもって受け入れられるものなのか。して考えると、曽我の家のような無償の援助は、貧乏人を助長させる馬鹿げた行為以外の何物でもない。そう、代償を受け取って更に感謝される。それこそが人間社会のあり方なのだ。

一郎が小森に金を用立てたことは、程なくして博打にうつつを抜かす全従業員に知れ渡った。

勝つか負けるかはその日の運次第である。ましてやことチンチロリンにおいては、駆け引きも、熟練の技もあろうはずがない。負けが込んだ人間は、翌日の勝負の軍資金を調達しようと夕刻になると、一郎の許を訪れるようになった。しかし、問題は担保である。小森の場合は、帰省する切符という形があったのだが、博打の金に事欠く人間が換金可能な代物を持っているはずがない。踏み倒される可能性は大である。かといって、労せずして金を得る千載一遇の機会をみすみす逃すのは、余りにももったいない。

そこで、一郎は一計を講じ、小森を借金の取り立て人に仕立て上げることにした。金は給料日の一括精算。利子は一割。返済が滞りなく実行されれば、小森には利子の二割をバックすると持ちかけたのだ。

果たして小森は一も二もなく、この申し出に飛びついてきた。酒が入れば、彼が狂犬と化すことは誰もが知っている。ましてや、支払いが実行されれば、自分の懐に不労所得そのものの金が入ってくるのだ。中には給料日になっても、言を左右にして支払いを渋る同僚もいないではなかったが、小森が迫ると、一郎の思惑通り皆黙って金を支払うようになった。

儲けは瞬く間にでかくなった。一日に二百円が三百円になり、月末の給料日目前には千円近くになることもあった。それまでは手元にある金で遊ぶしかなかった連中が、いつでも一郎から借金ができるようになったお陰で、掛け金が今まで以上に大きくなって行ったのである。

二十歳になって、運転免許を取ると、荷物の積み下ろしの大半を助手に任せておけばよくなったお陰で、一郎の仕事はずっと楽になった。おまけに、受け持ち地域となったのは、運転免許を取って間も無いというせいで、江東区、足立区、葛飾区といった近場の下町である。貨物の多寡にもよるのだが、荷台一杯に商品を積んだ時でも四時には上がりである。荷が少ない時には、昼を回った時には終わってしまうこともあった。月給は六千円になり、貯金は三十万円を超した。

こうなると毎日が楽しくて仕方がない。そして金の余裕は心の余裕に繋がり、一郎は客先を廻る間に、面白いことに気がついた。

八時半の始業と同時に助手を乗せ、トラックを駆って馬喰町に軒を連ねる問屋街に向かうと、どこの店先にも前日梱包した荷物が山積みになっているのだ。

問屋街には、全国各地から商品を買い付けるために、小売店の人間がひっきりなしに訪れる。商談が成立すれば、問屋の従業員がただちに荷造りに取り掛かる。もちろん、馴染みの取引先からは電話での注文もある。荷造りは主に、問屋の小僧の受け持ちになっているらしかったが、商談が纏まった端から梱包作業に入るのだから、昼を過ぎた辺りになると、店の軒先はもちろん陳列棚の間の通路は翌日配達する荷物で足の踏み場もない有り様となるのだ。

これでは買い付けに訪れる客も、品定めをするのも不便極まりないに決まっている。問屋にしたところで、みすみす商機を逃すということもあるだろう。もし、梱包した荷物を昼と夕方の二度に分けて、引き取ることができたら、どういうことになるか——。昼に集めた荷物をただちに客先に届ける。夕方に集めた荷物はトラックの荷台に幌を掛け、積み置きすればいい。結果、店に滞留する荷物は半減し、買い付けに来る客も自由に品定めができ、店の売り上げも上がるはずだ。加えて、昼に集荷した荷物は、当日客先に届くのだから、客にとっては大きな魅力と映るだろう。そして、何よりも昼と夕方の二度集荷を行うことを理由に、割り増し運賃を取ることができるのではないだろうか。

金の匂いがした。でかい事業に繋がる予感がした。

一郎は、このアイデアを社長の菅谷に持ちかけてみようかと思ったが、もし思惑通りに事が運んだ時のことを考えると余りにも惜しい。かと言って、自分の発想が理に適ったものなのか、客先にそうした必要性があるのかどうか、検証してみたい気持ちは抑え切れない。

一郎が、そのアイデアを客先の店主、小笠原弥兵衛《おがさわらやへえ》に、何気なく訊ねたのは、運転手として働くようになってから四年目、二十三歳の秋のことだった。

その日は、荷物がいつになく少なかったせいもあって、午後二時には上がりとなった。夕食は六時からと決まっていたから、それまでは何もすることはない。一郎は日本橋の事務所を抜け出すと、路地を歩き、馬喰町へと向かった。

今朝集荷の際に訪れた問屋街に出ると、狭い通りは買い付けの客でごった返している。その中に『小笠原商店』と白地に黒文字で書かれた大きな看板を掲げた三階建ての店があった。

通りから店内を覗くと、間口七間ほどの店舗の中には、中央に三列の陳列台が置かれ、両側にはハンガーに吊られた洋服がびっしりと展示されている。狭い通路は梱包された商品で、半ばほどが埋まっていた。客の対応に追われる古株の従業員、その傍らでは小僧が伝票を片手に段ボールの中に商品を詰め込んでは荷札を括りつけていくといった、思った通りの光景が繰り広げられていた。

「こんちは」

一郎は、忙しく働く従業員に声を掛けながら、店の中へと進む。店舗の奥には、三畳ほどの帳場があり、そこに座っていた弥兵衛が分厚い眼鏡越しに一郎を見た。

「おう、今日はもう上がりかい」

いかにも下町生まれらしい、巻き舌で弥兵衛が声を掛けて来る。もう六十はとうに回っているだろう。禿げ上がった頭部には脂気というものが全く無く、乾いた皮膚が鈍い光を放っている。

「今日は、荷物が少なかったんですよ。こんな日が続いたんじゃと思うと心配になっちゃって、明日の荷物の具合を見ておこうと思ったんです」

「そいつあ、熱心なこった」弥兵衛は眼鏡を外すと、「ちょうど、客の入りも落ち着いたところだ。茶でも飲んでいきな」

傍に置いていた、盆の上に載せられた茶碗を取り、急須を傾けた。

「で、明日の荷物の具合はどうです」

「心配するこたあねえ。明日は今日の倍はある。忙しくなるぜえ」

弥兵衛は山と積まれた荷物を見ながら目を細める。

「旦那のところも、商売繁盛ですね」

「客がこねえんじゃしょうがねえだろ。飯の食い上げだよ。まあ、ウチが一軒潰れちまっても、この界隈には問屋は山ほどある。おめえさんところがすぐに困るわけじゃねえだろうがよ」

「そんなことはないですよ。旦那のところからは、毎日たくさんの荷物を戴いてんです。それに競争が激しいっていえば、運送屋も同じですから。旦那のところの商売繁盛はウチの会社の商売繁盛。一蓮托生の仲ですよ」

「一蓮托生ねえ。まあお世辞として聞いとくよ」

弥兵衛は含み笑いをすると、湯飲みの中の茶を啜った。

「しかし、それにしても凄い荷物ですねえ。これじゃせっかくお客さんが来ても、おちおち品定めもできないでしょう」

一郎は何気なく話を切り出した。

「しょうがねえんだよ。問屋といっても、立派な倉庫を持った大店《おおだな》じゃあるめえし、東京のど真ん中じゃあ、店を横に広げるわけにもいかねえ。これでも戦災で丸焼けになっちまったのを機に、思い切って三階建てにしたのがいまとなっちゃ正解だったんだぜ。二階は倉庫にしておけんだからよ。そうじゃなかったら、そらおめえ、大変なことになってたぜ」

「梱包を夜するってわけにはいかないんですかね」

「そりゃ、使用人の発想ってもんだな。まあ、確かにそうすりゃ、客の入りも違ってくんだろうさ。誰だって店なのか、倉庫なのか分からねえとこに入ろうって気にはならねえだろうからな。だけどな、夜に梱包したら、従業員には余計に手当て付けなきゃなんねえだろ。何しろ、九時の開店から夕方五時半まで、全国から客が来るんだぜ。片っ端から注文の品を梱包してるから、何とか時間内に終わるんだ。こいつを店を閉めた後にやろうもんなら、仕事終わりは八時九時になっちまう。儲けなんか吹っ飛んじまうぜ」

「梱包した荷物を二階に上げとくわけにはいかないんですかね」

「馬鹿言ってんじゃねえよ。二階は倉庫だって言っただろ。在庫で足の踏み場もねえよ。それによ、おめえさんも荷物を運んでっから分かんだろうが、衣類だって結構な重さがある。実際、工場から商品を受け取って二階に運ぶ時には大変なんだぜ。何しろ荷物の一つ一つを担いで階段を昇んだ。お陰でウチの小僧は皆腰痛持ちだ。配送する荷物を一旦上に上げて、店が終わってからまた下に降ろすなんてことやらせられるわけねえだろ」

「じゃあ、どっかに荷物を預けたらどうですかね。例えば午前中に梱包の終わったものはさっさと店から運びだしてしまう。そして店が終わったところで残りを全部――」

「荷物を預ける？」弥兵衛は一瞬怪訝な顔をして、一郎を見ると、「どこに預けんだよ。そら、そんなことができたらいいだろうが、そしたらおめえ、預かる方だって金を取んだろ。それに運賃だってタダってわけにはいかねえだろうよ。それじゃ、使用人に残業代を払った方が安いってことになんだろが」

そんなことも分からないのかとばかりに、いささか呆れた口調で言った。

「もしも、もしもですよ。使用人に残業代を払うより、安い値段で荷物を預かってくれるところがあったとすればどうでしょう」

一郎は巧妙に言葉を繕《つくろ》いながら訊ねた。

「そらおめえ、料金次第だぜ。昼に荷物が一旦片づきゃ、店の見栄えは良くなるわな。売り上げも上がんだろうさ。それに見合う料金で、そんなことをしてくれるなら、使わねえ手はねえさ。でもよ、このご時世にそんな奇特な仕事を請け負ってくれる業者なんてありゃしねえよ。夢のような話だね」弥兵衛は、ふんと鼻を鳴らすと、「ところで何だっておめえ、そんな話をするんだい」

湯飲みに口をつけながら訊ねてきた。

「いや、この荷物を何とかできれば、旦那が言ったように、もっと店が繁盛するんじゃないか。そう思っただけです」

これ以上、突っ込んだ話をすれば、こちらの意図が知れてしまう。それでは、何かの折りに、弥兵衛の口から自分の目論みが社長の耳に入ってしまわないとも限らない。弥兵衛が一刻も早く店から荷物が消えることを望んでいるのは確かである。それを聞けただけでも、充分な収穫だ。

ちょうどその時、客と商談を交わしていた店員が、弥兵衛の下に伝票を差し出してきた。

「仕事の邪魔になりますので、私はこれで。お茶ご馳走さまでした。また明日の朝来ます」

「おう、ご苦労だったな」

やはり自分の考えは間違っていなかった。昼に荷物を引き取り、その日のうちに配送を済ませる。夕方引き取った荷物は翌日の昼までに届け終える。もし、この商売を始めれば、必ずや大きな富を手にすることができるに違いない。

全身を熱い血が駆け抜けて行く。胸が張り裂けそうになる興奮を覚える。路地に連なる問屋街が、金を摑めと騒めいているように思えてくる。

しかし、この事業を始めるためには周到な準備と、何よりも何台かのトラックを自分のものとしなければならない。そのためにはまだまだ金が足りない――。

一郎は、ときめきと焦りが入り交じる感情を覚えながら、馬喰町から日本橋の事務所に戻った。

「いま帰りました」

引き戸を開けると、事務机に座っていた社長が目を上げた。

「幸介、どこに行ってたんだ」

「ちょっと腹が減ったんで、支那そば食って来ました」

配送が終われば、どこへ行っても責められることはないのだが、一郎は咄嗟に嘘を言った。

「お前にお客さんが来てる」

社長の視線を追って事務所の奥に目を向けると、粗末な来客用の椅子に、背広を着た二人の男が座っていた。どちらもサラリーマンとは違う、いままで接したことのない、独特な雰囲気を漂わせている。

二人は一郎を見ながら、立ち上がると、

「松木幸介さんですか」

歳の頃、四十代半ばと言ったところか、年嵩の男が訊ねてきた。

「そうですが……何か」

「私、空港公団の朝永《ともなが》と言います」

一郎の前に一枚の名刺を差し出した。

「ああ、空港公団ね」

一郎は名刺を見ながら言った。

朝永輝夫《てるお》、肩書きには『用地部』とある。もう一人は金森正《かなもりただし》、こちらはまだ二十代か、セルロイドの黒縁眼鏡をかけた痩せぎすの男で、随分くたびれた背広を着ている。

「先日、ご自宅の郵便受けに手紙を投函させていただきました。ご返信に勤務先の住所が書かれておりましたので、突然で失礼かとは思いましたが、お伺いさせていただいた次第です」

深川の幸介が住んでいた家を、一郎は三ヵ月に一度の割合で、仕事前の早朝を狙って密かに訪ねていた。目ぼしい財産があったわけではない。松木幸介として生きて行くからには、彼の過去を少しでも知っておくに越したことはないと思ったからだ。朝の早い時間に限ったのは、周囲の住人の目を避けることもあったが、幸介に想いを寄せる八百屋の娘と鉢合わせすることを恐れたからである。

廃屋寸前の朽ちかけた家の中には、幸介が小学校、中学校の時の文集や卒業アルバム。僅かだが、家族の写真もあった。状差しには祖母のヨシの手紙に混じって、納付が終わった固定資産税の領収書が差し込まれていた。それも名義が違う二つのものがである。一つは、松木ヨシ宛であることから、千葉の土地のものであることはすぐに察しはついたが、分からなかったのはもう一つ、柿崎八十助《かきざきやそすけ》宛の固定資産税納付書である。こちらも郵便局の領収印が捺されているところを見ると、支払いが終わっているようだった。

謎はすぐに解けた。家の玄関脇に備え付けられた郵便受けには、松木と並んで、柿崎の名前が書かれたぼろぼろになった紙が貼り付けられていたからだ。そこから察するに柿崎とは、東京大空襲で行方不明になったこの土地の持ち主であるに違いない。親戚に理不尽な要求を突き付けられて千葉を出奔し、昔の伝手を頼りに転がり込んだ身を迎え入れてくれた柿崎に、ヨシは恩を感じていたに違いない。遺体が見つかる、あるいは相続人が現れるまで柿崎に成り代わって家賃の代わりに固定資産税を払う。それが供養になると思ったのだろう。

戦後二十一年にも亘って支払い続けてきたものを、突然滞らせたのではどんな面倒が起きるか分からない。幸介がこの世にいないことを悟られないためには、他人との接触を極力避けることだ。見れば千葉、深川いずれの土地の固定資産税も大した額ではない。

一郎は、二つの土地の固定資産税を、それからずっと支払い続けてきた。

そこに突然舞い込んだのが、空港公団からの封書である。中には一枚の社用箋に、

『至急、お会いしたく、恐縮ですがご連絡先をお知らせいただきたく存じます』

と丁重な文字で書かれていた。

「実は、松木さんが駒井野にお持ちの土地についてお願いがあってきたのです」

朝永が、柔らかい口調で切り出した。

自分を名指しで訪ねて来る客は、菅谷運送に職を得てから初めてのことである。ましてや、役所の人間が何の用があるというのだろう。

「駒井野？」

聞き覚えのない名前を聞いて、一郎は思わず問い返した。

「千葉の駒井野です。松木ヨシさんというのは、幸介さん、あなたのお祖母さまでいらっしゃいますか」

「そうだけど」

「ご存命でいらっしゃいますか」

「俺が中二の時に死んじまったけど」

「すると、駒井野にある一町歩の畑と、約五十アールの山林は幸介さんが相続なさるわけですね」

「ええ……」

「ご存知だとは思いますが、今年三里塚を中心とした新空港の建設計画が決定しましてね。そこに松木さんが所有している土地が含まれているんです。国家の将来が懸かった大事業です。是非ともご協力願いたいと思いまして」

一郎は普段新聞は読まない。寮にもテレビはなく、同僚たちが隣室で博打にうつつを抜かす丼の中で骰子が奏でる音を聞くのが何よりの楽しみとなっていた。世事に疎《うと》いこと甚だしいのだが、それでも新空港の建設が千葉に決まったことは、どこかで聞いた覚えがある。もっとも、それは『成田』という地名で一貫しており、まさか幸介が所有している土地がそこに含まれているとは想像だにしていなかった。

金森が眼鏡の下から神経質そうな視線を一瞬横に向ける。その先には事務机に向かっている菅谷夫婦の姿があった。無関心を装ってはいるが、二人がこちらの会話に耳をそばだてている気配が伝わってくる。

「外で話しましょうか」

一郎はそっと手で制すると言った。

朝永が言う『ご協力』の意味が、土地を売って欲しいことを指すのは馬鹿でも分かる。どれほどの額になるのかは分からないが、金の話を他人に聞かれるのはまずい。

返事を聞くまでもなく、一郎は席を立った。二人が慌てて鞄を手に続く。

「ちょっと出掛けてきます」

萱谷の背中に向かって断りを入れ、二軒隣の喫茶店に入った。

夕方の店に客の姿はなかった。窓際のボックスに席を取る。店内はさほど広くはないが、声を潜めればカウンターの中にいるマスターに話を聞かれることはあるまい。

「それで、駒井野の土地をどうしろって言うんです」

注文を終えたところで一郎は切り出した。

「空港建設のために売却して欲しいんです」

朝永は揉み手をせんばかりの低姿勢である。

「畑と山林を全部?」

「そうです」

金森が鞄の中から紐で束ねた分厚い書類を取り出す。地面図である。

「松木さんが所有なさっている土地は、ちょうど滑走路の予定地になっておりましてね」

朝永は、地図の上に赤鉛筆で囲まれた空港建設予定地らしき部分の一角を指差しながら恐る恐るといった態で言う。

空港公団がどんな組織であるのかは知らないが、国の事業を担うからにはやはり役人の集団であるのだろう。しかし、この男たちの低姿勢はいったい何なのだ。自分が知っている役人といえば、役場の職員くらいのものだが、常に横柄かつぞんざいな態度を以て接するものだ。ところが、こいつらときたら、まるで腫れ物に触るように下手に出る。

「なってるって、それは国が勝手に決めたことでしょう。俺は初めて聞くよ」

一郎はわざと棘《とげ》の籠った声を出して探りを入れた。

「現在国際空港として使われている羽田は、航空機需要がこのまま続くと十年もたないと言われておりましてね、首都圏に大規模な空港を建設するプランは、だいぶ前から検討されていたんです。ですが、首都圏近郊には纏まった土地がなくて、国有地である御料牧場がある三里塚を中心とした案に決定したというわけなんです」

「地権者の同意も取り付けないうちに、何で決められんの？　だいたいどうやって俺の居場所が分かったのさ」

「それは、今年新東京国際空港公団が設置され、成田分室ができてからすぐ、土地謄本の調査を行ったんです。そこで駒井野の土地が松木さんのものだと分かりまして、後は固定資産税の納付先から……」

「納付書の送り先ね。それって税務署の管轄だろ。あんたたちが勝手に見ることができんのかよ」

「国の事業のことですから……」

朝永は申し訳なさそうに目を伏せた。

「で、俺が厭だと言ったらどうなんだ」

「それをご納得していただくように交渉させていただくのが私共の仕事でございまして」

「俺は三歳の時に婆さんと一緒に東京に出て来ちまったから、正直言って駒井野のことは何にも覚えがねえ。だけど先祖代々受け継いで来た土地だからね。俺の代で手放すのは正直気が引けるよな」

一郎はかつて一度きりだが、幸介が語った身の上話を思い出しながら言った。

「地権者の方々は皆さん同じことをおっしゃいます。もちろん、無理を承知でこんなお願いをするんですから、私共としては応分の補償はさせていただくつもりですよ」

「補償ってどんな」

「公団としては、畑は一反あたり百四十万円。山林ならば植えられた樹木の移植費、あるいは伐採費がかかりますから一反六百万円。もし、代替地をお望みの場合は、申し上げた買い上げ価格の九十五％に相当する価格の土地を斡旋し、五％は迷惑料としてお支払いします」

「決して悪い条件ではないと思います」金森が口を挟んだ。「朝永が申し上げた買い取り価格は、現在の成田の実勢価格の十数倍になるんです。松木さんの場合は、畑が一町歩、山林が五十アールありますから、支払われる補償金は畑千四百万円。山林三千万円。都合四千四百万円ということになります。しかも国家事業への土地譲渡に際しては、所得税の優遇措置がうけられます」

「ただ、このままでは、仮に松木さんが売却に同意して下さったとしても、名義がヨシさんのものですから、売却価格に相続税がかかります。ですからその前にまず、土地の相続手続きをしていただく。そうすれば税金は現行の路線価で算出されますから、大した額にはなりません」

朝永が説明を補足する。

金額を聞いて目が眩《くら》んだ。

月給は運転手になって三年の間に、三千円増えて九千円になっていた。博打の元手を貸して稼いだ金と合わせて百二十万円からの貯金があったが、公団の提示してきた条件を飲めば一挙に三十八倍に膨れ上がる。しかも汗水一つ流すことなしにだ。世の中にこんなうまい話があっていいものだろうか。

気分が高揚してくる。思わず笑いが込み上げて来て、頰が弛緩しそうになるのを堪え、「でも俺が売るって言っても、周りはどうなんだ。簡単に土地を手放すもんかね」

一郎は渋面を装いながら訊ねた。

「正直言って、交渉が簡単に行くとは思ってはいませんよ。実際、空港の建設が成田に決まったと発表してからは、地域の農家が団結して反対運動がもち上がってますしね」

くたびれた身なり、役人とは思えない人を下にも置かぬ対応は交渉の困難さの表れというものか。朝永は力なく視線を落とした。

「だろうな。百姓にとって土地は命と同じだ。金は使っちまえば無くなっちまうけど、畑は毎年収穫をくれる。長い目で見りゃどっちが得かってこたあ、ちょっと考えれば分かるもんな。代替地を用意されても、土地が変わったら採れる作物も違ってくる。一からやり直せって言われても困るさなあ」

「ただ、中には私共の申し出を受け入れてくれた農家もあるんですよ。松木さんは、三歳の時に駒井野を離れられたそうですからご存知ないと思いますが、周辺にはいまだ電気も通じていない家もあるんです。交通の便も悪い。水道や下水が整備されるのはいつのことか分からない。ならば土地を高く売って、都市基盤のしっかりした地に移り住む、千載一遇の機会だと考える人も中にはいるんです」

金森が傍らから口を挟む。

「だけど、地主全員が土地を売らなきゃどうしようもねえだろさ」

「どの程度、土地所有者の足並みが揃うかによるでしょうね」朝永がとつとつとした口ぶりで話し出す。「おそらくこのまま交渉が進めば、いずれ用地は虫食い状態になります。空港建設用地周辺の農家が所有する一戸当たりの農業用地は、面積が広い所が多ございましてね、堆肥作り、収穫期には共同作業なくしては成り立つものではありません。作業効率が落ちれば——」

「黙っていても、百姓は続けられなくなって、土地を投げ出すってのかい」

正直な話、一郎には成田の農家がどういう反応を示そうと何の関心もなかった。

幸介と入れ替わり、土地の権利書を手にしても、所詮千葉の辺境の地である。売ろうとしても買い手など現れるはずがないと端から踏んでいた。もちろん、周辺の農家に土地の売却を持ちかければ、応ずる人間もいないではないだろうが、売買契約の際には相手と顔を合わせなければならない。幸介は三歳の時に駒井野を離れた。二十一年経って、自分が幸介だと名乗っても、外見から別人だと判断がつく人間はいやしないだろうが、厄介なのは親戚である。確か幸介はこう言っていた。

「婆さん一人じゃ畑なんか持っててもしかたねえだろ。食い物と住むところは用意してやるから、畑と山、それに家を差し出せ」

売却の話を聞きつければ、その親戚とやらが必ずしゃしゃり出てくるだろう。そうなれば幸介の婆さんが駒井野を出てからどんな暮らしをしていたのか、最期の様子はと、根掘り葉掘り訊いて来るに決まっている。

深川での暮らしぶりは、家に残された品々から概略を摑んだだけに過ぎない。へたに土地を売却しようとすれば、墓穴を掘りかねない。

一郎がいまに至るまで、土地を金に代える行動を取らなかったのにはそんな理由があった。

しかし、ここで空港公団に土地を売却してしまえば話は違ってくる。

全くの第三者。しかも、自分が直接駒井野に出かけて行く必要もない。土地の所有者、松木幸介の権利として土地を金に代えることができるのだ。

渡りに船とはまさにこのことだった。二人の申し出を即座に受けなかったのは、用地買収が難航すれば更なる好条件を出してくるのではないかという探りをいれるためである。

一郎の語気の鋭さに、二人は気まずい顔をして押し黙ったが、

「松木さん、率直にお聞きします」朝永が背筋を伸ばすと、硬い声を上げた。「駒井野の土地を今後何かにお使いになるあてがあるんでしょうか」

「まあ、二十一年も放りっぱなしにしてたんだ。正直言って忘れた土地だよ。あんたは知らんだろうが、昔あそこには俺の家族が住んでいて、百姓をやってたんだが、親父は戦死しちまうし、お袋も俺が二歳の時に結核であの世に行った。残された婆さんは俺を連れて友達を頼って東京に出たんだが、そうなったのも近くにいた親戚が、面倒見てやっから土地をよこせ。そう言いやがったからなんだよ。その婆さんも俺が中二の時に死んじまった。今更あそこに行って百姓をする気はねえし、第一やれって言われたってそんな経験はねえしな」

一郎は、作業着の胸ポケットからショートホープを取り出すと、マッチで火を点し、悠然と煙を吐いた。

「ご親戚というと、松木喜作《きさく》さんのことですね」

「うん……そんな名前だったかな」不意に初めて聞く名前を出されて、一郎の返事は曖昧なものになる。「あんた会ったのか」

「私が交渉を担当しておりますから」

「へえっ、あっちはあんたらの話に乗るのかい」

「それが困ったことになっておりまして……」

「売らないって言ってるのかい」

「それもあるんですが……」金森の眉の間に深い皺が寄った。「松木さん。あなたが所有なさっている土地が、現在どういう状況にあるかご存知ですか」

「知るわけねえだろ。二十一年もほったらかしにしてるんだぜ」

「実は、畑は現在も使われているんですよ。耕作地としてです。しかもその一部には納屋が建てられているんですね」

「誰が使ってんだ」

「喜作さんです」

「そりゃ、あり得る話だね。親戚だもんな」

「そんなに気楽に構えている場合じゃないんですよ。これは松木さん、あなたにとって大変重要な意味をもつことなんですよ」

「どうして」

「取得時効という言葉を聞いたことがありますか」

「いや、ないな」

「他人の不動産でも、第三者が占有して一定期間が過ぎると、時効が成立して所有権が移ってしまうことです。実は喜作さんは、松木さんのお祖母さまが駒井野を離れられた二年後に納屋を建て、更には畑を耕して収穫を得てきたんです。これは立派な占有行為に当たりまして、このまま放置しておけば、山林はともかく、畑は喜作さんのものになってしまうんです」

「ちょっと待ってくれ。土地の名義は――」

「松木さんのお祖母さま、ヨシさんです。お祖父さまが亡くなってすぐ、昭和十九年に権利移転の手続きがされてありますからね」

「婆さんが死んだら、遺産を引き継ぐのは俺だろ」

一郎の口調はどうしても早口になる。

「お祖母さまにはお父さまと、あなたの叔母さまに当たる二人のお子さんがいらっしゃいましたが、叔母さまはお亡くなりになっていますから、普通だとそういうことになりますね」

「喜作には、遺産をもらう権利はねえんだろ」

「喜作さんはお祖父さまの康作さんの弟ですが、兄弟姉妹よりも直系尊属に優先順位がありますから、松木さんが第一権利継承者です」

「だったら、なんで土地が喜作のものになっちまうんだよ」

「権利継承者であろうとなかろうと、所有の意思をもって平穏かつ公然に土地を使用していると、十年もしくは二十年でその土地の所有が認められると民法では定められているんです。厳密に言いますと、土地が自分のものだと信じ込んでいた場合、使用者は『善意の第三者』となって十年。他人の土地だと知った上での占有でも、二十年で時効が成立するんです。まだこれといった具体的手段を起こしたわけではありませんが、喜作さんのお話を聞いていると権利の行使を視野においているふしが見られまして……」

「そんな馬鹿な話があんのかよ。土地だぜ、土地。小銭を貸して、忘れちまってたのとはわけがちがうだろ。第一、登記簿にも所有者は婆さんだってはっきり書かれてたから、あんた方はこうして俺のところにやって来たってわけだろ。持ち主がはっきりしてる。しかも役所の書類にちゃんとその名前が書かれてるってのに、他人のものになるなんておかしいじゃねえか」

一郎は声を荒らげた。短くなった煙草から、伸びた灰がぽとりと落ちる。

「二十年も土地の使用に異議を唱えなければ、権利放棄とみなされるんですよ」

「ちなみに山林ですがね。こちらの方には主に杉が植えられているんですが、喜作さんは下刈をしてそれなりの手入れをしてきたと主張しています。もし、それが占有行為とみなされると……」

金森が朝永の言葉を継いだ。

「俺にはびた一文の金も入って来ないってのか」

一郎は煙草をアルミの灰皿に擦り付けた。短くなった吸い殻から、刻まれた煙草の葉がばらばらとこぼれ落ちる。

「可能性としてはあります。このまま放置すればね」

朝永が断言する。

「ってことはそうならない方法があるんだな」

「幸い喜作さんが畑の耕作を始めたのは、お祖母さまが駒井野を出た二年後からのようですから、まだ時効が成立するまでには一年あります」

「俺たちが出て二年経ってから耕作を始めたなんて、何で分かんだ」

「喜作さんはお認めになりませんが、松木さんの土地は、二年の間放置されていた。喜作さんが使い始めたのはそれからだったと、周辺の農家の証言があるんです。成田近辺には大規模農家が多く、周囲との共同作業が多いせいか、その辺りの記憶は鮮明でしてね。それから農協への出荷状況も調べました。一町歩の畑から採れる収穫はかなりのものになるはずですからね。ところが出荷量が上がったのは、昭和二十二年から」

「じゃあ、取得時効とやらを阻止することはできるってわけだ」

強ばった肩から幾分力が抜ける。一郎は、鼻から軽く安堵の息を吐いた。

「こうした話というのは揉めるものでしてね」朝永が視線を一郎の口元に向けて言う。「ましてや十九年耕してきた畑です。収入も応分のものがあるでしょうし、何よりも自分のものとなれば、相場の十数倍の金になるんです。いま松木さんが所有権を持ち出しても、素直に明け渡したりしないんじゃないでしょうか。ここはすっぱり割り切って、松木さん自身が、明け渡し請求の裁判を起こされた方がよろしいと思います」

裁判という言葉を聞いて、再び一郎は肩が強ばるのを覚えた。訴訟となれば、否応無しに法廷で喜作、あるいは親族と顔を合わせなければならなくなる。三歳の頃に駒井野を出た幸介と自分の見分けがつくとは思えないが、金が絡む話となれば相手がどんな手を打ってくるか分からない。言動の内容に疑義を抱かれるようなことがあれば、幸介が東京に出てきた以降の足取りを調べるくらいのことはするかもしれない。深川や珍来軒には、幸介の生前の姿を知る者はたくさんいる。もし、そこで真実が暴かれれば、目の前にぶらさがった大金を摑むチャンスが水の泡となってしまう。

争いを法廷に持ち込むことは、自分にとって決してプラスにならない。いや、それどころか墓穴を掘ることになるのは間違いなかった。

一郎は、そんな内心は曖気《おくび》にも出さず、

「裁判って、弁護士雇ったり何かと金がかかんだろ。それに何度も裁判所に足を運ばなきゃならんねえんだろ」

問題は金と手間にあるのだという口ぶりで言った。

「それなりの出費は覚悟しなければならないでしょうね。判決が出るまでには三度、四度と出廷することになります。もちろんそれで片が付くとは限りませんよ。高裁、最高裁と争おうと思えば先はあるんですから」

「面倒は厭だな」

「しかし、このまま何の策も講じなければ、土地は喜作さんのものになってしまいますよ。来年になって、喜作さんが取得時効の訴訟を起こしたら終わりです。勝ち目はまったくありません」

「何かいい方法はねえのかな。争いを避ける手段はよ」

「時効を迎える前に、私共に土地を売却していただければ、少なくとも松木さんご自身は面倒に巻き込まれることはありませんよ」

朝永はしれっとした顔で言った。

「所有権が私共に移ってしまえば、松木さんは当事者から外れるわけですから、明け渡し訴訟は公団が起こします。つまり面倒な訴訟は私共と喜作さんとの間でのこととなるわけです。もちろん、補償金は契約が整った時点で全額松木さんに支払われます。争いを避けたいとおっしゃるのなら、これが松木さんにとって一番いい方法だと思いますよ」

金森が柔らかい口調だがとどめの言葉を吐く。

確かに、それ以外に方法はなさそうだった。幸介の親族と争ったところで何の得もない。むしろ自分の正体が露見する危険性が増すばかりだ。

しかし、成田で反対運動が巻き起こったという話を聞くにつけ、空港建設にまつわる用地買収交渉が難航することは想像に難くない。国際空港は国の表玄関である。国家の威信をかけた大事業であるはずだ。しかも農民にとっては命ともいうべき土地を買い上げるともなれば、双方の折り合いをつけるために、今後さらなる好条件を提示せざるをえない局面に公団は立たされるのではあるまいか。

そう考えると、交渉が始まったばかりのこの時期に、いち早く同意してしまうのは惜しい気もする。

「なあ、朝永さん。公団の買収価格ってのは、交渉の余地はねえのかい」

「申し上げた通り、実勢価格の十数倍もの金額をご提示してるんですからね。それに、支払われる補償金は国民の税金ですからそれはちょっと……」

朝永は脈がありと見た安堵と、金額を吊り上げようとする一郎の意図を察して困惑の色を浮かべる。

「税金ならあんたの懐が痛むわけじゃねえだろ。それに何事にも特例ってもんがあんだろさ」

「私のレベルでは何ともお返事いたしかねます。ただ……」

「ただ何だよ」

「開港した後のことですが、空港には様々な事業が発生するんです。その中の一つをお任せするということはできるかも知れません」

「例えば」

「そうですねえ……」朝永は少し思案を巡らせていたようだったが、「たとえば敷地内には、多くの樹木が植えられることになるんですが、手入れが必要になります。国の表玄関ですからね。草木が伸び放題というわけにはいかないでしょう。植栽、伐採、手入れ、そうした仕事をしていただく……」

「要は植木屋かよ」

「四千メートル、二千五百メートル滑走路がそれぞれ二本、三千六百メートル滑走路一本という巨大空港ですからね。しかも仕事は決してなくなることはありません」

「朝永さん。空手形は困るよ。国の、ましてや継続事業は入札が原則だろ。そんなうまい話なら他の業者が黙って指をくわえて見ているわけがねえさ。最初こそ優先的に仕事を貰ったはいいが、その後さっぱりじゃ元も子もない。そうだろ」

「もちろん事業としてやっていただくからには、企業努力が不可欠ではありますが……」

一郎の脳裏に閃《ひらめ》くものがあった。

「この事業を管轄している省庁はどこなの」

い値でな」

「ほう」一郎はぐいと身を乗り出した。「駒井野の土地な。売ってもいいよ。あんたたちの言い値でな」

「本当ですか」

二人が顔を近づけてくる。

「ただし条件が三つある」

「何でしょう。私共にできることでしたら、できるだけのことはします」

「どっちも難しい話じゃねえ。一つは、運送事業の認可に便宜をはかって欲しいんだよ」

「と言いますと」

「この際だ、正直に言うよ。実は俺はいつまでもいまの運送屋で運転手をやっているつもりはねえ。機会があれば独立して運送会社を経営したいと考えていたんだが、知っての通り運送事業は陸運局の認可事業だ。俺が認可申請を提出した暁には、すぐにその許可が下りるよう約束してくれないかな」

「運輸省です」

国が運送事業の認可を下ろすに当たっては、幾つかの条件がある。だが、申請者がすべての条件を満たせばすぐに認可が下りるかといえばそうではない。申請するのは自由だが、認可が下りるまでの期間は明文化されておらず、塩漬けにされるのが相場である。文句を言ったところで、認可を一手に引き受ける役所に、「審査中で結論はまだ出ない」と言われてしまえばどうすることもできない。

　その時、一郎の脳裏に閃いたものは、馬喰町界隈にある衣料品問屋の荷物を、当日配送を行うことによって、一手に引き受ける。そう、予てより考えていた計画を実現するに当たっての、最大の障壁を取り除く手だてだった。

「分かりました。運送事業の認可は陸運局の仕事ですから、管轄官庁の運輸省が指示を出せば、すぐに下りるでしょう。それは善処するように、こちらから必ず運輸省のしかるべき筋に伝えます。それで、二つ目の条件は」

「俺の居場所を親戚には知られないようにして欲しいんだよ。話を聞いてると、何やら面倒くさいことになりそうだし、特にこれだけの大金が絡むとなりゃ、誰だって業突張りになるもんさ。会ったことがねえのと同然の人間に、親族面されて付き纏われるのはごめんだからな。俺の前には、絶対顔をださねえよう、うまくやって欲しいんだよ。その二つの条件を約束してくれるんなら、言い値で土地を譲るよ」

「分かりました」

「で、その三だが、婆さん名義になってる土地を、俺の名義にした時に発生する相続税を売値に上乗せして欲しいんだよ。俺の手取りは四千四百万。それが条件だ」

「いや、それはさっき申し上げたように――」

「あんた今の時点で相続手続きをしちまえば、税金は大したこたあねえって言ったよな。あれは嘘かい」

「いえ、嘘じゃありません」

「だったら、それくらいの色はつけていいんじゃねえのか。どでかい空港を造ろうってんだ。カスみたいな金だろ」

一郎は歯を剝き出しにして笑った。

二人は、困惑した態で押し黙ると、冷たくなったコーヒーに初めて口を付けた。

＊

空港公団の動きは素早かった。

条件はすべて飲まれた。土地は幸介名義のものとなり、それから間髪をいれず二人が売買契約書を持って現れ、一郎は判を押した。

補償金は二ヵ月後に銀行口座に振り込まれるとの話だった。

昭和四十一年、十一月の話である。

一郎は早々に独立開業に向けて動き出した。まず最初にやったのは、運送事業者になるための要件の確認と、それに要する資金の算出である。公団は申請があり次第、即座に認可を下ろすよう、運輸省の同意を取り付けたと言った。たかが判子を押した書類を一枚発行してやればいいだけのことだ。国家の威信を懸けた事業がささやかなりとも進展することを考えれば造作もないことだと言わんばかりの手際のよさだったが、認可に当たっては所定の条件をすべて満たしていることが最低限の条件であると念を押すことを忘れなかった。

運送事業者には幾つかの形態がある。一郎が目を付けたのは、最も条件が厳しい一般貨物自動車運送業である。不特定多数の荷主から集荷した荷物を営業所で仕分けし、荷物を積み合わせて運ぶのだ。馬喰町界隈の衣料問屋から発送される商品を、当日のうちに買い主の下に届けるには、どう考えてもこの形態にしか当てはまらない。

条件を満たすためには、まず最初に営業区域を決めなければならなかった。これは午前中は前日午後の受注分。午後は、当日午前中の受注分と、配送車が一日二回転しなければならないことを考えれば、自然に決まった。都内二十三区である。

問題は営業所、車庫、車両を始めとする施設、それに運転者、運行管理者、整備管理者といった人的要因にあった。

施設の場所は、配送車が東京二十三区を一日二回りさせなければならないから、馬喰町の近くに構えるのが最も効率的である。だが、認可に際しては最低五両以上の車両を所持していることというのが条件であるから、土地を買うにしても借りるにしても、相応の広さが必要になる。馬喰町近くには、大きなビルの間に古い民家や商店、問屋が密集していて適当な物件はない。となれば候補地は隣接した江東区となる。それも馬喰町に近ければ近いほどいい。

一郎は、仕事が終わると毎日、江東区の不動産屋を回ってみたのだが、会社施設として使用するに足りる物件はそう簡単には見つからなかった。住宅はあっても、事業所、それも五台からの車両を置いておけるような代物は皆無である。もちろん更地の売り物はあったが、運送業という性質上、広い道路に面していなければ話にならず、そうした物件は高額である。そこに更地を買い、社屋を建てたのでは補償金の半分は吹き飛んでしまう。肝心の車両代金、人件費も気になった。立ち上げの費用が幾らかかるのかを試算してみると、トラックは二トン車で一台七十万円。二十三区を日に二度回らせるためには、経験上、最低でも十台は揃えなければならなかったから、七百万円を投じなければならない。当然運転手も車の台数だけいる。一人あたりの平均月給を二万円とすれば、ボーナスを含めて年間三十万。十人なら三百万円だ。事務員も必要だし、自賠責、社会保険にも入らなければならない。

思いつくままに積算してみると、それだけでも四千万円近くの金になった。

これでは、会社を興し、その後一年の運営費だけで補償金のあらかた、いや予期せぬ出費があるはずだから、下手をすれば足が出てしまいかねない。もちろん需要のある事業、しかもどこも提供していない当日配送を行うのだから、それなりの収益は見込めるだろう。しかし、それもどれだけのものになるのかは、やってみないことには皆目見当もつかない。少なくとも人件費を始めとする固定費用を補ってあまりある収益をあげなければ赤字である。

と考えれば、事業の成否を決するのは初期投資をいかに小さく抑えるか。その一点にありそうだった。

妙案が閃いたのは、そんなある日のことである。仕事を終えた一郎は、その日も木場界隈の不動産屋を二軒ほど覗いてみたのだったが、結果はいつもと同じ、条件に適う物件は見つからなかった。

街一帯には張り巡らされた運河があり、水面には膨大な数の丸太が浮かんでいる。その上をさざ波を作りながら冷たい風が吹き抜けて行く。

河岸には、材木問屋の作業場が建ち並んでいる。足元から這い上がってくる冷気に耐えかねて、酒で暖を取ろうと土地勘のある深川の商店街へと向かった。

木造二階建ての古ぼけた民家が建ち並ぶ深川の商店街は、夕飯時を前に賑わっていた。酒場は仕事を終えた、製材所で働く男たちでいっぱいだった。一郎は次の店に向かおうと通りを歩いた。やがて、製材され売るばかりとなった材木を軒先に並べている問屋の先の、暗く静まり返る一角に差し掛かる。幸介の住んでいた家だ。雑草が生い茂る中に建つトタン葺きの屋根は錆《さび》が浮き、廃材となった板を打ち付けただけの側面は長年の風雨に晒され、隙間が目立った。柱もそれほど強固なものを用いていなかったせいで、家全体が傾きかけている。しかし、下駄屋を営んでいた家の片隅に、急造りにこしらえたとあって、荒れるままになった空き地が大半を占めるが、敷地は三百坪ほどはありそうである。しかも角地で、一方は比較的大きな通りに面している。

こうして見ると、場所といい広さといい、運送事業を行うには持ってこいである。

一郎の脳裏に『取得時効』という言葉が浮かんだ。

東京大空襲があったのは、昭和二十年のことだ。確か、幸介はあの時下駄屋を営んでいた家族は全員行方不明となったせいで、その後もこの場所に住み続けることができたのだと言った。固定資産税の納付請求書は毎年二通送られてきた。松木ヨシ宛ては幸介の祖母、つまり駒井野のもので、残る一つはこの土地本来の持ち主である柿崎八十助に宛てられたものに違いない。

ならば、あれから二十一年経ったいま、取得時効を主張すれば、善意の第三者でなくとも、この土地は自分のものになるのではないだろうか――。

一郎は公衆電話に飛び込むと、ダイヤルを回した。

「空港公団成田分室です」

午後六時になろうというのに、まだ職員は帰宅していないらしい。電話はすぐに繋がった。

「松木といいます。朝永さんをお願いします」

「もしもし――」

程なくして朝永の声が聞こえてくる。

「松木です」

「ああ、先日はどうも、大変お世話になりまして」

「実は、ちょっと伺いたいことがあって電話したんです」

「何でしょう」

二十一年前に柿崎の土地に家を建て、現在に至るまでそこに家財が置いてあること。固定資産税は、自分が払い続けていること。持ち主が明け渡しを求めてくる気配がないことを一郎は話し、最後に、

「これは取得時効が成立するには充分な根拠となりますかね」

と結んだ。

「状況的には成立する可能性はありますね」朝永は即座に答えを返してきたが、「しかし、分

からないのはどうして松木さんが固定資産税を払い続けてたのかってことです。普通、納付書は土地の所有者本人に送付されることになってるんですけどね」

と訊ねた。

「柿崎さんは、空襲で亡くなったんだろうが、固定資産税の支払いを滞らせれば土地は国に召し上げられちまう。それじゃ柿崎さんの親戚が相続しようと後で現れた時に申し訳ない。家賃と考えれば税金なんて知れたものだ。自分が払うと婆さんは言いましてね。それで婆さんが死んだ後も、俺が払い続けてきたんですけど、いまになってもそんな人は現れないんです」

一郎は口からでまかせで、思いつくままの話をでっちあげる。

「下町は一面焼け野原となりましたからね。ありえる話でしょうねえ」

「だから、この辺ではっきりさせてもいいかと」

「ただ取得時効が成立するためには、二十年間継続して占有するというのが条件ですからね。占有とは使用し続けることを意味します。この点をつつかれれば、松木さんは現在寮にお住まいになっていますから、争いになれば負ける可能性がないわけではないでしょう」

やはり駄目か――。

世の中にうまい話がそう転がっているわけではない。占有が二十年間住み続けなければ成立しないというのであれば、幸介は三年珍来軒が用意したアパートで暮らしたわけだし、自分はその後六年菅谷運送で寮生活を送っている。時効が成立するのはどうやら絶望的である。

そう思いかけた刹那、

「しかしね松木さん、変な知恵をつけるわけではありませんが——」朝永が声を潜めた。

「駄目元で裁判所に取得時効の訴えを起こしてみたらどうです」

「どうしてです。いま二十年間住み続けていないと、取得時効は成立しないって言ったじゃないですか」

「住んでたことにすればいいんですよ」

「そんなことできるんですか」

「あくまでも書類上でそれを証明すればできるかもしれませんね。我々があなたの居場所を摑むまでは、随分苦労しましたからね。だって、住民票は深川に置いたままになさってたんですから。そのために、ご自宅に置き手紙をして連絡を待った。そこで我々は初めてあなたが菅谷運送に勤務なさっていることを知ったんです。だから裁判所には、三歳の時からずっと住み続けた証明として、住民票を提出すればいいんです」

「固定資産税の納付書は？」

「出さない方がいいでしょうね」

「なぜです」

「松木さんが善意の第三者であったなら、固定資産税の納付書は、物件を自分のものだと信じて税金を支払ってきた証明にはなります。しかし、納付書は本来の持ち主に送られてきていたわけだし、今回の場合は十年の時効ではなく、二十年の時効で訴訟を起こした方が、論点が少なくて済むように思うんです。とにかく、俺は二十年住んだんだ、だから土地は自分のものだ。

その方が、裁判は簡単に済むと思います。固定資産税の納付書類が、松木さんが住民票を置いている住所に送られてきているところからすると、本来の土地所有者の法定遺産相続人が権利を得たことを未だ知らない可能性が大です。となれば、あなたが訴訟を起こしても、被告は法廷に現れないということも考えられますしね。そうなれば、その時点で裁判は終わり。土地はあなたのものになります。仮に相続権利者がいたとしても、松木さんが二十年そこに住んでいなかったことを立証する責任は向うにあるんです。今まで土地を放置していた人が、そんなことできますかねえ」

死人に口無しとはよく言ったものである。

なるほど、当事者がことごとく死んでしまい、幸介一家を住まわせていた土地の相続者が争いの場に姿を見せなければ、その時点で土地が自分のものとなってしまうのか。いたとしても幸介が住み続けていなかったという立証責任は向うが負うのか。

一郎は、自分の頬が弛緩していくのを感じながら、

「じゃあ、その手続きを早々に弁護士さんに依頼すればいいんですね」

弾む声で訊ねた。

「こんな簡単な話なら弁護士に高い金を払う必要はないでしょう。行政書士で充分ですよ。弁護士は相談を持ちかけた段階から時間いくらで金を取りますからね。成功報酬も取られる。その点行政書士なら一件いくら。大した金じゃありません。よろしければ、私共とつき合いのある行政書士をご紹介しましょう」

「是非」

「ただ松木さん。首尾よく土地を手にできたとしても、こちらは相続税がかかりますよ。まあ、土地の値段に比べれば、たいした額じゃありませんけどね」

朝永は明るい声で笑った。

*

果たして、朝永の言ったように、深川の土地の取得時効の訴訟は、目論み通り一郎の勝訴に終わった。

書類を準備する過程で知ったのだが、下駄屋を営んでいた柿崎八十助には栄介《えいすけ》という弟がいた。彼は若い頃に北海道に渡り、夕張で炭坑夫として働いていたらしいのだが、すでに病死してこの世を去っていた。夕張には老いた妻が健在で、男一人女一人の子供がおり、法の下ではこの二人の子供が相続人となるらしかった。

遺産が舞い込む可能性を知った人間の常で、一郎が取得時効の訴訟を起こしたことを知るや、次のような内容の抗議の手紙を送ってきた。

栄介が東京を離れ、北海道に渡ったのは、八十助の妻となったツルとの折り合いが悪く、家を飛び出したからだった。以後疎遠となり、栄介が病死してからはまったく音信は途絶えてしまい、八十助一家が東京大空襲で死亡したことは今日この時まで知らなかった。もちろん松木ヨシ、幸介の二人が、深川の土地に住み着いていたことも初めて知った。八十助一家とは、一度も会ったことはないが、だからといって父親が生まれ育った土地を他人にこんな形で譲るつもりはない。あなたがやろうとしている行為は、言葉は悪いが盗人そのものである。良心があるのなら、しかるべき対価を支払うべきだ。

一郎は、一読して鼻で笑った。というのは、朝永から紹介された行政書士が言うには、被告が出廷した場合、事実確認を中心に三回程度の法廷が開かれるのが通常であるが、開廷時間は一回につき十五分かそこらがいいところで、その度に原告、被告双方が必ず出廷しなければならないのだという。しかも場所は東京地裁である。

夕張から列車で函館に出、そこから青函連絡船に乗って青森。そして東北本線で東京へやって来るには、片道だけでも二日以上かかる。法廷は順調にいっても二週間か三週間に一度の割でしか開かれない。とんぼ返りで往復するにも、膨大な時間と旅費がかかる。ましてや、行政書士が言うには、どう考えても、被告となった栄介の子供には勝ち目がなく、法律の専門家に訊ねれば、誰もがそう言うに決まっていると断言する。

だから一郎は、『すべては法の判断に任せる』。まさに三行半《みくだりはん》の手紙を送って、法廷が開かれる時を待った。

年が明けた昭和四十二年、二月十五日。東京地裁の法廷に、被告の姿はなかった。裁判長は開廷を告げ、原告の出廷と、被告が現れていないことを確認すると、

「それでは判決を下します。取得時効の訴えがあった土地は、原告の主張を認め松木幸介の所

有とする」

いともあっさりと片づけた。

深川の土地は、路線価で坪三万円。約三百坪であるから、一千万円近くの資産がまるまる転がり込んできたことになる。

一郎は有頂天になった。その余勢を駆っていよいよ運送事業を開始する準備に取り掛かった。

第一に手がけたのは運転手の確保である。世間は東京オリンピックが終わってもなお、好景気に沸いていた。相場よりも少しいい条件を出せば、運転手の確保も難しいことではなかったろうが、馬喰町を中心とする衣料問屋から発送される荷物が狙いであることを考えると、萱谷運送の業務に慣れた人間を確保するのが望ましい。そこで、一郎は訴訟の結果を見るより先に一計を講じた。

夜な夜な博打にうつつを抜かす運転手たちに、一回のボーナスに該当する額に達するまでどんどん金を貸し付けたのである。夏のボーナスで一括返済をすれば良し、できなければ、自分が設立する会社で働き、月賦で返させる。これは運転手を確保することもさることながら、月々の人件費を抑えることにも繋がる、という目論みもあった。

同時に、事業所の建設にも着手した。空港公団からは一月の末日に、約束通り土地代金に相続税を上乗せした金が振り込まれた。幾つかの建設会社に当たり、見積もりを取って、最も安い金額を提示してきたところに事業所の建設を任せた。木造三階建て。一階部分は車庫、二階は事務所と一郎の居室。三階は寮である。建設費は一千五百万円にも上ったが、手にした補償金からすれば大した出費ではなかった。

桜が満開の頃になると、建前を終えた事業所が徐々に形になっていく。あと三ヵ月で完成という目処《めど》が立ったところで、一郎はいよいよ計画を小森に話した。

森下の交差点の近くにある酒場でのことである。

「最近どうです。博打の方は」

グラスに注がれたもっきりの二級酒と、モツの煮込みを前に一郎は切り出した。

「まあ、取ったり取られたり、収支はとんとんってとこかな」

小森は冴えない顔で、苦い物を飲み込むように日本酒に唇をつけ、口を歪める。

「小森さんには取り立ての手数料を支払ってるじゃないですか。このところ、貸付の金も増えてるし、懐具合はいいんでしょ」

「そりゃ、手数料を当てにしてるがよ。だけど、おめえが支払いは夏のボーナスの一括精算でいいなんて言い出したもんだから、月々の収入が狂っちまってよ。はっきり計算してみたわけじゃねえんだが、俺の取り分を合わせても、ボーナスで足りるかどうか危ねえもんだ」

「博打は取ったり取られたり。小森さんが損をした分は誰かの懐に転がり込むんだ。盆の絶対額は変わらないんじゃないですか」

「寮の中でチンチロリンをやってるだけならそうなんだろうが、他の博打に手を出しゃ、金はよそに流れちまう。何しろ損してる分を穴埋めしようってんで、みんな競輪や競馬、競艇にも手を出してっかんな」

寮にいる従業員が、他の博打に手を出していることは先刻承知していた。博打打ちというものは、損をしたら更に金を注ぎ込み失った金を取り返そうとするし、儲かったら儲かったで、それを元手に大金を摑もうとするのが習性である。結局どちらに転んでも、金は右から左へ流れていくもので、懐に留まることなどないことを一郎は見抜いていた。

「俺だけじゃねえさ。この分だと、盆休みには田舎に帰れやしねえ。みんなお前から借りた借金をどう返すかが気になり始めてんだろな。このところ、場がいつにも増して殺気立ってしょうがねえ」

果たして、小森はぼやくように言い、歯をちいっと鳴らす。

「そんなことをいつまでもしてたら、所帯なんて持てないでしょう。小森さん今年三十三でしょう」

「そうさなあ。本当はとっくに所帯を持っても、おかしくねえどころか、遅過ぎるくらいだよなあ。だけど、この安月給な上に蓄えもねえときてんじゃ嫁も貰えやしねえよ」

「小森さん、月給幾ら貰ってんです」

「二万円だよ。夏と冬の手当てが四万……」

「安いと思いませんか」

「そりゃ、世間にはもっと給料を払う運送会社はあるけどよ。何たって、ここは仕事が楽だからな。遠方の配達は辛いが、都内なら夕方には終わっちまう。こんな仕事に慣れちまうと、いまさら馬車馬のようにこき使われる他所《よそ》じゃ勤まらねえよ」

「もしもですよ。荷下しは運転手がやることにはなりますけど、月給は三万。盆暮れの賞与は五万出すってところがあったらどうします」

一郎は何気ない振りを装って話を振った。

「そんないい働き口があるなら紹介して欲しいもんだな。そんだけ貰えりゃ、博打にうつつを抜かすこともねえだろうさ」

小森は自嘲めいた笑いを浮かべると、煮込みのモツを箸で摘んで口に入れる。

「それがあるんですよ」

「本当か」

小森がぎょっとした顔を向ける。

「給料はいま話した条件で、主任という肩書きがつきます。運転手を束ねる仕事です」

小森の瞳に怪しげな光が宿る。モツをゆっくりと噛みしめる度に、蟀谷《こめかみ》が収縮を繰り返す。

「それから、俺が小森さんに貸している金は無かったことになります。支度金としてね」

「そんなうまい話があるのかよ。どこの会社だ」

半信半疑の口調とは裏腹に、小森は身を乗り出してくる。

「話してもいいですが、会社の名前を聞いたら、後には引けませんよ。俺だって小森さんを誘うんだ。こんなことが会社にバレたら、大変なことになりますからね」

「やる。そんだけの待遇を約束してくれんなら、俺、移るぜ」

これも後先を考えずに目先の金に飛びつく博打打ちの習性というものか、小森はまんまと食いついて来た。

「もう一つ、小森さんには条件があるんです」

「何だ」

「他に九人、寮の運転手を引き連れてきて欲しいんです。条件は人によって違いますが、月給は今より五千円、夏と冬の手当ては一万円多く出します。俺への借金はそのまま。ただし、小森さんに管理してもらうということで、月賦で返済するのは構いません」

「九人か……」小森は、天井を仰ぎ暫く思案を巡らしていたようだったが、「お前から借金しているやつは、二十人からいるからな。それだけの好条件を出しゃ、安月給に甘んじてる身だ、今の会社に何の恩義があるわけじゃねえ。乗るやつを集めるのはわけねえだろ」

心当たりの顔を思い浮かべるように言った。

「誰に話を持ちかけるのかは、小森さんに任せますが、繰り返しになりますけど、社長の耳には絶対漏れないようにして下さいよ。厄介なことになりますからね。必ずウンと首を縦に振る人間だけを選ばなきゃ駄目ですよ」

「分かった」小森は頷くと、「それで、どこの会社だよ」

グビリと日本酒を喉に流し込む。

「松木運輸――」

一郎は静かに告げた。

「どこの会社だ。聞いたことねえな」

「新しく立ち上げる会社ですよ。俺がね」

小森は呆《ほう》けたように口をぽかりと開けると、目を丸くして一郎を見た。

＊

八月三十一日、一郎は菅谷運送を退職した。

社長とその妻を除けば、従業員四十人の小さな会社である。人の出入りは比較的少ない会社だったが、半数が運転手、残りが助手。面倒な手続きなどありはしなかった。

「俺、今日で辞めます」

その日の業務が終わったところで、一郎はおもむろに切り出した。

「辞める？　何でだ」

菅谷は事務机に座ったまま、眼鏡の下から怪訝な目を向けてくる。

「これと言った理由があるわけじゃないんです。だけど、いつまでも運転手やってたんじゃ仕方ないし。このあたりで先のことを考えてみようかと思って……」

一郎は取ってつけたような答えを返した。

「先のことなら、仕事やりながらだって考えられんだろ。それによ、こっちだってかつかつの人間で仕事を回してんだ。いきなり辞めるって言われてもよ、せめて次の運転手が決まるまで働いてくんねえか」

「いや、もう決めたことですから……」

「あんたねえ、勝手なことばっか言うんじゃないよ」傍らで二人のやり取りを聞いていた勝子が口を挟んだ。「そりゃ辞めるって人間を止めやしないよ。だけど、七年も世話になって、一方的に今日で辞めます、はないんじゃない。ボーナスもらったばっかりで、これじゃ給料泥棒じゃないか。何でもっと早くに言わないんだよ」

女が感情的になると男より遥かに過激な行動に出るのは、珍来軒で経験済みだ。勝子は辛辣な口調で責め立てる。

「ボーナスは、一月から六月までの働きに払われるもんでしょう。貰って辞めるのは、労働者の当然の権利じゃないですか」一郎はしれっとした顔で言うと、「とにかく今日限りで辞めます。お世話になりました」

丁重に頭を下げ、事務所を出た。背後から勝子の罵声が聞こえたが、構わなかった。

そのまま寮に向かい、荷物を纏めた。同僚への挨拶は無しだ。

小森に開業の話を持ちかけてから四カ月。この間に彼は着々と運転手を集め、その数は目標の九人に達していた。ひと月後には、また同じ釜の飯を食う仲間となる男たちである。開業の夜に宴を開けばいい。そんな思いがあった。

僅かばかりの荷物を手に、一郎は深川に向かった。商店街の一角には、受け渡しが済んだばかりの社屋があった。車庫となっている一階にはまだ車はない。片隅に、車両を整備する機材が置かれているだけだ。真新しい杉の香りを嗅ぎながら二階に上がった。木製の小さな事務机が二つ、窓際には黒光りする電話が置かれた一際大きい机があった。自分が座る社長の席である。傍らには、ラッカーが塗られたテーブルを挟んで、布貼りのソファが二つ置いてあった。来客用の応接セットだ。

開業にあたってこれらすべての器財を整えるために、三千五百万円からの金を使った。もちろんその中には、十台のトラック代金も含まれている。残りの金は九百万円。大金には違いないが、運転資金としてはいささか心もとない。

荷物が集まろうと集まらなかろうと、日々金は出て行く。人件費、燃料代、食費、電話代、電気代……。経費を挙げれば切りがない。実績のない会社に金を貸すところはないし、ツケ売りも利かない。この事業の成否は、最初の出だし如何に懸かっているのだ。最初から目論み通りに事が運ばなければ、おそらく、一年とこの会社はもちはしないだろう。

何が何でも、この事業は成功させなければならない。失敗は許されないのだ。

一郎は、一国一城の主になった興奮と、拭い去れない不安が胸中で交錯するのを覚えながら、ソファに腰を下ろした。

「やっぱりここか」

いつの間にか小森が事務所の入り口に立っている。

「来てくれたんですか」

「祝い酒だ」

小森は歩み寄ると、ぶら下げていた日本酒の一升瓶をテーブルの上に置いた。

「そいつぁありがたい。さっそくいただきましょうか」

一郎は、部屋の片隅に置かれた食器棚から茶碗を取り出した。

「事務所に帰ったら、お前が突然辞めちまったってババアが怒り狂っててよ。恩知らずだの、礼儀がなってねえとか、鬱陶しいったらありゃしねえ」

栓を抜き、二つの茶碗に酒を満たしたところで、

「そんな話は止めましょうや。とにかく乾杯しましょう」

一郎は一つを小森の方に押しやった。

茶碗が鈍い音を立てて触れ合う。

「それにしても、でっけえもんを建てやがったもんだな。ええっ」

小森は事務所を見渡しながら感嘆の声を上げた。

「三階は、皆に住んでもらう寮になってます。後で案内しますよ」

「しかし、どうやってこんだけの金を作ったんだ。一千万、いや二千万でもすまなかっただろう。ましてやトラック十台も買ったってんだろ」

小森に金の出処は一切話してはいなかった。それどころか、事業の詳しい内容もだ。それには一郎なりの考えがあったからだ。小森を始めとする移籍してくる運転手は、大半が一郎よりも年上で、菅谷運送では先輩に当たる。ましてや、二十四歳になる若造が社長として上に立つとあっては面白かろうはずがない。中にはかつての職場での上下関係をそのまま持ち込む輩《やから》もいるだろうし、統率が取れなくなる可能性は大である。

「もちろん俺にこんな金を作るだけの甲斐性なんてありませんよ。金主がいましてね。俺はその人の意向を受けて動いているだけなんです」

「どうやって、そんなお大尽を見つけてきたんだよ。何だってまた、よりによって運送屋なんて始める気になったんだ」

「詳しくは言えないんですが、金主は大阪で運送屋をやってる人でしてね。東京進出を狙ってるんです。ただ、ちょっと表には出られないわけがあるんです。それで、俺を社長に就けて会社を興すことにしたんです。そうでなきゃこれだけの事業を俺が始められるはずがないでしょ」

「そりゃそうだわな」小森は納得したふうで、茶碗の酒をぐびりと飲むと、「それじゃ、荷主の方も、そのお大尽が当たりをつけてくれてるってわけか」

上目遣いに一郎を見ながら訊ねてきた。

「荷主は、菅谷運送が抱えている客ですよ」

「何？」

小森は茶碗を持った手を止めた。穏やかだった目が豹変する。冷たく燃える光が宿る。

「馬喰町の問屋街の客を、根こそぎ掻っ攫《さら》うんです」

「おめえ、本気で言ってんのか。そんなことできると思ってんのか」

睨みつける小森の目が中央に寄って来る。瞳が小さくなる。危険な兆候だった。

「やれると思ってます」

「馬鹿言うんじゃねえ。菅谷のオヤジはよ、生まれも育ちも日本橋。地元の人間だ。馬喰町界隈の問屋の旦那衆とはガキの頃からの馴染みだ。だから大手の運送会社も手を出せねえでいるんだ。それに荷物の配送運賃は認可制でお上に決められちまってて、安売りするわけにもいかねえ。そんなところにのこのこ出ていって、荷物が貰えっと思ってんのか」小森はどんと茶碗をテーブルの上に置くと、「おめえ、まさかその程度の考えで俺や九人の仲間をこの事業に巻き込んだってんじゃねえだろうな」

怒気を露に迫ってきた。

「勝算がなかったら声なんかかけませんよ。オヤジの仕事をそっくりそのまま戴く。しかも認可料金よりも高い金を貰って、商売が成り立つ方法があるからやるんです」

「そんなうまい話があるなら聞かせてもらおうじゃねえか」

一郎はそれから暫くの時間をかけて、午前受注分は当日の午後に、午後受注分は夕刻トラックに積み置き、翌日の午前中に客先に届けるという計画を話して聞かせた。

小森は一言も発することなく、黙って一郎の話に聞き入っていたが、時間の経過と共に、怒気を孕《はら》んだ眼差しが驚きに満たされたものへと変わって行った。

「問屋はどこも、荷物のやり場に困ってる。客にしたって足の踏み場もない店じゃ、おちおち品定めもできない。俺たちがこれからやろうとする仕事は、問屋、客の両方が抱えている問題を一気に解決することになるんです。これが受け入れられないわけがない」

一郎は断言した。

「なるほど……。確かにお前の言うとおりかも知れんな。客は仕入れた商品を一刻も早く店に並べたいと思っているこたあ間違いねえ。問屋にしても、溢れ返る荷物が半分になりゃ、それだけ陳列する商品を増やせるってことか……。うまいことを考えやがったもんだな」

小森は一応納得した様子だったが、

「だけどよ、お前、どうやって客を集めるつもりなんだ。まさか、みんなで手分けして一軒一軒廻らせるつもりじゃねえだろな。そんなことすりゃ、客が集まる前に萱谷のオヤジに感づかれて、大変なことになるぞ」

「そんな、まどろっこしいことをするつもりはありませんよ」

待っていた問いだった。一郎は、口元に不敵な笑みを湛えてみせた。

「どうやるってんだ」

「小森さん。それについて、一つお願いがあるんです」

「何だ」

「ウチに移ることになっている運転手を、一人残して小森さんを含めた九人、九月三十日、来月末に一斉に辞めて欲しいんです。切り出すのはその前日」

「お前……そんなことすりゃ……」

小森はぎょっとした目を向ける。

「萱谷運送が大変なことになるのは分かってます。運転手の半分が突然いなくなるんですからね。中一日置いた十月二日の月曜日までに、運転手が抜けた穴を埋めるなんてことはできない。

当然、集荷も配送もこなせない。そうなりゃ問屋の店先は行き場を失った荷物で溢れ返る。かといって発送を滞らせりゃ客から文句が出て店の信用問題だ。そこに日頃から顔馴染みの俺たちが現れたらどうなります」

「恐《お》っそろしいこと考えんな……お前……」

小森は顔を強ばらせ、呟くように言う。一郎は続けた。

「このご時世だ。運転手は簡単には見つからない。翌日も、翌々日も萱谷運送は荷を引き取りに来ない。その間に、俺たちは一日二回の配送を行って、いかにウチの会社の仕事が便利かということを客に分からせる。そうなりゃ、萱谷運送が態勢を立て直す前に、客の方からウチを使えってご指名がかかるようになりますよ」

「だけどよ、配送を他の会社に頼むってこともあんじゃねえのか」

他の配送業者とは、馬喰町の問屋街に出入りしているしのぎを削っている競合他社のことだ。知っているだけでも、萱谷運送の他に五社ほどが、問屋街からの荷物を狙って荷物を狙ってしのぎを削っている。

「一旦、他社に仕事を頼めば、運転手が確保できたからといって、戻ってくるとは考えられない。他所に回したりするもんですか。それに、頼まれた方にしたって、突然じゃ配車のやりくりがつかないし、事務だって追いつかない。受けようにも受けられませんよ」

「オヤジの会社、潰れちまうぞ」

「そうはならないでしょうね。一日二回の配送ができるのは東京二十三区だけです。都下や近隣の県には時間的に見て無理がある。だから萱谷運送は、都下、近県の配送はこれまで通りの仕事を請け負うことができる。ましてや十人の運転手が辞めるんだ。人が余ることもない。規模相応の仕事をやっていけるってことですよ」

小森はすっかり毒気を抜かれたのか、首を左右に振りながら深い溜息を漏らした。

「どうです。これでも、客を摑むのが難しいと思いますか」

「いや……。恐れ入ったよ。全く大阪商人の考えることあ、俺たちにはわからねえ。汚ねえっちゃ汚ねえが、敵に回したくはねえ。お前の話を聞いて、つくづく思ったよ」

どうやら、この案を考えたのは、でまかせに言った自分の背後にいる人間だと小森は思ったらしい。それならそれで、好都合だ。

「小森さん。ここまで聞いた限りは、この話から降りられませんよ」

「元々、菅谷のオヤジには恩は感じちゃいねえ。大丈夫、お前の言う通りにやるさ」小森は決意の色が籠った眼差しを向けると、「しかし、何だって九月三十日に辞めるのが十人じゃなく九人なんだ」

小首をかしげながら訊ねてきた。

「それは、菅谷のオヤジがどういう対応を取るのか、会社内の動きを知っておきたいからですよ」

「スパイを置くのか！」

「そうです。この事業は何があっても成功させなきゃなんないんです。小森さん、そして話に乗ってくれた九人の仲間たちの将来がかかってるんですからね。汚いと思うかもしれませんが、商売は食うか食われるか。勝つか負けるかしかないんです。そして負けた人間には何も残されない。会社が大きくなれば収入も上がる。いい生活もできる。いい女も抱ける。俺は勝者になりたいんです。そのためなら何でもしますよ」

一郎は、自らに言い聞かせるように言うと、茶碗の中の酒を一気に呷った。

*

昭和四十二年。十月二日の朝が来た。

新社屋の二階の事務所には、小森以下九人の運転手、そしてこの一《ひと》月の間に新聞の募集広告を通じて採用した、女子事務員と整備士の姿があった。

窓の外からは、朝日が差し込み部屋を明るく照らし出していた。ささやかな興奮と、そこはかとなく漂う不安が交錯する中、一郎は社長の椅子に座りじっと目の前に置かれた電話を見詰めていた。

階下には十台の新品の二トントラックが車庫の中で待機している。壁には陸運局から運送業の許可を得た証である許可証が額にいれて掲げられていた。その脇にかけられた振り子時計が刻々と時を刻んでいる。時刻は間もなく午前八時半になろうとしている。

室内の静寂を破って、電話が鳴った。

「もしもし」

「湯原《ゆはら》です」

菅谷運送に残らせた運転手が言った。それに被さって早鐘を打つ心臓の鼓動が聞こえる。

「どうだ」

「予想した通りですよ。菅谷のオヤジ、配車のやりくりがつかなくて頭を抱えてる。どこの荷物を優先させるのか、ババアと言い争う始末で、運転手には指示一つ出せないでいるんだ」

「他の運送会社に、今日の配送を頼んだりしてねえだろうな」

「オヤジは長年の取引先に迷惑をかけるわけにはいかねえって、他所に頼もうって言い出したんですが、ババアがねえ。一度でも世話になったら最後、そのまま仕事を持って行かれちまうって、頑として首を縦に振りやしねえ」

やはり思った通りである。あと十五分もすれば店が開く。菅谷運送のトラックが来なければ、問屋の店先は荷物の山だ。客を迎えようにもままならない。取引先からは「早く荷物を引き取れ」と催促の電話が殺到するだろう。

「ご苦労だった。何か変化があったら連絡を入れてくれ」

一郎は指で回線を切り、返す手でダイヤルを回した。運転手たちの目が、自分に注がれるのを感じながら、受話器を耳に押し付ける。呼び出し音が聞こえ出す。

「菅谷運送でございます」

勝子の声が聞こえた。いつになく早口なように思えるのは気のせいではあるまい。

「松木です。社長いらっしゃいますか」

一郎はしれっとした声で訊ねた。

「あんた、今頃何の用。何の話かは知らないけど後にしてくれる」

勝子は険《けん》の籠った声を上げる。

「忙しいのは分かってますが、大事な話がありましてね。すぐに終わる話です。とにかく社長を出して下さい」

舌打ちが聞こえた。

「あんた、幸介から。大事な話があるんだって。何だか分かんないけどさ」

受話器を塞ぐこともなく話す勝子に続いて、

「何だ。悪いが、いまこっちは忙しいんだ」

苛立ちを露にしながら、萱谷が出た。

「運転手が九人も急に辞めて、大変でしょう」

「どうしてお前が知ってるんだ」

「社長、今日の配送どうすんですか。このままじゃ、荷物捌けないいんじゃないですか」

「するってえと何か。お前が手助けしてくれるってでも言うのか」

「役に立つんでしたら」

「だったらありがてえ。ひと月、いや半月でもいい。戻って来て運転手をやってくんねえか。何しろ運転手の半分がいきなり辞めちまったもんだから、どうやりくりしても配送がこなせねえんだ。給料にはそれなりの色をつけるからよ」

菅谷は渡りに船だとばかりに懇願する。

「手助けするのは構いませんが、俺一人戻ったところでどうにもならないんでしょう。それに半月でもって言いますけど、配送を一日でも滞らせたら、仕事を根こそぎ他に持っていかれるんじゃないですか」

「取引先には、事情を話して頭を下げるよ。どこも古いつき合いだ。何とか分かってくれるさ」

「でもね、社長。新しく運転手を雇っても、慣れるまでには時間がかかりますよ。荷物の取り扱い一つとっても、中身は新品の衣類。荷をぞんざいに扱えば、客先から文句も出る。そうなりゃ、古いつき合いの客だって、愛想を尽かして仕事をくれなくなるんじゃないですか」

「じゃあ、何だってこんな時に電話なんかしてきたんだ。ウチが困ってる様子を親切面して、探りに来たのかよ」

「そうじゃありません。仮にも七年も世話になった職場ですからね。本気で助けようと思って電話したんです」

「運転手をやるつもりがねえってんなら、どうやって助けるってんだ」

「実はね、社長。俺、運送会社を開業したんです」

「なに？」

菅谷の声が裏返る。

「時間がありません。はっきり要件を言いますが、東京二十三区の配送を俺に任せてくれませんか」

「馬鹿なこと言うな」

「冗談でこんなこと言えませんよ。ウチには十台のトラックがある。こいつを使えば、都内の客先に荷物を届けることができる。となれば、残るは都下、近県ということになりますが、そこに社長のところに残った運転手を振り分ければ、配送は万事うまく行くでしょう」

「お前、簡単に言うがよ。いきなり降って湧いたような仕事を、何の経験もねえ運転手が滞りなくできると思ってんのか」

「その点ならご心配なく。ウチの運転手は経験豊富でしてね。立派に仕事をこなせますよ」

「どうしてそんなことが言えんだよ」

勘の鈍い男だ。ここに至っても、辞めた運転手が全員揃ってここに集まっていることに気づく様子もない。

一郎は苦笑いを浮かべながら、

「一昨日までやっていた仕事を続けるだけですもん。間違いが起きるわけないでしょ」

軽い声で答えた。

「何だって……するってえと、辞めた連中は全員お前のところに行ったのか」

菅谷が息を飲む。

「ねえ、社長。こんな話を聞けば面白くない、いや、怒りに駆られて当然だと思うよ。たぶん社長は、誰がお前の助けなんか借りるか。恩を仇で返しやがってとさえ思っているでしょう。だけど、ここで俺の申し出を蹴ったら菅谷運送に先はないよ。いま他社の連中に食い込む機会を与えたら、取り返すのは至難の業だ。東京二十三区どころか、都下、近県、いま抱えている商売の全部をもってかれちまうよ」

「おめえ、運転手を引き抜きやがったのか。しかもこんな小汚ねえ絵まで描きやがったのか」

菅谷は一郎の問い掛けに答えず、地の底から這い上がって来るような低い声を漏らす。

「引き抜いたってのとはちょっと違うんだなあ。確かに少しですが、社長のところよりいい条件を出して、ウチで働かないかって誘ったけど、それについては責められる筋合いのもんじゃないでしょう。転職も辞める時期だって労働者の自由ですからね」

「盗人猛々しいってのは、このこったな。呆れてものも言えねえ」

「これは商売なんですよ」

「商売？　商売にはな、決まりってもんがあんだよ。やっていいことと悪いことの区別のつかねえ奴が、商売なんて言葉を軽々しく口にすんじゃねえ」

「法に触れることをしたわけじゃなし……。所詮商売は食うか食われるか。社長だって、いまの客をものにするためには、激しい競争を勝ち抜いてきたんでしょう。汚い手の一つも使わなかったって言えんの？」

菅谷は一瞬言葉に詰まったようだったが、

「それにしたって、こんな汚ねえ手は使わなかったさ。第一、おめえのやったことが知れたら、この界隈じゃ仕事なんてもらえねえぞ。日本橋、馬喰町界隈はな、人の繋がりを大事にするところだ。人として間違ったことをした人間を決して許しはしねえ」

すぐに気を取り直して震える声で吐き捨てた。

「だったら二十三区の商売を俺に任せてみたらいいじゃないですか。社長の言うことが本当だったら、辞めた従業員の穴が埋まったところで、仕事はまた菅谷運送に戻るでしょ。他所に任せるより危険は少ない。そうでしょ」

菅谷が再び言葉に詰まる。

「社長、もう八時四十分だ」一郎は壁掛け時計を見た。「今頃、客先では小僧が店先に出て、いまや遅しとトラックの来るのを待っている。地方からの客がもう店にやって来ているかも知れない。このまま黙って何の手も打たなかったら、取り返しのつかないことになるよ。仕事全部失うよ」

菅谷の呻き声が聞こえる。時計の振り子が時を刻む虚ろな音が、異様な緊張感に包まれた事務所に響き渡る。

「しょうがねえ……。好きにしろ」やがて菅谷は吐き捨てるように言った。「ただし、ウチが運転手を揃えた時点で、おめえはきっぱり手を引くんだぞ。その間は絶対に間違いを犯すんじゃねえぞ」

「それを決めるのは俺たちじゃないでしょう。お客さんでしょ」

「何とでもほざくがいいさ。後でほえ面かくな」

「お言葉、肝に銘じます。それから、今日からの配送料は、社長のところから月末締めで支払ってもらいますが、それでいいですよね」

「ウチが荷物を運ぶわけじゃねえ。料金はきっちり払ってやるさ」

「それじゃ、夕方に契約書を持参します。その時にまた……」

一郎は受話器を置いた。最大の山場を乗り切った安堵の溜息が漏れそうになったが、勝負はこれからが本番なのだと気を引き締め、

「みんな、仕事にとりかかってくれ。問屋の店先に積まれている荷物の中から、二十三区分だけを抜いて配送するんだ。いつもより手間がかかるぞ。時間はない。急いでやれ」

腹に力を込めて命じた。

「オヤジ、話を飲んだんだな」

小森が目を輝かせながら訊ねてきた。

「聞いての通りですよ」

一郎は、今日初めて笑みを浮かべた。

「よし！　ニイタカヤマノボレだ！　次はトラ、トラ、トラだ！　ぐずぐずするな」

小森が叫びながら真新しいトラックのキーを振りかざして事務所を飛び出して行く。運転手の間から、鬨《とき》の声が上がる。それに続く運転手たちの足音が出陣の太鼓のように事務所に充満する。

松木運輸の最初の一日が始まった。

第五章

事業は思った通りの展開を迎えた。

午前に注文を受けた品は、その日のうちに。午後の品は翌日の午前中に。

今までは、早くとも翌日にしか届かなかった商品が、買い付けにやって来た小売店主が店に戻らぬうちに届いている。問屋にしても、今まで店先に山積みになっていた出荷商品が、きれいさっぱりと片づいてしまうのだ。お陰で、陳列商品の種類は増え、それが客足の増加に繋がる。それればかりか、これまで荷造りに追われていた小僧は、日中接客に専念できるという効果も生んだ。

もちろん配送車は一日二回、東京二十三区内の客先を往復するのだから、配送料金はいままでのままというわけにはいかない。一個口当たりの料金は三割増しとなったが、料金を負担する問屋からは文句の一つも出なかった。小僧の残業代が減ったことと、売り上げの増加で充分に埋め合わせができたからだ。

最初の締め日を迎え、帳合いの精算に出掛けた一郎を前にして、菅谷は浮かぬ顔で帳簿を広げた。

「これが、今月のお前のところの取り分だ……」

黄ばんだ帳簿の頁には、几帳面な文字で、日々の取扱量と料金単価、そして総計が記してある。

百二十一万六千三百円――。

開業二十五日目としては、上々の滑り出しと言わねばなるまいが、一郎はその数字を複雑な思いで見詰めた。これが今までのように、まるまる自分の懐に残るというなら、途方もない額である。しかし、経営者となるとまったく違う。売り上げの中から、まず人件費を支払い、燃料代を引く。さらに事務所の光熱費、従業員の賄い、固定資産税、事業税、社会保険料、車両にしたところで、毎日使っていれば傷みも早いから新車購入のための資金を蓄えておかなければならない。人件費だけでも、月給分だけで二十八万円からの金が飛ぶ。加えて会社を立ち上げるに際しては、三千万円以上の自己資金を注ぎ込んだのだ。これは言わば、自分への借金とも言うべきもので、この程度の売り上げでは全額を回収できるまでにはどれほどの時間がかかるか分かったものではない。

「で、松木よ、どうすんだ、お前。帳合いは今月だけ、来月からはウチは協力しねえからな。もっとも、お前《めえ》の悪行は問屋の旦那衆に知れ渡っちまってる。荷物なんかくれやしねえだろうがな」

菅谷は、煙草を横銜えしながら、改めて念を押してきた。

「分かってますよ」

その点に関しての準備に怠りはない。

行きがかり上、このひと月は菅谷運送の伝票を使っていたが、当日配送を持ちかけた客先には、事情を話し、来月からは松木運輸が任を担うことを告げていた。もっとも、萱谷がそれに対して何の手だても打たなかったわけではない。取引先に一郎が密かに会社を立ち上げ、萱谷運送に後ろ足で砂をかけるように退社し、揚げ句に十人もの運転手を引き抜いたことを触れて回ったのだ。

元より、義理人情に厚い馬喰町界隈の、しかも代々続いている問屋街のことである。荷主の反発は決して小さなものではなかったが、その事実が知れ渡る以前に、当日配送の利便性に味を占めた小売店主たちが、早くも午前に買い付けた品物はその日のうちに店に着くのが当然だと思うようになっていたのが幸いした。

一旦提供し始めたサービスを低下させるわけに行かないのが商売だ。ましてや、客が望むものを止めるわけにはいかない。もはや、問屋の店主たちが、自分に対して面白くない気持ちを抱いたとしても、どうすることもできないのだ。だから、松木運輸が仕事を失うこともなければ、来月の売り上げが下がることもない、と一郎は確信していた。

「お前、やって行けんのか。使用人なら、荷物の心配をするこたあねえ。その日の荷が多かろうと、少なかろうと、配送が終わっちまえばそれで仕事は終わりだ。給料も毎月きちんと入る。だけどな、経営者は違うぞ。儲けがなけりゃ、たちまち会社は倒産。一文無しになっちまう。第一、運送業は――」

萱谷は一郎の胸中を見透かしたような言葉を吐く。

「そんなことは、どうでもいいです。前にも言ったでしょう。どこの運送会社を使うかを決めんのは荷主だ。商品を買った客だって」一郎は菅谷の言葉を遮ると、「とにかく、今月の売り上げ、払ってもらいましょうか」

脚を高く組んだ姿勢のまま、傲慢な口調で言った。

「二十五日締め、翌月払いがこの業界の決まりだ。三十日の手形だぞ」

一郎は黙って頷く。

「おい、手形切ってやれ」

事務机に向かって、残務処理をしていた勝子に菅谷が声を掛けた。手提げ金庫から一枚の紙を取り出した勝子が、つかつかと歩み寄ると、

「よくもしれっとした顔して来られたもんだね。持って行きな。この泥棒猫！」

唾棄せんばかりの激しい口調で言い、一郎めがけて手形を投げつけた。

ひらひらと宙を舞った紙片が床の上に落ちる。

「奥さん、金を粗末にしたら、バチが当たりますよ」一郎は、努めて冷静に振る舞いながら手形を拾い、金額に間違いのないことを確認すると、「確かに受け取りました。これで、もう旦那さんとは縁切りですね。じゃあ、俺はこれで……」

立ち上がり、出口に向かって歩き始めた。

勝子の傍らを通り過ぎる際に、彼女の荒い鼻息が聞こえた。おそらくは、今この場で飛びかかり、首を絞めて殺してしまいたいという怒りを抑えているに違いない。

引き戸を開けると、思わず身震いしそうになるほどの、晩秋の冷たい夜風が頬を刺した。

「あんた！　塩撒きな、塩！」

勝子の金切り声が背後から聞こえた。

＊

会社に戻ったのは、時刻が八時を回ろうかという頃だった。

真新しい社屋の三階には、煌々《こうこう》と明かりが灯っている。一日の仕事を終えた運転手たちは、相変わらず博打に精を出しているのだろう。近づくにつれて、時折男たちの歓声が聞こえてくる。

二階の事務所にも、まだ明かりがついていた。当日集荷の仕事は、遅くとも六時には終わってしまうはずである。その時点で、業務は終了するはずだ。それが証拠に、一階の車庫を覗くと、トラックは十台、きちんと揃っている。

怪訝な気持ちを抱きながら、階段を上がり事務所のドアを開けた。裸電球の下で、事務員として雇った樋口《ひぐち》多喜子《たきこ》が算盤を弾いている。

「多喜ちゃん、まだいたの」

「あっ、社長。お帰りなさい」

二十歳になったばかりの多喜子が、振り向き様に白い歯を見せて笑った。

「あんまり遅くまで仕事してると、体に障るぞ」

彼女は一昨年商業高校を卒業して、一旦は都内の商事会社に就職したのだったが、元々病弱であったらしく、体を壊し、暫く家で療養生活を送っていた。体調が回復し、そろそろ仕事を見つけなければと思っていたところに新聞の募集広告を目にし、ここで働くことになったのだ。

「大丈夫ですよ。前にいた会社は、たくさん従業員がいたので、周りの人に迷惑かけちゃいけないと思って、がんばり過ぎましたけど、ここは私一人。自分の体調に合わせて仕事できますから」

気丈を装ってはいるが、透けるように白い肌の色のせいか、醸し出す雰囲気はどこか日陰に咲いた花のように弱々しい。後ろに結った三つ編みからほつれた髪が項《うなじ》にかかり、それが二十歳の女性にしては妙な色気を感じさせる。

「今日は締め日ですから」多喜子は言った。「運転手さんたちの給料支払いは今日済みましたけど、ガソリンスタンドへの支払い、光熱費や賄いの材料代の支払いは明日でしょう。今晩中にやっておかないと、仕事が溜まるだけですもの……」

「そうか」一郎は、ポケットに手を入れると、菅谷運送から受け取ったばかりの手形を差し出した。「これ、今月の売り上げだ。現金になるまで、ひと月あるから、金庫にしまっておいて」

多喜子は受け取った手形に目を走らせるや、目を丸くした。『こんなに』とでも言いたげである。

「で、支出の方はどんな具合なの」

やはり支出と収入の兼ね合いが気になる。一郎は多喜子の肩越しに訊ねた。

「まだ、途中ですけど……」

一郎は帳簿の見方を知らないが、貸し方が収入、借り方が支出であること程度の知識は持ち合わせている。もちろん、この時点では収入はゼロで、借り方の方に数字がずらりと並んでいる。

総支出額はおよそ五十万円となっている。中でも目を惹くのは、やはり人件費である。何しろ、従業員が十二人、他に賃金は安いが賄いのおばさんもいるのだ。その総額だけでも、二十八万円とある。盆暮れには、一人平均四万円ほどの賞与を出さなければならないから、積み立て分は月々八万円。その他税金等、年一度の支払い分を準備金に充てると、およそ六十万円ほどが、月々の固定費となる計算だ。それに商売道具であるトラックは一台七十万円もするが、毎日走り回っていれば傷みも早い。耐用年数は精々三年というところだから、事業をこのままの規模で維持するためだけでも二十万円ほどをやはり準備金として取っておかねばならない。

ざっと考えただけでも、月額の固定費は、九十万円。当月の純益は、ざっと三十万円といったところか。もちろんこれがすべて一郎の所得となるわけではない。事業を拡大していくためには、金など幾らあっても足りはしない。しかし、立ち上げたばかりの会社が最初の月から赤字を出さずに済んだことに安堵の気持ちを覚え、気分が少しばかり楽になった。

帳簿の貸し方の欄に、多喜子が百二十一万六千三百円と書き込む。それを見届けたところで、一郎は窓際の自分の席に座った。

「社長、晩ご飯は済ましたんですか？」

突然、多喜子が手を止め、訊ねてきた。

「いや、まだだけど」

「それじゃ、私、上の食堂から持って来ましょうか」

「賄いのおばさんはとっくに帰っちゃっただろ」

「社長の分は、残してあると思いますよ」

最初の月の決算が赤字にならなかったことを確認したせいか、急に空腹を覚えた。それにささやかな祝杯をあげるのも悪くはない。

「じゃあ、悪いけどあるものでいいから、部屋の方に持って来てくれるか。おかずだけでいいからさ」

「ご飯はいいんですか」

「酒を飲むから、飯はいいんだ」

多喜子は「分かりました」と言い、部屋を出ていった。

一郎は、廊下の突き当たりにある自室のドアを開けた。中は四畳半ほどの台所があり、その奥は襖を隔てて八畳の居間兼寝室となっている。食事を自分の部屋で摂ることにしたのに、理由があったわけではなかった。仕事を続ける多喜子を前にして、酒を飲むのが悪い気がしただけだ。

脚を折り畳んで壁に持たせかけておいた丸い卓袱台を部屋の真ん中に設える。新築間もないこともあって、室内は真新しい畳から香ってくる藺草《いぐさ》の匂いで満たされている。

茶簞笥の中から、茶碗を取り出し卓袱台の上に置いた。部屋の隅に置いたままにしてあった一升瓶から日本酒を注ぎ、半分ほどを一息に呷った。胃の腑の中に滑り落ちると、燗をしたわけでもないのに、燃えるような熱を放ち、余韻が全身を駆け巡って行く。

思わず溜息が漏れた。同時に開業以来張りつめていた神経が弛緩し、猛烈な空腹感が襲って来る。

「社長、食事を持ってきました」

多喜子の声が聞こえ、襖が開いた。

「悪いね、そこに置いてくれる」

「はい……」

多喜子は盆に載せた総菜を卓袱台の上に置く。鯵フライが一つとコロッケが二個、キャベツの千切りが添えられている。それとは別に小さな小鉢に、ラッキョウが入れられていた。

「へえ、気が利くね。ラッキョウか」

働き始めるようになってから分かったのだが、多喜子は一郎の目から見ても、実に気配りが利く女性だった。最初のひと月は、菅谷運送の帳合いということもあって、来客はさほどなかったが、運転手が配送を終えて帰って来る頃になると、昼の間に手洗いをし、乾かしておいた手拭いを何気なく車庫に置き、茶を用意する。肉体労働をする運転手には塩気が必要だろうと、自分の家で作ったものだという、瓶に入れた梅干しを持参するといった具合にだ。

「嫌いですか」

「いや、そんなことはないよ」

「良かった。家で父がお酒を飲む時には、必ずラッキョウをつまみにするんです。時々、生葱に味噌をつけてそのまま齧ったりもするんですよ」

「それじゃ、かなり飲むだろう」

「そりゃ、放っておいたらずっと」多喜子は思い出し笑いをするように、唇の端を広げた。

「だから私、酒飲みは嫌いじゃないんです」

「いい酒なんだね」

「それはどうですかねえ」多喜子は小首を傾げる。「お酒を飲むと、話すのは戦争のことばっかりなんですもの。聞いている方には、辛い体験としか思えないんですけど、ひどく懐かしいもののように話すんですよね。まるで日本が勝ったかのように」

「確か、多喜ちゃんの家は、鉄工所を経営してたんだよね」

「ええ。父と、私とは十二歳違いの兄の二人で」

「へえ、お兄さんとは一回りも離れてるんだ」

「兄は、父が二十四歳、私は三十六歳の時の子供。だから私は昔から恥かきっ子って言われて育ったんです」

「そんなこと言ってたら、世の中みんな恥かきっ子ばかりになっちゃうよ。だって――」

俺の家も、と言いかけたのを、一郎は慌てて飲み込んだ。今も美桑で暮らしているであろう父が、五郎をもうけたのは三十二歳の時であったことを思わず口にしかけたからだ。

「社長も遅い子供だったんですか」

多喜子は、邪気のない声で訊ねて来た。

「いや、違うけどさ……。俺、まったく親父のことは覚えちゃいないんだ。二歳の時に、南方で戦死しちまったもんでさ」

一郎は茶碗に残った日本酒を一気に飲み干し、また一升瓶を傾ける。

「そうだったんですか……」

まずいことを訊いてしまったとばかりに、多喜子が口を噤んだ。重い沈黙が、部屋の中に流れた。

それは極めて短い間のことであったのかもしれない。しかし、それは一郎の中で長い間固く封印されてきた、美桑のことを思い出させるに充分な時間だった。

集団就職で美桑を後にして八年。祖父母は健在なのだろうか。父は、母は。二郎が指を切り落とした母の補償金で、高校に進学できたのなら、就職して今年は二十一歳になる。末っ子の五郎も来年は中学を卒業するはずだ。

遠い記憶が呼び起こされると、思いはどうしても清枝へと行き着く。仙台で暮らしている清枝はどうしているだろうか。曽我の家の支援を受け、高校に上がり、就職したのだろうか。あるいは大学へ進んだのか。もしかすると、東京で勉強を終えた弘明と結婚し、今頃美桑の家で――。

あの日、放課後の教室で、自分の下に組み敷かれ、下穿きを剝がされ下半身を露にしながら、激しく抵抗する清枝の顔が浮かんだ。

「社長、私、仕事に戻りますね」

はっとして、顔を上げた一郎の目の前に、多喜子の顔があった。

脳裏に浮かんだ清枝の残像が、多喜子の顔に重なる。

彼女が立ち上がった瞬間、部屋の空気が揺らいだ。洗濯石鹼の微かな香りに、雌の匂いが混じる。口元に持ってきていた茶碗の中の日本酒の匂いと融合し、淫靡なものへと変わる。

こらえ切れないほどの劣情が込み上げてくる。

次の瞬間、一郎は茶碗を投げ捨て、多喜子の腕を掴み、引き寄せていた。華奢な体が前のめりになって畳の上に倒れ込む。

不意をつかれ、驚きと恐怖で見開かれた多喜子の目が、一郎を見詰めてくる。一郎は手を放さなかった。そのまま、自分の唇を多喜子の同じ部分に押し付ける。柔らかな感触は一瞬のことで、多喜子は拒むように歯を食いしばり、顔を背けようとする。

「止めて……社長、止めて下さい……」

掠れるような声で、多喜子が懇願する。

一郎は構わず、下に手を伸ばす。

多喜子は濃紺のスラックスを穿いていた。横についていたファスナーに手をかける。股間が熱くなる。

あの時と同じだと思った。清枝も同じ構造のスラックスを穿いていた。

気配を察した多喜子が、自由になっている一方の手を伸ばし、一郎の行為を止めにかかる。

「止めて……止めて……」

止めるものかと思った。もしも、あの時、懇願する清枝の言葉に怯《ひる》むことなく、思いを遂げていたなら、彼女の体に一生消えることのない刻印を残せた。たとえ、それが呪わしい記憶であったとしても、俺のことは生涯忘れ去ることのできない男として、清枝の中で生き続けていくことになった筈だ。

激しくもがく多喜子の体を押さえつけながら、一郎はその時はっきりと悟った。

清枝はまだ、俺の中で生き続けている。俺はまだあの女を忘れてはいないのだ。

ファスナーを引き下げ、スラックスを一気に脱がせた。下は木綿の下穿き一つである。

久しく忘れていた肉への欲望が急速に頭を擡げてくる。一郎は、それに手を掛けた。阻止しようとする多喜子の腕を掴み、万歳をさせるような形で片手で彼女の両手首を押さえると、一気にはぎ取った。淡い繁みが裸電球の灯の下に浮かび上がる。清枝の産毛に覆われた幼さの残るものとも違えば、新宿の赤線で相手をしてくれたカズヨのものとも違う。柔らかな陰りの下に、真っすぐふくよかな肉の割れ目が息づいている。それが一郎の欲望に、新たな火を注ぐ。

多喜子は必死の形相で脚を閉じた。一郎はズボンを膝まで下ろし、巧みに体を使いながら、その間に下半身をねじ込んで行く。固くそそり立ったペニスの先端に、柔らかな肉襞が当たる。

「お願いです……。止めて……」

涙を浮かべ、恐怖のせいか目を見開いた多喜子が懇願するように言う。一郎は、その視線を捉えたまま、構わず腰に力を入れ、一気に突いた。

＊

多喜子は会社を辞めてしまうのではないか。

一眠りし、酔いが醒めたところで、一郎はそう思った。仕事ぶりに申し分のない事務員を、開業早々に失うのは痛手である。次が見つかるまでは、会計処理をどうしたらいいのか、皆目見当がつかない。

経営者にとって、迂闊な行為一つが会社を窮地に陥れることになる。

今さらながらに、一郎は己のしでかした行為の代償の大きさに、後悔の念を覚えた。

夜が明けるのが遅く感じた。真新しい布団の中で、寝返りを打つと、薄暗がりの中に、畳にこびりついた黒い染みが目に入った。多喜子の破瓜《はか》の痕跡である。

それを見ると、重ねた体の上で激しく腰を動かす度に、苦痛に顔を歪める多喜子の顔が浮かんでくる。放出の快感はまだ残っている。彼女の体温が、肉襞の感触が蘇ってくる。

内心では、後悔の念を抱いているというのに、またペニスがそそり立って来る。それがまた、何とも情けない。

悶々とした時間を過し、すっかり夜が明けたところで、一郎は寝床を抜け、事務所に入った。意外なことに、多喜子はあの後、広げたままになっていたはずの、帳簿を片づけて帰ったものらしい。机の上はきちんと整頓されている。

「立つ鳥、跡を濁さず……か」

一郎はぽつりと呟くと、社長の椅子に座った。

「おはようっス」小森が威勢のいい声を上げながら、部屋に入って来た。「あれ、多喜ちゃんはまだスか」

壁掛け時計の鐘が一つ鳴り、七時半を告げる。いつもなら、早々に出社した彼女が、朝のお茶を淹れているところである。

「八時出社が決まりだからな」

「多喜ちゃんのお茶を飲まねえと、一日が始まった気がしないんだよな」

「お茶なら、朝飯の時にしこたま飲んだだろ」

一郎の口調はどうしてもぞんざいになる。

「賄いのババアと若い娘じゃ茶の味が違うよ」

「それより、小森さん。今日から菅谷との帳合いはなしになる。伝票もウチのものを使って貰うようになるんだけど、客先の方は大丈夫なんでしょうね」

「事情は、客も先刻承知だ。今さら四の五の言わねえと思うよ」

やはり所詮は使用人である。小森は、一言の下に片づける。

「ならいいんだけどさ……」

「何か心配事でもあんの」

「昨夜菅谷のオヤジと会って、帳合いの精算をしたんだけど、その時ちょっと気になることを言われてさ」

「どんな？」

「問屋はどこも菅谷とは古い付き合いだ。土地柄、義理人情にも厚い。横紙破りのような方法で、仕事を持って行ったウチに荷物をやるもんか。そう捨てゼリフを吐きやがったんだよ」

「まあ、中にはそういう先もあるとは思うけど、どうかなあ」小森は首を傾げ、「実際、一日二回の配達は、問屋にも客先にも大評判だ。大型車ばっかりしか持ってねえ菅谷や他の運送会社が、すぐに真似できるもんじゃねえ。それにお前も言ってたじゃねえか。便利さに慣れちまえば、それがあって当たり前のものと感ずるようになる。それが客ってもんだって」

その確信は今でも揺らいではいない。答えは、今日の朝、客先を廻り始めればすぐに出る。松木運輸の伝票のついた荷物が問屋の前に出ていれば、こちらの勝ちだ。少なくとも今月程度の売り上げは確保できるだろう。

しかし、この不安はどこからくるものか。儲けが思ったほどなかったことに対する失望感か。確かにそれもある。このままの形態の商売を続けていたのでは、会社は潰れはしないが、大きくなりもしない。

ふと、視線をやった先に、空席となったままの、多喜子の机が目に入った。

いやそうじゃない。多喜子だ。もし、彼女がこのまま会社を辞めてしまえば、今日から、すべての事務処理が停まってしまう。日々の伝票処理、取引先管理、給与計算、部品、備品の購入管理は、たかが二十五日の間とはいえ、彼女一人に頼ってきたのだ。取って代わる人間への当てがあるわけじゃない。これから新聞広告を出したところで、新しい従業員を雇い入れるまでには相応の時間がかかる。その間、事務が停滞してしまえば、たとえ荷物が集まったところで、会社としての態をなさなくなってしまう。

馬鹿なことをしたものだ。

一時の劣情に駆られ、彼女に手を出してしまったことへの後悔の念が、今さらながらに一郎の胸中を満たし、苦いものが口の中に込み上げてきた。

「おはようございます」

突然、ドアが開いた。一郎は我が目を疑った。そこに立っていたのは紛れもなく多喜子である。

「おはよう、多喜ちゃん、今朝は遅かったね」

小森が明るい声で言う。

「ごめんなさい。寝坊しちゃって」

多喜子は、一郎を見ることもなく、上着を脱ぎ事務服に着替える。

まさかと思った。自分と目を合わせないことを除けば、多喜子の様子からは、昨夜むりやり体を奪われたという衝撃は少しも見て取れない。あれは、夢だったのか。はたまた酔いの中の幻想ででもあったのか。

しかし、その考えは即座に否定へと変わった。多喜子のセーターの袖口から覗く手首には、昨夜自分が付けたと思しき痣《あざ》が、赤い痕跡となって残っている。それに、歩き方も少し足を引きずるようにぎこちない。

「すぐにお茶淹れますね」

多喜子は、事務所の隅にある流しに立つと、やかんに水を入れコンロにかける。

不思議だった。どうして、こうも平然としていられるのか。体を奪われたことを、多喜子は何とも思っていないのか。少なくとも清枝はそうではなかった。関係を結んだどころか、性器には触れてもいない。ただむりやり見られたというだけでも、以来自分をことごとく無視し、言葉一つ交わしはしなかった。一体この差は何なのだろう。何から来るものだろう。

しかし、一郎に思案に暮れている暇はなかった。従業員たちが次々に事務所に入ってくる。全員が揃ったところで、恒例の朝礼となった。

「今日は、特別な日だ」一郎は声を張り上げた。「萱谷運送との帳合いは、昨日で終わりだ。今日から扱う荷物は、松木運輸が独自で扱うものになる。受け荷にウチの荷札が取り付けられているかどうか、それをしっかり確認すること。もし、萱谷の荷札が取り付けられていれば、その場で交換すること。でなければ、配送した荷物の売り上げは、萱谷に付く。それじゃ、俺たちはただ働きということになる。今日が本当の、松木運輸の業務初日だ。みんな心してやってくれ」

運転手たちが、一斉に事務所から飛びだして行く。階下でエンジンの音が聞こえ、一台、また一台と車庫を後にしていく気配が伝わってくる。多喜子と二人きりになった事務所に、静寂が訪れた。

気まずい空気が流れた。素知らぬ顔を決め込むのも不自然である。しかし、何かを口にすれば、昨夜の出来事に触れなくてはならない。何をどう、切り出せばいいのか、一郎にはさっぱり見当がつかなかった。

「社長、お茶、淹れ替えましょうか……」

最初に言葉を発したのは、多喜子だった。

「あっ……そうだね」

虚を突かれた一郎の返事は、間の抜けたものとなった。

多喜子がやかんを提げてやって来ると、湯呑に茶を注ぐ。

「ありがとう」

受け取ろうとした瞬間、二人の手が触れ合った。

胸が鳴った。多喜子の顔が赤らむ。悪い兆候ではなかった。彼女が昨夜のことを怒ってはいない証拠のように一郎には思われた。

「昨夜のこと……ごめんな」

詫びの言葉が素直に口をついて出た。

多喜子は俯いたまま首を左右に振る。

「びっくりした？」

多喜子は答える代わりに、

「私……変じゃなかったですか……」

蚊の鳴くような小さな声で訊ねてきた。

「変って、何が？」

「つまり……女として……」

「ぜんぜん……」

多喜子が、初めて顔を上げた。その目には、心底安心したような光が宿っている。

「私、心配してたんです……。社長に嫌われたんじゃないかって……」

「嫌いになるわけないだろう」

　一郎は優しい目をして、多喜子を見た。

「本当ですか」

「本当さ」

「良かった……」多喜子は、安堵したように、はにかむような笑みを宿すと、「私、今度職を失ったら、行き場がないんです」

　一転して深刻な顔をした。

「どういうこと」

「家の方の経営があまりうまくいってないんです。鉄工所といっても、父と兄が二人きり。大きな仕事を請け負うだけの力はないし、小さな手間仕事で何とか生計を立てるのがやっとで……」

「でも、多喜ちゃんは高校に行かせてもらえたんだろう」

「ええ……商業高校に入れば、大きな会社に入れる。そうなれば、大学を卒業した給料のいい人と結婚できるかもしれないからって……。だから私、高校の勉強は必死に頑張ったんです。その甲斐あって、大きな商事会社に就職できたんですけど、元々体があんまり丈夫じゃなかったもので……。入院して、自宅療養。親にもお兄ちゃんにも、すごく迷惑かけてるんです。だから、ここを出されるようなことがあったら、私……」

　多喜子の一言一言が胸に染みた。確かに、多喜子は改めて見ると、ず抜けたというわけではないにせよ、かなり整った顔立ちをしている。体つきは華奢だが、性格はいい。おそらく親は多喜子のそうした容貌と性格を読み、この娘にならば大学を卒業した将来ある伴侶を得られる可能性があると踏んだのだろう。ましてや、手間仕事を拾いながら生計を立てている鉄工所を経営しているとなれば、日銭稼ぎの辛さは誰よりも身に染みて感じているはずだ。自分たちはともかく、娘は月給取りと一緒になって幸せになってもらいたい。そんな気持ちを抱いたとしても不思議ではない。自らの力で貧乏から脱するより、富める者の力を借りた方がよほど簡単だ。何より女には、昔から玉の輿という言葉が指し示すように、結婚という手段を以て、それを可能にする機会がある。

こうした発想は、かつて美桑の町で、同じような境遇を味わった身にはよく分かる。もし、自分が女で、ず抜けた器量を持ち合わせていたら、やはり両親も同じような考えを持っただろう。いや、仮にそうではなくとも、黙っていても男の方から救いの手を差し伸べてきたかもしれない。清枝がそうだ。彼女が十人並みの容貌の持ち主であったなら、いかに篤志家を以て鳴る曽我の家とはいえ、単に頭脳明晰であるというだけで、町を去り、仙台に移り住む人間に、学費の援助など申し出たりはしなかっただろう。

「そんなことはないよ。多喜ちゃんは、ずっとここにいてくれていいんだよ。いつまでも……」

「いつまでも？」

「ああ」

一郎は頷いた。

『いつまでも』と一郎が言ったのは、あくまでも経営的見地からのもので、正直言って好感は抱いてはいても、妻として娶るまでの決心があったわけではない。しかし、どうとったのかは分からないが、多喜子は、

「私、一生懸命がんばりますから。何でもしますから」

目を輝かせながら言うと、一郎の掌に自分の手を重ねて来た。

＊

それが多喜子との関係の始まりだった。

彼女は週に三度ほどは遅くまで事務所に残り、運転手たちが博打を始めるのを待って、一郎の部屋にやってきては体を重ねた。

不思議なもので、多喜子と関係を結んで以来、事業は順調に推移して行った。

馬喰町界隈には、菅谷運送の他に五社の運送業者が出入りしていたが、いずれも大型車を使っての翌日配送を行っており、小型車を一日二回転させ、同様のサービスを提供するためには、莫大な投資がかかり、すぐには応じられない。そうこうしているうちに、買い付けをする小売店主たちは、配送頻度の高い旧菅谷運送の顧客となっていた問屋へと流れるようになったのだ。当初から松木運輸を使っていた問屋は、荷物が滞留しなくなったせいで、店頭はいつもすっき

りとしている上に、陳列場所が増えたせいで品揃えも豊富になった。売り物を選ぶ方にすれば、商品が多い方がいいに決まっている。結果、買い付け人は、松木運輸が配送を請け負う問屋へと集まるようになり、問屋の売り上げ自体にもあからさまな差が出てきたのである。

こうなると、いかに義理人情に厚い日本橋界隈の商売人とて、背に腹は代えられない。唯一、当日配送を行える松木運輸に配送を行ってもらえないかと、依頼が集中するようになった。

月を追う毎に、売り上げは急増した。二ヵ月目には百八十万、三ヵ月目には二百三十万。四ヵ月目には、三百万円に手が届こうかという勢いである。

その一方で、取り扱い貨物の急増は、新たな問題を生むことになった。ここまで来ると、現有する十台のトラックでは、とても配送が追いつかなくなってきたのである。それに加えて、肝心のトラックの耐久性という、予期しなかった問題も出てきた。荷を満載して、毎日六十キロ、七十キロと走っていると、故障が頻繁に起きる。最初は、整備士の応急処置で済ませられていたものが、修理だけでも二日三日とかかるものが出てきた。荷物の少ない間は、近場を廻る車の配送範囲を調節することで何とか凌げたのだが、十台を目一杯稼働させなければ、荷が捌けなくなってしまった。

早急に車の台数を増やさなければならなかった。もちろん増車は運転手を新たに雇うことと同義語である。一台増やせば運転手の人件費を含めて、百二十万円からの投資だ。それに見合って純益が上がるのなら喜ばしい限りだが、思ったほどの伸びはない。積載量という絶対的制限がある以上、儲けを大きくするためには、規模を拡大するしかない。

一郎は運送業の難しさに気づき始めていた。

一方で、毎日トラックに満載となった荷を配送する運転手たちの士気は上がる。誰もが、会社は確実に上向き調子にある、完全に軌道に乗ったと信じて疑わない。彼らの前で胸を張り、威勢のいい言葉を吐きながら、叱咤激励する度に、一郎は酷い孤独感に苛まれるようになった。

そうした気持ちの捌《は》け口《ぐち》は、唯一心を許せる存在である多喜子の体へとぶつけられた。

「ねえ……」

行為の余韻が残る中、一郎の腕を枕にして多喜子が話しかけてきたのは、六月も半ばに差しかかった日のことである。すでにこの頃になると、二人きりでいる時には多喜子は一郎を『社長』とは呼ばなくなっていた。

一郎はふかしていた煙草の煙を宙に向けてふうっと吐くと、多喜子の顔を見詰めた。涙とは違う、しっとりと濡れた瞳が一郎を見ている。三階からは、相変わらず運転手たちがチンチロリンに興ずる骰子《さいころ》の音が微かに聞こえてくる。

「何だ……」

一郎は訊ねた。

「この頃、お父さんが心配するの」

「どんな」

「帰りが遅いって……。週に二度も三度も、帰りが十時を過ぎるのは、どういうことなんだ。嫁入り前の娘に何かあったら、どうするつもりだって……」

多喜子の家は、門前仲町にあり、徒歩で二十分ほどの距離である。運河沿いの道は、小さな電球が灯る街路灯がぽつりぽつりとあるだけで、夜になると人通りはほとんどない。

「嫁入り前の娘に何かって……もう起きてるじゃないか」

一郎は苦笑いをしながら、茶化すような口ぶりで言った。

「お父さん、私たちがこんなことになってることを知ったら、怒り狂うでしょうね」

「怖いのか」

「そりゃあ……ね。だって軍隊上がりだもの。普段は、娘を働きに出さなきゃ、家計が成り立たないことに引け目を感じてるんでしょうね。とても優しいんだけど、その分怒り出したら、お兄ちゃんだって逃げ出しちゃう」

「軍隊時代に覚えた鉄拳制裁ってやつか」

「陸軍は鉄拳かもしれないけど、海軍は精神注入棒よ」

「お父さんは海軍だったのか」

多喜子は腕の中でこくりと頷く。

「空母に乗っていたのよ。隼鷹《じゅんよう》っていう……。お父さんは尋常小学校を出てからすぐ、近くの鉄工所に丁稚《でっち》に出されたの。溶接の仕事はそこで覚えたみたい」

「海軍に召集されたのは、その腕を買われたのかな」

軍艦は鉄の塊である。敵の攻撃で損傷を受けても、軽微なものなら、乗組員が応急処置を施し、そのまま戦線に残り作戦行動を継続する。その際には、鉄の扱いに慣れた技術者が必要だ。

軍や徴兵の仕組みをよく知らない一郎は、勝手にそう思い込んだ。

「そうじゃないの。お父さんは志願兵だったのよ」

「へえ、自分から進んで海軍に入ったのか」

「それが自慢でね。もっとも、お父さんなりの計算もあったらしいわよ。だって、黙っていたら陸軍に回されるのは目に見えてるんですもの。あんなところに入れられたら、毎日鉄砲担いで行軍行軍で、重い荷物を背負って馬車馬同然にこき使われる。三度の食事も自分で炊かなきゃならない。揚げ句は鉄砲玉が飛び交う中で敵と戦う。それに比べたら、海軍は天国だ。何しろ黙っていても三度の飯は賄いが支度してくれるし、歩かなくとも船が戦地まで運んでくれるからって」

多喜子は、くすりと笑った。

「変な理屈だな。軍艦だって戦闘に入りゃ、大砲玉も飛んでくる。爆弾だって落ちてくる。船が沈めば乗組員全員あっと言う間に海の藻くずだ。どっちにしたって同じだよ。歌の通りさ。海行かば水漬《みづ》く屍、山行かば草生《む》す屍――」

「お父さんに言わせると、そうはならないの。隼鷹もマニラから佐世保に帰る途中、五島列島の辺りで、魚雷が二本命中したけど沈まなかった。無事佐世保に帰って来れたって。それに自慢といえば空母のこと。空母は敵の傍まで多くの飛行機を運んで攻撃を仕掛ける。陸にある飛行場からとは違って、基地そのものが動くんだって――」

『基地そのものが動く』

たわいもない多喜子の言葉の中の一言を聞いた瞬間、一郎の脳裏に閃くものがあった。

そうか、その手があったか。

確かに、一日二回の配送は客受けがいい。方針的には間違ってはいない。しかし、これには大きな問題がある。トラック一台を二回転させるためには、時間と積載量という絶対的制約がある。解決する手法は一台あたりの配送範囲をいかに拡大し、取り扱い荷物の量を増加させるかしかない。でなければ、売り上げも純益も増えることはあり得ない。もし、一度に大量の荷物をある一点まで運び、そこに複数台の配送車を待たせておいたらどんなことになるか。翌日だった地域は当日に、翌々日だった地域は翌日と、配送までの時間を最低一日は短縮できるのではないか。つまり、今まったく手付かずのまま同業他社に請け負われている荷物の多くをものにできるのではないか。

多喜子が傍らで何かを喋り続けていたが、もはや耳には入らなかった。新たな事業展開への手がかりを見つけた興奮が、一郎を高揚させた。熱量が体に漲《みなぎ》る。萎えていたペニスが、頭を擡げて来る。

一郎は、喋り続ける多喜子の口を、自らのそれで塞ぐと、はだけたままになっている胸を鷲摑みにしながら、彼女の上にのしかかって行った。

*

「手持ちの金は幾らある」

翌日の朝、事務所で多喜子と二人きりになったところで、一郎は訊ねた。

「月末の支払いを済ませれば、三百万ちょっと」

帳簿を見ながら多喜子が答えた。

「三百万か……」

一郎は呻くように繰り返す。会社の金とは別に、駒井野の土地を売り払って得た補償金の残金の九百万円は、ほぼ手付かずの状態で残っている。他に、社長給与として十万円を毎月抜いており、それもほとんどそのままである。それらを合算すると、千二百八十万円。勝負に出るにはいささか不足な気がしないではないが、ここで事業を拡張する手に打って出なければ、会社は大きくなりはしない。それどころか、ぐずぐずしていると、同業他社が同じようなサービスを始める可能性もある。

どこに頼んでも、商品が同じ日時に着くとなれば、価格の叩き合いになることは目に見えている。そうなれば規模と、資金力に優るところが勝つ。それが商売の鉄則というものだ。

配送範囲を広げる地域についての目星は付いていた。横浜を中心とした神奈川県沿岸部である。東京に次ぐ関東第二の都市には、馬喰町界隈の問屋から発送される荷物が、かなりの量に上ることは前から知っていた。そこに、中継地点となる車両基地を置き、馬喰町から大型トラックで一度に大量の荷物を運び、待機している複数台の小型車に積み替える。それを一日二度繰り返すのだ。

もっとも、これを昼間にやっていたのでは、馬喰町、横浜を二回往復するのは不可能である。

だから荷物が馬喰町を出発するのは午前十一時、二回目は問屋の荷造りが終わる夕刻から夜にかけて。荷下ろしを終えた大型トラックは、とんぼ返りで深川の事務所へと取って返す。横浜の車両基地の小型トラックは前日の夜に大型トラックが残して行った荷物を朝の始業と共に積み、午前中から午後の早い時間にかけて配送を終わらせる。基地に戻って一休みした頃には、当日の午前受注の荷物が到着しているはずだから、それを夕方にかけて配送する。

それが一郎の描いた絵図だった。

実現させるためには、少なくとも二台の六トントラック、五台の二トントラック、それに配送拠点が必要だった。六トン車は一台百七十万円だから、車両への投資だけで六百九十万円にもなる。人件費は年間、百九十二万の増額だから、配送拠点に回せる金は、三百九十八万円だ。

この程度では、深川の社屋の建設にかかった費用を考えると、仮に小規模とはいえども車両基地を建設する代金としては、どう考えても足りはしない。

一郎は考えた。

横浜近郊の様子は、菅谷運送で働いていた当時に幾度となく行っていたからよく知っている。市内こそビルや住宅が建て込んではいるが、車でものの十五分も走れば、畑や森が広がっている。車両基地となる用地は幾らでもある。土地を購入せずに借りることができれば、東京から運んだ荷物を一晩積み置く空間と、小さな事務所、それに七人分の寮があればいい。そうすれば、少なくとも土地代にかかる費用は、月々の借地料だけになる。その程度ならば、何とか金を捻出できるかも知れない。そう、すべての経費を賄えるだけの荷物がありさえすれば、浮いた分はそのまま利益になるのだ。赤にさえならなければ、たとえ僅かでも会社の利益が増えることになるのは間違いないのだ。

となると、解決しなければならない問題はただ一つ。運送業免許だ。松木運輸の営業許可地域は東京二十三区に限られている。横浜に新たな拠点を置くためには、神奈川県全域での営業許可を陸運局から受けておく必要があった。

頼る人間は一人しか浮かばなかった。空港公団の朝永である。

一郎は、電話を手にした。手帳を見ながらダイヤルを回す。

受話器を押し付けた耳に、

「空港公団、成田分室でございます」

女性の声が聞こえて来る。

「松木幸介といいますが、用地部の朝永さんをお願いします」

「お待ち下さい」

暫くして、久しぶりに聞く朝永の声が聞こえてきた。

「やあ、松木さん。ご無沙汰してます。お元気ですか」

「ええ、何とか。どうです、用地買収の方は進んでいますか」

一郎は当たり障りのない話題から切り出した。朝永にしてみれば、もはや自分は用済みになった人間である。ここでまた便宜を図れと言っても、それに応ずる義務はない。

「いやあ、それが難航してるんですよ。ご存知でしょう、成田がいまどんなことになっているか」

「何でも、農民と学生やなんかの支援団体が結集して、砦を造って抵抗してるとか」

経営者になってからは、新聞には毎日目を通すようになっていた。そのせいで、昔より世の中の情勢には詳しい。一郎はすかさず言葉を返した。

「まいっちゃってんですよ。もう戦争ですよ、戦争。だいたい、我々の姿を見た途端、見張りの連中がドラム缶を鳴らして知らせるんですよ。ヘルメット被った学生運動崩れがゲバ棒持って飛び出してくるわ、鋤や鍬を手に農民が駆けつけてくるわで、交渉も中々できやしない」

「そりゃあ、大変だ」

「もっとも、この空港の建設は国家の決定事項ですからね。何が何でも進めなきゃならない。それで、今日も霞が関で対策会議があるんです。だからこれからすぐに、東京に向かわなければならないんですが……。ところで、今日は？」

「朝永さんに相談したいことがあって」

「そうですか……」朝永は少しばかり思案をしているように口を噤んだが、「だったら、どうでしょう。本省での会議は遅くとも七時には終わると思います。その後横浜の実家に顔を出そうかと考えているんですが、新橋辺りでお会いしませんか」

と言った。

願ってもない申し出だった。

「いいんですか」

一郎は声を弾ませた。

「松木さんのように、素直に用地買収に応じてくれた方とお話しできれば、こちらの心も少しは癒されるってもんです。一杯やりましょうや」

以前とは打って変わって、親しみを込めた口調で言った。


新橋の駅前で落ち合い、日比谷神社の側にある小料理屋に入ったのは、午後七時半を回った頃のことである。久しぶりに会う朝永の顔は一変していた。頰は窶《やつ》れ、眼窩が凹み、目の下にはうっすらと隈が浮かんでいる。そこからでも、交渉の厳しさが窺い知れた。

「で、何です。お話って」

ビールで喉を潤したところで、朝永が訊ねてきた。

「駒井野の土地を売っ払った代金を元手に、俺が運送業を始めたのは知ってますよね」

「ええ」

「幸い、客はすぐについて、商売の方は順調なんですが、粗利が思ったほど出ないんです。何しろ、運べる荷物の量が限られているのに、人件費や燃料代、固定費としてかかるものは減らしようがありませんからね」

「まあ、運送業の宿命というべきもんでしょうね」

「それで、粗利を大きくするためには、会社の規模を大きくする。つまり配送範囲を広げるしか方法はない。そう思い至ったんです」

「そりゃ、景気のいい話だ。松木さん開業して間もないんでしょう」

「八ヵ月……になりますか」

「なのに、もう事業拡張ですか。いったい、どうやってこれだけの短期間に?」

一郎はそれから暫くの時間を掛けて、これまでの経緯を話して聞かせた。

「当日配送かあ。凄いことを考えたもんですね。なるほどそれなら、問屋にも小売店にも大きな利点がある。商売が端からうまく行くのは当然だ」

「だけど、大型トラックを使って、大量の荷物を一日がかりで広い地域に配って行くのと、小型トラックを使って二回廻るのとでは、いくら三割増しの料金をもらっても、粗利が上がらないんです。荷物が集まっても、出て行くものも比例して大きくなる」

「運送効率の問題ですね。松木さんの考え自体は、決して間違っちゃいない。事業が短期間でここまで大きくなったのは、市場にそうした需要があったという何よりの証拠ですからね。でも、大きな儲けを効率良く上げようとすれば、こう言っちゃ失礼だけど、あまり賢い選択ではなかったとは言えるでしょうね」

「既存業者が押さえている客先に、新参者が食い込むためには仕方なかったんですよ。何か目新しい餌をぶら下げてやらないことには、誰が仕事をくれるもんですか」

「もっともです」

朝永は、こうしている間にもビールをがぶ飲みし、今度は日本酒を注文した。

「で、俺、粗利をどうやったら増やせるかを考えて、配送範囲を広げるしかない。そのためには、航空母艦方式で、東京の次に小売店が集まっている横浜に、大型トラックで一気に商品を運び、そこから小型車に積み替えて配送する。要は事業を拡大するしかないって思ったんです」

「なるほどねえ。大型トラックが空母なら、小型トラックは戦闘機ってわけですか」

朝永は酔いの回った目を前に見据え、感心したように呟いた。

「朝永さん、お願いです。もう一度力を貸して下さい。神奈川での事業免許をもらえるよう、陸運局に働き掛けてもらえませんか」

「用地買収にいち早く応じてくれた、松木さんの頼みですからね。断るわけにはいかんでしょう」朝永はあっさりと請け負うと、「なるほど、神奈川ねえ。あそこなら、市街化調整区域の土地の値段なんて、たかが知れてるから配送基地の土地代も安く済むでしょうしねえ」

一人納得するように、小さく何度も頷いた。

「市街化調整区域？」

聞いたこともない言葉を耳にして、一郎は思わず訊ね返した。

「松木さん、配送基地は当然自社で買うことを考えているんでしょう」

朝永は、あれっという顔をして問い返す。

「いや、横浜の市街地に隣接した土地は高いんで、買うだけの金の余裕がないんです。新たに購入するトラックと人件費を捻出するのが精一杯で、土地は借地にしようかと……」

「そりゃもったいないですよ。買うべきです。絶対自社物件にすべきです」

「だって、金が」

「確かに住宅地域、商業地域の土地は高い。だけど、市街化調整区域は別です」

「何ですか、その市街化調整区域って」

「名前の通り、市街化することを制限する区域です。都市整備も宅地を建てることも増築することも禁じられているんですが、抜け穴が必ずあるのが法律というものでしてね。公共性の高い事業に関しては例外なんですよ。運送業は、それに該当する数少ない事業の一つなんです。買ったところで、他に転用できない土地の値段なんて高が知れたもんです。それこそ二束三文ですよ」

「二束三文って、どのくらいなんですか」

「成田の土地の値段覚えてますか」

「公団には、一町歩千四百万円で買ってもらいましたから、坪にすると……」

「ざっと四千七百円というところですが、事情が事情です、実勢相場の十数倍で買い上げたわけです。だから、空港を建設するという前提がなければ、あの土地の坪単価なんて四百円もしなかったというわけです。横浜にしたって、市街化調整区域なら、坪千円も出せば充分ですよ」

配送基地の用地は、精々三百坪もあれば充分だと考えていた。もし、朝永の言う通りだとすれば、三十万円という価格で用地を購入することができる。

「だいたいね、そんな土地を借りて賃料を払ってやっても、喜ぶのは百姓だけですよ」朝永は吐き捨てるように、言った。「あいつらは本当に汚ねえ。松木さん、あいつらが空港反対を唱える裏で、どんなことをしているかを知ったら腰を抜かしますよ」

大分酔いが回ってきたのか、朝永の舌が縺《もつ》れる。

「足元を見て、吹っかけてくるとでも？」

「それもある。表向きは売る気はねえと言っておきながら、仲間うちで情報交換してるんですよ。あっちがこの値段ならウチはそれ以上じゃねえと売らねえ。そんなのはまだいい方だ。やつら、反対運動に加わった学生連中に畑を耕させて、収穫分はちゃっかり懐に入れもする。まあ、それについちゃ、学生連中が自発的にやってる部分もあるんだからしょうがない面もあるんだけど、百姓にしてみりゃ濡れ手に粟のような話ですよ。労賃はただ。ごねればごねるほど、補償金額はうなぎ登りだ」

朝永は、コップに入れた酒を一息に飲み干すと、続けた。

「そうそう、そう言えば、松木さんの親戚の喜作さんね」

「あの人、土地売ったんですか」

「取得時効が駄目になって気が折れたんでしょうね。あの後暫くして売却に応じてくれましたがね。しかし、あの人も相当なもんですよ」

「何かあったんですか」

「売った土地は、すでに公団のものになってるんですが、耕作は続けてるんです」

「どうしてそんなことできるんです。他人のものになった土地を使い続けることなんてできるんですか」

「購入が済んだところに杭を立てて、これ見よがしに有刺鉄線で囲んだりしようものなら、活動家連中を刺激するだけですからね。仮にやったところで、夜のうちに片っ端から壊されるに決まってますからやるだけ無駄ってことになる。だから土地はそのままにしてあるんですが、それをいいことに何食わぬ顔で今まで通りに……」

「他人の物となった土地で、百姓やってるの」

「それも、土地売却に応じたことが分かれば、反対派からどんな仕返しがあるか分からないから、買収がある程度済むまで、公にしないでくれってんです。だから成田に立て籠っている学生連中が農作業の手伝いをしてる。これがどういうことか分かりますか」

朝永の語気がいよいよ荒くなる。

一郎は、首を振りながら盃に口をつけた。

「濡れ手で粟ですよ。土地の名義は公団。つまり、固定資産税を払うのは私たち。そこで上がる収穫からの収益の所得申告もする必要もない。だから出荷分の代金はまるまる儲けになるってことです」

「だけど、そんなの二年やそこらの話でしょう。用地買収が済んじまえば、終わりでしょう」

「松木さん」朝永は深い溜息を漏らした。「成田の土地買収は簡単には終わりませんよ。へたをすれば、十年、いやことによると二十年かかるかも知れない。百姓は土地の値段を際限なく吊り上げ続ける。誰かが前に売った人間よりも百円でも多くの金をもらえば、次は二百円が基準になる。ごね得ですよ。マスコミの連中は、農民にとっては命より大切な土地を、国が一方的に奪おうとしているという論調で、空港建設を非難するばかりですけど、そんなの嘘っぱちだ。金の欲に目の眩んだ人間が、人よりも一銭でも多く貰う。いかにして有利な条件を引き出すかの駆け引きが裏で行われる修羅場と化してるんですよ」

　土地の取得時効の期限が迫っていた上に、松木幸介に成り代わった自分の身元が、表に立てば明らかになってしまうかもしれないという不安から、早々に売却に応じなければならなかったとは言え、そんな話を聞かされると、素直に公団の申し出に乗ってしまったことが何とも悔しく思えてくる。

「じゃあ、俺ももう少しごねれば、土地が高く売れたってわけか。正直者は馬鹿を見るって、本当なんだな」

　一郎は精一杯の皮肉を込めた。

「そう言わんで下さいよ。松木さんには感謝してるんですから」朝永は、慌てて取りなすように言うと、「その代わりと言っちゃ何ですが、配送基地にする土地ね。何でしたら、私が世話をしてもいいですよ」

　耳元に口を寄せ、ぼそりと呟いた。

「朝永さんが？」

「といっても、直接世話をするのは私じゃありませんよ。横浜の実家の父が、昔から神奈川選出の代議士と懇意にしてるんです。自慢にはなりませんが、私が運輸省に入れたのも、その方の口利きです。市街化調整区域というところは、大抵が田んぼか畑、山林で、所有者は百姓か昔からの大地主です。その分、土地への思い入れが強い。民間の不動産取引の市場にも物件自体がでてくることはない。だから、こうした土地を手に入れるためには、有力者の手助けがどうしても必要になるんです」

言われてみればその通りかもしれないと思った。買ったところで、建物が建てられない、農地以外に使い道のない土地ともなれば、物件自体を探すのは困難であることは目に見えている。

「それに、松木さんがこれからも事業を拡大していくつもりなら、政治家と知り合いになっておくのは決して損にはならないと思いますよ。何しろ運送業も国の認可事業であることには変わりないんですからね。もっとも、付き合いが始まればある程度の支援はしなければならなくなりますがね」

支援が何を意味するか、説明はいらない。金を指していることは容易に想像がつく。

「で、その代議士っていうのは誰です」

「民自党の秋谷敬太郎《あきたにけいたろう》さんですよ。前の内閣では自治大臣をしていた大物です」

「そんな人を紹介していただけるんですか。いや、紹介されたとしても、土地を斡旋する便宜を図ってもらえるものなんですか」

余りにも縁遠い人間の名前を出されて、一郎は腰が引けた。町長、いや町議ですら町の名士がなるものだ。それこそ山間百姓の家に育った一郎にとって、国会議員、それも大臣などという存在はまさに雲上人《うんじょうびと》そのものである。

「そんなに緊張しなくともいいですよ。大臣に紹介するといっても、この程度のことなら直接お目にかかってお願いをするほどのことでもないんです。地元の秘書で充分ことが足ります。

その辺の根回しは、私がきちんとしておきますから」

朝永は、ぽんと一郎の肩を叩くと、半分ほど残ったコップの中の酒を一気に呷り、乾いた声で笑った。

＊

朝永の言葉に嘘はなかった。

四ヵ月後には、横浜の中心部から車で二十分ほどのところにある敷地千五百坪の用地を一郎は手に入れた。それから半年後には、横浜支店を開業、当日配送の地域は東京、神奈川主要都市へと広がった。それに伴って、商売も順調に伸びた。

土地の仲介に当たっては、購入価格であった百五十万円の一割、十五万円を礼金として秋谷の秘書に水引のついた祝儀袋に入れて差し出しただけだった。

二年も経った頃になると、月商は一千五百万円を超え、従業員の数も三十六人となり、大型トラック六台、小型トラック二十三台を数えるまでになった。給料は月額五十万円を取るまでになった。しかし、会社の規模が大きくなればなるほど、新たな投資が必要になり、粗利が増えはしても、拡大する会社の年商との比率からすれば微増に留まる、という根本的な構造上の悩みは一向に改善されないでいた。

変わったものがあるとすれば、一郎の生活である。多喜子との関係はそのままの状態で継続していたが、横浜支店を開業して以来、週に三日はそちらで過すようになったのだ。

「話があるの……」

いつになく、深刻な顔をして多喜子が話しかけてきたのは、正月の宴会が終わった直後のことである。支店を設けて以来、仕事始めの日は初荷の配送が終わると、深川の本社三階の食堂で新年会を執り行うのが慣例となっていた。

気配を察した一郎は、多喜子を伴って二階の事務所に入った。二人きりになっても多喜子は視線を落とし、少し困ったような表情を浮かべたまま何も言わない。

「どうした」

一郎は、自ら話しかけた。

「できたみたいなの……」

多喜子は消え入るような小さな声で漏らした。

「できたって……何が？」

多喜子は黙って自分の腹にそっと手をやった。

「子供……か？」

多喜子はこくりと頷く。

考えてみれば、当たり前の話である。大人の男女が避妊もせずに、体を重ねていれば、いずれは妊娠するのが自然である。最初に関係を持ってから三年。むしろ遅過ぎるくらいである。戸惑い、喜び、希望、不安——あらゆる感情が一気に噴き出してきて胸中を駆け巡る。それ以上に、自分が父親となる実感が湧いて来ない。

「本当か……」

口をついて出たのは月並みな言葉だった。

「去年の暮れに、産婦人科に行ったら、間違いないって……三カ月です」

多喜子は顔を赤らめる。

「何で、こんな大事なことを早く言わないんだ」

怒ったつもりはなかったが、多喜子は潤んだ目を向けると、

「だって、会社が軌道に乗ったっていっても、まだまだ頑張らなきゃならない時じゃない。大事な時に子供ができた。それがあなたの重荷になるんじゃないかと思うと、私、どうしていいか分からなくて……」

大粒の涙を流しながら、切ない言葉を漏らした。華奢な体が震え出す。多喜子の体は細く、腰の回りなどは一郎が抱えると、彼女の背後で交差した両腕の肘を摑めるほどしかない。そこに、自分の種を受けた赤子が、今この瞬間も息衝《いきづ》き、生を受ける日を待っているのだと思うと、多喜子に、そしてまだ見ぬ赤子への狂おしいまでの愛おしさが込み上げてきた。同時に多喜子が自分に寄せる想いの丈が、一郎の胸中に深く染み渡った。

「馬鹿だなあ。そんなことを心配していたのか」

「産んでもいいでしょうか。いや産ませて下さい。事業の邪魔になると言うなら、私一人で育ててもいいんです。父親があなただとは、絶対に喋りませんから」

多喜子は血を吐くような言葉を投げ掛けて来る。

「そんなことできるもんか。第一、お父さんには何て言うんだ。父無《てて》し子を産んだりしたら、家にもいられなくなるだろ」

「ここで働いている間に貯めたお金が僅かだけどあります。手が離れるようになったら、事務の仕事を見つけて……」

「そうじゃないんだよ。お前をそんな不幸な目に遭わせることはできないと言ってるんだ。苦労させるつもりもない。産んでいいんだよ。いや産んでくれ」

「えっ……」

多喜子の目に、新たな涙が浮かんで来る。

「これほどまでに、俺を思ってくれる女を捨てられるか。悪かったな。三年もの間、何も言わずに付いてきてくれたお前をそのままにしておいてさ。本当はもっと早くに、白黒決着をつけなきゃならなかったんだ。お前の好意に甘えるまま、今日まで引きずってきた俺が悪かった」

その言葉に嘘はなかった。考えてみれば、自分に好意を持ってくれた女は多喜子が初めてである。自分に寄せる彼女の想いの丈を聞いているうちに、あの放課後の事件があって以来、唾棄するような視線を向け、どうせお前になど所詮手の届かぬ高嶺の花だと言わんばかりに、無視を決め込む清枝との忌まわしい記憶から解放されて行く実感が、心中を満たすのを感じていた。

多喜子と一緒になることが、美桑でのすべての記憶を忘れさせてくれる。清枝のことも弘明のことも、そして杉下先生のことも……。多喜子と新しい生活を歩むことが、真に松木幸介として生きる人生の再出発となるのだ。

一郎はそう思いながら、多喜子の体を抱きしめると、

「一緒になろう。夫婦になろう」

やさしく囁いた。

＊

多喜子と結婚させて欲しい。

最初に彼女の家を訪ね、そう切り出した時、父の正吉《しょうきち》は口をへの字に結び、腕組みをして天井を仰いだ。拒絶というのではない。込み上げる何かに耐えているような様子だった。代わって喜色満面にして、即座に賛同したのは母のフデである。

「多喜子も二十四だよ。行き遅れって言われても仕方のない娘を社長さんが貰って下さるなんて、ありがたい話じゃないか。断ったりしたらバチが当たるよ」

軍人上がりの職人である正吉は、感情を素直に表すのが下手な性質らしい。涙が浮かんだ顔を見られまいと、一転してその場に手をつくと、

「ふつつか者だが、娘をどうか宜しく頼む」

深々と頭を下げ、肩を震わせた。

だから、それから程なくして多喜子の妊娠が分かった時も、正吉もフデも何一つ非難がましい言葉を吐くことはなかった。しかし、腹が目立つようになってからでは、さすがに世間体が悪いと言いだし、それならばということで、慌ただしくも二ヵ月後に式を執り行うことになった。

昭和四十六年二月二十八日の大安、一郎と多喜子は祝言を挙げた。深川の料理屋の二階の座敷で、金屏風を背に一郎は紋付き袴、多喜子は文金高島田を白の角隠しで覆い、黒の打ち掛けを着た。仲人は秋谷敬太郎の地元秘書を務める、野田正英《のだまさひで》夫妻である。新婦側には、多喜子の両親、兄とその嫁、親族に加えて友人が十人ほど並んだが、一郎側には朝永が来賓として座っただけで、後は三十六人の従業員である。

野田が「高砂や」を唱える中で、二人は三三九度の盃を交わした。塗り膳の上には、小さな鯛の尾頭付きの焼き物が添えられ、部屋は紅白の幕で囲まれた。質素な宴ではあったが、ほとんどが毎日顔を合わせている者たちである。最初のうちこそ、各自の前に置かれた膳の料理を摘み、おとなしく酒を口にしていた面々が、酔いが回るにつれて徳利を片手に歩き回るまでに、幾許の時間もかからなかった。盃もいつの間にか、コップにかわった。

一郎の元にも、多喜子の親族や従業員が次々に現れては、酒を勧める。

「社長、おめでとう。さあ、一杯行きましょう」

すっかり酔いが回り、呂律が怪しくなった小森が徳利を翳した。

「俺は、あんたについてきて本当に良かった。正直、菅谷運送を辞めた時には、そこそこ事業はうまく行くだろう、食うに困るこたあねえ、くらいにしか思っていなかったんだが、まさか三年半余でここまで会社がでかくなるとは思わなかった」

　横浜支店を設けてからは、小森を支店長に据え、給料も七万円に上げてやった。大卒の銀行員の初任給が三万九千円だから、中卒の運転手としては四十路が近いとはいえ、高給の部類に入ると言っていいだろう。

「運が良かっただけだよ。それに皆が力を発揮してくれたからだ」

「運ねえ」小森は意味あり気に下卑た笑いを浮かべると、「それ、多喜ちゃんが持ってきたもんじゃないんですか」

　ぐいと身を乗り出し、耳元で囁く。

「多喜子が」

「知ってたんですよ。俺たち」

「何を」

「社長と多喜ちゃんが、とっくの昔にできてたことを。ああいうことをしてるのは、当の本人たちがいくら気を使っても、気配で分かるもんでしてね。確か、あれは多喜ちゃんが会社に勤めて間もなくの頃だったかなあ」

「馬鹿！　止めねえか。こんなところで……」

　顔が熱くなるのを感じながら、一郎は小森の言葉を慌てて制した。

「多喜ちゃんきっとあげまんなんですよ」

　小森はそんな一郎にお構いなしに続ける。

「あげまん？」

初めて聞く言葉に、一郎は思わず問い返した。

「あそこに運を持ってる女のことですよ。そういう女とやると、そりゃありがたい御利益に与れる。多喜ちゃんはきっとそうなんだ。だって、社長が多喜ちゃんと男女の仲になって以来、事業は順調、会社は大きくなる一方だもの」小森は羨ましげに多喜子の方をちらりと見ると、「俺もあやかりてえもんだ。そんな運気を持った女と夫婦になりてえ」

心底そう思っているのだろう、深い溜息を漏らす。

「だったら、身を固めんのが先だろう。小森さんももう三十の半ばを過ぎてんだ。身を固めるには遅過ぎるくらいだよ。博打になんかうつつを抜かしてねえで、いい女を探しなよ」

「そうだよな。何だか、こんな席に呼ばれっと、俺もしみじみ結婚したくなってきたよ」

「そん時は、俺と多喜子が仲人やってやるよ」

これ以上、話を続けていると、何を喋り始めるか分かったものではない。ちょうど小便を催してきたこともあって、一郎は席を立ち廊下の突き当たりにある便所に向かった。

そこには先客がいた。仲人の野田である。用を済ませ、手を洗っていた野田が一郎を見ると、

「なかなか盛会じゃないか。仲人をやるのは初めてだが、これで女房にも面目が立ったよ。あいつの田舎じゃ仲人をしないで死ぬと、生まれ変わって来た時には蛆虫になるなんて言われてるってんで、前から一度でも仲人をやりたいって煩かったもんでさ」

黒縁眼鏡の中の目を細くし、大口を開けて笑った。

一郎は野田の正確な歳を知らないが、五十は過ぎているだろう。頭髪は豊かだが白いものの方が多い。長年、秋谷の地盤を預かる筆頭秘書をしてきたせいか、あまり感情を表に出さぬ野田が、これほどの笑顔を一郎の前で見せるのは初めてのことだ。

「秋谷先生からも祝電を頂戴して、本当にありがたく思っております」

どうせ、野田が手を回したに決まっているが、一郎は如才なく頭を下げた。

「ねえ、松木君」

秋谷の名前が出たのが引き金になったのか、野田はいつもの冷静な声で言った。眼鏡の中の目が、一郎の背後をちらりと見る。他人に聞かれてはまずいことを話す。そんな気配が伝わってくる。

「こんなところで切り出すには無粋な話なんだが……」

「何でしょう」

一郎は声を潜め、野田の口元に耳を持って行く。

「実はね、君に頼みがあるんだ」野田の口から熟柿のような、甘い臭いが漂ってくる。

「横浜支店の土地なんだが、買い増しをしてくれんかね」

「買い増し……ですか」

意図するところが分からなかった。横浜支店の敷地は千五百坪もある。そのうち実際に使っているのは、三百坪にも満たない。将来の拡張分を考えても、余りにも広過ぎる。それでも、それほどの土地を纏めて購入したのは、土地単価が安かったことに加え、元の地主が売るなら千五百坪を纏めて買って欲しいという条件を提示してきたからだ。だからそれを更に買い増せという野田が何を意図しているのか一郎にはさっぱり見当がつかなかった。

「あの周辺で、三ヵ所ばかり、それぞれ三千坪、都合九千坪を買って欲しいんだよ」

「三ヵ所って……続きの土地じゃなく、分散してですか」

そんなに広大な土地を手に入れても使い道がない。一郎はますます野田の意図するところが分からず問い返した。

「ちょっとしたご祝儀をあげようと思ってね」

妙な話である。祝儀というのは、祝うものが差し出すもので、土地を買って欲しいというのなら、費用はこちらが準備しなければならない。

「九千坪もの土地を買うだけの金なんてありませんよ」

「金は借りればいい。横浜と深川の社有地を担保にすれば、銀行からの融資を取り付けられるようにしておく。もちろん新たに購入する土地も借金を払い終えるまで根抵当を銀行が付けるから、仮に払えなくなったとしても、万が一の時には九千坪の土地が取り上げられるだけだ」

「しかし、深川は別として、横浜支店と新たに購入する土地に担保価値なんてあるんですかね。買えとおっしゃってる九千坪の土地も市街化調整区域なんでしょう。そこに建物を建てられるのはウチのような運送屋が例外的に認められているだけで、他に転用は利かない。つまり無価値に等しいもんじゃないんですか」

「もちろん買うというからには、理由がある」野田はニヤリと笑うと、ぐっと声を潜め、「実は、いまあの地域はそう遠くないうちに地目が第一種住専、住居専用地域に変わるんだ」

　ぼそりと言った。

「えっ？」

「横神鉄道、知ってるよね」

　野田は続けた。横神鉄道は、東京都心から神奈川に路線を持つ私鉄大手である。

「横神の関連会社の横神不動産が大規模な宅地開発を手がけようとしているんだよ。東京の人口は増加の道を辿る一方だ。新たに住み着いた人間が、宅地を求めるにはもはや手が届かないところに来ている。となれば、目が向くのは当然近郊の都市。特に横浜は生活環境、交通の便からしても魅力的な地域だ。市にとっても、人口が増えるのは税収の増加に繋がるから悪い話じゃない。早ければ来年、遅くとも再来年には、市議会で地目変更の議案が可決され、あの地域一帯は第一種住専に変わり、宅地造成が始まる。となればだ――」

「土地の値段は暴騰する」

「そうだ。だから今のうちに、まとまった広さの土地を押さえておくんだよ。開発規模に比べりゃ、九千坪なんて微々たるもんだが、まっさらな土地に整然と区画整備の整った閑静な住宅街を造ろうってんだ。虫食い状態で買収ができない土地が残るのはまずい。おそらく、君が買った土地には色をつけてでも売って欲しいと横神は頼み込んでくる」

「どうしてそんなに美味しい話を、僕にするんです」

「不動産屋をけしかけて、土地を買い漁らせたのでは、後で色々と煩いことになりかねないからね。その点、運送業である君が将来の施設建設用地として市街化調整区域を買ったというのは立派な理由になる。あとは横神が土地を売って欲しいと言って来るまで、君は黙って待っていればいいんだよ。それだけで大金が懐に飛び込んでくる」

「もちろん、条件はあるんでしょうね」

「利益の三割を秋谷にバックして欲しい」

なるほど、そういう理由か。秋谷は事前に都市開発計画を知る立場にある。運送業という市街化調整区域に建物を建てられる特権を持つ、自分の会社を使い、すぐに大化けする土地を二束三文の間に仕込み、転売時に発生する差益を懐に入れようというのだ。

「どうだ。悪い話じゃないだろう」

確かに濡れ手に粟のような話だ。熟柿のような野田の息の中に、金の匂いがした。

一郎は、ニヤリと笑い、野田の目を見詰めながら黙って頷いた。

＊

目覚めはいつも包丁の音とともに訪れた。覚醒する意識の中で、最初に目に映るのは天井からぶら下がった蛍光灯だ。ゆっくりと目を転ずると、隣の布団で寝ていたはずの多喜子の姿はない。台所から湿った空気が流れてくる。炊飯器や味噌汁の鍋から立ち上る湯気である。微かな大気の揺らぎを感ずる度に、一郎は、集団就職で上京して以来、一度たりとも会ってはいない家族のことに思いを馳せるようになっていた。

ここには竈から漂ってくる煙の匂いはない。雨戸の隙間から漏れて来る光の中に舞う埃も見えない。台所には冷蔵庫があり、居間にはテレビもある。美桑での生活に結びつくものは何一つとしてないのだが、誰かが飯の支度をする気配で朝を迎えるのは十二年ぶりのことだった。包丁の刃先が俎板に当たるリズミカルな音や、飯が炊ける匂いは、否応なしに家族の記憶に結びつく。母の姿が、父の顔が脳裏に浮かぶと、一郎は胸の片隅に小さな疼きを感じた。

美桑にいた頃は、親の愛情というものを意識したことはなかったが、我が子を愛おしいと思わぬ親はいないだろう。その子供が遠い東京で焼け死んだ。その知らせを聞いた時の、両親の嘆き、落胆はいかばかりであったろう。東京に出さなければ、我が子は死ぬことなどなかったのだと酷い自責の念に駆られながら、日々を過しているのだろうか。

松木幸介として生きて行くことを選んだことに、後悔はなかった。事業は順調に推移していたし、更なる高みに這い上がる足がかりも摑んだ。おそらく、多喜子と所帯を持つことなく、独身のままでいたならば、こんな気持ちに襲われることはなかったに違いない。しかし、多喜子の腹に宿った子供が無事に産まれて来て欲しい。そうした願いが日を追うごとに強くなるにつれ、一郎は親が子を思う気持ちというものの一端を垣間見たような気がした。

だからと言って、いまさら長沢一郎に戻れるはずもない。二度と生きて親には会えないのだと思うと、胸の疼きは大きくなるばかりである。

一郎は布団をはね上げると、むくりと上半身を起こした。

「起きたの？」気配を察した多喜子が台所から声をかけてくる。「もうすぐご飯の準備ができるからね」

身重の多喜子に布団の上げ下げをさせるわけにはいかない。一郎は寝巻き姿のまま、布団を押入に仕舞い、壁に凭せかけた卓袱台を居間の真ん中に置いた。茶簞笥の上に置かれた時計に目をやると、時刻は午前七時になろうとしていた。台所から目刺しだろう、魚が焼ける匂いが漂ってくる。

一郎は買ったばかりのカラーテレビのスイッチを入れた。ブンという音がし、電源が入る気配がする。真空管が暖まるまでに少しの時間があるので、上に置かれた金魚鉢に餌を入れる。つがいの出目金が餌を食べるのを眺めているうちに、映像がブラウン管に浮かび上がってくる。多喜子と所帯を持ってからの日課をこなし、ニュースに目をやっている間に、卓袱台の上に朝食が並ぶ。柔らかな湯気を立てる銀シャリと味噌汁、それに目刺しを置いた多喜子は、経木《きょうぎ》に包まれた納豆を器の中に入れ、箸でかき混ぜ始める。

多喜子は慎ましい暮らしを望んだ。もっと贅沢をしようと思えばできるのに、「社長夫人なんて言われてもピンと来ないし、貧乏には慣れているから、これで充分幸せ」と言う。だから、所帯を持ってからこの部屋に増えたものといえば、カラーテレビと産まれてくる子供の記録を残しておくつもりで購入した、キヤノンのF―1カメラしかない。腕を上げるために写真雑誌を定期購読するようになったが、いずれも収入に比べれば大した出費ではない。

「お義母さん、確か九時半だったよな」

一郎は味噌汁を啜りながら訊ねた。

「そう。ここへ迎えに来てくれることになってるわ」

「じゃあ、タクシーを呼んでおかなきゃな。朝礼が終わったら電話を入れておくよ」

「そんなタクシーなんてもったいない。バスでいいわよ」

「人形町までは乗り継ぎが大変だ。それに座れなくて、転んだりしたら事だよ。まだ傍目《はため》には、お前が身重だなんてことは分からないからな。席を譲ってくれる人がいるわけじゃないだろうさ」

一郎は白い割烹着の下の多喜子の腹に目をやった。

祝言を挙げて二週間。多喜子は妊娠六カ月に入っていた。幸い悪阻《つわり》は治まっていたし、安定期にも入り、今のところこれといった問題はない。今日は多喜子の母のたっての願いで、安産祈願と岩田帯の入手を兼ねて、人形町の水天宮に出掛けることになっていた。本来ならば、五カ月目に済ませておかなければならない儀式だが、祝言を先にしたために、少し遅くなってしまったのだ。華奢な体つきの多喜子である。裸になれば腹の膨らみは一目瞭然なのだが、服を着てしまうと注意して見ないと分からない。ましてや今日は、和服を着るのだと言うから、腹はますます目立たなくなるに決まっている。

「すいません……。それじゃ、甘えさせていただきます」

多喜子は、手にしていた器を卓袱台の上に置き、膝の上に両手を揃えると頭を下げた。

「止めろよ、そんな他人行儀なことは。安産祈願に行く途中で、子供を駄目にしちまったんじゃ洒落になんねえだろ」一郎は顔の前で手を振り、「それより、安産祈願ってどれくらい時間がかかるんだ」

目刺しを摘み上げながら訊ねた。

「大したことするわけじゃなさそうよ。ご祈禱って言っても、私が神殿に上がって神主さんにお祓いをしてもらうだけだってお母さんが言ってたもん。十分とか二十分とか、せいぜいそんなもんじゃないかしら」

「へえっ、岩田帯を巻いたりとか、儀式めいたことは何もしないんだ」

「帯とお札とお守りを一緒にいただいて帰るだけみたい」

「じゃあ、どうかかっても十二時には終わるな」

「タクシーで行くんですもの。その頃にはここに戻ってるわよ」

「悪いけど、水天宮からは、お義母さんと二人で帰ってくれるか。俺、ちょっと昼から用事があるんだ」

「いいけど、どこへ行くの」

「野田さんと一時に帝国ホテルで会うことになってるんだ。人形町からお堀端までなら歩いて行ったらちょうどだろ」

野田から連絡があったのは、一昨日のことだ。要件は、祝言の席で持ちかけられた横浜の土地購入のことである。宴席の主役が長く座を空けるわけにはいかず、二つ返事で承諾したものの、詳しい話はまだ聞いていない。どうやって九千坪もの土地を買収するのか。買収金額は幾らになるのか。銀行の融資は。野田と顔を突き合わせて話さなければならないことは沢山ある。

「野田さんと、どんなお話」

多喜子が、ようやく箸を取り、味噌汁を啜りながら訊ねてきた。

「まだ結婚式の時の礼を言っていなかったしね。写真も渡さなきゃいけないだろ」

「それなら小森さんに戴いた写真もお渡ししたら。野田さんご夫妻が写ってるのもたくさんあるし。小森さんには、実家の分と一緒に野田さんのも焼き増しをお願いしていたんだけど、ウチの分を渡してしまいましょう。気軽にお会いできる方じゃないんだし」

多喜子は、箸を置くと部屋の隅に置かれた茶箪笥を開け、台紙に貼り付けられた記念写真と、スナップの入った封筒を風呂敷に包む。

大臣経験者の衆議院議員の秘書を務める野田と、気軽に会えないと考えるのも無理のないことだが、これからは長い付き合いになる。おそらくは仕事上の誰よりも頻繁に会うことになるだろうが、今日の面会の本当の目的を知らない多喜子がそう考えるのも無理はない。

「そうだ。せっかく人形町まで行くんだ。お義母さんと一緒に昼を外で済ませたらいい」

「でも……」

「『玉ひで』で鳥鍋でも食べて来たらいいよ。お前は鶏が好物だが、俺は大の苦手だ。しばらく口にしてないだろ。いい機会だよ。うんと栄養をつけてくればいい」

玉ひでは、人形町にあるしゃも料理の老舗《しにせ》だ。菅谷運送にいた時分には、日本橋から歩いて行ける距離だったこともあって、社長の女房の勝子がよく出掛けていた記憶がある。

「有名な店でしょ。いいよ。そんな、もったいない」

「鳥鍋や親子丼の一つや二つ、どうってことないさ。それにお前の栄養は、腹の子供の栄養だ。遠慮することはない」

一郎は優しく微笑みながら言った。

義母のフデは、約束通り九時半にやってきた。八時からの朝礼を終え、運転手が配送に出掛けると、事務所は静かになる。昨日の横浜支店の荷受けの様子を、小森からの電話で報告を受けると、多喜子の代わりに雇った女子事務員に後を任せ、一郎は二人を伴って人形町に出掛けた。

水天宮は安産祈願の妊婦で賑わっていた。ほとんどが、実母、あるいは義母と思しき婦人と妊婦の二人連れで、しかも普段着である。母娘が二人とも和服を着、ましてや亭主が付き添っている姿はどこにも見えない。普通の男なら、場違いなところにやって来てしまったと、身の置き場のない気持ちになろうかというものだが、一郎は違った。平日の昼に、こうして女房の安産祈願にやってこられるのは、誰に気がねせずともよい経営者、一国一城の主の証だと、むしろ誇らしく思えた。

安産祈願のお祓いを受け、岩田帯とお守りを買い、せっかくこの日のために誂《あつら》えた、一張羅の背広を着てきたのだからと、本殿を背景にして記念写真を撮った。

「水天宮様にお参りするまでは、気が気じゃなかったけど、これで一安心だわ」

フデが心底安心したような口調で言い、肩から力を抜いた。

「いやあね。そんなこと言ったら、他の神様に悪いわよ。お母さんが門前仲町の八幡様とお不動様に、毎日お参りしてるの知ってるんだから」

多喜子が幸せそうに目を細める。

「安産と言ったらやっぱり水天宮様だよ。八幡様にはお腹の子供が、どうか無事にお宮参りに来れますようにって、予約をしてたのさ」

「じゃあ、お不動さんは？」

「幸介さんの商売繁盛、開運出世をお願いしてたんだよ。深川のお不動さんは、成田山出世稲荷のご分霊、茶枳尼天《だきにてん》様が祀られてんだからね。ありがたい御利益があるさ。それに成田っていやあ、幸介さんの生まれたとこだろ。ご縁も深い神様だからね」

いかにも信心深いフデらしい言葉だったが、神頼みで運が開け、商売が繁盛するのなら、家業の鉄工所が苦しい経営を強いられはしないだろう。一郎は一瞬、そんな思いに駆られたが、つい今し方、神殿に向かって手を合わせ、多喜子の安産、五体満足な姿で子供が産まれてくることを、真摯な気持ちで祈ったことを思い出し、

「それだけお義母さんが、神様に手を合わせてくれているんだったら、大丈夫ですよ。元気な子供が産まれてきますよ」

フデへの感謝の気持ちを込め、何度も頷きながら言った。

玉ひでの店の前で二人と別れた一郎は、日比谷へと向かった。

下町情緒の残る町並みは、中央通りを境に様相が一変し、ビル街となる。やがてお堀端の先に、昨年全面改築されたばかりの帝国ホテルの威容が見えてくる。

＊

時刻はちょうど一時になろうとしていた。正面玄関からロビーに足を踏み入れると、そこには今まで見たことのない別世界が広がっていた。床に敷き詰められた絨毯。中二階に繋がる広い階段。天井からぶら下がるシャンデリア。何よりも気圧されたのは、そこに集う人々の服装であり醸し出す雰囲気である。背広の質やデザインが、単に時代の先端を行っているというだけではない。立ち居振る舞いのすべてが至極自然で、この豪壮な空間に見事に溶け込んでいるのだ。それは、日頃接している問屋の旦那衆や従業員たちとはまったく異なるもので、別世界の人間そのものだった。ロビーには様々な声が満ちていたが、それにしたところで、日々当たり前に耳にする無遠慮な大声とは違う。無数の小鳥の囀りの重奏。不規則だが、それでいて秩序と優雅さに満ちている。ひどく場違いな場所に来てしまったという思いに駆られる一方で、一郎の中に眠っていた遠い記憶が呼び起こされた。

こんな気持ちになったのは、初めてのことじゃない。前にも同じような思いをしたことがある――。

やがて、一郎の脳裏に久しく思い出すことはなかった男の顔が浮かんできた。

美桑にいた頃、あの豪壮な屋敷を訪ねた時に覚えた圧倒されるような思い。そんな環境を当たり前のこととして自然に振る舞った男。そして、そんな姿を目の当たりにした際に、痛切に感じた二人の間に横たわる埋めようのない格差――。

弘明である。

ロビーに集う人々は、確かに弘明が発していたのと同じ匂いを放っていた。

「松木君、こっちだ」

騒めきの中から自分を呼ぶ声が聞こえ、一郎は我に返った。声の方を見ると、ロビーの奥から野田が手招きをしている。一郎は歩み寄り、

「すいません。お待たせしましたか」

軽く息をつきながら言った。ラウンジで落ち合おうということだったが、そんなものがどこにあるのか皆目見当がつかなかったからだ。

「先に、銀行さんと話があったものでね。十五分ばかり早く来たんだ。大丈夫、時間通りだ。さあ、こっちへ……」

野田はそういうと、整然とソファとテーブルが並べられ、一段低くなった空間に一郎を誘った。その片隅の席に座っていた一人の男が立ち上がる。歳の頃は四十を過ぎたばかりといったところか。ポマードをたっぷりと塗った髪をオールバックに整え、黒縁の丸眼鏡をかけている。レンズの下には細く吊り上がった目があり、小さな瞳が早くも値踏みをするかのように、こち

らの全身を舐め回す。張り出した頬の骨、薄い唇からは冷徹な印象を受ける。

「松木君、紹介するよ。極東信託銀行の笹井《ささい》さんだ」

野田が紹介すると、

「初めまして。笹井でございます」

笹井は慇懃《いんぎん》に頭を下げ、名刺を差し出して来た。

「松木です」

一郎もまた名刺を差し出す。

笹井の名刺には、『極東信託銀行株式会社　不動産信託部　次長　笹井博史《ひろし》』とある。

「極東信託の頭取には、ウチの先生が日頃から随分世話になっていてね。今回の話は、そういったご縁があってのものなんだ。笹井さんは頭取の腹心なんだよ」

一郎がソファに座ると、笹井が続ける。

「お世話になっているのは、ウチの頭取の方ですよ。秋谷先生と頭取は旧制高校、大学と、ボート部でオールを漕いだ仲。そのご縁で公私に亘って深くお付き合いいただいているというわけですからね。そうでなければ秋谷先生のような方と肝胆相照らすお付き合いは叶うものではないと、頭取も以前からおっしゃっていますからね」

旧制高校、大学、ボート部。笹井の口を衝いて出る言葉の悉《ことごと》くが、中卒の身とは無縁の世界のものだ。一郎は何と答えていいものか分からず、曖昧な笑みを浮かべた。

「早々だが、例の土地の件なんだがね」

野田は声を潜めた。誰かに聞かれてはまずいと言うなら、こんな場所を選ばなければいいのにと思い、

「いいんですか。こんな場所で……」

一郎は周囲に視線を走らせながら訊ねた。

「こんな場所だからいいんだよ。内緒の話は、人目のあるところでやった方が、目立たぬものだよ」野田は、それでも相変わらず声を落としたまま、「君に買って貰いたい土地の面積は、前にも言った通り九千坪。購入金額は総額一億四千万円だ」

直截に言った。

「一億四千万円！」

声が掠れた。途方もない大金である。事業は相変わらず順調で、東京、横浜の二カ所から上がる月商は二千万円を超えていたが、粗利は二割程度、ざっと四百万円といったところだ。最近では、衣料問屋の他にも、当日配送の需要があると思われる先に営業をかけているものの、荷物の量が増えればトラックも必要になる。従業員も増やさなければならない。資金の枯渇は、即事業の停滞に繋がる。そこに持ってきて一億四千万円もの借金を背負うのは、無謀である。

「そんなにびっくりするなよ。それが何倍にもなることが分かってるんだ。安い買い物だよ」

野田は、煙草に火を点すと、すうっと薄い煙を吐いた。

「何倍にもなるって……。それは確かな話なんですか」

一郎は訊ねた。

「それは間違いありません」笹井が口を開いた。「実は今回の件は、私共のグループ会社の極東銀行に横神鉄道の関連会社の横神不動産が、大規模住宅地を造成するための資金貸付を打診してきたことに端を発してるんです」

野田は説明を笹井に任せたといったところか、ゆっくりとコーヒーに口をつけた。

「横神は、二年前に多摩中央駅から港北、緑区を貫き、厚木に至るまでの路線延長工事を終えたばかりなんですが、この新路線の開業によって、いままで通勤圏としては不便極まりない地域が俄然注目を浴びるようになったんです。もちろん、需要のないところに鉄道を敷いたりしませんもん。横浜の人口は年を追うごとに増加する一方でしてね。特にこの十年は、毎年十万人単位という凄まじい勢いで激増してるんです。そこで、市街地の乱開発が進むことを見かねた市は、北部地域に約四千ヘクタール、坪に直すと約千二百万坪という大住宅地を開発する計画を立案しましてね。横神の路線延長も、その計画の一環なんです」

途方もない数字がこう続くと、思考が追いついていかない。一郎は啞然としながら、笹井の顔を見詰めた。

「ただ、何しろ用地があまりにも膨大ですからね。計画も当初の予定通りにはなかなか進みません。その一方で、人口増加は予想を遥かに上回る勢いとなってしまった。そこで市は、予定区域を拡張し、新たに民間業者による住宅地開発を行わせる方針を固めたんです」

「もちろん、こうした土地区画事業を実施するとなれば、建設大臣の認可が必要になる。発表する前に、当局から内諾を得ておかなければならない。当然地元選出の代議士、それも力を持っている国会議員の耳にはいち早くその情報が入る」

　野田が口を挟み、笹井の言葉を補足した。

「ちょっと待って下さい。市が当初の予定地以外の部分で、民間による宅地開発を行うってことをどうして横神鉄道は知ってるんですか。国会議員の先生がいち早く知る立場にあるってことは分かりますが、横神は開発業者ですよね。市や国がまだ発表してないのに、資金援助を早くも極東銀行に要請してくるのは変じゃないですか」

　ようやくこの場の雰囲気に慣れて、頭が働き始めたのを感じながら、一郎は直感的に感じたままを口にした。

「それは横神の意向が強く市に働いたからだよ」野田が言った。「今の時代、ましてや首都圏の鉄道建設は簡単なもんじゃない。何十キロにも亘る用地を買収するのに膨大な時間をかけ、その上で莫大な資金を注ぎ込んで線路を敷き駅も造ったんだ。鉄橋、トンネルもね。それがようやく完成しても、周りは山や畑だらけ。住んでる人間よりウサギや狸が多いってんじゃ話にならないだろう？　利用者がなけりゃ、投下した資金の回収はおろか、赤字の垂れ流しってことになる。交通手段は都市開発の要《かなめ》だ。万が一、横神が倒れるようなことにでもなれば、市がその後いくら頑張ったって、今度は都市開発が頓挫の憂き目に遭いかねない。両者の利害が一致した結果だよ」

　野田の言葉が終わったところで、笹井がすかさず説明を続けた。

「新路線沿線には横浜市内だけでも、五つの駅があるんですが、実は一つ増設しようと思えば可能な区間があるんです。今回横神が開発を計画しているのは、まさにその空白区域。おそらく横神は延長工事を行う以前に最初から、いずれその地域にも宅地開発が進むと睨んでいたんでしょう。該当地域の広さは、およそ百ヘクタール。三十一万坪。そのほとんどは、農業地に指定されてるんですが、一部市街化調整区域にかかる部分があるんです」

「君に買って欲しいのは、そこの土地だよ」

後は言わずもがなだとばかりに、野田はニヤリと笑い、煙草をふかした。

なるほど、ここまでのところの経緯は分かった。事実関係の辻褄は合っているようでもある。しかし、それでも疑問は残る。それほどまとまった土地を買いたいと申し出れば、地権者は売却した後の使用目的に関心を抱くはずだ。ましてや都市開発計画の候補地に隣接した地域である。そうやすやすと売却に応じるわけがない。

考えがそこに至ると、一郎の脳裏に成田で空港用地の買収に追われている朝永が漏らした言葉が浮かんできた。

代々受け継いで来た農地を守るという大義名分を掲げる裏で、百姓がどんな動きをしているか。ごねるだけごね、土地の補償金をつり上げようとするのが百姓だと朝永は言った。市の計画規模は、成田空港を遥かに凌ぐ規模だ。おそらく地権者にとってみれば、大金を稼ぐまたとない機会と映るに決まっている。それが分かっていて、みすみす宝の山を他人に売却したりするだろうか。

しかし、確信に満ちた二人の様子を見ていると、この話にはまだ自分が知らぬ絡繰《からく》りが隠されているように思える。ここは素直に疑問を口にしてみることだ。

「確かに市街化調整区域には然程の値はつきませんが、宅地となったら話は別だ。持っていれば値上がりするのが分かっていて、他人に譲渡する人間がいますかね。売買を持ちかけても、応じてくれないんじゃないですか」

「それがあるから、言ってるんだよ」

野田は灰皿に煙草を押し付けながら、笹井に視線をやった。

「信託銀行と言いますのは、企業や個人の資産運用を請け負うところでしてね。特に土地持ち、資産家と言われる方々とは日頃深いお付き合いをしているわけです。当然、懐具合も知っていれば、家の事情も知る立場にある。特に、不動産に関しては、土地に限らず不動産全般の仲介業務もやっております。ですから売却の意向のあるか無いかは、比較的簡単に探ることができるんですよ」

「じゃあ、開発地域の中で、売ってもいいという地権者がいるんですか」

一郎は、信じられないとばかりに訊ねた。

「土地は高く売れればいいというものじゃないんですよ。松木さんは、成田に土地をお持ちで、事業をお始めになった資金は、空港公団に農地を売却したお金を充てられたと聞いておりますが、その際に担当者から税金についての説明はお受けになりましたよね」

「ええ。成田の場合は、五千万円までは所得税が免除されると……」

「成田は特例です。国家事業ですからそうした措置が施されたんです。今回の横浜の場合は、一自治体の事業。通常の売買と全く変わりない税率が適用されます。そこにもってきて地主さんたちには、売却に応じてもいいとおっしゃるだけの事情がありましてね」

「どんな……です？」

「三ヵ所の地主のいずれも、相続が済んでいないんですよ。土地の評価額が上がれば所得税も上がる。当然相続税も上がる。土地は持ってるってだけじゃかえって重荷になるもんでしてね。運用して初めて金を産むものです。現状はなだらかな丘陵の雑木林。その中で地権者たちは養豚場や養鶏場を経営してるんですが、現金はそれほど持っていないんです。だから相続しようにも、土地を売らなきゃ税金が払えない。その分岐点を計算して差し上げたところ、今の時点で売って充分手元に金が残る妥当な線として出てきたのが、都合一億四千万円だったというわけです」

「ということは、横神がその周辺地域を開発する話を地権者は知らないわけですね」

「ええ」

「それじゃまるで、地権者を騙すようなもんじゃないですか。後で事が発覚したら、厄介なことになりませんか」

「そうした心配は無用だと思いますよ」笹井は平然として言った。「実は今回の都市開発計画では、用地を確保するに当たって、収用ではなく換地《かんち》という方法が用いられることになっています。換地というのは事業主体者が予め計画区域内に土地を購入し、住宅地のために収用したい土地と交換することを言います。候補地のほとんどは、農地、山林で農業専用区域に指定されている所です。中には土地を処分するのをきっかけに、農業を止めるという方もいらっしゃいますから、代わりに受け取る土地は必ずしも農業専用区域ということにはなりません。中には住宅地と交換する方もいるでしょうが、いずれの場合においても、目安になるのは土地の大きさではなく価格です。つまり事実上の等価交換なんですね。代替地を貰った後に転売しても、手元に残る金はほとんど変わらないんです。ですから、松木さんが現状価格に多少の色をつけて、土地を買いたいと申し出れば、地主にとってはむしろありがたいことでこそあれ、後で地目が宅地に変更されたとしても文句なんかでるわけがないんです」

「なるほど……。しかし、土地を買ったはいいが、買収じゃなくて換地してくれと言われたらどうなるんでしょう。まさかただの土地持ちになって終わりってことはないでしょうね」

「農業ならどこでもやれるでしょうし、住居をと望まれたらもっと住環境の良い場所との交換をしてやることもできるでしょうけど、運送会社が事業でお使いになる土地、しかも九千坪もの広さとなると、条件を満たして差し上げるのは容易なことじゃないでしょうね」

笹井は、意味ありげな含み笑いをする。もちろん、言わんとすることはすぐに分かったが、一郎の中に芽生えた疑念はますます膨れ上がる。

「野田さん。もう一つ伺っていいですか」

「何なりと」

野田は、冷めかけたコーヒーを啜りながら言った。

「どうして、こんなにうまい話を僕に持ちかけるんです。いや、野田さんを疑っているわけじゃないんですよ。ただ、儲かることが確実ならば、僕じゃなくても、他に乗ってくる人間は幾らでもいるでしょう。市街化調整区域にものを建てられるのを例外的に認められているのが運送業者だって言うなら、もっと規模も大きければ、資金力もある企業がたくさんあるじゃないですか。どうして僕なんです？」

聞けば聞くほど、魅力的な話だったが、まだ何か裏がある。それが分かるまで迂闊に返事はできない。一郎は訊ねた。

「図体のでかい会社というのは、融通が利かないものでね。君に話した当初の条件、売却利益の三割をウチにバックしてもらうなんてことは無理な相談だ。社長とはいえ、組織のルールってものには従わなければならんからね。その点、君の会社は話が別だ。松木君の個人経営の会社だし、事業も順調に伸びていて、用地を取得するだけの動機もある」

「金融機関からの借入金がまったくないというのも魅力です」笹井がすかさず口を挟んだ。

「年商二億五千万円、しかも社有施設はすべて社長の個人資産。事業も順調に伸びている。こんな会社はそうあるもんじゃありません。我々の目から見ても、充分な優良融資先です」

「極東信託はどこで儲けるんです」

「松木さんが用地を購入した際に、売買価格の三％、今回の場合四百二十万円を不動産売買仲介手数料として、私共に支払っていただきます。それから一億四千万円をすべて融資させていただくとして、それにかかる金利が年七％。元利均等返済三十年で、月九十四万円をお支払いいただく……」

地主との交渉、売買手続きの一切までもを、極東信託がやってくれるのなら安い出費と言えるだろうが、問題は入手した土地がいつの時点で売れるかだ。目論みが狂って転売が実現しなければ、無用の土地を抱えたまま延々と金利だけを払い続けなければならない。月に九十四万円といえば、今の時点で純益の半分に相当する額だ。確かに事業は順調に伸びているとは言っても、会社にとっては大きな負担である。

「で、もし僕がその土地を購入したとして、横神はいつの時点で用地買収に動くんです？　動いたとして本当に買いたいと申し出て来るんでしょうね」

一郎は訊ねた。

「関係当局との調整はこれからだが、早ければ一年、遅くとも二年のうちには、大臣の認可が下りるはずだ。それから横神だが、君に購入してもらいたい土地は、新たに駅を建設しようと計画しているところから、二百メートルと離れていないところに点在してる。そんなところが虫食い状態になったら、奇麗な街なんかできやしないだろう。都市計画を根本的に見直さなきゃならなくなる。肝心の住宅の売り上げにも影響が出かねない。その点は絶対に大丈夫だ」

野田は言葉に力を込めて、断言した。

「いったい、それで土地は幾らになるんでしょうね。どれほどの儲けになるもんなんですか」

「そこは君の頑張り次第だな。倍になるのか、三倍になるのか、それ以上になるのか……まあ、いずれにしても巨額の金が懐に入ってくることは間違いない」

うますぎる話だという思いは、ここに至っても拭い去ることができない。しかし、やりようによって、莫大な金を産むのが土地、それも大規模開発にまつわるものであることは、成田で身をもって経験していることだ。

交渉次第で何倍にもなる——。

野田がたった今発した言葉が、脳裏から離れない。交渉を引き延ばした百姓が、駒井野の土地を売却したのとは比較にならない大金を手にした話からすれば、満更それも絵空事ではないように思えてくる。倍で、二億八千万。三倍ならば四億二千万——。三年前に起きた三億円事件では、東芝府中工場の全従業員のボーナスでさえ総額三億円に満たなかったことを考えれば、途方もない大金である。

今度はうまくやることだ。成田で損をした分を取り返す絶好の機会だ。野田や笹井が何を企んでいるのかは分からないが、儲けのすべてを持って行くというわけでもあるまい。ここは素直に乗ってみることだ。

一郎は、初めて笑みを浮かべると、

「分かりました。その土地、私が買います」

野田の瞳をじっと見詰めた。

彼の背後には、ロビーを行き交う人々の姿がある。ここに足を踏み入れた時に感じた違和感は、不思議なことになくなっていた。むしろ、人の群れに何年か後の自分の姿を見た思いがして、一郎は自然と頬の肉が緩むのを感じた。

*

笹井の言葉に嘘はなかった。

元より現有している深川と横浜の土地社屋に加え、新たに取得する九千坪の土地を担保にするのだ。しかも近いうちに暴騰すると分かっている土地をだ。笹井の力か、あるいは頭取の意向が働いたのかは分からないが、融資は驚くほどあっさりと実行され、七月半ば、九千坪の土地は一郎のものになった。

多喜子が陣痛を訴えたのは、それから数日後の七月十五日のことである。

事務所の机の上の電話が鳴った。多喜子は出産のために、半月前から実家に戻っていた。

「幸介さん、陣痛が来ました。これから多喜子をタクシーで病院に運びます」

受話器に荒い息を吹きかけながら、フデが告げた。病院は実家のすぐ近くにある総合病院で、ここから車で十分ほどのところにある。

「えっ！　始まった。すぐに行きます」

一郎は受話器を置くと、「今日はこのまま帰らない。宜しく頼む」と事務員に言い残し、階段を駆け降りた。通りに出たところでタクシーを拾い、病院の場所を告げた。タクシーの後部座席から、流れる街並みを眺めていると、脳裏に九歳の時に、母が五郎を産んだ時の光景が浮かんだ。

あれは、秋も随分深まってきた日の夜明け近くのことだ。慌ただしい物音で眠りを破られ、目を擦りながら階段を降りると、祖父が竈にかけた大釜で大量の湯を沸かしていた。

「爺ちゃん、なじょしたの」

いつもなら、飯の炊ける匂いが漂っているところである。祖父の顔がいつになく強ばっているところも違う。思わず訊ねた一郎に、

「産まれるんだ。母ちゃんが子供を産むんだ」

祖父は、振り返り様に言った。いつも祖父母が寝床に使っている居間の奥にある座敷から、微かな呻き声が聞こえた。それがあまりに苦しげで、母の様子が気になってその場に立ち尽くしていると、

「一郎、いいがら、上さ行ってろ。呼ばれるまで、下さ降りでくんでねえ」

祖父が少し苛立った声を上げた。

「お湯こはまだすか。産婆さんが、早ぐって」

祖母の声が聞こえて来た。

「今持っていぐ」

祖父は、大釜の中から柄杓で湯を掬うと、ブリキの盥《たらい》の中に注ぎ始めた。もうもうと上がる湯気の中に、朧に浮かぶ祖父の必死な顔を見ていると、一郎はそこはかとない恐怖を覚え、再び二階に取って返した。雨戸が閉ざされた闇の中に、薄明かりが漏れていた。板の隙間、節の穴と形は様々だったが、階下から聞こえてくる母の呻き声を耳にすると、得体の知れぬ化け物

に見詰められているような気がして、恐怖は増すばかりである。三人の弟たちは、深い眠りについている。一郎は頭から布団に潜り息を潜めた。母の呻きは止む気配がない。やがてそれに絶叫が混じった――。

どれくらいそうしていたのだろう。やがて階下から大きな泣き声が聞こえ、一郎は布団から顔を覗かせた。呻き声はもはや聞こえて来なかった。ぴんと張りつめていた階下の気配が和らいでいるのが分かった。

一郎は布団を抜け出すと、再び階段を降りた。台所には誰もおらず、居間の方から大人たちが和やかに談笑する声がした。

「一郎、産まれたぞ。弟だ」

「いっちゃん、まだ兄ちゃんになったね」

父に次いで、和服に襷を掛けた産婆が、深い皺の中に埋もれそうに目を細めて声をかけてきた。

「もう行ってもいいのすか？」

母の様子が気になった。

「行ってやらい。母ちゃん頑張ったもの」

産婆に促されて、奥の座敷に入った。祖父母が満面の笑みを向けて来る。

母は布団を掛けられて横になっていた。枕元に歩み寄ると、少し窶れた母がうっすらと目を開け、つい今し方まで凄まじいばかりの叫び声を上げていたのが嘘のように、大事をなしとげた満足感を感じさせる優しい笑みを浮かべて、産まれたばかりの五郎を見ていた――。

こうして、多喜子が出産を迎える段になってみると、あの時、家の中を満たした温かい空気は、新しい家族を迎えた喜びのせいばかりではなかったような気がする。母の呻きと叫び。強ばった祖父の顔——。新しい命の誕生は、常に死と隣り合わせにあるもので、母がその難事を無事に乗り越えた喜びもあったに違いない。そこに思いが至ると、一郎は多喜子が女にとって最大の難事であろう出産を無事に成し遂げることを願わずにはいられなかった。

病院に駆け込むと、産婦人科の待合室にフデがいた。

「どうです、様子は」

「さっき入ったばかりだからねえ。破水もしてないから、まだかかると思うよ」

フデは、分娩室と書かれた木札が掲げられているドアの方を見ながら言った。多喜子の華奢な体が軋みを上げているのだと思うと、気が気ではいられなくなる。

「大丈夫なんでしょうね。医者の腕は確かなんでしょうね」

「孫は全部、ここで取り上げてもらってるんだもの」

嫁の出産に何度も立ち会っているせいか、フデは落ち着いているようだったが、実の娘となるとやはり不安があるのか、自らに言い聞かせるような口ぶりである。

「安産だといいんだが」

「大丈夫、水天宮様が守って下さるよ。二人目からは女も産み方を覚えるからね。ずっと楽になるもんなんだけど、初産は時間がかかって当たり前だからねえ……。すぐにってわけにはいかないだろうけど……」

「時間がかかるって……どれくらいかかるもんなんですか」

「人それぞれだからねえ……」フデは小首を傾げると、「陣痛が止むってこともあるし。一日二日かかることだってある」

「一日二日？」

声が裏返った。そう聞くと、母が五郎を産むのに要した時間は、かなり短かった気がする。なのに、あの苦しみ、窶れようだ。しかも日頃農作業に励んでいたせいで、母の体は頑健だった。見るからに華奢で、病弱な多喜子が果たして長い産みの苦しみに耐えられるのかと不安になってくる。

「昔と違って、今はあまり陣痛が長引くようだと、さっさと帝王切開しちゃうからねえ。次のことを考えると、切らないでやるに越したことはないんだけどねえ」

次のことより、今のことだ。一郎の胸中はますます穏やかではない。

フデは、そんな一郎に気づく様子もなく続けた。

「でもさあ、あの娘も幸介さんと結婚してからは、随分丈夫になったよ。昔はすぐ熱を出したりしたしねえ。勤めに出たらすぐに大病を患ったりしたことを考えると、嘘のようだよ」

「確かに、一緒に住むようになってからは、多喜子が体の不調を口にしたことはありませんね」

「お腹の子供が元気を与えてくれたんだよ。丈夫な赤ちゃんなんだよ」

フデは何度も頷きながら言った。

しかし、子供はなかなか産まれてくる気配がない。窓の外の日が陰り、闇に閉ざされた待合室の中が、白々とした蛍光灯の光に包まれてもなお、進展はなかった。

　時折、他の妊婦の診察の合間を縫って、老齢の医師が分娩室を覗くのだが、「まだですね」と、素っ気なく言うだけである。ようやく、破水があったと知らされたのは、午後十一時を回った頃のことだった。分娩室のドアが開く度に、多喜子の呻き声が聞こえてくる。いよいよ産まれて来る時が近いらしい。一郎は、じっとしていられずに廊下を行ったり来たりする。フデは、水天宮のお守りを手に、神頼みを始める。

　大きな変化があったのは、日にちが変わってすぐの頃だ。突然、分娩室のドアが開いたかと思うと、白衣を着た看護婦が飛び出して来た。顔からは血の気が引き、目が吊り上がっている。何かがあったことは一目瞭然だった。看護婦は、ばたばたと廊下を走ると、診察室に駆け込んだ。

「先生、子癇《しかん》です」

　看護婦の金切り声が聞こえてくる。

　出産目前の多喜子をそのままにして帰ることができなかった医師が、当直の看護婦を引き連れ分娩室に入る。フデが声にならない悲鳴を上げた。

「何です。何が起きたんです」

　一郎はフデに問い掛けた。

「そんな……子癇なんて……」

　フデは、恐怖におののいた顔で、立ち上がった。

「しかんって何です。お義母さん、教えて下さい」

一郎は、フデの両腕を摑み、揺さぶった。しかし、フデは言葉を返さない。とてつもなく悪い事が起きている。それも多喜子か、腹の中の子供かは分からぬが、命にかかわるようなことに違いない。

状況が知りたかった。多喜子の姿を見たいと思った。いてもたってもいられなかった。

次の瞬間、一郎はたった今閉じられたばかりの分娩室に飛び込んでいた。

寒々とした部屋だった。リノリウムの床、壁面は腰の高さまで、白いタイルが張られている。その中央に置かれたベッドの上に、多喜子がいた。膨らんだ腹を天井に向けて突き出し、剝き出しになった陰部の淡い繁みを露にしながら体を弓なりにしている。顔面は不気味なほどの紫色である。呼吸が止まっているようだ。

「鎮静剤！　早く！　口に何か嚙ませて。体を横向きにしろ。気道を確保するんだ！」

医師が次々に看護婦に指示を出す。

一郎はその場に固まった。多喜子が死んでしまうと思った。真っ黒な闇が、足元から湧き上がり体から熱を奪って行く。死に神の姿がそこに見えるようだった。

「先生！　多喜子は大丈夫なんですか！　死んだりしないでしょうね」

医師が鎮静剤を打とうとするのだが、今度は多喜子の体が震え出して思うようにいかない。口から泡が飛び、白目を剝く。

医師は一郎の問い掛けを無視した。看護婦が二人がかりで多喜子を押さえつけ、ようやく腕に針が刺さる。注射器の中の透明な液体が体内に吸い込まれて行く。医師の目がこちらに向く。

ないのだ。

「出ていなさい！　出ていろ！　邪魔だ！」

鋭い一喝だった。邪魔と言われては、留まることはできない。もはや医師に任せるしか術は
　一郎は多喜子の姿に目をやったまま、後ずさりしながら分娩室を出た――。

医師が分娩室から出てきたのは、それから二時間ばかり経った後のことだった。

老いた顔には、疲労の色が濃く表れていた。肩を落とし、足取りも頼りない。

「残念です……。たった今お亡くなりになりました……」

医師が唸るように言う。

　フデの口から悲鳴が漏れた。

「亡くなったって……多喜子がですか？」

　一郎の問い掛けに、医師が視線を落とし、頷く。

「何で？　何がどうなったら多喜子が死ぬんだ」

「子癇です……」

　子癇がどういうものであるかは、この間にフデからあらかたの説明は受けていたが、俄に納
得がいくものではない。激しく迫った一郎に、

「妊婦に表れる症状としては、もっとも恐ろしいもので、原因は分かっていません。妊娠中に
中毒症状があれば、まだ対処のしようがあったのですが、奥さんの場合は少し蛋白値が高い程
度で、それらしい症状がなかったんです。発作が治まってから、すぐに帝王切開で赤ちゃんは

分娩させましたが、その後すぐに再度の発作が起きて、出血が止まらなくなってしまったところに、不整脈を併発しまして……」

医師は重々しい口調で言った。

「帝王切開？　じゃあ子供は？」

「男のお子さんを取り上げたのですが……」医師はますます口を重くする。「へその緒が首に巻き付いていて、仮死状態で産まれたんです。今、保育器に入れて酸素吸入を行っておりますが、まだ泣き声を上げないんです」

「生きているんですね。それでも心臓は動いてるんですよね」

一郎は縋る思いで訊ねた。多喜子が死んだことが、現実として受け入れられないこともあったが、多喜子の命と引き換えに産まれた子供だ。どんなことがあっても死なせるわけにはいかないと思う気持ちが、猛然と込み上げてくる。

「できるだけの処置は施しましたが、はっきり申し上げて、ここ数日が山になります。助かったとしても、後遺症が残る可能性が……」

医師は心底気の毒そうに言うと、一郎とフデを分娩室に誘《いざな》った。

数時間前に多喜子が乗せられていた寝台には、人形《ひとがた》に膨らんだ白い布が被せられていた。傍らに置かれた保育器の中に、チューブに繋がれた小さな赤子がいた。握り飯のような尖った頭。まだ乾いてはいない柔らかな髪の毛が、頭にへばりついている。自発呼吸はあるらしいのだが、深い眠りについたまま、微動だにしない。小さく柔らかな指が母親を求めているかのように半分開いている。腹には多喜子と結ばれていたへその緒の名残があり、その下には小さなペニスが息づいている。

これが俺の子か――。俺と多喜子の子か――。

愛おしさが込み上げてくる。切なくなってくる。胸が締めつけられそうに熱くなる。込み上げる感情がやがて目頭にじわりとした痛みとなって表れる。

しかし、泣き声を上げることのできない我が子を前にして、父親たる自分が涙を見せることはできないと思い、一郎は必死に堪え、多喜子の横たわる寝台に歩み寄った。白い布を静かに捲った。多喜子の顔が現れる。静かな死に顔だった。数時間前に見た、凄まじいまでの苦痛に満ちた表情は微塵もなかった。元々色白な顔立ちは、生前とあまり変わりはない。少し、疲れて寝ている――。そんな印象を受ける。ただ乱れた髪が、苦痛に満ちた最期と、我が子を生きてその胸に抱くことのできない無念さを訴えているようだった。

一郎は、そっと多喜子の髪を撫でてやる。縺れた毛髪が、指に絡みつく。額に手をやると、まだ体温が残っている。この目で俺を見、この鼻で俺の匂いを嗅ぎ、この唇で俺を吸った――。

僅か五ヵ月にも満たない結婚生活だった。新婚旅行にも行かず、何の贅沢もさせてやれなかった。横浜の土地が思惑通りに売れれば、どんな物でも望むままに買ってやれたろう。世界のどこでも、旅をさせてやれたろう。実家の事業の支援もできたろう。豪勢な家を建て、親子で生活することもできたはずだ。莫大な富を摑むことを目前にして、なぜ、子供と俺を置いて、先に逝った……。

多喜子を撫でながら、一郎は問い掛けた。

背後で、フデの嗚咽が漏れた。

「タキちゃん……タキちゃん――」

フデは、何度も娘の名前を呼びながら、遺体に縋りつき体を震わせた。

一郎は、再び保育器の中の子供に目をやると、この世に生を受けてきた証として、名前を授けてやらねばならないと思った。

多喜子の遺体は明け方近くになって、自宅に運ばれた。

二人で暮らした八畳間に、多喜子の布団を敷き、そこに亡骸《なきがら》を横たえた。知らせを聞いた三階の寮から、従業員たちが駆けつけ、枕元に置いた小さな焼香台に線香を上げた。

ほとんどが多喜子がここへ勤めた頃から見知った仲である。誰もが涙を流し、深々と頭を垂れた。義父、義兄、義姉が一旦家に帰ったフデと共に現れ、葬儀の手配を始めた。

一郎は、その場で産まれた子供の名前を、『喜郎《よしろう》』とすることを告げた。

「多喜子の子供です。一字もらって喜郎とします」

本当は、自分の名前からも字を取った。幸介を名乗っているのだから、『喜介』、あるいは『喜幸』なのだろうが、これぱかりはそうはいかない。フデも、義父も反対はしなかった。

平日の葬儀は無理だということもあって、翌々日の日曜日を葬式とすることにした。葬儀屋が遺影用の写真をと言うので、直近に撮ったものを選んだ。結婚して間もなく、水天宮にお参りした際に撮ったものである。本殿を背後にして、もらったばかりの岩田帯を大事そうに胸に抱く多喜子の姿を見ると、安産を祈願しに行った写真が遺影となるとは、神などどこにいるのかという気になった。昼からは、小森や野田、笹井までもが焼香に訪れた。通夜の手配、打ち合わせがあるので、一郎は自宅を離れられなく、子供の様子を見る役割をフデが担った。

そのフデから電話があったのは、通夜を行うために、多喜子の亡骸を葬儀場に送り出そうとした直前のことである。礼服に着替え、霊柩車に乗り込もうとしたその時、二階から事務員が駆け降りて来るなり、

「社長、お義母さんからお電話です」

声を掛けてきた。嫌な予感がした。電話に出れば、最も知らされたくないことを告げられる。そんな気がしてならなかった。重い足取りで、階段を上り、受話器を耳に押し当てた。

「幸介さん……赤ちゃんがね、さっき……」

「喜郎が……死んだんですか……」

「やっぱり、駄目だった……」

フデが声を詰まらせる。

医師から告げられていたとはいえ、たった一日の命である。多喜子に続いて喜郎である。何というむごい仕打ち。神や仏がいるのなら、なぜこれほどの不幸を自分に与えるのか。大切なものを、どうして続けざまに奪っていくのか。いや、むしろ喜郎に関しては、多喜子の代わりに授かったと思っただけに、失った傷は深い。どうせなら、一思いに多喜子と一緒に命を奪ってくれれば、悲しみも一度で済んだろうに……。

一郎は神を呪う一方で、遠い昔に杉下を埋めたこと、幸介に成り代わり一郎を捨てたことへの神罰が今下ったのではないかという思いに駆られた。

清枝は父がいなくなったことに、さぞや落胆し、絶望したことだろう。自分の実の親にしたところで同じだろう。ましてや両親の元に帰って来たのは、本人かどうか分からぬ焼死体である。自分が行った悪事への罰が当たったのだ。神は、かけがえのない家族を持つこの時まで、満を持して待っていたのだ。多喜子を奪ったのは、杉下を埋めたことへの罰。喜郎を奪ったのは両親に不孝を働いたことへの罰だ。

神の怒りの鉄槌が、今我が身に振り下ろされたのだと思うと、一郎は果てのない絶望感に襲われた。

葬儀は予定通り日曜日に行われた。白菊が飾られた祭壇に置かれたのは、多喜子の写真だけで、喜郎のものはなかった。二人の位牌の前には、大小二つの棺が置かれ、それが人々の涙を誘った。

棺に釘を打ちつける時がきて、一郎は最後に二人の棺に一輪ずつ白菊を手向《たむ》けてやった。多喜子の顔を撫で、喜郎を抱き上げ頬ずりをしてやった。腕の中に収まるというよりは、掌に少し余るといった程度の大きさしかない小さな、小さな体だった。冷たい肌の感触が痛々しい。一度も生きて親の手に抱かれず、ただの一度も母の乳を吸うこともできなかった喜郎が不憫でならなかった。

火葬は葬儀に引き続いて行われた。窯の蓋が開くと、そこにもう二人の姿はなくなっていた。

多喜子の体は、乾いた骨となった。喜郎はほとんどが白い灰となり、薄く、小さく真っ白な頭蓋骨の欠片がからりと残っただけだ。壊れたセルロイドの欠片のような、それを箸で摘むと、かさっと羽虫の鳴くような小さな音を立てた。

喜郎が泣いている――。

一郎は初めて大声を上げて泣いた。

*

それからは酷い日が続いた。

ある程度の事業基盤と組織ができあがってしまえばすぐに駄目になるものではないのが会社というものだ。一郎が失意のどん底に陥ったとしても、売り上げが落ちるわけでもない。ただ、営業活動の先頭に立つ気力が失せてしまったせいで、東京の成績は自然増だけ。伸び率は、多喜子の死を境に急激に鈍った。

一郎は、生き甲斐、やり甲斐というものを完全に失っていた。不思議なものだと思った。一人でいた頃には、事業が順調に伸び、金が転がりこんでくるのが楽しくてしょうがなかった。金を儲けるのが人生最大の目的で、それ以外のことに興味を覚えなかった。しかし、一度家族というものの味を知ってしまった今となっては、何のために稼ぐのか、莫大な富があって、どうなるのかという思いさえ抱くようになった。

毎日が空しかった。寂しかった。事務所から戻り、多喜子と暮らした部屋に戻って来る度に、胸が締めつけられた。気を紛らわすために酒を呷り、そのまま敷きっぱなしにした布団に横になる。気がつくと朝になっていて、最初に目に映るものは天井からぶら下がった蛍光灯。そこまではかつての光景と同じなのだが、台所からは何の物音も聞こえなければ、匂いも漂ってはこない。それがまた一郎の寂寥感《せきりょうかん》に拍車をかけた。

不幸が続くような気がした。また神罰が下ると思った。次に来るのは何かを考えると、考えが行き着く先は一つしかない。横浜に購入した土地である。

果たして、野田が言ったように、横神鉄道はあの土地を欲しいと言って来るのだろうか。もし、そうでなければ、毎月九十四万円の支払いは、確実に会社の体力を奪って行く。年に千百二十八万円。三十年塩漬けになれば、およそ三億四千万円。途方もない金だ。神様は多喜子を奪い、喜郎を奪っただけではなく、金までも取り上げようとしているのではあるまいか。いや、そうに違いない。人生が開けたと思わせ、金の蜜の味を知ったところで、どん底に突き落とす。知らねば知らぬで済むことを、あえて知らしめ、すべてを取り上げる。考えてみれば、これほど重い罰はない。

三月、四月と時が流れるほどに、一郎はそう確信するようになった。神という見えない存在、自分ではどうすることもできない影に怯えていた。

事態が好転の兆しを見せたのは、多喜子と喜郎の一周忌が終わって、一週間ばかりが経った頃のことである。多喜子の通夜以来、音沙汰のなかった野田から電話が入った。

「松木君、例の横浜の土地だがね」

不吉な予感に駆られ、思わず身構えた一郎の耳に、予想だにしなかった言葉が聞こえた。

「建設大臣が土地区画整理事業の認可を下ろすことが決定したよ。近いうちに横神は動き出すよ。君の土地が欲しいと言ってね。この一年、君も安くない金利を支払ってきたんだ。精々頑張って高く売りつけることだね。うまくやりたまえよ。投資した金をどれだけ増やせるかは君次第だ。お手並み拝見といこうじゃないか」

短い電話だったが、野田のこの一言が、絶望感に打ちのめされた一郎の心に小さな希望の灯を点した。

本当に野田の言う通りになるのなら、俺にはまだ運が残っているということだ。神も多喜子と喜郎を取り上げはしたが、金までは取り上げようとしてはいなかったのかもしれない。いや、金のために生きよ。悪党なら悪党らしく、最後まで振る舞え。そう言っているのではないか。

考えがそこに至ると、久しく忘れていた金への欲が頭を擡げてきた。この話をものにできれば、自分にはまだ運がある。先は残されている、と思った。

一郎はその日を境に、酒を止めた。

横神からの電話を受けたのは、それから一週間ばかり後のことである。

「松木運輸です」事務員がいつもの口調で電話を取ると、「社長ですか？　おりますが。少々お待ち下さい」

受話器を差し出してきた。

「松木です……」

「初めてお電話を差し上げます。私、横神不動産の宮武《みやたけ》と申します」

「横神不動産さん……私にどんなご用でしょうか」

きた……と思いながら、一郎は受話器を握り直した。

「実は、松木運輸さんが所有していらっしゃる、横浜の土地のことなんですがね。折り入ってご相談申し上げたいことがあるんです。大変勝手なお願いですが、近々お目にかかることはできませんでしょうか」

「横浜の土地と言いますと、港北の事業用地のことですか？」

一郎は、あえて事業用地と言い、使う目的があるのだというニュアンスを漂わせた。

「そうです」

「あそこには三カ所土地を持っておりますが、どこの話ですかね」

「詳しいことは、お目にかかってからというわけにはまいりませんでしょうか。少しばかり込み入った話になりそうなものですから……」

宮武は、丁重に言った。

「まあ、横神さんほどの大企業にそう言われると、ウチのような中小企業が断るわけには行きませんものね。いいでしょう。お会いしましょう。時間と場所はそちらにお任せしますよ。私の方は自由が利きますから」

「それでは明日会社の方に伺うということでは、いかがでしょう」

「改まってお話ということなら、何か大事なことなんでしょう。ウチは社長室や応接室といった気の利いたものがありませんでね。事務所に毛が生えた程度のものです。外の方がいいんじゃないですか」

「そうですね……それではどこがよろしいでしょうか。社長がご指定下さるところへ出向きますが」

「じゃあ、帝国ホテル一階のラウンジで、二時というのはいかがですか」

「分かりました、結構です。私共は二人で参ります。横神不動産の緑色の書類袋を持っておりますので、すぐに分かるかと……」

「じゃあ、明日二時に」

翌日、一郎は帝国ホテルに出掛けた。ここに足を踏み入れるのは二度目で、勝手は分かっている。相変わらずロビーに人の姿は絶えず、洗練された服を着た人々で賑わっている。

予定の時間より十五分早く着いた一郎は、コーヒーを飲みながら、悠然と煙草を銜えた。ネクタイを締めるのは、多喜子と喜郎の一周忌以来のことだが、冷房が効いていることもあって苦にはならない。

やがて約束の時間より五分ばかり早く、ロビーからラウンジを見渡す二人の男の姿が目に入った。一人は緑色の書類袋を持っている。

一郎は立ち上がり、二人に視線をやった。それを見つけた二人が、歩み寄ってくる。

「松木さん……でいらっしゃいますか」

額から頭頂部にかけてがすっかり禿げ上がった中年の男が言った。どうやら、こちらが宮武らしい。

「ええ」

「本日はお忙しいところ、お時間を拝借いたしまして恐縮です。横神不動産の宮武でございます」

差し出された名刺を見ると、『横神不動産　用地部　課長　宮武昭治《しょうじ》』とある。

「上谷《かみや》でございます」

宮武よりも少し年嵩の男が名乗った。こちらの名刺には『横神不動産　港北台住宅事業部部長　上谷芳男《よしお》』と記されている。

「で、ウチが所有している土地についてのお話とは何でしょう」

挨拶を終えたところで、一郎は切り出した。

「実は、松木さんが土地を所有していらっしゃる地域一帯に、大規模住宅団地を建設する計画が持ち上がりましてね」

宮武が額に浮かんだ汗を拭きながら言った。

「住宅団地？　それは初耳ですね。港北地区に横浜市が住宅団地を建設する計画を持っていることは知ってましたけど、ウチが土地を買った場所は、そこから外れていたんじゃありませんでしたっけ。第一、あそこの用途地域は市街化調整区域でしょう。そんな場所に住宅は建てられないんじゃないですか」

「それが市の計画が変更になったんです。何しろ、このところの横浜の人口増は、計画当初を大幅に上回る勢いで進んでおりまして、開発地域を拡大することになったんです」

「松木さんがお持ちの土地のある地域は、私共の関連会社である横神鉄道の線路沿いにありますからね。駅を一つ設置すると都心には、極めて足の便がいい、住宅地となります。そこで、当初計画を拡張するならば、あの地域しかないということになりまして……」

宮武の言葉を継いで、上谷が言った。

「確か、港北の開発は、住宅公団が三分の二、民間の開発業者が三分の一を請け負うという形で進めることになっていたと思いますが、新たに造成する団地は横神さんのような民間が主体となって開発するんですか？」

「そうです」

「住宅公団ではなく？」

「それには理由がありましてね」宮武がすかさず答える。「換地の問題です」

「換地？」

言葉の意味は、先に笹井から聞いて知っていたが、一郎は初めて耳にするふりを装って、訊ね返した。

「土地を交換するということです。今回の住宅地開発計画では、土地価格の暴騰を抑える、農業を保護するという二つの観点から、用地買収を収用という形ではなく、換地によって行うという方針が予め決められてるんです。公団が開発を受け持つ地域は、八百万坪と広大なものでしてね。当初計画分を賄う土地を手当てするだけでも手いっぱいなんですよ。何しろ今回新たに拡張が認可された地域の広さは、百ヘクタール、三十一万坪もあるんです。これだけの代替地を、新たに公団だけで手当てするのは容易なことじゃない。その点、民間業者に任せれば、数多くの企業が入りますから、それぞれが代替地を手当てすれば早くて済む。そういった事情がありまして、増開発分は民間で、となったわけです」

何から何まで野田が言った通りだ。一郎は胸の中でほくそ笑みながら、

「要はウチが持っている土地を譲って欲しい。そういうわけですか」

「その通りでございます」

宮武が頷いた。

「しかし、そりゃ困ったな……」一郎は煙草に火をつけると、脚を高く組んだ。「ウチもねえ、何の当てもなくあの土地を買ったわけじゃないんですよ。ご存知かどうかは知らないが、ウチは運送屋ですからねえ。それも東京二十三区、横浜がメインなんですよ。これから新規事業にも手を出そうかという計画もある。そのためにあの土地を莫大な借金をして買ったんですからねえ」

「もちろん、代わりとなる土地はご用意させていただきます」

「代わりといっても、あの立地条件ほどいい物件があるのかな。南に第三京浜。北には二四六と東名高速。しかもインターチェンジまではほとんど等距離と来てる。運送屋にとっては東京、横浜に出るには最高の場所だよ。それに見合った土地が、手当てできんのかね」

一郎はぞんざいな口調で言うと、煙を吐いた。

二人の目が、答えを探すように揺れる。

「地べたの大きさが同じ。インターチェンジ、市街地までの距離がほぼ同じってんじゃ話になんねえよ、ほぼじゃ。たとえ一キロの違いでも、何十台ものトラックが走りゃ、何十キロ分の燃料が違ってくんだ。往復すりゃその倍だ。それが一年三百六十五日となりゃ大変な違いだよ。同じ立地、あるいは更に良くなるってんなら話に乗らないことはねえが、それ以下だったら換地なんて言われてもねえ」

インターチェンジ近辺の土地は、運送業者にとって喉から手が出るほど欲しいところだ。そんな場所が簡単に見つかるわけがない。ましてや、九千坪の大きさともなれば絶対に不可能だ。

一郎はそう確信すると、

「それにさ、仮に換地が見つかったとしても、住宅用地に変わると知った以上、二つ返事で譲るわけにはいかないね」

ドスを利かせた声を上げた。

「どういうことでしょう……」

上谷がぎょっとした目をしながら訊ねてくる。

「あったり前だろ。住宅団地ができるってんなら、用途地域は第一種住専ってことになんだろ。しかも都市計画に基づいて、整然と区画整備された街ができんだろ。当然土地の価格は何倍にもなんだろうが。自分が持ってる土地の価値が増すってのに、それを知ってて市街化調整区域なんて遥かに安い土地と交換する馬鹿がどこにいるよ」

「しかしですねえ、松木さん。住宅地の中にですよ、運送施設があれば、後々いろいろな問題も起きるんじゃないですか。新興住宅地というのは、これから家を購入しようっていう若い世代が多いもんでしてね、子供さんがたくさんおります。万が一交通事故でも起きたら、住民運動が起きることだってあるかもしれませんよ」

　上谷が慌てていったが、やぶ蛇というものだ。一郎は待ってましたとばかりに、

「そんなの、最初から運送屋がいることを知ってて家を買うんだろうが。現物を見ないで、長い借金抱えて家を買う人間がいるわけねえだろ。仮に反対運動が起きたとしてもだ、そん時に土地を売りゃ、それこそ宅地価格で売却できるわけだろ。ちっとも悪い話じゃねえよ」

　立地にも増して土地の価値が上がったことを問題にしているのだということを強調して見せた。

「お考えは分かりますが、換地は今回の開発の基本方針ですから……。これは地元地権者との間でできた協議会での合意事項でもあるんです」

　すっかり困惑した顔で上谷は言った。

「協議会って、そりゃあんた、当初計画の地権者との間にできたもんだろ。今度追加で拡張が決まったところには、そんなものはねえだろ。実際、俺はその協議会なんかに入っちゃいないよ」一郎はそこで視線を転じ、「宮武さん……でしたっけ。あんた、さっき農業を保護するって観点から換地が決まったって言ったよな」

わざと名前を確認しながら訊ねた。

「はい」

「農業を保護するってんなら、地権者の多くは農業やってる人なんだろ」

「土地柄、そういう人が多くおります。ただ、今回の場合は申請換地と言いまして、公団、民間業者が持っている土地の中から好きなものを選んでいただく。当然、中には農業を断念する方もいらっしゃいますし、山林原野をお持ちの方もいらっしゃいます。その場合は、譲り受ける土地を農地として評価させていただき、その価格に見合った土地と交換させていただく。つまり広さとは関係なく……」

「農家にとってみりゃ、それでいいかもしれねえな」一郎は、宮武の言葉を途中で遮った。「開発されなきゃ、そこで百姓をやって行くしかねえんだ。ましてやこのご時世だ、百姓を継ぐのがいなくて、廃業かと思っていたやつなんかには渡りに船ってもんでさ、いい機会だから都会に土地を持つかって人間もいるだろう。だけどさ、俺んとこは違うんだ。事業をやってんだ。トラック転がして何十人もの従業員に飯食わして行かなきゃなんねえんだ。市の方針がどうだって言われても、そりゃちょっと他とは事情が違うんじゃねえか」

一郎はそこで宮武が持っている緑色の書類袋に目をやり、

「あんた、地面図は持ってきたのか」

と訊ねた。

「ええ、ここに……」

宮武は袋の中から図面を取り出し、テーブルの上に広げた。

「ウチの土地はどの辺りだ」

「ここと、ここ。それからここになります……」

宮武の指が図面をなぞる。三ヵ所のうち、一つは延長された横神鉄道沿線から二百メートルしか離れていない場所である。

「駅をどこに作るかの目安はつけてあんだろ」

宮武がしぶしぶといった感じで、図面の一点を指した。

「ってことは、俺が持ってる土地で駅から一番近いのは、距離にして二百メートルちょっとってとこか」

「そうなります」

「開発規模は確か三十一万坪だから、敷地面積百坪の家が建つと仮定して三千百戸・五十坪なら六千二百戸か。家族が四人だとすると、一万二千から二万五千人。マンションも建つんだろうから、三万人規模の街になるわけか」

「最低でもそれくらいの街になりますね」

「ということはだ、駅前は商業地域になってもおかしくねえよな」

「おっしゃる通りです。この辺りは商業地になるでしょうね」

脳の片隅が疼く。元々横神への転売を目論んで購入した土地である。何に使うか、具体的なプランなどあろうはずもない。しかし、こちらに何かしらの事業目的があることを告げてやれば、容易に彼らの話には乗れないというこちらの姿勢が明確になる。それはそのまま、土地の譲渡が困難であることを知らしめることになるだろう。最終的には金で応じることにはなるが、障害を高くしてやればやるほど、値は吊り上がる。

「だったら、ここで写真屋をやってもいいな」

「写真屋……ですか？」

「ただの写真屋じゃない。現像屋だ」

一郎の脳裏に浮かんだのは、かつて定期購読していた写真雑誌に掲載されていた記事である。『本当はこんなに安いフィルムと印画紙』とタイトルがついた頁には、日本の感光材メーカーが製造しているフィルムと印画紙が、アメリカでは国内の三分の一ほどの価格で売られているのだと書いてあった。印象に残っていたのはその理由で、第一に三百八円という為替レートが日本からの輸出品に有利に働くこと。第二に日本政府が国内メーカーの保護育成を目的に、海外製品の輸入に際して、関税として輸入価格の百二十六％、十五％の物品税を課していること。第三として、日本メーカーは世界市場で圧倒的シェアと知名度を誇るコダックとまともに戦ったのでは勝てないことから、特に本拠地であるアメリカでは戦略的見地から安売りに打って出ていること。第四として国内市場においては国産メーカーは、高額なコダックのプリントに価格を合わせることで、莫大な収益をあげているのだとあり、国内で儲けた金を、海外での安売り戦略に回しているのだと指摘し、国産品の買い戻しには輸入時の税金がかからないのだから、国産品は、海外から逆輸入した方が安くつく、と結んでいた。

「現像屋って、現像所のことですよね。どうして、そんなものを？」

理由が分からないとばかりに、上谷が訊ねた。

「あんた、写真一枚焼き付けて貰ったら、幾ら払ってる」

「確かカラーだと七十円……でしたでしょうか」

「そう、七十円だ。国産は少し安いが大した差はない。ところがこいつがアメリカに行って、日本製の印画紙でやってもらうと三分の一ほどになるっていうんだ」

二人はこれだけではピンと来ないらしい。きょとんとした顔で一郎を見る。

「日本でコダックの製品が輸入される時には、百二十六％の関税、十五％の物品税が課される。なのに価格は一緒ってことはだ、原価はもの凄く安くて日本メーカーは国内でぼろ儲けしてるってことだろ。だったら、印画紙をアメリカから大量購入して来て、自前の現像所で現像焼き付けをしてやりゃあ、半値で売っても商売になんだろ」

「しかし、どうやってフィルムを回収するんです。写真屋は現像所の紐がついているでしょうし……」

上谷が口籠りながら言った。

「世の中には一つ売って、十円、二十円の小銭稼いで商売してんのは、星の数ほどいるんだぜ。駄菓子屋が町に幾つあるよ。クリーニング屋、文房具屋。雑貨屋だってあんだろう。一枚五円の手数料を払えば、二十枚撮りで百円の儲けになる。受付、引き渡しをするだけでだぜ。いい商売じゃねえか」

「回収はどうするんですか」

「車を使うのはウチの本業だろ。でかい車は必要ねえ。軽の自動車使って、廻らせりゃいいんだよ」

「しかし、写真を安売りした揚げ句に、従業員雇っても儲かりますかね」

「儲けが薄くなる分は、数で稼げばいいんだよ。正直言って、焼き付けなんか、原価でもいい。ウチが儲かんなくていいんだよ。焼き付けの前には現像があんだろ。フィルムの一本一本に新しい現像液を使うわけじゃねえ。でっかい現像機械にフィルムを流して大量処理すんだ。使い回しだ。一本当たりの現像の原価なんて限りなくゼロに近いさ。なのに現像料は一本五百円も取られてんだろ。こんなボロい話はねえ。そして何よりも、ウチがやれば、三日かかってる現像処理が、集荷時間に間に合えば翌日には届けられる。誰だって使いたくなんだろ？」

二人はようやく合点がいったらしく、あっという顔をして目を見開いた。

閃くままに言った割には、良くできた。一郎は自分のアイデアに酔った。もしかすると本当にできるかも知れないとさえ思った。

「まあ、運送拠点として買った土地だ。市街化調整区域なら、こんな事業はできやしないんだが、商業地となれば話は別だ。車を置くだけの広さも充分あるってのもうってつけだな」

「いや、それは困ります」

宮武が悲痛な声を上げた。

「困るって、そりゃあんたらに言われる筋合いのもんじゃねえだろ。正規の手続きを踏んで買った土地を、どうしようと俺の勝手だろ。法に触れることをしようってんじゃないんだからさ」

まるで、ヤクザだ。自分でも身勝手極まりない理屈だと思う。しかし、二人が窮地に陥ることは、より多くの金を手にできる可能性が増すということだ。

一郎は絶対この話をものにしなければならないと思った。一円でも多くの金を手にすることが、背中にへばりついた疫病神を追い払うことができた証になる。

「そんな事業を始められたら、住宅開発はずたずたにされてしまう。街並みが台無しになってしまいます」

「大丈夫だよ。景観が悪くなるってんなら、売値を下げりゃいいだろう。景観よりも値段だよ。割安感があれば買おうって人間は必ず出てくるって」

「松木さん――」上谷が、重い溜息を吐きながら言った。「もしも、もしもですよ。換地という方法以外で、条件次第で土地をお譲りいただけると言うなら、お聞かせ願えるでしょうか。私共としては、可能な限り、松木さんのご意向を反映させるべく、社内調整を図りますので……」

一郎は、腹の底から笑いが込み上げてきそうになるのを堪えて、強い光に満ちあふれた外に目を向け、

「そうだな、条件ねえ」

煙草の煙越しに目を細めて上谷を見た。

港北の土地は言い値で売れた。一億四千万円の投資が、たった一年半寝かしただけで七億二千万円になった。

＊

横神鉄道との売買契約を交わし、銀行口座に振り込まれた巨額の金を確認した一郎は、その一週間後、赤坂の料亭に赴いた。夜の帳《とばり》が下りた都心の一画に、黒板塀が続く路地がある。看板らしきものは見当たらず、薄暗い街路灯の白い光の中に、黒塗りの車が列をなしていた。

「ここでいい……」

一郎はタクシーを停めると、ずしりと重いボストンバッグを手に降り立った。中には今日銀行に用意させたばかりの現金が詰まっている。港北の土地取引を持ちかけ、見事大金をせしめることに成功した代償である。

ひんやりとした初冬の風が頬を撫でる。コートを脱ぎ、慣れないネクタイを締め直し、スーツのボタンをかける。服装に間違いのないことを確かめ、打ち水がされた玄関に立った。佇まいは普通の二階建ての民家ほどしかないが、妙な色香と知らぬ者を拒むような秘密めいた雰囲気が漂ってくる。

一郎は、軒先に掲げられた『みやこや』と流麗な筆で書かれた表札ほどの大きさの看板を確かめ、格子戸を開けた。

「いらっしゃいませ」

法被を着た下足番の老人が、うやうやしく言った。頭を下げる間、干魚のようにてろりとした目に怪しい光が宿り、値踏みをする。

「松木と言います」

「伺っております。ささ、どうぞお上がり下さい」

勧められるままに靴を脱ぐ。その間に奥から和服を着た初老の女性が姿を現す。

「松木様です」

下足番の老人が言うと、

「お待ちしておりました。どうぞこちらへ……」

塵一つない廊下を先に立って、一郎を奥の座敷に案内した。香の匂いが揺らぎ一つない、静謐な空間に仄かに漂う。どれほどの客がいるのか分からないが、人の気配はまったく感じられない。折れ曲がった廊下を進み、明かりが漏れる障子戸の前に来ると、女性は両膝をついて、

「お連れ様がお見えになりました」

声を掛けた。

「おう、入ってもらいなさい」

野田の声が中から聞こえた。

障子戸が開かれる。中には黒檀のテーブルを前にして、野田と初めて見る初老の男がいた。

いや、初めてというのは実際に会うのはということで、その顔には見覚えがある。民自党代議

士の秋谷敬太郎である。額から頭頂部まで禿げ上がった頭には、脂が浮かび、顎は二重になっている。早くも酒が入っているのか、ネクタイを緩くし、すっかりくつろいでいる様子である。

「やあ、御足労をかけたね。ささ、そんなところへ立ってないで、入りたまえ」

秋谷が満面の笑みを浮かべて手招きをした。

「失礼いたします」一郎は座敷に一歩入ったところで畳に正座し、居住まいを正すと、「お初にお目にかかります。松木幸介でございます」

両手をついて頭を下げた。

「秋谷です」頭上から、割れるような胴間声《どうまごえ》が聞こえた。「堅い挨拶は抜きだ。さあ、いっぱいやりたまえ」

床の間を背に座った秋谷が上機嫌で言う。

「本来なら君を待って始めなければならんところだが、委員会が予定より早く終わってしまったものでね。先にやらせてもらってるよ」野田は伏せて置かれたグラスを一郎に差し出し、

「料理は呼ぶまで暫く待ってくれ」

と、後ろに控えた女性に向かって言った。

「かしこまりました。どうぞごゆっくり……」

背後で障子が閉じられる気配がする。秋谷が自らビールを持ち、一郎のグラスを満たした。

「まずは、初対面の乾杯といこうか」

「恐縮です……」

グラスが乾いた音を立てて鳴った。ビールを呷る間に、野田が傍らに置かれたボストンバッグに目をやる。何を意図してのことかは、聞くまでもない。

「先生、これを……」一郎は、グラスを置いた手で、ボストンバッグを野田の方に押しやった。

「八千七百万円入っております。内訳は――」

購入資金が一億四千万円。売却価格は七億二千万円。差額の五億八千万円が儲けである。しかし、半分は税金で持っていかれるから、秋谷に渡すのはその三割である。

「いいんだ、そんな細かいことは。君の働きには感謝しているよ」

秋谷は、説明を聞くでもなく、中身を確かめるわけでもなく、一郎の言葉を遮るとぐいとグラスを傾けた。

「とんでもございません。お礼を申し上げなければならないのは、私の方です。たった一年半、土地を寝かしただけで、こんな大金を手にできるなんて、考えもしませんでした。これも先生のお陰でございます」

「土地というのはそういうものだよ」秋谷は表情一つ変えることなく続けた。「世の中には、投機と呼ばれるものは山ほどある。株や債券、金や穀物などの商品取引はその最たるものだ。しかしね、いずれのものも将来の動向を読んで資金を注ぎ込み、上がったところで売り抜ける。逆に目論みが外れ、仕入れ値よりも下がれば損をする。所詮は丁半どちらに出るかの博打だ。ましてや値は危険性の割には大きく動かない。巨額の利益を上げようとすれば投入する資金もそれに比例して大きくしなければならんわけだが、損をした時のことを考えればなかなかそうはいかん。その点土地は別だよ。買う場所さえ間違いなければ、株や債券とは違って確実に儲かるもんだ」

「おっしゃる通りです。正直申し上げて、今回の話を野田さんから持ちかけられた時には、果たしてそんなにうまい話がこの世にあるものかと思いました。これは賭けだとも思いましたが、まさかこれほどうまく行くとは……」

「土地の投機で大切なのは、パズルと同じでね。広い地域を俯瞰《ふかん》して見ること。そして、その中で最も有望な部分を点として見てみることだ。点を押さえれば、作品は成り立たない。全体を完成させようとすれば、点を埋めなければならなくなる。だから点を押さえられた方は、その部分を我が物にせんと必死になる。そのツボを押さえる術を身に付けた者だけが、莫大な利益を上げることができるんだ」

　秋谷はすっかり上機嫌の様子である。当たり前だ。労せずして大金をせしめたのは、お互い様だが、少なくとも自分は一億四千万円もの大金を銀行から借り入れ、それなりの危険を冒したのだ。ところが秋谷の場合は、職務上知りえた秘密を漏らし、一円の金も出すことなく法外な金をせしめた。これほど愉快なことはあるまい。

　一郎は空になった二人のグラスにビールを注ぎながら思った。

「どうだね。億万長者になった気分は」

　野田が口元に笑みを宿しながら訊ねてきた。

「なんだか、ピンときませんね。何しろ運送屋は、一つ何百円かの荷物を運んで小金を拾う商売ですからね。先生のお力添えもあって、事業は順調に伸びてはいますが、たった一年半やそこらで、年商を上回る金が懐に飛び込んでくると、思わず商売替えをしたくなってしまいますよ」

「そう言わんことだね。今回の話は、君が運送屋をしていればこそ、物にできた話じゃないか。いかに都市開発の計画を事前に知っていても、不動産屋に情報を漏らして土地を買い漁らせることなんてできやしないからね。もし、そんなことをしようものなら、不審を抱かれ手が後ろに回っちまうことにもなりかねない。その点運送業なら市街化調整区域を買っても誰にも怪しまれない。運を呼び込んだのは、君が成田の土地を売っても、放蕩することなく真面目に事業に注ぎ込んだ結果だよ」

「資金にも大分余裕が出てきたようだし。さて、この金を君はどう使うのかね。事業をますます大きくすることに回すのかね」

野田の言葉を継いで秋谷が訊ねてきた。

「いや、まだこの金をどうするかは考えていません。ウチの売りは当日配送を含めた一日二回の配送をするということにあります。今のところ、サービスができるのは配送拠点を持っている東京と神奈川だけで、地域を拡張しようと思うと、新たな配送拠点が必要になります。ただ、これも単に拠点をつくればいいというものではなく、顧客密度とそれに見合った物量がないと、採算がとれなくなってしまうんです」

「ということは、せっかく儲けた金も当面使い道がないということか」

野田は何気なく言ったようだが、一瞬、黒縁眼鏡の下の目が細くなったのを一郎は見逃さなかった。

「もったいないな」秋谷がすかさず口を挟んだ。「どうだね、松木君。不動産事業に乗り出してみる気はないかね」

「今回儲けた金を元手に、また土地を買えとおっしゃるんですか」

「まあ、これほどうまい話はそう転がっているわけじゃない。そのうち資金が必要になる案件も出てくるだろうが、それよりもっと簡単に、しかも金を使うことなく儲ける手があるんだよ」

「本当ですか」

これが、どこぞの不動産屋が持ちかけた話なら、眉に唾して聞くだろうが、秋谷が直接持ちかけるからには、確かな根拠があってのことに違いない。実際、港北の土地では、しこたま儲けたのは事実である。不動産取引のうま味に完全に目覚めていた一郎は思わず身を乗り出した。

「土地は永遠になくなるものじゃないが、増えるものなんだよ」

秋谷はおとぎ話を幼子に話すかのように、声を低くした。

「土地が増えるって……そんなことがあるんですか」

「埋め立て地だよ。東京湾のね」野田がグラスを目の高さに掲げると言った。「特に千葉の湾岸地域はここのところ埋め立てによる造成が進んでいてね。広大な住宅、商業、工業用地が生まれつつある。これは県が主体となって進めている事業なんだが、上に何を建てるかは土地を払い下げられた民間企業が行うことになる。整然と区画された用地、しかも東京までは僅かな距離だ。住宅開発会社、物流企業、民間企業だってオフィス建設用地として喉から手が出るほど欲しい地域になることは間違いない」

「しかし、県主導で行っている造成事業でしょう。そこにどうやって食い込むことができるんですか。官庁が行う事業なら、入札があるんじゃないんですか」

「一番高く値をつけたところに売るだけなら入札で済むだろうが、話はそう簡単なもんじゃない。分譲といっても、そこでやる事業内容と会社の審査があるんだ。つまり、お眼鏡にかなわなければ、高値をつけたところで買えはしないのさ」

そう言われても、なぜそれが一円の金を使うことなく儲けを出せるのか、絡繰りが分からない。一郎は思わず小首を傾げた。

「君、コンサルタント会社を興してくれんかね」

秋谷は直截に切り出した。

「何ですか、それ」

「埋め立て地を買いたいという企業の計画にアドバイスをしてやる会社だよ。だが、それは表向きのことでね。実際は口入れ屋だ。もちろん県のしかるべき筋に話を通すのは私がやる。要は、君を通さなければ埋め立て地を購入することはできない。君が設立する会社は、その対価として買収金額の五%をコンサルタント報酬として受け取る。どうだ、それなら金はかからんし、君も充分な報酬を受け取ることができるだろう。悪い話じゃないと思うがね」

一郎は考えもしなかった絡繰りに虚をつかれて息を飲んだ。同時に政治家の権力の強大さとしたたかさに舌を巻いた。

なるほど秋谷ほどの政治家の力を以てすれば、県の役人を意のままに操ることなど容易《たやす》いことだろう。建設計画の審査が公開の場所で行われるはずもなく、意にそぐわない企業の計画に難癖をつけることなど幾らでもできる。ましてや、造成地を手にした企業がマンションや宅地を建設すれば、買収金額の五%をコンサルタント会社に支払っても、分譲価格に上乗せすればいいだけだ。その結果、一戸あたりの値段が何万円、あるいは何十万円高くなったとしても、負担するのは最終購入者であって企業じゃない。

悪党──。それも極め付きの悪党である。しかし、一郎の胸中に芽生えたのは、嫌悪の気持ちなどではなく、むしろ沸き立つような快感であり、興奮であった。

『一郎……。この世の中にはな、人を利用して金を稼ぐ人間と、利用されて貧乏暮らしに甘んじる人間の二つしかねえんだ。そのことを絶対に忘れんじゃねえ。絶対に人を信じちゃなんねえ。それだけは忘れんな』

集団就職で上京し、珍来軒で働き始めた最初の夏、幸介が言った言葉が脳裏に浮かんだ。

この二人が、自分を利用して金を摑もうとしていることは分かっていた。だが、それを知ってもなお、金の魅力は心を突き動かして止まない。第一、多喜子を亡くした今となっては、何一つとして失うものなどありはしない。それに、絡繰りがバレたところで、松木運輸がある限りすべてを失うものでもない。

「面白いですね。なるほど口入れ屋ですか。それはいい」一郎はひとしきり笑い声を上げたが、もちろん何の見返りもなく秋谷がこんな話をもちかけるわけがない。「それで、先生にはどれほどお渡ししたらいいんでしょうか」

「出来レースだと言っても、会社の形はつけておかんとな。従業員の二人や三人は使わなきゃならんし、事務所も構えなきゃならんだろう。会社に入った金から自分の取り分として幾ら抜くかは好きにしたらいいだろうが、私への取り分はコンサルタント料から経費、税金を差し引いた純益の二割を約束して欲しい」

「二割でよろしいんですか」

「二割は小さなものじゃないと思うがね。決して表に出てはいけない金だ。ということは、会社から君に支払われる報酬の中から、私への戻し分を捻出しなければならないということだからね」

「どうだ、やってくれるか」

秋谷に代わって、野田が念を押してくる。

「やります。いや、やらせて下さい」

一郎は、改めて居住まいを正すと、頭を下げた。

「よし、決まった！」野田は、グラスに残ったビールを一気に空けると、「おーい。話は終わった。料理と酒を持って来てくれ」

閉じられた障子戸に向かって、柏手《かしわで》を打ちながら大声で叫んだ。

第六章

それから十三年の歳月が流れた。

秋谷が造り上げた仕組みは、地を這う水の流れのように、静かに、しかし確実に浸透した。首都圏に出現する広大な更地である。しかも自治体主導による開発とあって、落札予定価格は周辺の相場と比べて遥かに安いときているから大変な人気となった。都市開発企業、物流会社、一般企業が、用地取得を目指して目の色を変えた。舞浜に東京ディズニーランドが建設されることが決定して以来、さらに周辺一帯の土地価格は上がり、自治体払い下げの土地の割安感はますます高まった。その上、埋め立て地の払い下げは、常にあるものではなく、ロットがある程度まとまると突然公募がなされた。もちろん入札に際しては、事前に都市整備計画の審査がある。ここをクリアしないことには、購入希望価格を提示する入札へは進めないのだから、いずれの企業も必死になった。

そこへ現れるのが、極東信託銀行の笹井のチームである。不動産仲介は信託銀行の業務の一つだ。何とか湾岸の埋め立て地を手にせんと目の色を変えている企業を訪れ、ここぞと見込んだ先に「確実に土地を買える方法がある」と持ちかけると、関心を示さぬ企業はありはしなかった。そこから先は、まさに出来レースそのものだ。都市計画書の原案に、県の意向を汲んでいささかの手を加えさせ、秋谷へ用地買収希望者の名前を告げる。落札金額の情報は事前に漏れてくるから、少し上回るほどの応札金額を提示させる。

失敗などありはしなかった。一九九〇年には京葉線の東京~新木場駅が開通し、都心への足が格段に良くなる目処がつくと、地価は格段に上がった。コンサルタント料金を定額とせず、成功報酬として所得価格の五%としたために、一郎の取り分も雪だるま式に膨らんだ。

四十歳を過ぎて一郎は、三十億円を超える資産を築き上げた。松木運輸の経営は、秋谷に頼んで経営能力に秀でた人材を外部から招き社長の座に据え、自分は社主として会社に君臨する立場を取ったが、もちろん手を緩めたわけではない。地場の中小の運送会社を系列下に収め、施設、配送車、人員確保のための新たな投資を行うことなく、関東一円に商圏を広げていた。こちらから受け取る給与だけでも、年額一億五千万円にもなった。

金は使い切れないほどあった。使っても使っても、追いつかないほどの金が入ってくる。

成城に五億円をかけて数寄屋造りの豪邸を新築し、夜は銀座や赤坂で豪遊した。もっとも女を三人も囲ったから、新築した家で過すことは滅多にない。むしろ自分の帰りを待ち受ける人間のいない邸宅に帰ると、宴の後の寂しさが押し寄せ、正気に返るのが恐ろしく感ずるようになった。

眠りについたら最後、二度と目をあけることはないのではないか。誰に看取られることなく死を迎え、発見された時は、体液に塗れた布団の中で、腐臭を辺りに撒き散らしている。そして、築き上げたこの財産はどこへ行ってしまうのか——。思いがそこに至ると、たった一人で人生の終焉を迎えることが恐ろしくなってくる。

不思議だと思った。歳というにはまだ若過ぎる。第一、金がなく、貧乏な暮らしをしていた頃には、死への恐怖は一度たりとも覚えたことはない。だが生活が満ち足りれば満ち足りるほど、不安はますます増幅されていく。

一郎は酒に溺れた。女に溺れた。高価な酒に酔い、女の体に己を埋めている間だけは、死への恐怖から解放された。

転機が訪れたのは、そんなある日のことである。時は昭和六十一年。一郎は四十三歳になっていた。

「松木君、君、土地を買わんか」

新橋の料亭で、酔いに顔を赤らめた秋谷が人払いをしたところで言った。部屋にいるのは、他に笹井だけである。

埋め立て地の口利きで恩恵を被ったのは一郎だけではない。笹井は極東信託の頭取になり、秋谷は豊富な資金源を背景に、この間に三度入閣を果たし、現在は大蔵大臣として次期総理総裁を狙えるまで、政界での基盤を確固たるものにしていた。ここ数年は、二カ月に一度、定期的に会合を持ち、情報交換をしながら杯を傾ける。それが三人の習慣となっていた。

「ほう、今度はどちらです」

「物件は港区の青山だ」

「都内有数の住宅地じゃないですか。そんなところに公共用地がありましたっけ」

「いやいや、今回は公共用地じゃないんだ。かといって港北の時ともいささか異なったケースでね。笹井君、君から説明してやってくれ」

「大きさは約五百坪ほど。おそらく、単一物件としてはあの辺りではこれから先、滅多に出ることのないまとまったものです」笹井は盃を置くと切り出した。「価格は坪五百万円、総額二十五億円……」

「また随分な値段ですね。ちょっと無茶じゃありませんか」

「危ない話を松木さんに持ちかけたりはしませんよ」笹井は苦笑を浮かべる。「確実に儲かるから言うんです」

二人が持ってくる話に外れはない。笹井は企業がどんな開発計画を持ち、どこの土地を欲しているのか、とっておきの内部情報も把握している。加えて不動産市場の動向を熟知してもいる。

一郎は、盃を口に運びながら先を促した。

「これからは、我々にとって面白い時代がきますよ。土地がらみの案件はことごとく投機の対象になります。不動産はもとより、ゴルフ会員権、リゾート会員権、含み資産があると目されるものは信じられない勢いで値が吊り上がる。そんな時代がもうそこまで来てるんです」

「ほう、それはなぜです」

「最大の根拠は昨年のプラザ合意をきっかけに進んだ急激な円高です。アメリカ経済は財政、貿易と莫大な双子の赤字を抱えてもはやにっちもさっちも行かない状態に陥っています。そこで、少なくとも貿易赤字の額だけは減少させようと、為替相場がドル安に向かうことを容認した。アメリカ経済は世界の指標です。アメリカを破綻させてはならじと、G5の政府がこぞって為替市場に介入して、一斉にドルを売りに出た。その結果この一年間で円の為替レートはドル二百四十円だったのが半分の百二十円までに暴騰したわけです」

小難しい国際経済の話に関心はない。第一、聞いていても、何を言われているかさっぱり理解できない。一郎はただ相槌を打つだけである。

「これは単純に円が強くなったと喜んでいられる話じゃないんです。アメリカ相手に商売をしている企業にとっては、ドル建て債券が半分になってしまったことになるわけです。そこで、ここ一年の間に日本企業の資本は国内へと向けられるようになった。加えて、円高による影響が最も大きい輸出産業を支援するために、政府は大規模な金融緩和策を打ち出したせいで、かつてない金余り現象が生まれつつあるんです」

「それが、どういう結果に結びつくんです。土地と為替が、どう関係するんです」

「多額の貿易黒字を抱えていることでも分かる通り、日本経済は基本的に輸出で成り立っているわけです。その肝心の輸出が円高によって従来の利益が上げられないとなれば、金融を緩和したところで資金需要が伸びるわけはないでしょう」

「なるほど、儲けの出ない事業に資金を投ずる馬鹿はいないということですね」

「そうです」笹井は頷くと続けた。「製造産業の資金需要が頭打ちに転じれば、困るのは貸付利子によって利益を上げている銀行です。当然新たな貸付先を探さなければならない。そこで目を転じたのが、貿易とは無縁の国内産業。小売り、そして住宅、不動産というわけです。すでにその兆候は表れていて、都市部の不動産はかつてない勢いで上昇に転じています。おそらくこの影響は株価にも反映されるでしょう。実体経済とは関係なく、上がるから買う。買うから上がるというサイクルが生まれる。金融機関はみなそう考えています。実際、外資の投資機関は敏感に反応してますよ。株はもちろん、土地の含み資産がある産業には莫大な資金を注ぎ込んで、仕込みを始めていますからね」

「そんな現象がいつまで続きますかね。買うから上がる。上がるから買う。と言っても、人の資金には限りがある。金のサイクルが途切れれば――」

「おっしゃる通り」笹井は一郎の言葉をあっさりと認め、「まあ、投機とはそんなもんです。所詮は博打なんですから。最後に誰かがババを引いて終わるんです。ですが、ババを引くかどうかは、どこまで欲をかくかの問題です。人間の体と違って欲には限りがありませんからね。程度のいいところで止めておけば痛い目には滅多に遭わないもんです」

一転して自信に満ちた口調で言った。

「程度のいいところとは、今回の場合どの辺りを言ってるんです」

「少なくとも、五年の間に黙っていても倍。交渉次第ではさらに高値がつくでしょうね」

「ということは、すでに転売先に心当たりがあるということですね」

「買い手なんてすぐに現れますよ。そういう時代が、もうそこまできてるんです。もっとも、あまり欲はかかないほうがいいでしょうね。充分な利益を上げたらそれで良しとすべきです。

そして売ったら後ろを顧みないことです」

話は分かった。しかし、秋谷が絡んでいるからには裏があるはずだ。

「それほど儲かることが確実な話ならば、私が出るまでもないでしょう。いったいどういう物件なんです。それともよほどの理由でもあるんですか」

一郎は、盃を口に運びながら訊ねた。

「実は、現所有者というのが、池之上《いけのうえ》興業という鉄鋼専門商社の三代目社長でね。私の支援者でもある。彼の爺さんというのが長崎の殿様の末裔で、子爵の爵位を持ってることもあってか、なかなかの洒落者だったらしいんだが、明治の頃、アメリカに留学していた時分に、向うの製鉄会社の御曹司と大学で同級だった縁で、製鉄関連機械の輸入を始めたんだ。戦中はともかく、戦前、戦後の経済復興期はそりゃ儲けたらしい。何しろ鉄は国家なり。国策で鉄鋼産業に力を入れた時代だったからね」

秋谷は脇息に肘をつき、身を預けた。

「ところが、日本の製鉄会社が力をつけ始めると、国産機械の性能の方が優るようになって、商売は激減したんだな。一時は、数百人も従業員がいたそうだが、百人になり、五十人、そして三十数人になってしまった。そこで先代社長が乗り出したのが、機械の輸出だ。まあ、倒産させることなく、会社の規模の縮小に成功したのが幸いしたんだな。輸出先は先々代からの長い付き合いの取引先が購入してくれたせいで、これまで何とか細々と経営を続けて来られたわけだ」

秋谷が盃を取り、口を湿らすのを見て笹井が言葉を継いだ。

「もっとも、ビジネス環境は、時と共に変わるものです。鉄鋼も例外ではなく、八〇年代に入ると、アメリカにおける日本の鉄鋼シェアは激増して、到底容認できないところまであがってしまいましてね。アメリカ政府は輸入規制という保護政策を取って、自国の鉄鋼メーカーのシェアを何とか上げようと躍起になったんです。アメリカの鉄鋼産業の衰退の原因は、施設の老朽化にあった。近代化のためには工場の近代化が必要になる。これが、池之上興業にとっては、思いがけない特需となったわけです」

「池之上興業は、莫大な利益を上げたわけですね」

一郎は訊ねた。

「話はそう簡単なもんじゃないんだよ」秋谷はニヤリと笑うと新たに盃を酒で満たした。

「商社の商売は、売り手と買い手を見つけ、物を仕入れて右から左に流して口銭《こうせん》を稼ぐという単純なものじゃない。決済まではタイムラグが生じる。代金の回収と支払い。つまり金融機能を持ちあわせていなければ成り立たない。機械を注文するメーカーへの代金支払いは、発注時、納品時、決済時と、三度に分けて支払うのが条件だったんだが、細々と経営を続けて来た池之上興業に、降って湧いたような巨額のビジネスを請け負うだけの資金的余裕などありはしない」

「そこで、三代目は予てより懇意にしていた先生に泣きついたわけです。どこか資金を提供してくれる銀行はないかとね」

笹井は黒縁眼鏡の中の目を細めた。

「笹井さんが資金を融通したんですね」

「そうです。池之上興業は、非上場のオーナー企業。ウチは家屋敷を抵当に、二十億円を融資したんです。そのお陰で、機材はつつがなく調達され、アメリカへと輸出されたわけですが、売買契約を交わした直後に想定外の出来事が起きた。先に申し上げた急激な円高です。商売の決済はドルベース。売値が半分になってしまったんですから、特需どころか、莫大な損を被ってしまった……。ここまで言えば結末は分かるでしょう」

「納品先の鉄鋼メーカーからは金が入って来ても、仕入れ先のメーカーには円建てで手形を切った池之上興業は借入金の支払い能力を完全に失ったんですね」

小難しい日米貿易摩擦の話は別世界のものだが、金の貸し借りなら海外だろうが国内だろうが変わりはない。

「私共への支払いが滞って一年半。先生のご紹介もあったことですし、当行としては随分待ったんですがね。いよいよ我慢も限界というところなんです。社内監査もありますし、頭取の権限を以てしてもいつまでも特例扱いというわけにはいきませんからね。かと言って、暴騰するのが分かり切っている宝の山を売りに出して、みすみす他人に渡してしまうのは余りにも惜しい。ならば、松木さんに是非と思いましてね」

笹井の言葉には、どこか恩に着せるような響きがあったが、話の辻褄は合っているようである。なるほど、こんなうまい話を秋谷が逃すはずはない。本音では、自らその物件を買い上げたいところなのだろうが、現職の大臣が不動産売買に手を出したとあっては都合が悪い。その点、自分をダミーに使って、いつもの手段で金を抜いてしまえばまさに濡れ手に粟そのものだ。

「それで、首尾よく売り抜けられたとして、先生にはいかほどの御礼を差し上げたらいいんでしょう」

一郎は率直に訊ねた。

「松木君。私はそんなに業突張りな男じゃないよ」秋谷は苦笑を漏らすと、「ただ今回の場合は港北の時と似たようなケースでもあるし、そうだな、前例に従って純益の三割。それでどうだね」

盃をぐいと飲み干し、返す手でポンと脇息を叩いた。

＊

売買契約を結んだのは、それから三月後の十二月の半ばに差しかかった頃のことだった。

大手町にある極東信託銀行の応接室で、売買契約書に実印を捺し、手続きのすべてが済んだところで、

「松木さん、物件はもうご覧になりましたか」

笹井が訊ねてきた。

「いや、まだです」

担当部署の行員は早々に部屋を辞し、笹井がいるだけである。

一郎は冷たくなった茶に口をつけながら答えた。

「二十五億もの物件を買って、現物を見ていないのも変な話です。『みやこや』へ行くには少し早いですし、どうです、これから現地に行ってみませんか」

サイドボードに置かれた時計を見ると、時刻は五時になろうとしていた。今日は契約成立の祝いの席を、秋谷、野田を交えて四人で囲むことになっていたのだったが、約束の時間は午後七時である。

「行ったところで、中には入れんのでしょう。外から見るだけなら、足を運ぶまでもないんじゃないですか」

どうせ、遠からぬうちに売却する土地である。二十五億円もの大金を支払って手に入れた興奮もなければ実感もない。ましてや現地を見たところで愛着を覚えることもあるまい。

一郎は気のない返事をした。

「登記はこれからですが、松木さんの物になったも同然です。それに、今建っている家ですがね。これは一見の価値がある代物だと思いますよ。明治の頃に先々代が建てたものだけに、年月は経っていますが、なかなか洒落た洋館でしてね。今の時代にあれだけの建物を建てようとしても、簡単にはいかないでしょうなあ」

そうまで言われると、何やら興味を覚える。それに頑なに拒むほどの理由もない。

「赤坂までは目と鼻の先ですし……。じゃあ行ってみますか」

一郎は腰を上げた。

七階の応接室からエレベーターでロビーに降りると、笹井の公用車である黒塗りのセンチュリーが停まっていた。後部座席に二人が乗り込むと、車は宵のオフィス街を走り始めた。クリスマスが近いとあって、ビルの一階にある商店はどこも毒々しいイルミネーションが飾られている。赤、緑、黄色と原色の電球が瞬き、歩道はコートを着たビジネスマンやＯＬが足早に行き交っている。

「松木さん、受け渡しの期日は、通告後三ヵ月となさったそうですね」

「ええ」

「池之上さん、感謝していたそうですよ。涙を流さんばかりにね」

「ほう。なぜです」

「まあ、あちらにしてみれば、三代に亘って受け継ぎ、住み続けてきた家ですからね。離れがたいんでしょう。それに、今回の件で、池之上は私財のすべてを失ってしまったわけですからね。敷地には蔵があるんですが、かつては中にかなり高額な美術品や骨董があったと聞きます。ですがそれも、先代の頃に売り払ってしまって、今じゃ空同然。すぐに家を出ろと言われたら、それこそ路頭に迷いかねない。そんな状況だったらしいですからね」

「別に感謝される謂《いわ》れはありませんよ。すぐにその土地をどうこうというあてがあるわけじゃないから、悠長に構えているだけですよ」

「松木さんにその気がなくとも、向うはそうは思っていませんよ。売買契約書に判を捺した以上、明日にでも明け渡せと言われてもしょうがないんですから」笹井はふと軽い息を吐くと、窓の外を見やった。「しかし、盛者必衰とは良く言ったものです。三代前には子爵家として、華族に名を連ねた家です。贅を尽くした人の羨むような暮らしを当代も味わったでしょうに、たった三代の間にすべてをなくしてしまう。それが世の常とはいえ、人の人生とは無常なものです」

「そうでしょうかね」一郎は隣に座る笹井の横顔に、ちらりと視線を走らせると言った。

「それを言うなら自業自得、因果応報という言葉もあるじゃないですか。成功を掴むきっかけなんて、常に人間の目の前をうろうろしてるもんじゃないんですか。それをものにできないのは、準備を怠った人間か、絶好の機会が訪れたことに気づかない間抜けかどちらかですよ」

「これは厳しいことをおっしゃる」

「だってそうでしょう。池之上さんなんて、成功者の家に生まれた分だけ、己の才覚一つで事業を大きくしようと思えば、いくらでもそんな機会はあったはずなのに何もしなかった。恵まれた環境を当たり前のものだと思い、何の努力もしてこなければ、食い潰すだけで、財産なんて絶対に増えやしませんよ」

一郎は、これまで自分の歩んできた道を振り返りながら言った。

そう、今日の自分があるのは、幸介がアパートに持ち込んだ雑嚢を取り違えたのが発端だったが、当日配送という当時は画期的な商売を考え、偶然手にした財産を元手に運送会社を興すだけの才があったからだ。時代のニーズを先取りするだけの発想力と決断力があったからだ。幸運は前途を切り開かんとする者だけに転がり込む。座していて舞い込んで来るものではないのだ。

「確かに……。池之上さんの商売は、こうして見るとまさにお公卿さんの商売でしたね。爺さんが興した商売、それも旧知の仲という人間関係にすがり、輸出一方のビジネスに終始してきたんだ。まあ、先代の頃までは、アメリカも強い国でしたからそれでもやってこれたんでしょうが、輸出が駄目になったら輸入、あるいは取り扱い品目の拡大と、幾らでも商売を広げ、リスクを分散するチャンスはあったでしょうからね。まさに松木さんの言う、因果応報というものかも知れませんね」

笹井はしみじみと言い、口を噤んだ。

やがて車は青山通りから、ひっそりとした住宅街へと入ったところで停まった。ヘッドライトの光の中に白い大谷石でできた石塀と、その上に枯れた蔦の蔓が網の目のように這っている様子が浮かび上がる。

「ここです。降りてみましょうか」

笹井の勧めに従って、一郎は車を降りた。冬の冷気が頬を刺す。一陣の風が吹き抜けると、枯れた蔦に残った枯れ葉がカサリと小さく乾いた音をたてた。

石塀の途切れた部分には、人の背丈の倍はある錆の浮いた黒塗りの鉄柵があり、中は欅や銀杏の大木が鬱蒼と生い茂っている。その奥の闇に目を凝らすと、家の輪郭が黒いシルエットとなって浮かび上がる。邸宅である。二階建ての洋館は、百五十坪はあるだろう。玄関のある中央部分を挟んで、両側をこちらに向けた形でコの字に折れ曲がっている。窓から漏れる明かりは、一般家庭にありがちな蛍光灯とは違って、黄色く、薄暗い。隣には笹井が言ったように、白壁の蔵がある。

「こりゃ凄い……」

一郎は思わず感嘆の声を漏らした。

「当時の一級の職人と、最高の建材をふんだんに使って建てたものだそうですよ。実際、関東大震災にも立派に耐えたし、運があったんでしょうね。東京大空襲の難にも遭わずに済んだそうです」

家は住む者の形《なり》と人柄を写すとはよく言ったものである。確かにこうして見ると、栄華を極めた当時の情景が浮かんでくるようだ。しかし、よくよく見ると、庭木は長いこと手入れをされていないのだろう、冬のこの時期なら枝を剪定《せんてい》し、整えていなければならない大木は伸び放題となっており、風がそよぐ度に梢が触れ合い、ぎしぎしと不気味な音をたてる。それが差し込むような寒気を際立たせ、一郎は思わず身震いした。

「笹井さん、もう充分です。そろそろ行きましょうか。熱いやつを体に入れたくなった」

「そうですね」

二人が車に戻りかけたその時だった。正面から一台のタクシーがやって来ると、家の前で停まった。眩《まばゆ》い光の中に、人影がシルエットとなって浮かび上がる。

「何かご用でしょうか……」

この家の住人らしい。人影が誰何《すいか》する。

タクシーが走り去った。薄暗がりの中に初老の男の姿があった。オールバックに纏めた頭髪には白いものが目立つ。どうやらこの男が三代目当主であるらしい。困窮した生活のせいで随分肉が落ちたのだろう、頬は顴骨《かんこつ》が張り出し、顎の部分に弛んだ皮膚がある。それでも旧子爵のプライドか、ヘリンボンのコートを着て、襟元にはカシミアと思しきマフラーをきちんと巻いている。

「この家の者ですが、何か……」

再び男が言う。

「失礼ですが、池之上さんでいらっしゃいますか」

笹井が慇懃な口調で訊ねた。

「そうですが」

「私、極東信託の笹井と申します。こちらは今度こちらのお宅をお買いになった松木さんです」

「ああ……」

突然で驚いたのか、池之上は少し戸惑った声を上げた。

「今日、当行で売買契約が交わされまして、それで松木さんをこちらにご案内申し上げたんです」

「頭取自ら、ですか？」

「松木さんとは旧知の仲なもので……」

「そうでしたか……」池之上は、突然こちらに向き直ると、「この度は、大変ありがとうございました。本来でしたら、すぐにでも立ち退かなければならないところ、ご猶予を頂戴いたしまして。何と御礼を申し上げていいのか……」

深々と頭を下げた。

「いや、礼を言われると困ります。あくまでも、こちらの計画が実施に移されるまでの間というだけの話ですから。明け渡していただきたい期日が来ましたら、その時は事前にご連絡いたしますので、その節は宜しくお願いいたします」

計画など元よりありはしなかったが、一郎は咄嗟に嘘を言った。

「ご迷惑をおかけしないよう、引き際は心得ておりますので」池之上は真摯な口調で言い、「ただ、売買契約が正式に交わされたとなると、これから先は、私共が松木さんに家賃をお支払いしなければならなくなるわけですが、いかほどの額を想定しておられますでしょうか」

一転して声を揺らがせた。

「家賃……」

そんなことは考えもしなかった。どうせ頃合いを見計らって売り払う土地である。金に困っているわけでもない。それに、これほど大きな敷地の中に建つ家を、たとえ数年とはいえ、誰一人住む者がいないまま住宅地の中で荒れるに任せておけば弥《いや》が上にも目立つ。もちろん人目を惹いたからといって、不都合なことは何もないのだが、決して世間には知られてはならない方法で財を築いた疚《やま》しさからか、目立たぬことに越したことはない、と考えてしまう。

「ぶしつけに失礼いたしました……大切な話をこんな場所ですべきではありませんね……」

買われた者の弱みか、池之上は一郎が答えに窮したのを、自分に非があると思い込んだらしく、

「どうでしょう、よろしければ、お入りになりませんか」

門の先の玄関を指差した。

「いや、それではあまりにも突然で、ご家族にもご迷惑でしょうから」

一郎は慌てて固辞した。

「松木さんはまだ中をご覧になっていらっしゃらないのでしょう。現状を見て貰わないことには家賃も決められますまい。もっともこの家を手放すことになった理由はご存知のはずでしょうから、私共にどれほどの額が支払えるかは分かりませんが、ご迷惑はかけたくはないのです。金額次第では、払えるものがあるうちに、早々に次の住まいを決めなければなりませんから……」

そうまで言われれば、断るわけにもいかない。一郎はちらりと時計を見た。秋谷との約束の時間まではまだ、一時間と少しある。

「松木さん、せっかくの機会です。中をざっと拝見させていただいたらどうです」

笹井が言った。

「そうですね。それじゃお邪魔しましょうか」

門が開いた。暗がりの中を池之上を先頭に、玄関の明かりを目指して歩く。地面には煉瓦が

敷き詰められた歩道がついている。

「ただいま」

玄関のドアが開けられると、中から柔らかな光が漏れてきた。そこは二階まで吹き抜けのホールになっており、高い天井からシャンデリアがぶら下げられていた。古民家を思わせる重厚な梁。檜の無垢の腰板。白壁。ひと目で舶来物と分かる調度品。傷みは目立つが、かつての豪奢な生活ぶりが滲み出てくるような空間である。ホールの奥には、赤絨毯が敷かれた階段が二階へと続いている。

「お帰りなさい」

四つあるドアの一つが開くと、ベージュのセーターに黒のスラックスをはいた夫人が姿を現す。歳の頃は五十代の半ばといったところか。短く刈り込んだ頭髪には、池之上と同様に白い物が目立つ。

「あら……」

金縁眼鏡の奥の目が、丸く見開かれた。

「お客様でしたの。お連れするなら、電話をかけて下されば良かったのに」

夫人は、非難の色が籠った声を池之上に投げ掛ける。

「すまんね……。応接室にお茶を用意してくれるか」

池之上は、形ばかりの詫びを述べ、「どうぞこちらへ……」と、二人に声をかけ、二つ目のドアを開いた。

応接室の天井に照明はなかった。池之上が壁面にあるスイッチを入れると、三十畳ほどはある部屋の各所に置かれたランプに明かりが灯った。欧州の宮殿を思わせる家具が浮かび上がる。優雅なカーブを描くフレームは金色に塗られ、重く静かな光を放つ。正面には石造りの暖炉がある。煙に燻《いぶ》された天井の梁は黒光りし、壁面二カ所に掲げられた先々代、先代と思しき肖像画が睥睨《へいげい》するようにこちらを見る。まるで、映画のワンシーンを見ているような豪華さと重厚感漂う空間である。

瞬間、久しく忘れていた感覚が一郎の体の奥底から湧き上がった。かつて美桑の町で、弘明の家を訪れる度に感じた、身の置き所のない、違和感と劣等感である。生まれ。育ち。自分では抗うことのできない持って生まれた格差から生ずる負の感情が、一体となって噴き出してきた。自分は勝者、池之上が敗者だ。気を強く持とうと思うのだが、意識すればするほど、逆に萎縮していく自分が腹立たしくなる。

「どうぞ……」

池之上は正面のソファを勧めてきた。

「しかし、凄い部屋ですなあ。さすがは池之上さんだ。華族の生活が窺い知れます」

笹井が感嘆の声を漏らした。

「かつての、とおっしゃりたいのでしょう」

池之上は自嘲めいた笑みを浮かべた。

「いやいや、そんな……」

「いいんです。いまさら見栄を張ったところでしょうがない。骨董品にも値しない家具ばかりです。これが私の今の生活そのものですよ」

言われて、よくよく見てみれば、豪華に見える家具に塗られた金は、剝がれが目立ち、布張りのソファにもほころびが目立つ。おそらくはシルクで編まれたものだろう、絨毯も、ところどころが擦り切れ、模様も惚《ぼ》けていてはっきりとしない。元が高価なものだけに、傷みが目につき始めると、むしろみすぼらしい。

「こんな住まいです。お茶を差し上げてから部屋をご案内しますが、もし、松木さんがここにお住まいになるつもりでしたら、大幅に手直しをしなければならないでしょうねえ。私の代になってからは一度も手を入れておりませんもので……。窓枠も今の時代に木製です。冬は隙間風が吹き込んでかなり寒いんです。床もところどころ、たわむところがありましてね。一事が万事、家中満身創痍です。それでもよく持ってくれたもんです。何しろ築七十年以上も経つ家ですからねえ」

池之上は何気なく言ったつもりだろうが、狙いは明白だった。敢えて家の傷みを強調することで、家賃を安く抑えようとしているのだ。家賃のことなど考えもしていなかったが、裕福な家に生まれたというだけで、何の苦労もすることなく、常人には窺い知れない優雅な暮らしを当たり前にしてきた時期があったのだと思うと、残忍な感情が頭を擡げてくる。それは友人然として振る舞いながらも、実のところは下僕としか見ていなかった弘明に対する屈折した思いへと繋がる。実際、池之上からは弘明と同種の人間だけが持つ、ある種特有の臭いが漂ってくる。

さて、この男をどうしたものか――。

冷たい炎が胸中で燃え盛ってくる。一郎は「失礼……」と断りを入れ、ラークを口に銜えながら池之上に視線をやった。

不意にノックの音が響き、ドアが開いた。反射的にそちらの方を見た一郎の視線の先に、一人の女性があった。夫人ではない。若く、そして美しい女だ。

清枝！　まさか！

一郎は、池之上や笹井がいることも忘れて、目の前に現れた女に見入った。無意識のうちに、口に銜えた煙草を手に取ったことも気がつかなかった。もちろん女が清枝であるわけがない。歳はどう見ても二十代半ばである。全くの別人なのだが、それにしても似ている。

すっと通った鼻筋。薄い唇。長い睫毛の下に覗く黒い瞳。化粧は控えめで、ほとんど施してはいない。僅かに口元をピンクのルージュで整えているだけである。それが中学二年になる春を期に別れたきりとなった清枝の面影に重なる。

女は「失礼いたします」と頭を軽く下げ、ティーポットと空のカップを載せたトレイを手に、優雅な足取りで歩み寄る。距離が縮まる。心臓の鼓動が速くなる。肩まで伸びた長い髪が揺らぎ、甘い香りが鼻腔を擽る。

「娘です」一郎のただならぬ気配を察したのか、池之上が言った。「こちら、今度家を買って下さった松木さんと、極東信託銀行の笹井さんだ」

「いらっしゃいませ。冬子《ふゆこ》でございます」

冬子は名乗りながら、再び頭を下げる。口調は丁重だが、どこかにこちらを拒むような冷たさと堅さがある。一瞬だが、視線が値踏みをするかのように鋭くなった。

「突然でご無礼いたします。すぐに帰りますので、どうぞお構いなく……」

笹井が如才なく言葉を返した。冬子の目から棘が消えた。唇の間から白い歯を見せ、何と答えたものか少し困ったように小首を傾げる。カップを三人の前に置き、ポットの中に入れられた紅茶を注ぐ。添えられた指先の爪には、薄いピンクのマニキュアが塗られていた。暖色灯の光を浴びて、象牙色になった肌がフレアがかかったように柔らかに輝く。

「どうぞ、ごゆっくり……」

冬子は紅茶を注ぎ終わると、優雅に頭を下げ、部屋を出て行った。

「いやあ、美しいお嬢さんですなあ」

笹井が無遠慮な声を上げた。

つい見とれてしまった胸中を見透かされたような気がして、動悸が収まらぬ心臓が一つ大きく脈を打つ。一郎は、皿に添えられた角砂糖を二つカップの中に入れると、普段使っているものとは、微妙にバランスも違えば、大きさの割にはずしりと重いスプーンを手に取り、紅茶をかき混ぜた。柄は末端に行くほど太く、重くなり、全体に緻密な細工が施してある。黒くくすんでいるところを見ると、銀でできているものらしい。そのせいなのか、あるいは動揺する心情の表れか、手元が落ち着かない。

「困ったものです。売れ残り寸前のクリスマスケーキですよ。もうすぐ二十五にもなろうというのに、嫁に行く気はさらさらないと来ている」

池之上は苦い笑いを浮かべ、テーブルの上に置かれた小さなガラスの容器を手に取り、中の琥珀《こはく》色の液体を注いだ。ブランデーである。充分に醱酵した葡萄の柔らかな香りが立ち上った。

食器といい、ブランデーといい、生活に困窮するようになっても、些細な趣味、嗜好品への拘《こだわ》りは止まぬものらしい。池之上の生活にはあちらこちらに、貴族の面影が覗く。

「あれだけお美しければ、縁談は山ほど舞い込むでしょうに」

笹井は、紅茶の中に小さな陶器に入れられたミルクを注ぎ入れながら言った。

「縁談ね……」池之上は自虐めいた笑いを浮かべ鼻を鳴らした。「人間、落ち目にはなりたくないもんです。嫁にと言われても、今の私には満足な支度をさせてやるだけの余力はありません。上の娘は五年前に他家に嫁ぎましたからまだしも、今となっては冬子をこの家から嫁に出せなかったのがただ一つの悔いです。こんなことなら、母の代から聖心であることに拘らず、短大にでも行かせて、さっさと嫁に出せば良かった。冬子にはその点、本当に申し訳ないことをしたと思っていますよ……」

「長い歴史のある家ですからね。いろいろと思い入れもおありになるでしょう」

本音かどうかは分からぬが、笹井は胸中を察するとばかりに、優しい言葉を投げかける。

「そりゃあね……。四世代が過した家です。様々な慣習もあれば、この家にしたところで家族の歴史そのものですよ。もっとも、私が死ねば、とても払い切れないほどの莫大な相続税がかかることは分かっていました。その時にはここを手放さなければならない覚悟はしておりましたが、幸か不幸か子供は娘二人。嫁に出してしまえば、家を継ぐ者はいなくなる。それで池之上の家の歴史はピリオドを打つ。何もかもが奇麗さっぱり片が付くと考えていたんですが、人生というものはなかなか思惑通りには行かないものです」

池之上は、そこで壁に掲げられた父の肖像画を感慨深げな目で眺めた。

一郎は、二人の会話に耳を傾けながらも、別のことを考えていた。いや、考えていたというより、冬子の姿を目にした際の興奮は、余韻となるどころかますます高まるばかりで、彼女のこと以外に頭が回らなくなっていた。

こんな気持ちになったのはいつ以来のことか。金を摑むのとは違う。仕事をものにしたのとも違う。心の底が沸き立つようでいて、不安と絶望に駆られるような危うさ。失ったとばかり思っていた大切な物が見つかったのに、手が届きそうで届かないところにある、といったもどかしさ。とにかく自分では全く制御できない感情が一郎の胸中で渦を巻いていた。

不思議でならなかった。大金を摑んでからというもの、女は面白いほどに寄ってきた。欲望を処理するだけなら、苦労などしたことはなかった。だから、単に清枝に似ているからといって、なぜ自分の胸中が千々に乱れるのか――。

金は摑んだ。ひとかどの経営者として社会的地位も確立した。生活にも何一つ不自由しない身にもなった。しかし、それでも自分にはまだ手に入れていないものがある。いや手に入れようとしても、もはや不可能となってしまったものがある。それは屈辱に塗れた長沢一郎時代の過去の記憶の清算であり、松木幸介として生きることになっても付き纏う、出自と学歴への劣等感だ。特にそれは、野田や笹井、そして秋谷といった政財界の大物と付き合うようになってからというもの、口にこそ出さなかったが、常に一郎の胸中に大きな負い目として暗い影を落とし続けてきた。

一介の運送屋の経営者で終わっていれば、こんな思いなど抱くことはなかったろう。多喜子が生きていれば、これほど深く秋谷や笹井と交わることもなかったはずだ。たとえ二人の手先として、金を稼ぐようになっても、ほどほどのところで身を引いていただろう。事実、多喜子と暮らしていた間だけは、心の安息を得ていた気がする。美桑の町を思い出すことはあっても、弘明や清枝のことなど完全に忘れていた。ましてや自分の出自や学歴を恥じ入る気持ちなど抱いたことはない。

そう、多喜子の死と前後し、秋谷との関係を深めたことが、すべての始まりだったのだ。あの時を境に見ずともよい世界を見、気がついてみれば秋谷の駒。結局、仕える者が弘明から秋谷に代わっただけで、同じことを繰り返している己の姿に、忸怩《じくじ》たる思いを抱いてきたのだ。いつかはこの立場から脱し、秋谷や笹井と胸を張って伍していけるだけの人間として認められたい。そうなることの術を探し求めていたのだ。

それは何か——。

勲章である。我が身の出自を補って余りある勲章。今となっては、それを埋めるのは自分ではない。新たに伴侶となる女性だ。輝かしい家柄と、学歴を持った女性が、これからの将来を賭け、一生同じ道を歩むと決意してくれることこそが、たとえ金目当てであっても、己の絶対的存在価値の証となる。その点からすれば、冬子はまさに理想の女と言えた。容貌は笹井が言うように、折り紙付きだ。出自も落ちぶれたとはいえ子爵の家柄である。学歴はあの皇太子妃殿下が学んだ聖心だ。

それにもう一つ、容貌があの清枝に似ているところもいい。中学生とはいえ、愛の告白を歯《し》牙《が》にもかけず、けんもほろろにうちやった女。そして思いを果たせなかった唯一の女でもある。面差しは似ていても、清枝とて所詮は教員の娘だ。その格差だけは埋めようがない。冬子は似て非なる遥かに上等な女だ。

久しく忘れていた欲望が頭を擡げてくる。しかし、だからといって冬子を迎えるためにはどうすればいいのかということになると、さっぱり見当がつかない。

「そろそろ家の中を拝見させていただけますか」

笹井の言葉で我に返った。ティーカップは、いつの間にか空になっていた。

「そうですね、それではご案内しましょうか」

池之上が腰を浮かしかける。

「ちょっと待って下さい」一郎は慌てて二人を制した。「ひょんな話の成り行きから、お屋敷の中を拝見することになってしまいましたが、突然では奥様やお嬢様に失礼です。家を預かる女性にはいろいろと準備もあるでしょうし、日を改めさせていただきたいのですが」

「しかし、売買契約が成立してしまった以上――」

「買った人間の申し出です。住み続けられる間の家賃については、受け渡しの日を含めて、改めてお宅を拝見させていただいてから考えさせていただきます。その提示があるまでは、家賃のことはお考えになる必要はありません。このまま住み続けていただいて結構です」

「本当ですか」

池之上の顔が微かに明るくなった。

「本当です。ですから今日のところは、これで……」

改めて訪問することは、冬子と再び会う機会が増えることを意味する。それに、どうせ逆立ちしたって、幾らの家賃も取れやしないだろう。焦げ付くのが関の山。決めたら決めたで無駄な用事が増えるだけだ。

本音はそこにあったが、そんな内心は曖気にも出さず、一郎はきっぱりと断言した。

*

その夜、『みやこや』の座敷は大いに盛り上がった。

秋谷、笹井、一郎、そして野田の間に座った芸者が酌をし、三味線に合わせて舞を踊る。太鼓持ちが戯《たわ》けた芸を披露する。寄り添うように隣に座り、しなを作りながら酒を勧める芸者の和服からは、髪につけた椿油に混じって仄かに香の匂いがした。伽羅《きやら》だろうか、甘く鼻腔を擽る匂いは、燗酒の香りを際立たせる。

誰もが上機嫌だった。今夜の会合は、一郎が池之上の不動産を手に入れることに成功した祝いの席ということになっていたが、そんなことは名目上のことだ。売買契約が成立したことは、それぞれの思惑が叶えられたことを意味する。思惑とは、とどのつまり金である。資金を出すのは一郎。三人には、黙っていても応分の金が転がり込む。もちろん今回の取引で上がった利益の三割を直接懐に入れるのは秋谷一人だが、親分の懐が潤えば恩恵を被るのは野田である。笹井にしても、秋谷の力が増せば、銀行は更なる発展を遂げ、結果収入に跳ね返る。何のことはない、それぞれが自分のために祝っているに過ぎないのだが、他人のために祝う席ではないからこそ盛り上がるのが宴というものだ。

「照冨美《てるふみ》。お前、松木君は大事にしておいた方がいいぞお。今でも大金持ちだが、これから先、ますます稼ぎを上げる人になるからな」

ネクタイを取り、ワイシャツの襟のボタンを外し、すっかり酔いが回った秋谷が胴間声を上げた。

「大蔵大臣の先生に、それほど見込まれるなんて、松木さん、何をしていらっしゃるの」

料亭では二カ月に一度、会合を持っていたが、芸者を上げたのは数えるほどしかない。内密な話が多かった上に、一郎が芸者遊びにさほど魅力を感じなかったからだ。お座敷遊びは面倒な決まりごとが多くありそうな気がしたし、舞を披露されても退屈なだけだ。女をくどくというなら、クラブの方がよほど手っ取り早い。会合が済むと、早々に引き揚げ、場を移して飲み直すのが常で、こと芸者に関しては馴染みといえるほどの女はいない。

「先生が、大袈裟に言ってるだけだ。俺はただの運送屋だよ」

一郎は照冨美の酌を受けながら答えた。

「運送会社って、そんなに儲かりますの」

「松木君は、立身出世の男でね。千葉の成田に生まれて、中学を出るとすぐに就職したんだ。確か最初は中華屋の職人をやったんだったね」

「はあ……」

「それから苦労して運送会社を立ち上げて、今では関東一円に配送網を持つ、松木運輸の社主にして不動産コンサルタント会社の社長だ。それもまだ四十三だぜ」

苦労話は人を持ち上げるには格好の話題だ。出自も学もない人間が、大臣や日本有数の信託銀行の頭取と同席するまでになったということを印象づけたいのだろうが、今日の一郎には、そこを強調されるのはあまり愉快ではない。

「まあっ」

日本髪のかつらを被っている上に、白塗りの化粧を施しているから落ち着いて見えるが、二十を少し過ぎたところか。幼さが残る目を丸くして照冨美は大仰に驚いてみせる。

悪くない顔立ちである。しかし、冬子を見た後ではそそられるものなどありはしない。

一郎は、黙って盃を飲み干した。

「松木君は実力もあるが、大変な強運の持ち主だね。世に立身出世を称される人間は数多《あまた》いるが、辛苦から這い上がって小さな会社でも興せば誰でもそう呼ばれちまう。だがな、松木君は違うぞ。正真正銘、立志伝中の男だ」

「先生がおっしゃるんですもの、大変なお方なのね」照冨美は一郎の顔を見ると、「どうしたら、そんな運を手にできるのかしら。あやかりたいわ」

満更お世辞とも思えぬ口調で言った。

「簡単なことさ。松木君に一晩相手をしてもらえばいいんだよ。あげまんってのもあるが、あげちんってのもあるらしいからな。松木君のお情けをもらえば、開運繁盛。前途が開けること間違いなし！」

「いやですわ、先生。それなら、大臣を何度も経験なさった先生にお相手してもらった女性は運が開けましたの？」

「ああ、開けたとも。若い頃に相手をした女はみな運を摑んだぞ」

「若い頃って、じゃお歳を取ってからは？」

「ああ、摑んだ摑んだ。もっとも同じうんでもババだがな。関西じゃうんのことをババとも言うんだ」

秋谷は大口を開けて呵々と笑った。

「いやですわ、先生」

照冨美がしなやかな指を口にあて、体を捩《よじ》る。

「だがな、あげちんは本当だぞ。勢いのある男の情けをもらうと、不思議なことに運がつく。そうだ、照冨美。お前旦那はまだだったな」

「はい」

「それなら松木君に水揚げをしてもらったらどうだ。なあ、照江《てるえ》」

秋谷は傍らに座る老齢の女性に向かって言った。置屋の女将である。

「そりゃもう、先生のお墨付きのある方なら是非。赤坂もかつてのような勢いはありませんし、水揚げをして下さる旦那もなかなかおりません。もうそんなお話は、ここ十何年もありませんもの。松木さんのような方が、この子を水揚げして下されば、街にも勢いがつくというものです」

冗談じゃないと思った。お座敷遊びはさほどしたことはなくとも、夜の巷で遊んでいれば、多少なりとも水揚げに関する知識はある。今の時代の水揚げは、昔とは違って初めての男になることを意味しない。特定の芸者の芸事、習い事、着物や帯。花柳界で生きていくに当たってのすべての面倒を見る、いわばスポンサーになるということだ。もちろん、体の関係を持つことは可能だが、一つ何百万もする着物や帯を買い与え、旦那然として振る舞う趣味はなかったし、第一、照富美はそれほどの金を払ってまで付き合うほど価値のある女とは思えない。それに秋谷や笹井は知らないことだが、女ならもう三人も囲っている。

「先生、それはどうかご勘弁を。水揚げなんて、私には荷が重過ぎますよ」

一郎はやんわりと断った。

「いいじゃないか。君は独身だろ。女を取っ換え引っ換えするのもいいがそろそろこの辺で、錨を下ろす港をみつけんとな。女を囲えるなんて、誰にでもできることじゃない。これも甲斐性のうちだぞ」

「まあ、松木さん、独身でいらっしゃいますの」

照江が格好の獲物を見つけたとばかりに、貪欲な目を向ける。

「いやいや、人間、分不相応なことをすると、せっかく手にしたその運が逃げてしまいます。私にとって、新たな商売に手を出した今が一番大事な時です。今回の案件を成功させて、さらに大きくなりたいとも考えております。そのためにはまず、足場を固めなければなりません」

余りに優等生的な一郎の答えに、盛り上がりが頂点に差しかかった座が一気に白けた。

「松木さんたら私じゃご不満なの」

照冨美がすねた声を上げる。

「そうか、運が逃げるか」秋谷は思いついたようにポンと膝を打つと、再び大声で笑いながら戯けた口調で続けた。「そうか君はあげちんかも知れんが、照冨美はさげまんということもあるしな。とんだ地雷にならんとも限らんし、止めとくか」

「もう、先生の意地悪」

照冨美が悔しそうに身を捩るのを見て、一同の間から笑い声が上がった。

「しかし、先生がおっしゃるように、松木さんもそろそろ身を固めた方がいいでしょうねえ。資産や会社のことを考えれば、やはり跡取りが必要でしょう」

いかにも銀行屋らしい案じ方で、笹井が話題を戻してくれたところで、

「実は、意中の人がいないわけではないのです」

一郎は切り出した。

「多喜子さんが亡くなってから、もう十五年だ。そういう人が出てきてもおかしくはないだろ

うね。君もようやく喪が明けたわけだね」

野田が感慨深げに言う。

「それで、意中の人というのはどんな人かね。結婚することが決まっているんだったら、私が仲人をしてやろうか」

秋谷は興味を惹かれたようで、脇息に腕を載せながら訊ねてきた。

「それを申し上げる前に、一つ先生にお訊ねしたいことがあります」

「何だね」

「先生と池之上さんのご関係です」

「松木さん、まさか――」

笹井がはっとした顔をして声を上げたが、一郎はそれを目で制した。

「以前にも話したが、池之上さんは私の支援者だ。もっとも当代になってからは、会社の経営がうまくいかなくなって、付き合いは幾分疎遠になったが、先代には、私も大変世話になったもんだ」

「今回の件では、先生におすがりしたほどです。池之上さんは先生を頼っておいでなんですね」

「そういうことだろうな。私が笹井君を紹介しなければ、従来のメインバンクは、たとえ家屋敷を抵当に入れると言っても、あそこまで高い評価はしなかっただろうね」

「ということは池之上さんは先生に恩義があるわけですね。借りがあるわけですね」

「恩と感じてはいても、返すことなどできやしないさ。どうあがいたところで、もはや池之上興業の倒産は避けられない。家屋敷も手放したことだし、明日の生活を考えるのが精一杯で、私を支援するどころの話じゃないだろう」

「池之上さんのご恩、私が返すと申し上げたら」

「どういうことだね。君がどうして池之上さんの恩を返さなきゃならないんだ。何の関係もないじゃないか。君が彼に借りがあるわけじゃなし」

秋谷は、理由が分からないとばかりに小首を傾げた。

「身内となれば話は別じゃありませんか」

「何だって？」

「池之上さんのお嬢さん。冬子さんを嫁に迎えたいのです」

「松木さん。冬子さんとは今日会ったばかりじゃないですか。いくらなんでも気が早いんじゃありませんか」

笹井が慌てて言った。思わぬ展開に、芸者たちが身の置き場がないとばかりにきまりの悪そうな顔をしたが、一郎は構わなかった。

「ひと目惚れです。おかしいですか？」

「しかし、池之上さんのところは、知っての通り、あの有り様だぞ。何も好き好んで火中の栗を拾うような真似をすることはないだろう。これ幸いと頼られたらどうする」

今度は野田が割って入った。

「何もかも知っての上で申し上げております。頼られるなら、一家の面倒を見る覚悟はあります」

嘘はなかった。むしろ、取引というなら話が早い。冬子を自分のものにできるのなら、あの屋敷を売りに出さず、池之上一家をそのまま住まわせてもいいとも思った。極東信託からの二十五億円の借入金は、手持ちの金を注ぎ込んでもまだ五億円残る。松木運輸からの報酬もあるから当座の生活に困るわけではない。もっともそれでは、秋谷に渡す転売利益がなくなってしまうが、湾岸地域の埋め立て地はまだたくさん残っているし、これからもどんどんできる。そこから上がる利益の比率を上げて返していけば秋谷も嫌とは言うまいと思った。加えて、この唐突な申し出を秋谷が即座に否定しなかったことが、一郎の意を強くさせていた。

「ふむ……」秋谷は、暫し考えを巡らしているようだったが、「笹井君。その冬子さんという女性、あんたの目から見ても、松木君がひと目惚れするようないい女かね」

と、笹井に向かって訊ねた。

「確かに、美しい女性ですが……。しかし、だからと言って、今日の今日はないでしょう。ことは一生の大事ですからね。もっと慎重に見極めてからでもいいんじゃないかと思いますが」

「そこが、チャンスを食える人間とそうじゃない人間の違いかも知れんね。惚れる惚れないに理屈はいらない。たいていが会った瞬間に決まるもんだ。十五年もの間、一人暮らしを続けて来た松木君が、ひと目でここまで心を動かされたとあらば、さぞや感ずるものがあったんだろう」

「しかし、本人を目の前にして言うのも何ですが、あちらは確か二十四歳、しかも初婚ですからね。年の差にして、二十歳ほどですか。果たして、何と言うでしょうねえ」

笹井は小難しい顔をして小首を傾げる。

「おかしなことを言うじゃないか。君はさっき、松木君にも跡取りが必要だと言ったね。だったら、嫁さんは若いに越したことはないだろ。茶飲み話の相手をしてもらおうってわけじゃあるまいし、年相応の中年ババアを嫁にもらってもしょうがないじゃないか」

「そう言われると、返す言葉もありませんが……」

秋谷は一郎に向き直ると、

「いいだろう。この話、私が間に入ろうじゃないか。男がひと目惚れした女の元に仲人を送り、結婚を申し込むなんてことは、少し前の日本にはよくあったことだ。ここは松木君のために、一肌脱ごう」

あっさりと仲立ちを引き受けた。

自分への報酬に一切触れることなく、力になると申し出るところにしたたかさを感じたが、いかに秋谷とて、自分の存在なくして旨い汁を吸い続けることはできない。無茶な要求をしてくるわけがない。おそらくはこれから支払う報酬の割合を一割か二割増やしてやる程度で済むだろう。それにしても大変な金額だが、冬子という勲章を胸に抱くことを考えれば安い物だ。

「本当ですか」

一郎の胸中で熱を持った塊が急速に膨張してくる。

「任しておきたまえ。私が引き受けたからには悪い返事は持って来やせんから」

「ありがとうございます!」

一郎はその場で居住まいを正すと、両手を突き畳に額を押し付けんばかりに頭を下げた。

「何をそんな水臭い。男がこれしきのことで土下座なんかするもんじゃない。頭を上げたまえ」秋谷はそう言うと、「さあ、小難しい話は終わりだ。前祝いと行こう。景気づけだ。銀ちゃん、頼むぞ!」

座敷の隅にいた幇間《ほうかん》に威勢のいい声をかけた。

「へい、それではかっぽれを一つ……」

芸者衆が三味線を奏で始めた。

*

半年後、一郎は冬子と結婚式を挙げた。

多喜子の時には、深川の料理屋で身内を集めただけの小さな宴であったが、今度は違う。虎ノ門のホテルの大宴会場に三百人もの列席者を集めた、華燭の典である。仲人の秋谷が二人を紹介する言葉を聞きながら、一郎は隣にいる冬子の顔を見た。純白のベールを頭に載せた冬子の姿は、天井から降り注ぐライトを浴びてフレアがかかり、思わず息を飲むほどに美しかった。

冬子とこれからの人生を一緒に過せる。どこへ出しても恥ずかしくない女であり妻。何物にも代えがたい勲章を手に入れた喜びが実感として胸中に込み上げてくる。その一方で一郎は、集団就職で上京した自分が、手に入れたいと願ったすべてのものを掌中に収めた確信を抱いた。そして万感の思いを以て列席者で埋め尽くされた会場を睥睨するように見渡しながら、冬子と結婚するまでの過程を思い出した。

冬子にとっては二十近くも歳の離れた男との縁談である。しかも当人に会ったのは一度きり。茶を出す間の極めて短い時間だ。いかに秋谷が間に立つとはいっても、あまりに唐突に過ぎる。しかも形の上では見合いということになるのだから、当然釣り書をしたためたのだが、これにはほとんど書くことがない。何しろ家族もいなければ、学歴にしてもたった二行と、書いている自分が惨めになるような代物である。財力以外に取り柄がないのだ。

「任せておけとおっしゃった先生を前にして何ですが、大丈夫ですかね」

衆議院議員会館の事務所に出向き、釣り書を入れた封筒を差し出した手を止め、一郎は秋谷に訊ねた。

「今さら何を気にしてるんだ。歳か、それとも初婚じゃないってことか」

「それもありますが、私には学もなければ、生まれも冬子さんとは月とスッポン。果たして冬子さんはうんと言ってくれますかね」

「まあ、普通に考えればその通りだろうが。松木君、学や、出自だけじゃ渡っていけないのが世の中というものだ。ものを言うのは力だよ。力とは金と地位だよ。池之上がかつての勢いのある頃ならともかく、落ちぶれ果てた今となっては、藁でも蜘蛛の糸でも窮地を脱することができるなら何にでも縋りつきたいところだろうさ」

　秋谷が言わんとしていることは分からないではないが、冬子にしてみれば己の人生がかかった話である。池之上は冬子を紹介するに当たって、売れ残り寸前のクリスマスケーキと言ったが、本人には結婚に対する夢も希望もあるだろう。ましてやあの美貌である。薹《とう》が立っても嫁にと望む男は世間に幾らでもいるだろう。それを考えると、いかに池之上の家が窮地にあるとはいえ、家のために己を犠牲にしてまで意にそぐわない男の元に嫁ぐとは思えない。

「しかし先生――」

　一郎は思わず言葉を返そうとしたが、秋谷はそれを遮ると、

「釣り書とは良く言ったもんだ。釣り書ってのはな、縁を結ばんとしている当人、そして家同士が釣り合いが取れるかどうかを見るためにあるもんだが、俺はもう一つ、別の意味合いがあると思っている。相手を釣るための餌が書いてある代物でもあるんじゃないかとな。どんなに立派な魚でも、空腹には耐えられん。ましてや大食らいに慣れた大魚になれば、見てくれよりも腹を満たしてくれる餌の方がいいに決まってる。その点、君は見てくれは悪いかもしれんが、充分魅力のある餌だといえるんじゃないかな。まあ、見ていたまえ。私だって勝算のない話を安請け合いするほどお人好しじゃない。悪いようにはせんから」

　秋谷は任せておけとばかりに一郎が屈辱を嚙みしめながらしためた釣り書を、ポンと執務机の上に放り投げた。

　池之上からの返事が来たのは、それから数日後のことである。知らせは秋谷からの電話だっ

た。それによれば、一郎が予想していた通り、池之上はこの縁談には難色を示したらしい。ところが意外なことに、前向きになったのは冬子であったという。

二人が席を改めて再会したのは、最初の出会いから一月ほど後のことである。洋風の生活を常とする池之上家のことを考えて、一郎は都内のホテルに夕餉の席を用意した。

冬子は一人で現れた。濃紺のスーツに身を包み、大粒の真珠のネックレスを首に下げた冬子は、家で会った時とは違い、完璧な化粧を施したせいもあって、凄みさえ感じさせる美貌だった。単に美しいというだけの女なら、いやというほど見てきた。しかし、落ちぶれたとはいえ、さすがに華族の血を引く家の娘である。気圧されるような出自の良さが、身から滲み出ている。

会話がどんな形で展開したのか、何を食べたのかも今となっては思い出せない。贅沢には慣れたつもりだが、フォークやナイフの使い方に間違いはないか。品性、知性を疑われるような言葉を発してはいないか。とにかく、冬子に嫌悪の気持ちを抱かれぬよう、必死になったことだけは覚えている。

縁談の話を切り出したのは、冬子だった。

「松木さん、本当に私でよろしいんですの？」

恥じらいも衒《てら》いもない、毅然とした口調で訊ねてきた。むしろ、いきなり核心に触れる問い掛けを、しかも肯定的な意味合いを含んだ言葉を投げかけられて、どぎまぎしたのは一郎の方である。

「えっ？」

「本当に、私を貰っていただけるんですか？」

冬子は揺るぎない視線を一郎に向ける。

「そう願っているから秋谷先生にお願いしたんです」

一郎は慌てて慣れぬワインを口にした。小難しい名前の知識などありはしなかった。リストの中で一番値の張るものを選んだだけだ。普段飲み慣れている日本酒や焼酎とは違い、腐敗寸前の果実の臭いと言った方が当たっているような、艶めかしい香りが鼻腔を抜けた。

「私のどんなところがお気に召しましたの？」

「どんなところって……好きになるのに理由なんかありませんよ。月並みな言い方ですが、最初にあなたを見た時に、この人と結婚したい、女房に迎えたい。そう思ったんです」

冬子は、一郎に目を向けたまま、形のいい唇を結び、静かに微笑んだ。

「高望みだということは分かっています。私には学もない。女房と死に別れた過去もあります。あなたのような人なら、私なんかよりもっと相応しい男がいることも承知の上です。だけど――」

「松木さん。結婚って、縁あって出会った男と女が一つ屋根の下で、寝食を共にしながら同じ運命を共有して一生を過すことですよね。それに当たって一番大切なものは何だと思います？」冬子は一郎の言葉を遮ると、醒めた口調で訊ねてきた。「愛情？　思いやり？　それとも他の何か？」

「そりゃ愛情を覚えていなければ結婚なんてできないでしょうし、思いやりがなければその後の生活は殺伐としたものになってしまうんじゃないでしょうか」

一番大切なものと問われているのに、俄に思いつかない。一郎は苦し紛れに答えた。

「それでは松木さんは前の奥様に愛情を覚えて結婚し、思いやりのある生活をなさっていたわけですの？」

妻に迎えたいと申し出た女の前で、多喜子のことを持ち出されると、何と答えたものか言葉が見つからない。

「そうだった……と思っています」

一郎は歯切れの悪い答えを返した。

「だけど、あなたはこうして私を妻にしたいと申し出た。前の奥様が亡くなって十五年経ったといっても、これって愛情なんて時のうつろいと共に冷めてしまうってことの証じゃありませんの」

そう言われるとぐうの音も出ない。ワインの酔いというのは、普段口にしている酒とは違い、緩やかな上昇曲線を描きながら、徐々に体内に浸透してくるものらしい。頭の回転が鈍くなる。

「じゃあ、冬子さんは何が一番大切だと思うんです」

「そうですね。強いて挙げるなら生命力かしら」

「生命力って若さのことですか？」

一郎は冬子の言わんとすることが俄には理解できず、訊ね返した。

「若さと生命力は別物だと思います。女は本能的に強い男に惹かれるものじゃないかしら。ほら、動物の世界もそうでしょう。一匹の雌を巡って、何匹もの雄が争う。激しい戦いに勝ち残った雄だけに、雌は子孫を残すことを許す……」

「動物の世界と人間の世界は違うんじゃないかな」

「そうかしら」冬子は僅かに小首を傾げると、グラスに軽く口をつける。「じゃあ、どうして見合いとなると、釣り書なんてものを持ち出すのかしら。それって自分が何者であるかということを明らかにするってことより、本来の目的はいかに自分が優秀かつ、将来有望な人間であるか。この世の中で勝ち抜いていけるだけの可能性を秘めているか。それを相手に知らしめるための物って考えられません？　特に男性のそれはね」

どうやら冬子には彼女なりの結婚観があるらしい。一郎は黙って先を促した。

「だけど、人間には確約された将来なんてありはしないわ。それこそ一寸先は闇。たった一つのミスや先見の明のなさが人生を台無しにしてしまい、社会の落伍者へと突き落とす。若いということは、開かれた未来が待ち受けている可能性を秘めてはいるけど、逆をいえばどこかの時点で将来が閉ざされてしまう危険性にも満ちあふれているということでしょ」

「先が見えないから人生は面白いんじゃないかな。不遇を託《かこ》っていても、どこかでチャンスをものにできるかも知れない。そう思えばこそ、人間は生きていられるんじゃないのかな」

「それは松木さんが、成功者だから言えるんだわ」冬子は刺々《とげとげ》しい口調で言った。「家柄、学歴なんて、履歴書ぶら下げて仕事をするわけじゃなし、社会を生き抜く能力を証明するものでもなんでもないわ。それは父や母を見ていればよく分かる。私は人生の敗残者になりたくないんです。明日をも知れぬ生活を送るなんて、金輪際まっぴら」

「すると、冬子さんは——」

「私、結婚生活を維持していくためには、経済力が第一だと考えています。だってそうでしょう。明日のご飯をどうするか、来月の家賃を払えるかなんて心配をしながら、どうして幸せな生活を送れると思います？　愛情ではお腹は膨れない。そんなものは厳しい現実に直面したら、あっという間にどこかに吹き飛んでしまう。愛情なんて、ゆとりある生活があって初めて覚え、噛みしめることができるものでしょ」

どうやら冬子が結婚してもいいことを匂わせているのは、秋谷が予想した通り、自分の財力にあるらしい。本音だとしても、妻にしたいと願っている女にあからさまにここまで言われると、興がそがれようというものだ。しかし冬子に惚れていることは事実で、彼女を娶ることが自分では消しようのない出自へのコンプレックスを補って余りある勲章になるという気持ちを抱いているのは、一郎とて同じことだ。

それに今の時点で愛情を覚えていなくとも、満たされた生活を送らせてやれば、冬子とて感謝の念を抱き、やがてそうした感情が愛情へと変わっていくことは充分に考えられる。要はお互いの利害が一致しさえすれば、結婚生活は維持できるものであるには違いない。

「少なくとも、私の妻となってくれるのなら、冬子さんには経済的な苦労はさせない。そういう自信はあります。第一、もう冒険する歳でもありませんしね。これからの人生を平穏に、これぞと見込んだ女性と楽しく過ごしたい。それが私に最後に残った望みです」

一郎は胸中に余裕が芽生え、自然と頬の肉が緩むのを覚えながら言った。

「本当に私でいいんですね。後悔はしませんね」

「ええ」

「それでしたら、松木さんのお申し出、つつしんでお受けいたします」さすがに冬子はしおらしい言葉を吐いたが、「ただ一つ、お願いがあるのです」

改まった口調で言う。

「何でしょう」

「松木さんがお買いになった家です。あの家には、私たち家族の思い出があります。私自身にとっても、生まれ育った家です。私のこれまでの人生すべてがあるんです。できることなら、松木さんとの新しい生活はあの家で送りたいんです」

「いいでしょう。あれほど広い屋敷ですからね。ただ、しっかりした部材を使ってはいても、かなり傷みが酷いようですから、大分手を入れなければならないでしょうが、冬子さんの望みとあれば……」

あの屋敷に住むということは、地価が上がったところで転売し、労せずして利益を上げるという当初の目論みは遂げられなくなるが、だからといって金に困ることはない。千葉の埋め立て地はまだたくさん残っているし、松木運輸の業績も安定している。そこからだけでも年額一億五千万円の報酬がある。冬子の両親と同居をするということは、二人の面倒を見るのと同じことだが、それだって収入からすれば高が知れたものだし、転売利益の三割を支払うことになっている秋谷には別の案件で埋め合せをしてやればいい。

一郎は、大きく胸を張って答えると、初めて満面の笑みを浮かべた。

仲人の挨拶が終わったところで、乾杯となった。音頭を取るのは笹井である。盛大にシャンパンが抜かれる音が交錯する中、スタンドマイクの前に立った笹井が祝辞を述べる。

「松木幸介君、冬子さん。本日はおめでとうございます。心よりお祝い申し上げます」

披露宴の祝辞は、結婚する二人を誉めそやす言葉で終始するものだ。笹井の祝辞も例外ではなく、一郎については、立志伝中の男であることをことさらに強調し、いかに前途が有望であるかということであり、一方の冬子に関しては、旧華族という家柄と、美貌と教養を歯の浮くような言葉の羅列で誉め立てる。列席している誰もが、笑みを湛え、二人の門出を祝うふりをしながら、内心では金にものを言わせて若く美しい女性を妻に娶った男と自分を見ているだろうし、冬子にしても池之上の窮地を救うために、一身を投げ出した程度にしか考えていないだろう。まさに虚飾に満ちあふれた茶番としか言い様のない場なのだが、そもそも世の中とはそういうものだ。腹に一物、二物も抱えていても、力ある者の前では、沈黙し服従せざるを得ないのだ。むしろ、学もなく、出自にも何一つとして誇れるものがない自分が、冬子を妻と迎え、有名銀行の頭取が乾杯の音頭を取る。それが立身を遂げた証であり、さらに新しい勲章を胸に抱いたことの披露の場でもあるのだと思うと、一郎は晴れ晴れしい気持ちを抱いた。

「それでは二人の前途に幸多きことをご祈念し、乾杯の音頭を取らせていただきます。乾杯！」

笹井がシャンパングラスを掲げて、声を張り上げた。三百名の出席者が追随する。一瞬の間を置いて、人々の騒めきが潮騒のように会場を満たす中で、一郎は喉を滑り落ちていくシャンパンの余韻を感じながら、さらに輝かしい将来が前途に待ち受けている予感を覚えた。

＊

池之上の邸宅は傷みが酷く、一家四人で暮らしていくためには大掛かりな修繕と改装が必要だった。工事が終るまでの間は成城の家で過ごすことを一郎は提案したが、冬子は頑としてそれを拒む。住み慣れた青山を離れたくはないのだと言う。だから新しい生活のスタートは青山に借りたマンションで始まった。

冬子は未開の女であった。彼女の肉体は、病弱だった多喜子とは違い、胸も大きければ、体のラインにもメリハリがあった。その点からいえば、一郎にとって欲望を満足させる資質だけは充分持ち合わせていた。しかし、女性の扱いに慣れた一郎がいかな技巧を駆使しても、冬子は一向に性が目覚める気配がない。自ら進んで濃密な時間を楽しもうという気配も感じられないのだ。ならば求めに応じないのかと言えばそうではない。新たに買いそろえたダブルベッドの中で、体を抱き寄せれば行為には応じる。しかしそこからは一郎のなすがままに任せる。声一つあげるわけでもなければ、自ら動くわけでもない。まるで美しい人形を抱いているような空しい行為となるのが常であった。

もっとも、一郎は元より冬子から快楽を覚える行為を得ることを期待していたわけではない。冬子を手に入れて以来、一郎は新たな勲章を手に入れたい野望を抱くようになっていた。それは己の血を引き継いだ子供に、自分にはついぞ手に入れられなかった唯一のことである学を身につけさせ、築き上げた会社や財産を継がせることである。多喜子が喜郎を妊《みごも》った時には、会社を設立して間もないこともあったし、多喜子も高卒の身の上である。学などということは考えもしなかったが、今度生まれてくる子供は半分とはいえ旧華族の血を引いている。となれば、良家の子弟が集う学校に幼稚園から通わせることも夢ではないだろう。

一郎は、早く冬子が妊ることを願いつつ、人形のような体を抱いた。己の精を彼女の体内に注ぎ続けた。

「早く子供が欲しい。俺の跡取りになる子供が」「子供ができたら、幼稚園から良家の子供が通ういい学校にやろう」

気だるい行為の余韻が残る中で、一郎は決まって冬子の耳元で囁いた。そんな時冬子は、

「子供は授かりものですから……」

と、ほつれた髪の下に穏やかな笑みを湛えて答えるのだったが、妊娠する気配は一向に訪れない。

一年後には屋敷の改修が終わり、池之上夫妻を交えての生活が始まった。邸宅は中央の居間を境にして西側は池之上夫妻、東側は一郎と冬子の住居とした。子供を切望した一郎は、冬子の負担を少しでも減らしてやろうと、住み込みの家政婦を雇った。会社は解散したものの、池

之上の家は一郎の財力のお陰で、確実にかつての優雅な日々を取り戻していった。屋敷には有名デパートの外商が頻繁に出入りし、古ぼけた調度品や家具はアンティークとしての価値のあるものを除いて、すべて新品に変わって行った。冬子や義母は美容院に頻繁に出掛け、髪を整えるようになったし、身に着ける衣類も上質のものばかりとなった。池之上は会社が傾き始めてから止めていた葉巻を燻らすようになり、改装の際に庭師を呼んで丹誠させた庭の片隅にある薔薇園の手入れを楽しみ、咲き誇る花を眺めながらブランデーを入れた紅茶を楽しむ日々を送るようになっていた。

冬子のみならず、池之上夫妻にかかる日々の金は相当なものになったが、笹井の言った通り、土地の値段はこの屋敷を購入した直後から天井知らずの暴騰が始まり、資産としての価値は三倍に膨れ上がっていた。金は唸るほどあった。世間は好景気に沸き、松木運輸の業績も、右肩上がりでとどまる気配はない。何もかもが順調だった。

しかし、それから二年経っても、三年経っても、冬子は子を宿さない。少なくとも一郎には多喜子との間に喜郎を授かった前例がある。もし、どちらかに妊娠を可能ならしめない原因があるとすれば、冬子にあることは明白である。

「一度、医者に診てもらった方がいいんじゃないか」

一郎も既に四十八歳になっていた。二十九歳の冬子には充分な時間があるが、生まれてくる子供に会社を継がせ、ひとかどの人間に育てあげるには一郎に残された時間は余りない。そんな焦りもあった。

「そのうちできるわよ。自然に任せておけばいいじゃない」

だが、冬子は言を左右にし、頑として医師の診断を拒んだ。

もしかして、この女は石女《うまずめ》ではあるまいか。

囲っていた三人の女は、結婚が決まった時点でしかるべき額の手切金を払い別れてはいたが、子を欲する気持ちは日を追うごとに強くなる。一郎は再び外に女をつくることも考えた。しかし、そもそも欲しているのは、旧子爵家の血を引き継いだ子供である。嫡外子というのでは意味がない。

大きな変化が表れたのは、秋も深まったある日のことである。

秋谷が、長年の国会議員としての功労が評価され、秋の叙勲に与ったのだ。帝国ホテルで催された祝賀パーティーは盛大なものとなった。政財界の重鎮、有力支援者が集うその席に、一郎は冬子を伴って出掛けた。和服を着た冬子は、独身の女性とは違った落ち着いた雰囲気を醸し出していた。不自由することのない生活は女を磨く。気品と美貌に加え、若妻の色香を放つ冬子の姿は、立錐の余地もない会場の中にあって、そこだけにスポットが当てられたような輝かしいばかりのオーラを放っていた。冬子を追う視線はすぐに連れ立って歩く一郎へと向けられる。羨望、嫉妬、好奇心といった、様々な感情が籠った目を意識しながら、人の群れの中を歩くのは、快感だった。秋谷が授かった勲章よりも、冬子の方が何倍も価値があると思った。

一郎はまるで自分が受勲したような晴れ晴れしさで人の群れの中を歩き、

「先生、ご受勲おめでとうございます」

主賓の居場所を示す、ポールを掲げたコンパニオンを後ろに従えた秋谷に歩み寄り、祝いの言葉を述べた。

「ありがとう。これも君の働きのおかげだよ」

かなり酒が入っているらしい。秋谷は上気した顔に満面の笑みを浮かべながら、一郎の手を握った。

「とんでもありません。私が今日あるのも先生のお力添えがあってのことです」

利権をむさぼり、私腹を肥やし、その結果として今日の地位を得た人間に、国家が勲章を授けるとは、まさにお笑いぐさ以外の何物でもない。しかしそもそも手を汚さずして得られる地位などそうあるものではない。

「君もいずれ叙勲に与るだろうさ。松木運輸を創立し、一代で関東有数の運送会社に育てあげたんだ。立派な功労者だよ」

秋谷は上機嫌で呵々と笑った。

「先生。この度はおめでとうございます」

背後から冬子が進み出ると、頭を下げた。

「やあ、冬子さん。暫くだねえ。結婚式以来だから、四年ぶりかね。すっかり奥さんぶりも板についたようだね」

「お陰様で不自由のない生活を送らせていただいております」

「それはあなたを見てれば分かるよ。美貌にますます磨きがかかった。しかし、松木君も果報者だね。この歳でこんなに美しい女性を嫁さんにもらえるなんて。せいぜい可愛がってもらって、うんとわがままを言えばいい」

「ありがとうございます」

社交の場に冬子を連れ出すことはままあったが、普段はもっと饒舌で気の利いた言葉を返すのに、今日は妙に言葉に元気がない。ふと見ると、化粧で隠されてよく分からないが、心なしか顔色が悪いようである。普段でも抜けるように肌は白いのだが、血の気が引いているようでもあるし、額にはうっすらと汗が浮いている。

一郎は秋谷の元を辞すと、

「どうした、気分でも悪いのか？」

冬子の耳元で囁いた。

「ええ、今日はちょっと。人疲れをしたのかしら。何だか気分が悪くて……」

秋谷を訪ねる人は引きも切らない。早々に会場を抜け出してもどうということはない。

「じゃあ、帰るか。家でゆっくり休めばいい」

一郎は冬子の身を慮って、優しい言葉をかけた。

「私一人で帰れます。あなたはもう少しここにいらしたら」

「いや、先生はあの通りの有り様だからね。内輪の宴は日を改めてやることになっているし、今日のところは挨拶さえ済んでしまえば用はない。一緒に帰るよ」

「申し訳ありません」

殊勝に頭を下げる冬子を伴って、一郎は出口へと向かった。会場の外に設けられた受付には、遅れてきた来訪者が列をなしている。階下に向かおうと、エスカレーターに乗ろうとしたその時だった。冬子は突然腹を抱えその場に蹲った。

「どうした！」

一郎は慌てて冬子に声を掛ける。しかし彼女は苦痛に顔を歪め、呻き声を上げるだけで、言葉を返さない。額に浮いていた汗が量を増している。滑《ぬめ》りを帯びた脂汗である。顔色が見る見る間に、青白く変わって行く。

ただ事ではなかった。玄関には車を回しておいたが、事は一刻を争う事態のように思われた。

「誰か！」

一郎は叫んだ。黒服を着た従業員が駆け寄ってくる。

「どうなさいました」

「家内が……救急車を。救急車を早く！」

従業員の手を借り、冬子を医務室に運んだ。常駐している医師が、応急処置を行うべく脈を取り診察を始める。冬子は意識を失っているようで、一言も発しない。蛍光灯の白い光のせいか、顔色はさらに青みを増している。その姿に、死化粧をされて棺に入れられた多喜子の顔が重なった。

一郎は冬子がこのまま死んでしまうのではないかと思った。せっかく手に入れた勲章。いや何よりも大切にし、そして愛した女性が再び自分の手元を離れ、黄泉の世界に旅立ってしまう恐怖が込み上げてくる。

「先生！　大丈夫でしょうか！　死んだりはしませんよね」

医師は何も言わず、冬子が着ていた着物の裾を開いた。瞬間一郎は息を飲んだ。艶めかしい太股から下肢にかけて、真っ赤な鮮血が流れ落ちている。

「奥さんは妊娠していたんですか？」

医師が訊ねる。

「いえ……私は何も聞いていませんが……」

「もしかすると流産かもしれません」

「そんな……」

「かなり出血が酷いですね。とにかく早く病院に運びましょう」

医師の言葉を待っていたようにドアが開くと、従業員が救急車が到着したことを告げた。

薄い青色のユニフォームを着た隊員が、冬子をストレッチャーに乗せ運んで行く。一郎は冬子の手を握りながら、一緒に救急車に乗り込んだ。

救急車は夕暮れの街を走り病院に着いた。救急外来で待ち受けていた医師や看護師が冬子を処置室へ運び込む。

「ここから先はご遠慮下さい。待合室でお待ち下さい」

看護師が一郎を制した。

診察時間をとうに過ぎた院内に人影はなかった。廊下に置かれた長椅子に、一郎は呆然とした思いで腰を降ろした。

神が再び牙を剝いたと思った。これほど待ち望んでいた子供を冬子が宿したというのに、再び奪い去る。喜郎は生後一日。今度はまだ人の形もなさぬうちにである。何ゆえに神はこれほど酷い仕打ちを繰り返すのだ。富を与えはするが、呪われた血を引き継ぐ者をこの世には残させぬということなのか。それがお前の意思なのか。

どれくらいそうしていたのだろう。

「松木さん。お入り下さい」

看護師の声で我に返った。

一郎が応急処置室へ入るのと入れ替わりに、冬子を乗せたストレッチャーが部屋を出て行く。

「どうぞ、そこへおかけ下さい」

まだ三十代半ばといったところか。若い医師が言った。机の上には、真新しいカルテが広げてある。

「失礼ですがご主人……でいらっしゃいますか」

年齢の開きは隠しようがない。医師は、少し困惑した顔をして訊ねてきた。

「はい……」

「ご無理をなさったようですね。まだ安静にしていなければならない時なのに……」医師の声には明らかに非難が込められている。「で、いつなさったんです。手術は」

「手術？」

一郎は医師の質問の意味が分からず問い返した。

「堕胎手術です。今回の出血は、まだ傷が安定しないうちに動き回ったせいで子宮内から出血が起きたんです。詳しい検査は状態が安定してから行いますが、前にも同様の手術をお受けになっていますね。おそらくこれまでは術後すぐに動き回っても何ともなかったんでしょうが、度重なるとこうしたことも起きるんです。もっと慎重になさっていただかないと」

医師の一言一句が一郎の胸を抉る。

冬子が中絶をした？　しかも前にも？　そんなことは聞いたこともない。第一、堕胎手術には相手となった男の承諾が必要なはずだ。冬子からは妊娠の事実を告げられたこともなければ、ましてやそんな書類に判を捺せなどと言われたこともない。

しかし、赤の他人である医師を前にして、自分が知らなかったなどと言えるわけがない。

一郎は答えに窮して沈黙した。それ以前に考えもしなかった事実を告げられ、頭が混乱して思考が定まらない。

「とにかく、奥様には暫く入院していただきます。出血の量もかなりありましたし、状態が落ち着くまでには絶対安静が必要ですからね」医師は有無を言わさぬ口調で告げると、「これからすぐに入院手続きを取って下さい」

話は終わったとばかりにカルテを閉じた。

看護師が持ってきた入院手続き書に記載を済ませた一郎は、冬子が運ばれた病室へ向かった。

緊急であったことに加え、絶対安静が必要とあって、病室は個室だった。殺風景な部屋である。壁面には薄汚れた白い壁紙が貼られ、置かれているものは壁際にベッドと粗末な丸椅子。そしてベッドサイドに置かれた物入れだけだ。

冬子は、じっと目を閉じベッドに横たわっている。秋谷の受勲祝賀パーティーに出掛けるとあって入念な化粧をした顔だけを見ていると、死化粧を施された骸を見ているような錯覚に陥る。微かに上下動を繰り返す布団の動きが、まだ生あることの証であった。

分からなかった。冬子は自分が子供を欲していたことは充分過ぎるくらいに承知していたはずだ。なのに、これまで子供を妊ったことなど、一度たりとも告げられたことはない。それどころか、子供ができないことに医師の診断を仰ごうと申し出た自分に向かって、「授かり物だから」「いずれできるわよ」と平然と言葉を返してきた。しかし、その裏では何度も腹の中に子供を宿していたのだ。しかもそれを自らの意思で、ことごとく始末してきた。

冬子には何一つ不自由しない暮らしをさせてきた。望むものは何でも買い与えてやった。結婚の条件であった屋敷にそのまま住まわせることも、改築もしてやった。同居させた両親にも、厚遇を以て接してきたつもりだ。なのになぜだ。なぜ、なぜ、なぜ――。

自問自答を繰り返すうちに、長い時間が過ぎた。いつの間にか、閉ざされたカーテンの向こうから、大都会が安らぎの時間に入った気配が伝わってくる。鉛のように重い静寂が、狭い空間を包んでいた。

仄かに点るサイドランプの明かりの中で、冬子の目がうっすらと開いた。何かを探し求めるように、瞳が虚空を彷徨う。やがてその目が一郎に向けられたところで、動きが止まった。

「なぜだ……」

最初に一郎の口を衝いて出たのは、冬子を案ずる言葉ではなかった。

冬子の瞳がゆっくりと動き、天井を向く。表情一つ変わるでなく、言葉も発しない。

短い時間が流れた。

冬子の唇が歪んだ。皮肉、嫌悪、開き直り。明らかに負の感情が籠った、底冷えのするような笑いである。冬子はゆっくりと一郎に目を戻すと口を開いた。

「あなたの子供なんて欲しくなかったのよ」

「なにっ」

体が硬直する。冬子に少しでも慌てる様子があったなら、あるいは後ろめたさを感じている気配があったなら、詰問する気にもなったろう。しかし、彼女の言葉の陰にはむしろ、そうすることが当たり前で、気づかぬお前が馬鹿なのだといわんばかりの、響きがあった。

「あなたの血が混じった子を産むなんて、耐えられない。考えただけでも虫酸《むしず》が走るわ」

「じゃあ、どうして俺の妻になった。なぜ俺に抱かれるのを拒まなかった」

「いちいち説明しなければ、分からないかしら」

冬子は訊ねてきた。開き直りとは違う。事実、彼女の目にはこちらを哀れむような影が宿る。

思わず沈黙した一郎に向かって、冬子は言った。

「あなたと結婚したのは、家を守るためよ。代々続いた池之上の家をね。家族の、私の思い出が詰まったあの家が、あなたのような下衆《げす》な成り上がりの人間の手に渡る。それが我慢ならなかったのよ」

「成り上がりの下衆な男か……。じゃあその男に体を開いても平気だったのか」

「苦痛だったわ。あなたと体を重ねることは、私にとっては苦行そのものだった。あなたの舌が私の体を舐め回し、私の中に入ってくる。早く終われ、早く終われと、念じていたわ。今思い出しても、吐気がする。よくも耐えられたものだと思うわ」

なるほどそういう気持ちであったなら、唇を求めても、舌の進入を頑として拒み、手管を駆使しても反応一つせず、ただ人形のように横たわっているだけだった理由も分かろうというものだ。自分に対する嫌悪の気持ちが、女としての性を抑え込んでいたのだ。

「俺が、いったい何をした。お前に嫌われるようなことの一つでもしたか。願いは何でも叶えてやった。欲しいというものはすべて買い与えた。両親の面倒もみてやった。感謝されることはあっても、それほど酷い言葉を受ける覚えはない」

「私はあなたに体を与えた。代償を支払ってもらうのは当然じゃない」

「まるで売女《ばいた》だな。金と引き換えに体を売る売女だ」

一郎は初めて激しい言葉を投げつけた。抑え切れない怒りに任せて、傍の物入れを蹴飛ばした。激しい音と共に、スチールの脚が革靴にめり込む。重く、鈍い痛みが、足の小指の先に走る。

「中学生の恋愛ごっこじゃあるまいし、大人の結婚なんて、所詮そんなもんじゃない。男なんて、口じゃ愛しているとかなんとかと理屈を言っても、欲しているのは相手の体でしょ。女は自分の体を与える代償として割に合う男を選ぶ。いかに将来いい暮らしをさせてくれるか、楽をさせてくれるか。世間で誰それの妻でございます、どこそこの会社に勤めておりますと、胸を張って言えるだけのものが得られるかどうか。そうした打算の積み重ねの果てに体を許し、立場を確実なものとするために結婚という契約を結ぶんじゃない」

「だとすれば、随分高い値をつけたもんだな」

「私の我慢に比べれば、安いものよ。私たちの世界では到底受け入れられない出自の人間を夫にした、それも二十近くも離れた中年男をよ。世間が私をどんな目で見るか分かりそうなものでしょ。私はこの四年、そうした目に晒されながら生きてきたのよ。屈辱を覚えるのは、何もあなたと体を交えている間だけのことじゃない。あなたを夫と呼ぶこと、私の夫と見られること自体が我慢であり屈辱だったのよ」

情け容赦ない冬子の言葉が一郎の心をずたずたに切り裂いて行く。確かに自分にしたところで、冬子との結婚に打算がなかったわけではない。落ちぶれたとはいえ、旧子爵家、華族に名を連ねる名家の出自に惹かれ、妻に迎えることが己のコンプレックスを埋め合わす勲章になると思った。もちろん彼女の体に欲望を覚えたことも事実である。かつて弘明からはこの世に歴然と存在する格差を思い知らされた。そして清枝とはついぞ思いを遂げられなかった。その面影を冬子に見、出自、美貌ともに数段優る冬子を妻に迎えることで、忌まわしい思い出を拭い去ろうともした。

しかし、そうした思いだけでこの四年の間、冬子との夫婦生活を送ってきたわけではない。秋谷に仲介の労を取って貰えるよう願い出た際に「ひと目惚れです」と言った言葉に嘘はない。

歳の差を踏まえて結婚してくれた冬子には感謝の念を覚えてもいたし、愛情も感じていた。だからこそ、冬子の願いはすべて聞き入れ、両親にも何の憂いも覚えぬよう気を使うことを怠らなかったのだ。

「医者は、君がこれまで何度か子供を堕ろしたことがあるようだと言ったが――」

一郎はかろうじて訊ねた。

「これで三度目よ」

冬子はわけもないとばかりに即座に答えた。四年の生活で三度の堕胎ということは、ほぼ毎年、中絶を繰り返したことになる。あれほど望んだ子供を得る機会を知らぬうちに逃していた。

一郎はその事実に呆然となった。

「中絶には、相手の承諾が必要なんじゃないのか」

「法律の上ではね。今の時代に杓子定規に規則を守っている医者なんて、それほどいないわ。三文判を承諾書に捺せば、二つ返事でやってくれたわ」

「お前は平気なのか。宿った子供の父親は俺だが、半分はお前のものだぞ。自分の分身を始末して、罪の意識を感じないのか」

「罪の意識？　そんな言葉をあなたから聞くとは思わなかったわ」冬子は薄ら笑いを浮かべると続けた。「そんなことを言って責めるより、むしろあなたは私に感謝してもいいくらいよ」

「なぜ俺がお前に感謝しなければならないんだ」

「あなた、生まれて来る子は幼稚園から良家の子供が通う学校に入れたいって口癖のように言っていたわね」

「それがどうした」

「そういうところの入園試験には、両親面接があるのよ。応募してくる子供たちの家は、お金にも心配なければ、家柄、両親ともに非のうちどころのないところばかり。そんなところに、中学しか出ていないあなたの子供が入れると思って？　第一、面接にしても、金儲けの才能しかないあなたが、満足な受け答えができるかしら。幼稚園受験は親の受験よ。不合格の通知をもらって、改めて自分の非力さ、あの世界での評価を突き付けられて惨めな思いをせずに済んだんですもの」

冬子は鼻を鳴らしてせせら笑うと、もう話すことは何もないとばかりに、寝返りを打って一郎に背を向けた。

＊

冬子とは離婚してもいい。いや、すべきだと思った。

実際、冬子が倒れた翌日、一郎は、痛む足を引き摺りながら、弁護士事務所を訪ねた。骨折はしていないようだったが、小指は根元から赤黒く腫れ、爪は黒血で真っ黒に変色していた。

ことの次第を詳細に話し、離婚を前提にした相談をする。最大の関心事は離婚時に発生する慰謝料である。財産がなければ頭を痛めることもないのだが、一郎には青山の邸宅を含め、莫大な個人資産がある。今回の件に関して、非が自分にあるとは思えない。別れるに際してはびた一文の金も出すつもりなどなかった。

　しかし、自らの身を以て池之上の家を守ろうとした冬子である。しかも老いた両親を含め、冬子の生活のすべてが一郎に依存しているのだから、黙って引き下がるとは思えない。おそらく、離婚は調停へと持ち込まれ、司法の場で争うことになるだろう。そうなった場合の展開と戦術を練っておきたかった。

　弁護士の見解は、明確なものだったが、一郎にとってはいささか不本意な点がなかったわけでもない。一郎にまったく瑕疵《かし》はなく、すべての非は冬子にある。むしろ慰謝料をもらってもおかしくないケースでさえある。ただ、そうは言っても夫婦生活を送っていた間に築いた財産は、共有するものと考えるのが普通であるので、分割をせざるを得ないだろうと言うのだ。

　四年の間に築いた財と言えば、会社から得た給与が六億円、他に秋谷の意向を受けて、公共用地売却に絡むコンサルタント料から三億ほど、都合九億円である。つまり税金を差し引いても五億円強の半分、二億五千万円からの金を冬子には支払わなければならなくなる。これではあれほど冬子が執着した家から、池之上夫妻ともども、放り出してしまえばそれで済むという問題ではない。一郎にしてみれば、泥棒に追い銭そのものである。

　あんな女に一円の金もやることなく別れる手だてはないものか――。

　一郎は必死に考えたが、元より数多の離婚訴訟を手がけてきた弁護士の見解である。素人が知恵を絞ったところで、妙案が浮かんで来るわけがない。

ならば離婚をせずに、このまま形の上だけの夫婦を装い生活を共にしていったらどうなるか——。

答えは簡単である。冬子との歳の差は二十近くもある。常識で考えても、早くこの世を去るのは自分の方だ。その時点で、遺産は冬子が引き継ぐのが法の決まりだ。もちろん遺言状をしたため、遺産の一切を慈善団体のような第三者に寄贈するという手もないわけではない。おそらく冬子は自分を恨み、悲嘆に暮れるだろうが、よくよく考えてみると、所詮事態が振り出しに戻るだけ。つまり痛み分けということに過ぎない。それでは腹の虫が収まらない。冬子の本性を知った今、望むのは復讐である。復讐とは負の遺産を残してこそ成し遂げられるものだ。

考えがそこに行き着くと、一郎は拙速に結論を出す必要はないという思いを抱いた。

時間はまだ残されている。離婚をすぐには切り出さず、このまま偽りの夫婦関係を続け、その間にしかるべき手を打てばいい。残す物は残してやるが、そう簡単には金にはできない、残されても困るものに、自分の財産を移していけばいいのだ。それがいかなる手法によって成り立つのか、俄には思いつかないが、必ずやうまい手が見つかるはずだ。

だから、一週間後に冬子が退院しても、一郎は堕胎のことに触れることもなければ、彼女を責めもしなかった。もちろん家の中での生活は一変した。冬子が帰宅する以前に、東の棟の空き部屋に彼女の荷物のすべてを移し、寝室を別にした。朝は目覚めるとすぐに身支度を済ませ、会社に向かう途中ホテルに立ち寄り朝食を摂った。昼食も、夕食も外食である。家に帰れば風呂を浴び、そのまま誰もいない寝室に入りベッドに横になる。そんな日々を送るようになった。

冬子は何も言わなかった。事態を改善しようという兆しもないどころか、退院した直後でさえ、詫びの言葉一つも口にしなかった。生活ぶりもまた同じで、何事もなかったかのように欲しいものは何でも買い、それどころか本心をさらけ出して開き直ったのか、以前にも増して頻繁に外出をするようになった。池之上夫妻もまた同じである。おそらく、二人は冬子が密かに堕胎を繰り返していたことを、最初から知っていたのだろう。冬子の入院から一貫して、その話題を持ち出すことはなかった。

「お前のような人間が、池之上の一族に名を連ねることができてさぞ嬉しかろう。この名誉を捨てられるものなら捨ててみろ」

口にこそ出さなかったが、おそらく腹の中ではその程度のことは思っていたに違いない。

砂を嚙むような味気ない毎日が続いた。酒に酔い、一人のベッドに入る度に、一郎は今さらながらに冬子と結婚したことを後悔した。

確かに冬子は勲章であったかも知れない。しかし、そもそも勲章なんて代物は、虚飾に塗れたただの飾りに過ぎない。そんなものを身にまとっても、自分の過去が埋め合わされるわけでも何でもなかった。あの時、冬子に出会わなければ。彼女の面差しに、清枝の顔が重ならなければ――。

清枝――。

久しく忘れていた名前が脳裏に浮かぶと、弘明へと繫がり、二人のその後の生き様が気になった。

弘明は清枝と結婚したのだろうか。何の不自由もなくあの町で、地元の名家の跡取りとして暮らしているのだろうか。もし、そうだとしたら、あまりにも不公平である。もちろん清枝には幸せになる権利がある。父を早くに亡くし、辛酸を嘗めるような時期があったのだ。しかし弘明は違う。清枝の父の死の真実を知りながら、それを隠し通し、こともあろうにその娘を妻に迎えてもなお平穏な日々を送っているとなれば、看過できるものではない。

一度、そうした思いに駆られ出すと、一郎は二人のその後が気になってしかたなくなった。それも、人伝てに聞くのではなく、この目で見、この耳で聞かねば気が済まない。幸い昔とは違い、時間と金には充分過ぎるくらいの余裕がある。それに、美桑に残した両親や、弟たちのその後を知るにも良い機会である。

松木幸介として生きる決断は、同時に家族の絆を断ち切るものでもあったが、この長い年月の間、美桑で暮らす家族のことに思いを馳せなかったといえば嘘になる。祖父や祖母は、父や母は、どうしているだろうか。二郎は立派に家督を継いだろうか。三郎は、四郎は。そして五郎は無事高校に行けたのだろうか。あるいは自分と同じく、家計を支えるために集団就職をして辛い思いをしたのではないだろうか。余りあるこの金の一部でも、送ることができれば、美桑なら楽に暮らせるだろうにと、何度思ったかしれない。興信所を使って、密かに調べさせることも考えもした。しかし、断ち切った筈の絆の糸を僅かでも紡ぎ直せば、封印した筈の長沢一郎が蘇り、松木幸介よりも大きな存在となって自己の中に君臨し始めることは分かっていた。父母が健在だと知れば、その面前に進み出、大地にひれ伏し、長きの不孝を詫びて許しを請いたい衝動を抑え切れないに決まっている。だが、それは他人を装ったとはいえ、自らの力で切り開いた人生を否定すること以外の何物でもない。

知ったところで何になる。知らねば知らぬで済むことだ。

家族への思いが込み上げる度に、一郎は強靭な意思の力でそれをねじ伏せた。しかし、今回は違う。たとえ父母が存命であったとしても、まして弟たちが立派に家を守っていたとしても、その前に進み出、大地にひれ伏し詫びを入れたくなる衝動に駆られぬ自信があった。なぜなら、人に許しを請うということは、同時に人を許すということでもあるからだ。今の弘明がどうであっても、子供の頃に覚えた屈辱、そして東原で杉下を埋めた際には主犯はお前だと脅して贖罪の機会を失わせた恨みを忘れる気持ちはさらさらない。

弘明がどうなったのか。果たして清枝と暮しているのか。相変わらず優雅な暮らしをしているのかを確かめ、家族の消息を知り、その上でこれからの生き方を考えればいいのだ。

そう決心した一郎が、三十三年ぶりに美桑を訪ねる旅に出たのは、それから一年後、平成四年の秋のことである。中学時代の面差ししか知らぬ町の人間に、今の自分に長沢一郎の姿を見いだせるとは思えないが、念を入れるに越したことはない。出発前にひと月ほどの時間を掛けて、一郎は髭を伸ばし放題にした上に、銀縁の伊達眼鏡をかけた。集団就職で上京した際には、蒸気機関車に揺られ、半日もかかった道のりも、今では一ノ関まで二時間半しかかからない。最終の新幹線が一ノ関の駅に着いたのは、午後十時四十五分のことだった。

町は様相を一変させていた。古い駅舎は取り壊され、近代的な新幹線専用ホームが高架の上にできていた。長いコンコースを歩き、改札を抜けると、駅前はロータリーになっている。冷たい夜風に身震いしながら、タクシーを拾った。昔は駅からすぐのところに近隣町村の足であった路線バスの営業所があったが、それも今はなく、代わって商店の入ったビルとなっている。

夜の町は通る人影もなく、ひっそりと静まり返っている。子供の頃には美桑からやってくると、大変な都会だと思った街も、通りこそ広くなったものの随分鄙《ひな》びて小さく感じる。とにかく古い記憶の中にあったものは何一つとして見つからず、それが長い年月が過ぎ去ったことを一郎に実感させた。

「運転手さん、美桑にはどうやっていったらいいんだろうね」

「んだすねえ。美桑だら、やっぱバスがいいんでねえべが。日に何本も出てねえげんともね」

懐かしい南部訛りで運転手が答えた。

「時間はどれくらいかかるの」

「一時間つうどごだべが」

やはり道路が整備されたせいだろう。美桑から一ノ関までは二時間ほどかかった記憶があるが、それも今では半分である。しかし、弘明と清枝、そして家族のその後を調べるためには、やはり足が必要である。

「ここにはレンタカーはないのかな」

一郎は訊ねた。

「ありすよ。駅前に一つ」

「予約無しでも借りられるかな」

「今は観光シーズンでもねえす、大丈夫でがすぺ。客待ちの間に見てっけんども、いっつも何台かは駐車場さ停まってっから」

もっとも、中学卒業と同時に町を出た身の上である。実際に一ノ関から美桑までの道のりを運転したことはないから、どこをどう通ればいいのか皆目見当がつかない。

「道には不案内なんだが、迷わず行けるかな」

「簡単でがすよ。今走っている道を逆に行けば、気仙沼っつう看板が出てっから、それを辿って行けばそのうち美桑っつう案内があります。初めての人でもまず迷うごどはねがすぺ」

そうとなれば、やはりレンタカーを使うのが最も手っ取り早い。

程なくしてタクシーは、街の中心部から少し外れたところにあるホテルに着いた。チェックインを済ませた一郎は、風呂を浴びると冷蔵庫の中からビールを取り出した。窓の外を見やると、都会の生活に慣れた身には、ここが県南の基幹都市であるとは到底信じがたいほどの闇に覆われている。僅かに、街路灯の銀色の光が整然と点っているだけである。

そのうら寂しげな光景に、生まれ育った美桑の町での古い記憶が蘇り、かつて経験したことのない温かなものが胸中に込み上げてくる一方で、杉下を埋めたあの地を再び目にすることにそこはかとない恐怖がこみ上げてくるのを一郎は感じた。

「美桑か――」

一郎はぽつりと呟くと、手にしていた缶ビールを一息に呷った。

*

翌朝は、雲一つない秋晴れとなった。すれ違う車もまばらな国道を三十分ほど走ったところで、見覚えのある山並みが見えてきた。丘というには高過ぎ、山というには低過ぎる中に、一際高い山がある。頂に杉の大木が縦一列に並んだ特徴的な山は、小学生の時、秋の遠足で登った高羽山《たかばねやま》である。当時はかなり大きい山であったような記憶があるが、こうして見るとどうというほどのものではない。周囲の山や丘は山毛欅や雑木に加えて、植林された杉の木が目立つ。そして山間部の間に網の目のように作られた田んぼには、刈られた稲が掛けられた稲架が畦道に沿って整然と並んでいる。

懐かしい光景だった。この時期の秋の休日は一家総出で稲刈りにいそしみ、田んぼの片隅で、弁当を広げたものだった。朝起きた時に台所の竈から流れてくる薪が燃える煙の匂い、そこに混じる飯が炊ける香り。様々な思い出が昨日のことのように鮮明に浮かんでくる。

ほどなくして、車は美桑の町に入った。かつては土が剝き出しになっていた道路は舗装され、新築された家も多いが、昔のままの佇まいを残しているものも多い。しかし、この町にも時代の流れは確実に押し寄せているようだった。魚屋、八百屋といった商店は、ことごとくカーテンで閉ざされ、商いを営んでいる気配はない。昔は農耕馬に焼けた蹄鉄を打ち、蹄の焦げる臭いを漂わせていた鍛冶屋も普通の民家に変わっている。何よりも違和感を感じるのは、昼近くになるというのに、通りに人影が全くないことだ。人っ子一人の影もない。まるで白日夢の世界の中に彷徨いこんだような錯覚を覚える寂れ様である。

家並みはすぐに途切れ、町外れに出る。そこには曽我の家が経営している製材所があるはずだった。山から切り出した丸太、製材が済んだ角材や板が山と積まれた敷地の中に、トタン葺きの作業所。場内は屈強な男たちや、僅かばかりの手間賃を稼ごうと職を求めてきた農家の女たちで活気に満ちあふれていたものだった。

ところが次の瞬間、一郎の目に飛び込んできたものは、製材所ではなく、駐車場を備え付けた真新しいスーパーマーケットだった。

道を間違えたか――。

一郎は車を停め、周囲を見渡した。傍らには小さな池があり、その先の丘に続く細い農道の坂道は、冬の時期に竹で作ったササラと呼ばれる小さなスキーで遊んだ場所だ。

間違いない。ここに曽我の製材所があったはずだ。ということは――。

考えつくのは、曽我の家が製材所を廃業したのではないかということだった。材木取引のことにさしたる知識はないが、最近の住宅は無垢の天然木材を使用することはあまりない。あったとしても、価格の安い輸入材が主流であるという程度のことは知っている。ましてや林業に従事する人間は、減る一方で、しかも高齢者がほとんどだという。

そうした現状を踏まえれば、曽我の家が需要の先細る林業に見切りをつけ、新たな事業を興したとしても不思議ではない。

一郎は近くにあった食堂に車を停めると、昼食を摂るために中に入った。

「いらっしゃいませ」

広い店内には昼時になろうというのに、客の姿はない。奥から出てきた中年の女が、愛想のいい声を掛けてきた。一郎は壁に貼られた品書きを見、真っ先に目に飛び込んできたすいとんを注文した。どうやら客の姿がないのは、出前が主であるかららしい。主人と思しき男が、ヘルメットを被り、岡持を手に店を出て行く。程なくして、注文を取った女が湯気の立つ丼を盆に乗せて運んできた。

「お待たせしました」

丼の中には、美桑を離れて以来初めて目にするすいとんがたっぷりと注がれていた。しかし、それは記憶の中にあるそれとは違い、山菜や豚肉、人参や大根といった具がたくさん入った豪華な代物で、昔日の面影を残すものといえば、ひらひらに伸ばされ茹で上げられた小麦粉である。

「豪華なすいとんだねえ。山菜もたっぷり入っている。これは蕨《わらび》だね」

一郎は箸で深い緑色をした蕨の茎をつまみ上げながら訊ねた。

「はい。春の間に採った山菜を塩漬けにして使ってます」

「へえ、今でもこの辺りじゃ随分山菜が採れるんだねえ」

一郎は汁を啜った。肉や野菜の滋味が染み出し美味いことこの上ない。思わず顔をほころばせると、

「お客さん、美桑は初めてですか？」

注文は先ほどの出前で一段落したのか、女が訊ねてきた。

「初めてってわけじゃないけど、前に来たのは、そうだねえ、十五年前になるかな。その頃にはそこに製材所があったよね」

「ああ、曽我製材ね」

「あれ、なくなっちゃったんだね。結構大きな製材所だったけど」

「大きがったのっさあ。最盛期には百五十人からの稼ぎ手がいたっつうがらね。この辺では一番大っきな製材所だったんですよ」

「商売替えでもしたの。今はスーパーになっちゃってるみたいだけど」

「そんでねえの。五年前に廃業すて土地を売ったの」女は眉を顰めて続けた。「最近では本物の木材は高いがらね。家を建てるっていえば、安い合板とか輸入材でがすぺ。自然と商売が先細ってすまってね。それに、曽我製材は自分の山がら木を切って来て商売をすてだもんだから、山を維持するだけでも金がかがったんだべね」

女はどうやら話し好きな性質であるらしい。話を止める気配はない。

「へえっ、山って維持するだけで金がかかるんだ」

「そりゃそうだべさ。間伐せねばまともな木は育たねえす、枝切りもせねばなんねえす。手入れを休めば木は育っても、細い上に曲がりもすれば節だらけ。売り物にはなんねえもの。そごが林業の難すいとこなんだね。需要がなぐなっても売り物を駄目にするわげにはいがねえがら、金はどんどん出て行ぐんだもの」

「じゃあ、倒産したの？」

「倒産っつぅわげではねえげんとも、どうにもこうにもなんねぐなったんだべね。先代が亡くなるまでは、山を売って何とか頑張ったんだげんとも、九年前に今の代さなったどころで、徐々に人を減らすようになってね。五十人ばかりを使って細々とやってたんだげんとも、材木が売れねば山さ手を入れる金も出ねえす、金にならねえ木が生えてる山なんてただの雑木山だもの。買う人もいねえがらね。万策尽きたっつうどごだったんだべね。廃業するごどになったのっしゃ」

「この辺りじゃ五十人の従業員っていえば、随分大きな働き口でしょ。大変だったんだね」

「そごが曽我さんの立派などごっさ。曽我っていえば、この辺りの大地主で、昔すから町さ大変な貢献をしてきたのっさ。経営が苦しくなって従業員に辞めて貰うとなっても、充分な退職金を払ったっつし、そもそも、商売が思わしぐなくなってきても、売れる当てもねえのに山がら木を切ってきて、製材して、職を確保してけだんだもの。感謝する人はいでも、曽我さんを悪ぐ言う人はこの町にはいないのっす」

「私財を抛《なげう》って従業員の雇用に努め、その上退職金まで支払ったの」

「そうだよ」

「それじゃ、もう曽我さんのところには、売る物もないってこと？」

「いやあ、そいづあどうだがね。持ってる山の数が違うもの。昔は、町の一番高い山がら見える限りの山が曽我さんのものだったつうがらね。山はまだ、かなり残っててんべけんども、ほったらかしにされた雑木山なんて買う人がいねえべす、その前に商売が左前になってがらは、かなりの借金をして、それも返せねえっつう有り様だっつうがらね。それに、金を生まねえ山だっていっても、持ってるだけで固定資産税がかかりすぺ。誰が雑木山でも買うっつう人でもいれば、随分助かんだべげんともね」

どうやら、弘明はかなりの窮状にあるらしい。一郎は胸中に残虐な感情が芽生えて来るのを感じながらすいとんを一口頬張り、

「気の毒な話だなあ。それで曽我さんは、今どうしてるの」

何気なく弘明の消息に話を向けた。

「抱えた借金の始末に追われてるみたいだよ」

「そうか、そんなことになっていたのか」一郎は感慨深げな声を出して見せると、「知らなかったなあ。いや実はね、私は仙台で建設会社に勤めていて、昔一ノ関に分譲住宅を建てる時に建設資材を調達するのに曽我さんには随分世話になったんだよ。それで久しぶりに近くに仕事があったもんで、ご挨拶に伺おうかと思って美桑まで足を延ばしてみたんだけど……」

「そうだったのすか」

「何て言ったかな、若奥さんがいたよね」

「ああ、清枝さんね」

心臓が強い拍動を一つ打った。

やはりそうだったのだ。弘明は清枝を妻に迎えたのだ。

冷たい炎が胸中を舐め回し始めるのを感じながら、一郎は、

「そう、清枝さんだ。若奥さんはどうなさってる。まさか気落ちして床に臥したりはしていないだろうね」

清枝の身を案ずるような口ぶりで訊ねた。

「健気な人だよあの人は。何でも、清枝さんは小学校の時に、学校の先生だったお父さんがこの町がらいなくなってすまって、それを気の毒に思ったんだべね。それに勉強は良く出来だっつうす、曽我の先代が、学費を援助すて清枝さんを仙台の高校さやって、東北大学さ行った時の学費まで出してけだんだど。その恩義もあんだべね。そりゃ清枝さんは良く尽くすんだよ。ほんと感心するよ」

何も知らぬとは言え、あの清枝が落ちぶれてもなお、弘明に尽くす。弘明は真実を話すことなく、まんまと清枝をものにし、仲むつまじく暮らしているという話を聞いて面白かろうはずがない。弘明は借金を抱え、地獄を味わっているだろうが、あの男にも贅を貪り、栄華を恣《ほしいまま》にした時代があったのだ。その代償を支払う時が来るのはむしろ当たり前で、人の一生とは必ずや帳尻が合うものでなければ、それこそ不公平というものだ。事実、自分にしても、辛酸を嘗める時代があったが、今では莫大な富を手に入れることができた。しかし、今に至っても尚、自分には手に入れていないものがある。それは、心から自分を愛し慕ってくれる伴侶だ。それも無償の愛に裏打ちされた情を惜しげもなく注いでくれる女だ。もちろん自分にもそうした女と出会ったことはある。多喜子がそうだった。しかし、それも僅か四ヵ月という短い生活で、

終止符を打った。

弘明は俺がまだ手にしていないものを持っている。いや、もはや生涯手に入れられないものをだ。同じ秘密を共有する一方の当事者として、人間にとって最高の幸せを手にしたまま一生を終わらせるのは我慢ができない。逃げ得は絶対に許しはしない。清枝をお前の元から去らせてやる。だが、その前に俺にはやることがある。冬子だ。あの女に負の遺産を残してやる。

弘明の現状を女から聞いているうちに、一郎の脳裏には一つの考えが浮かんでいた。

それは、誰も買い手がいない弘明が所有している雑木山と化した山林を、買い上げることだ。過疎化が急速に進む東北の寒村に広がる山々である。しかも、植林された杉も、長年手入れをされずに放置されたままとなれば、材木としての価値もゼロである。いったい幾らになるのかは分からぬが、それを二束三文で買い上げてやるのだ。曽我の家の栄華の象徴であった山々を、かつては曽我の小作人の家に生まれた自分のものにするのは何物にも代えがたい快感だ。それに、そんな山を残されても、買い手が現れるわけがない。冬子は金に換えることのできぬ遺産を抱え、延々と固定資産税を払い続ける。それが嫌なら、相続を自らの決断で放棄せざるを得ないのだ。買収しても余った金は、それこそ遺言状を書いて、どこぞに寄付をしてしまえばいいだけの話だ。こんな愉快な復讐があるだろうか。

一郎は、込み上げる笑いをすんでのところで飲み込むと、

「つい話し込んでしまって仕事の邪魔をしてしまったね。ありがとう」

女に礼を言い、すいとんを一気に平らげにかかった。

再び車に乗った一郎は、町裏に車を乗り入れた。

弘明の家は、この町を一望できる小高い丘の中腹にある。窓越しにその方に目をやると、鬱蒼と繁る大木に囲まれた武家屋敷を彷彿とさせる門が、その背後にはまるで山城のような瓦葺きの大きな屋敷の屋根が見えた。かつては屋根さえも光り輝いていた気がするが、遠くからでも歪みが目立ち、ところどころ欠落しているようでもある。その様子からも弘明の困窮する様が見て取れるようだった。

一郎はその光景を横目で見ながら、屋敷の前を通り過ぎると、次の目的地である実家へと車を走らせた。こちらもかつての土が剝き出しになった道路ではなく、完全に舗装され、道幅も拡張されていて昔日の面影はない。子供の頃には、弘明の家まで十五分ほどかかった道のりも、車を使うと五分もかからない。秋の日差しが刈り取りの済んだ田んぼに降り注ぐ。のどかな田園風景が車窓いっぱいに広がる。やがて稲架の群れの向うに、家の屋根が見え始める。我が家である。

一郎は車を停めた。周囲に人影がないことを確認して外に降り、三十三年ぶりに吸う生地の空気を胸いっぱいに吸い込んだ。目を凝らして家の様子を遠目に窺った。家の様相は一変していた。茅葺きの屋根は焦げ茶色のトタン張りに変わっていた。無意識のうちに一郎の足が家の方へと向く。稲架の間を通して、家の全体が見えてくる。変わっていたのは屋根ばかりではない。土壁も、節穴だらけだった雨戸もない。家が改築されているのだ。土壁はモルタルになり、木製の木枠にはめ込まれたガラス窓はサッシになっている。去勢された牛がいた納屋、首を切られてもなお、自分目がけて突進してきた鶏が飼われていた小屋もない。別棟だった便所も、風呂もすべて姿を消していた。

母はどうしているだろうか、父はまだ健在か。家を継いだのは二郎か。三郎は、四郎は、五郎は——。

一郎は家に向かって駆け寄り、家族の消息を訊ねたい衝動を覚えた。自分は生きている。ここにいると、思い切り叫びたい気持ちになった。

しかし、今となってはそんなことができるわけがない。長沢一郎は三十二年前に死んだのだ。故郷を捨てたのだ。今やこの世に存在するのは、長沢一郎ではなく松木幸介である。

胸が張り裂けそうだった。一郎はその場で足を踏ん張り、握り締めた拳を震わせながら、必死に堪え、天を仰いだ。抜けるような青空が天高く広がっている。少年の頃と何一つ変わらない空、そして太陽の光だった。

しかし時の移ろいと共に人間は変わる。それらを取り巻く環境も同様である。家族は新しい生活を確立し、今もなおこの地に根を下ろし、生きている。少なくとも、家を改築したところを見ると、兄弟のいずれかが、それなりの糧を得る職に就き、人並みの生活を送っていることだけは間違いない。それをこの目で見、確認できただけでよしとすべきだ。

一郎は、最後にもう一度、我が家を凝視し、その姿を目に焼き付けると、車に取って返した。そして再び町に向かって車を走らせると、途中の雑貨屋で一束の線香を買い、町外れにある寺を訪ねた。

古ぼけた山門をくぐり、境内に入る。本堂の背後は小高い丘となっており、斜面にへばりつくように墓石が並んでいる。草の生い茂る小道を上り、中腹までやってきたところに、古い自然石の墓標が三つ、そして一郎が初めて見る墓石が建てられていた。石の様子からすると、建てられてから随分日が経っているようである。

『長沢家之墓』

墓石には、その五文字と共に、家紋が彫られていた。墓の裏を見ると、『長沢鉄男　昭和三十五年十二月三日建之』とある。日付からすると、一郎を葬るために新たに建てたものらしい。傍らには墓誌がある。

一郎はそこに刻まれた文字を追った。一番最初には『一郎　昭和三十五年八月十三日享年十七』とあり、続いて祖父の名前が、そして祖母の名前が、さらには『鉄男　平成元年四月十七日　享年六十九』と記してあった。母の名前がないところを見ると、まだ健在であるらしいが、父は三年前まで生きていたのだ。

親不孝な子供もあったものだと思う。十五の時に家を出て以来、ただの一度も帰省せず、実のところは生きているにもかかわらず、東京で焼死したことになっているのだ。しかも同じ墓に入っているのは我が子ではなく、松木幸介という赤の他人である。父がどんな死に方をしたのか分からないが、遠く故郷を離れた東京で、しかも焼死した息子をさぞや不憫に思ったであろうことは想像に難くない。こんなことになるなら、集団就職で東京に出すのではなかったと後悔もしただろう。墓を造った頃は母が指を落としてまで二郎を高校にやろうとした頃だ。家も貧しく、こんな墓を建てる費用を捻出するのは容易なことではなかったろう。おそらくは、亡くなった子供を供養するために、借金をしたに違いない。そして死に際しては、これでようやく一郎の元に行ける。あの世であいつに詫びをいれなければぐらいの言葉を口にしたかもしれない。

それは祖母も同じだ。

『食い物屋が一番いい。景気が悪ぐなっても、人は食わねえごとには生きでいげねえがらな』

と言って珍来軒への就職を強く勧めたことに、さぞや自責の念に駆られたことだろう。自分があんなことさえ言わなければ、一郎を亡くさずに済んだ、できることなら身代わりになって自分が死ねば良かったと、老いた胸を痛めたことだろう。

しかし、今となってはもはや取り返しがつかない。幸介が死んだあの時から、自分は後戻りのできない道を歩み始めたのだ。せめて、余りある金を、家族のために使いたいと思っても、それもできない。松木幸介として生き、松木幸介として死ぬ。どれほどの期間になるかは分からないが、偽りの人生を全うするしかないのだ。そして、死して尚、家族の元へは行くことなく一人墓に葬られ、地獄へ落ちる——。

一郎は持ってきた線香に火を点すと、墓の前に置き、手を合わせた。目蓋を閉じると、父の顔が、祖父の顔が、そして祖母の顔が浮かんでは消えて行く。

冷ややかな風が頬を撫でる気配で目を開けた一郎の目に、墓の境界線に沿って植えられた、真っ赤に色づいた満天星《どうだんつつじ》が飛び込んで来た。鮮やかな紅色に染まった無数の葉が、ひらひらと宙を舞い、遠い空に吸い込まれて行く。その光景は、さながらここに眠る父や祖父母が真実を知って嘆きと悲しみのあまりに流す鮮血の涙のように思われ、一郎はこの場に泣き伏して詫びたい気持ちに襲われた。

しかし、一郎は涙を堪えた。涙は善人が流すもの。悪党には相応しいものじゃないと思ったからだ。

一郎は、改めて墓石に向かって頭を下げ、墓に眠る肉親に別れを告げると、踵を返して丘を下り始めた。開けた視界の先には、「ここから見える山はすべて曽我のもの」と言われた、杉の木に覆われた山並みが広がっていた。

この山はもはや曽我のものではない。すべて俺のものだ。

一郎は胸の中で呟きながら、遠くの山並みをぐるりと見渡すと、二度と後ろを振り返ることなく、再び歩を進めた。

終章

「本気ですか」赤坂に置いたコンサルタント事務所の応接室で、一郎の正面に座った男が目を剝いた。「本当に、こんな場所の土地を纏めてくれとおっしゃるんですか」

テーブルの上には、分厚いファイルが山となっている。曽我の家の資産状況、土地の地面図、経営していた製材所の決算報告書、果ては借入金の詳細に至るまでもを、こと細かに調べ上げさせたものだ。内容は驚くべきものだった。なにしろ、曽我家が保有している土地は、田畑十町歩、山林ともなると実に百二十町歩もの広大なものであったのだ。山林だけでも坪に直せば、三十六万坪強である。俗に『一目百町歩』との例えがあるが、それ以上の凄まじさである。しかし、弘明は代々続いてきた家業を守ることに執着したのだろう。年を経る毎に増していく赤字を埋め合わせようと、土地を担保に借入金を重ね、買い手がつきやすい田畑はもちろん、僅かだが山林も半分を担保として銀行に差し出していた。

その額およそ三億円。金利を六%で計算すると、年間の支払いは一千八百万円にもなる。この他にも固定資産税の支払いもあれば生活費もいる。製材所を閉鎖した今となっては、現金収入などあろうはずもないから、元本を返せるわけがなく借金の額は嵩むばかりである。登記簿を見ると、案の定製材所を閉鎖して以来のこの五年、支払いが滞っているらしく、毎年金利分に相当する土地が銀行に抵当として押さえられていた。なるほど、かつては曽我家の栄華と力の象徴であった美桑の屋敷が、見る影もなく廃屋寸前の様相を呈するようになってしまったのも、頷けようというものだ。

「妙なことを訊くじゃないか。物件を斡旋して手数料を稼ぐのが君たちの仕事だろ。そりゃ、都会の小さな土地を転がして儲けるのに比べりゃ、利益は大きくはないだろうが、それでもこれだけ広大な土地を纏めてくれって言ってんだ。悪い話じゃないだろう」

一郎は、煙草の煙を吐きながら、冷めたお茶に口をつけた。

男は、仙台に拠点を置き、主に東北一帯の不動産物件を扱う会社の福本《ふくもと》という営業部長である。

「そりゃあご依頼とあれば、売買を成功させ、斡旋して差し上げるのが私たちの仕事ですから、仰せのように致しますが、どうしてまた……。山と言っても、もう手入れもされていない雑木山同然のものですよ。田畑だって、それほど価値のあるものとは思えませんが」

福本は、さっぱり理由が分からないとばかりに小首を傾げる。

「目的なしで、大金を使おうという馬鹿はいないよ。投下した資金に余りある価値を生むと思うからこそ、欲しいと言ってるんだ」

「ごもっともでしょう。しかし、私のような凡人には分かりませんね。広大な土地を必要とする事業と言えば、思いつくのはゴルフ場かリゾート施設ということになりますが、あの一帯は民力も低い上に、東北の基幹都市からも随分離れていますからね……。金とかの天然資源が埋まっているっていうなら、話は分かるんですが」

一郎は福本の言葉には答えずに、苦笑いを浮かべ、

「で、もし、君に土地を纏めて欲しいと依頼したら、どうなんだね。やれる自信はあるのかね」

と訊ねた。

「ございます」福本は間髪をいれず答えた。「ご依頼主である社主を目の前にして申し上げるのも何ですが、まず問題ないでしょう。銀行にしてみれば、担保に取ったはいいが転売しようとしても、買い手を見つける方が難しい物件ですからね。渡りに船というものでしょう」

「山持ちになりたい、あるいは資産を増やしたいって人間は、世の中にごまんといると思うがね」

「それは一昔前の話ですよ。かつては山を持っている家に孫が生まれると、植林をして、嫁入りの際の支度金に充てる、あるいは大学進学の費用にしたりしたもんですが、今じゃ国内産の木材需要は名木の産地はまだしも、ただの材木となればそれほどあるもんじゃありません。むしろ手入れに要する金を考えたら赤になってしまいます。曽我製材が廃業に追い込まれた経緯はまさにそこにあるんですから」

「なるほどね。土地を持ってさえいれば、金を生んでくれるってのは、都会だけの話か」

「そういうことです。美桑のような寒村、しかも山林ともなりますと、さすがに……」

そう簡単には買い手が現れない。つまり所持していても転売が難しい、二束三文の土地というところが一郎にとっては好ましいのだが、福本は、買収があまり簡単に済むということを強調すると、自分たちが介在することの意義が薄れると思ったのか、語尾を濁した。

「それで、売買金額の相場は幾らなのかな」

一郎は訊ねた。

「山林は坪幾らという単位では売買しないんです。そうですね、一町歩、三千坪ちょっとで、何とか売れる木がある山で四百万。まったくの雑木山となると、百万といったところがこの辺りの相場ですね。田畑にしても坪一万出せば充分でしょう」

「そんな程度か」

「それでも、曽我家所有の土地をすべてとおっしゃるなら、ざっと山林で三億五千万、田畑で三億、そこに私共の売買手数料三％が加わりますから六億七千万円からになりますが」

福本は金額を諳《そら》んじる。

「高いな」

あれほど豪壮な暮らしを送っていた曽我の財産がその程度かと思うと、拍子抜けするほどの安さだったが、一郎はそんな内心を噯気にも出さず、顔を顰めて見せた。

「もっとも、これだけの土地を纏めて買おうとおっしゃるのです。売値は交渉の余地が充分にあると思いますが」

「いや、そうじゃない。欲しいのは曽我家所有の山林、田畑の全部であることには変わりはないんだが、私にも金の工面というものがあるからね。一度に七億近くもの金を出してしまったんじゃ、こっちの懐がすっからかんになってしまう。それに購入した土地を使うのはまだ随分先のことでもあるしね」

「松木運輸さんほどの会社でしたら、この程度の買い物は大きな買い物の部類には入りませんでしょう」

福本は、冗談と取ったのか、軽い口調で言った。

「これは私の人生の集大成とでもいうべき事業のために必要となる用地でね。もっとも今のところは私個人の夢という段階だ。まだ、会社の金を使うわけにはいかんのだよ。つまり買収に要する資金は私個人が負担しなければならないというわけだ。だから精々出せても年に二千万プラスあんたたちの手数料といったところなんだよ」

「ということは、山林でしたら五町歩から二十町歩、田畑で一町歩たらずですか……。計算してみなければ、はっきりとは言えませんが、すべてを買収し終えるまでには、三十年以上もかってしまいますよ」

「それでは事業が日の目を見る前に、私の方が先に死んじまうか」

一郎はクックックッと腹をゆすって笑ってみせた。

「滅相もない。今日日《きょうび》八十歳でも会社のトップとして君臨している経営者はいくらでもおります。私ごときがこんなことを申し上げるのは甚だ失礼ですが、社主の場合、松木運輸という会社を一代で築き上げられただけあって、こうしてお傍にいるだけで、エネルギーと申しますか、オーラと申しますか、常人とは異なる力が伝わってくるようです」

福本は慌てて声に力を込めたが、

「そんな歯の浮くようなことは言わんでもいい」一郎は煙草を灰皿に擦りつけながら続けた。「幸い会社の経営は順調だ。このまま事業が好調なまま推移していけば、私の所得も上がる。いつまでも、小さな地べたをちまちまと買い続けているつもりはない。いずれ年に一億、二億と、大きく買えるようにもなるだろう」

「ごもっともでございます」

「それに、一度にでかい商売をものにするより、そこそこの商売が黙っていても毎年継続的に入ってきた方が、君にとってもいいんじゃないのかな」

ノルマのない営業などありはしない。そしてほとんどの場合、年度の達成目標は、前年度の実績を基にして立てられる。もちろん、商売には思わぬ特需というものがつきものだが、それを加味しても法外な実績を残せば最後、よほどの幸運に恵まれなければ達成不可能なノルマが課されるものだ。目標を遥かに上回る実績を残したところで、歩合制では無い限り、賞与に反映される額など知れている。それならば、大した額ではないとはいえ、毎年決まった商いが継続して舞い込んできた方が、営業マンにとってはありがたいに決まっている。

「おっしゃる通りでございます。何もかも先刻お見通しで……」果たして福本は照れたような笑いを浮かべて、「それでは、さっそく土地を担保にしている銀行へ、売却の打診をしてみます」

一転して真顔になって言った。

「いや、銀行が担保にしている土地は後にして欲しいんだ。まず最初に今も曽我さんの所有になっている山林から纏めてくれんかね」

「なぜですか？　銀行は価値のあるものから順に押さえるものですよ。曽我さんの場合も、山林より値が張る田畑を真っ先に押さえにかかっていますからね。山なんかいつでも買えますよ。最初はやはり銀行が担保にしている田畑にした方がよろしいんじゃないですか」

福本は、再び理由が分からないとばかりの顔をしながら、訊ねてきた。

「こんな話を真面目な顔をして言うと、笑われるかも知れんが、私は縁起を担ぐ方でね。松木運輸という会社を立ち上げ、一代でここまでの規模にできたのは、ことごとくゲンを担いできたからだと思ってるんだ。あまり大きな声では言えんが、方角、家相、暦にも拘る。だから、これから大金を投じようというのに、借金の形に押さえられた土地から手をつけてしまうのは、なにやら縁起が悪いような気がしてね。買うなら長く人手に渡る事なく、代々曽我家が所有して汚れのないところからにしたいんだ」

ゲンが悪いというならば、破産同然の家の土地を買うことも同じだろうが、福本は気づく様子もなくしたり顔で頷き、

「笑うなんてとんでもない。方角、家相、暦は私共の商売にはつき物です。引っ越しに際しては、わざわざトラックをゲンのいい方角を選んで遠回りさせて家財道具一式を運ばれる方もいらっしゃいますからね。分かりました。それでは、曽我さんが所有している土地の売却交渉か

ら先に進めることにいたしましょう」

一も二もなく同意した。

「うまくいくかね」

一郎は訊ねた。

「断るわけがありませんよ。もはや曽我家に残っている財産といえば、土地だけです。それも売ろうにも買い手がつかない荒れた山林がほとんどですからね。しかも借金の金利は払える目処もないときている。放っておけば、毎年残った土地も金利の埋め合わせとして銀行に吸い上げられていくだけです。あちらにしたら渡りに船。涙が出るほど有り難い話に決まってます」

福本は自信満々の態で胸を張った。

結果は言われずとも分かっていた。弘明には、もはや土地の売却を拒むだけの経済的余裕など、どこにもありはしないのだ。そして、銀行が担保として取った土地より先に、まだ弘明の所有となっている土地の買収を命じたのは、ゲンを担いだのでも何でもない。別に本当の理由がある。

担保とした土地を購入したいと申し出れば、銀行とて二つ返事で売ると言うに決まっている。それでは弘明が抱えた借金を、軽減させるだけだ。しかし、弘明から直接土地を買い上げるとなれば話は別だ。それも年に二千万円というところがミソだ。売買に応ずれば、弘明の元には現金が転がり込んで来るが、それは年の金利とほぼ同額。つまり懐に入って来た大金も、そのまま銀行への利子の支払いとして消えてしまい、三億円の借金の元本は減ることはない。これが売れる土地がなくなるまで、毎年続くのだ。明日の生活にも困るほどの苦境に立たされた人間にとって、これほど辛く切ないことはあるまい。この金さえあれば。借金さえなければ、と考えるに決まっている。特に縁あって運命を共にすることになった清枝は、借金を作った当事者たる弘明の判断の甘さ、生活能力のなさを非難し、やがては嫌悪の気持ちを抱くに違いない。

一郎はその時の弘明の姿を見てみたいと思った。そして弘明は清枝に憎まれ、そして捨てられて当然なのだと思った。

「ところで社主。曽我さんが所有している土地をすべてお買いになるとしても、これだけ広範囲に亘るとなりますと、どこから手をつけていいものか、判断に迷いますが、ご希望はおありですか」

福本は訊ねてきた。

元々土地自体に思い入れがあるわけではない。目的は二つ。一つは手持ちの金を価値のない不動産に代えることで、冬子に財産を残さぬようにすること。もう一つは、弘明から財産も清枝も奪い、丸裸にして生き地獄を味わわせてやることにある。当てなどありはしなかったが、改めて問われれば、真っ先に思いつくのは杉下を埋めた東原である。

『これで、主犯はいっちゃん、俺は従犯だ』

二人を隔てる身分の違いを、思い知らされることになった場所。そして忌まわしい記憶が眠る山だ。

「そうだな」一郎はテーブルの上に地面図を広げ、その場所を指さした。

「東原……ですか。確かここは、物件の中でも条件としては最も価値のない場所ですよ。雑木が生い茂っているだけのところですよ」

「いいんだ。ここが一番町に近い。手始めとするならここがいい」

一郎は取ってつけたような返事をした。

「分かりました。では、ここからということで……」

「朗報を期待しているよ。まずはお手並み拝見といこうか」

一郎は福本の目を見詰めると、今日の話は終わったとばかりに自ら席を立った。

*

交渉はうまく行った。

福本によれば、売買を持ちかけられた弘明は、資産価値などほとんどない雑木山や荒れた田畑を買う人間などいるわけがないとばかりに、最初は半信半疑の様子で話を聞いていたが、具体的な金額を提示するや、身を乗り出して即座に売却に同意したという。ただ、手始めにと言った東原については、「ここだけは子供の頃の思い出がある所だから譲れない」と、頑として拒んだらしい。

やはり、今に至っても、弘明はあのことを忘れていないのだ。自分が死ぬまで、秘密を守り通したいのだ。まあ、いい。東原が自分の手に落ちるのは時間の問題というものだ。

一郎は、すぐに買収物件の変更を命じ、美桑と隣町に跨がる山、およそ五町歩を当初の予定通り、二千万円で手にした。

その一方で、一郎はもうひとつの難事の解決に取りかかっていた。これまで築き上げた財産の処分である。成城と青山の家の土地家屋。更に大きな問題は、飛躍的に大きくなった会社をどうするかだ。松木運輸は、気がつけば資本金二億二千万円、営業収入二百六十億円、従業員数千三百名余、保有車両台数は千台という規模になっていた。本社屋も、会社の規模が大きくなり手狭になったのを機に、深川から日本橋に移し、五階建てのビルにした。もっとも、株式会社という形態を取ってはいても、株は一郎が六割五分、残りの三割五分は小森を始めとする役員、そして秋谷や野田と限られた人間たちが持つだけだから、実態は一郎の個人会社であることに変わりはない。

このまま年月が経ち、やがて自分が人生の終焉を迎えれば、遺産を相続するのは冬子だ。当然、松木運輸の株も冬子が相続することになる。もっとも、会社運営の経験のない冬子が、経営者として務まるわけがないのだが、残された女房が社主として会社に君臨する例は世の中にいくらでもある。充分な報酬と厚遇を以て、自分亡き後も、生活には何の憂いをいだくことなく、いや、今まで以上の贅沢な暮らしを送ることができるのだ。自分を裏切り、腹に宿した我が血を引き継ぐ子供を三度も堕ろした冬子に、そんないい思いを味わわせることはできない。だから自分が死した後、残るのは到底買い手の現れるはずもない美桑の山だけ。現金化できるものは何もない、という状態にしておかなければならない。それが冬子への復讐に繋がるのだと思えばこそ、すぐにでも離婚してしかるべき女が同じ家に住むことを黙認し、砂を嚙むような思いで贅沢をさせているのだ。豊かな暮らしをさせておけば、突然明日の暮らしの金に困るようになった時の反動も大きい。そう、肥えさせるだけ肥えさせ、餌を断つのだ。その時冬子は地獄を見るだろう。初めて己に向けられた恨みの深さを知るだろう。

そのためには、会社の経営権が冬子に渡らぬように手を打っておかなければならない、と一郎は考えるようになっていた。

「お呼びでしょうか」

創業以来の功績を認めて監査役のポストを与えてやった小森が、一郎の執務室に現れるなり慇懃に頭を下げた。菅谷運送の先輩後輩ということもあって、松木運輸を立ち上げてからも、暫くは「俺、お前」の間柄だったが、会社の規模が大きくなり、組織としての体裁を整えて行くにしたがって、いつしか小森の一郎への接し方も徐々に変わっていき、今では忠実な下僕である。

「そこに座ってくれ」

一郎は執務机を離れ、部屋の中央に置かれた応接用ソファに歩み寄った。神妙な顔をして座る小森の前に腰を下ろし、ラークに火を点した。薄い煙を吐きながら、

「早いもんだね。会社を立ち上げてからもう二十五年か」

問い掛けるともなく言った。

「そんなになりますかね。四半世紀ですか」

小森も感慨深げに応えた。

「しかし、よくもここまでの規模になったもんだね。始めた当初は君が引き連れてきた九人を含めて、従業員はたった十二人。それが今では千三百人だ。年商も二百六十億にもなった……」

「あの頃はこんなに大きな会社になるなんて、考えもしませんでしたよ。ましてや、私が役員にさせていただくなんてこともね」

もう夕刻である。菅谷運送にいた頃は、酒を飲むと『狂犬』といわれた小森の酒癖も、どうやら酔いの性質《たち》というのは、懐具合や地位、あるいは結婚し、所帯を構え生活が安定すると変わるものらしく、いつの間にかすっかり鳴りを潜めていた。それに当時のことを言葉にすると、どうしても多喜子の顔が浮かんできて、胸が疼く。

一郎は立ち上がると、サイドボードの棚に置いておいた、ヘネシーのボトルと二つのグラスを手に取った。

「少し早いが、やるか」

「いただきます」

琥珀色のコニャックをグラスに注いで、小森に手渡す。どちらからともなく目の高さに掲げ乾杯をする。手の温もりで、上質のアルコールが早くも甘い香りを発し始めるのを感じながら、「実は君に相談があってね」一郎は切り出した。「会社のことなんだが、そろそろ上場を考えようかと思うんだ」

ほうっ、という顔をして小森が視線を向けてきた。一郎はコニャックを一口啜ると続けた。

「会社の業績は安定している。利益も出ている。今の状態には何の不満もないんだが、やはり事業に対する欲は捨て切れない。我が社は確かに関東では強い。だが、今の地位に甘んじていたのでは、全国ネットワークを持つ同業他社に食われてしまう日が必ずや、やって来るだろう。停滞は後退と同じだ。攻めることを忘れた企業は必ず滅びる。実際、我が社が二十五年でここまでの大きさになったのは、中小の同業他社との吸収合併を繰り返してきたからだ。それがいつ、逆の形で我が身に降りかからんとも限らない」

「事業を拡大するためには、資金が必要になる。手っ取り早く金を調達するためには、株式を公開、上場するのが最も安全、かつ効率的だ。そういうわけですね」

「そうだ。銀行から金を引っ張るのは簡単だが、安くない利子を払わなきゃならんからな。その点株を上場すれば、無利子で金を集めることができるというわけだ」一郎は頷き、すっと身を乗りだすと、「それともう一つ、君たち創業者メンバーの労苦にも報いてやりたいという気持ちもあるのだ」

意味深な言葉を囁き、誘い水を向けた。

「と言いますと」

小森もまた目を光らせ、身を乗り出して来た。

「創業者利益だよ。株式を上場すれば額面五十円の株が何倍にもなる。確か君の保有株数は二十二万株だったな」

「ええ」

「だったら仮に五百円の値がつけば、実に十倍。一億一千万円の創業者利益を得られる計算になる。もっとも君が監査役の座にいる限りは株を売るわけにはいかんだろうし、他の連中にも、今のポジションを続けて貰うつもりでもいるから、当面その恩恵には与れんのだが、いずれはみんな後進に席を譲る時が来る。今のまま上場しないでその時を迎えれば、君たちが所有している株を幾らで新しい役員に譲るかが問題になる。知らぬ仲ではあるまいし、あこぎな値段をつけるわけにはいかんだろう。かといって、安い値段で譲ったのでは面白くないに決まってる。その点、上場さえしてしまえば、時価で譲るも良し、頃合いを見計らって市場で売るも良し。どちらにしても、大金を握ることができるというわけだ。それに、株価は会社の業績に連動するものだ。上場した方が君の仕事に張りもでるというものじゃないか」

　一郎は一気に話し終えると、コニャックで口を湿らした。熱い塊が喉を滑り落ちる間に、小森が口を開いた。

「社主のおっしゃるように、会社の規模を拡大するなら、経営基盤が安定している今がチャンスだと思います。そのための資金を手当てするためにはやはり上場が最も手っ取り早い方法とはなりますが、しかし……」

　小森はそこで困惑した様子で口を噤んだ。

「しかし、何だね」

「上場ということになりますと、現状のままでは持ち株比率が問題になると思いますが」

「私の持ち株のことかね」

「そうです。社主は六十五%の株を持っていますからね。その点から言えば、松木運輸は社主の個人商店です。もし、上場するとおっしゃるのなら、現在所有している株のかなりの部分、少なくとも総株数の十%程度に抑えていただかないことには、上場も叶わないと思いますが」

長きに亘って会社の中枢にいると、中卒、しかも一介の運転手上がりでも経済知識や経営のノウハウも自然と身に付くものだ。もちろん小森の言わんとしていることは、一郎とて織り込み済みである。株を公開するということは、会社を株主と共有するということであり、オーナーといえども、勝手きままな振る舞いは許されぬことを意味する。小森は暗にそれでもいいのかと問うているのだ。

「分かっている。君は十%程度と言うが、上場を目指すなら私の持ち株比率は全体の五%程度に抑えないことには、投資家も寄りつかんだろう。会社が大きくなるまたとない機会だ。その覚悟はできているつもりだよ」

「そこまで、お考えが定まっているのでしたら、私に異存はありません。早々に取締役会を開いて、社主のご意向に添えるよう、上場に向けての準備を始めます」

小森は一転して明るい声で言うと、込み上げる笑いを噛み殺すかのように頭を下げた。

*

松木運輸の株式公開は、小森に話を持ちかけた三年後、平成七年の十月に東証二部への上場という形で実現した。それに当たって一郎は、資本金を倍増させ、自分が保有していた株式の九十二%を売却し、小森に言っていたように、発行済み株式における自分の持ち株比率を五%とした。初値は四百十円という随分控えめなものであったが、バブルの弾けた余韻冷めやらぬ中でのことである。小森を始めとする創業者メンバーは、さすがに落胆の色は隠せなかったけれど、財産処分を目的とする一郎にとっては、安値で株を売却できたのはむしろ願ってもないことだった。

それでも売却株の総額は十億五千万円にもなった。青山と成城の土地家屋の資産価値は、こちらもバブル崩壊と同時に暴落したとはいえ、二つ合わせておよそ二十五億円である。投機や資産運用とは無縁であったせいで、他には銀行の預金が五億ほどあるだけだったが、全てを合算すると四十億からの額になった。その年、秋谷が没したのを機に、千葉の埋め立て地の斡旋からは完全に手を引いたものの、新生松木運輸には顧問として残り、年間三千万円ほどの収入を得ることになった。

会社の上場も、一郎が社主の座を捨て顧問に就任したことも、当然冬子が知らぬわけがなかったろうが、彼女は何も言わなかった。もっとも、同じ屋根の下で暮らしていても、寝室はもちろん、生活空間も別である。朝九時に迎えの車で家を出て、会社に向かう道すがら帝国ホテルで朝食を摂り、昼は新たに設けられた顧問室で過す。夜は夕食を外で済ませ、遅くになって帰宅する。そんな日々を送っていたのだから、まともに言葉を交わす機会などありはしない。

生活費として冬子には毎月二百万円の金を彼女の銀行口座に振り込むようにしておいた。振り込みがつつがなく行われている以上、冬子にしたところで一郎に用などあろうはずもない。

二十近く歳が離れているのだ。当たり前に考えれば、冬子の方が三十年近くは長生きをする。おそらく冬子は自分が死した後も、余生を何一つ不自由することもなければ、何の憂いを抱くこともなく送れるものと踏んでいるに違いない。月に自由になる金が二百万円というのは、普通の感覚からすれば充分過ぎるものだが、冬子にしてみればもっとあってもいいと、内心では不満を抱いていることは分かっていた。しかし、彼女が敢えてそれを口にしないのは、いずれ使い切れない程の財産が転がり込んでくると確信していることの証だと一郎は思っていた。そして事実上夫婦関係が破綻しているのに、自分が一向に離婚を切り出さないでいるのは、今もなお冬子の出自に価値を見いだし、勲章を捨て切れずにいると高を括っているからに違いない。

いいだろう。今のうちに我が世の春を謳歌することだ。金の魅力にどっぷりと浸かっておくことだ。いずれ、さらに贅沢な暮らしができることを夢見ておくことだ。勲章は、ぶら下げる人間がいなくなれば、ただの飾りにもならない。お前の地獄は俺が死した直後から始まるのだ。

一郎は、その一念で財産の処分を着々と進めた。もっとも四十億もの財産を使い切る、それも、冬子に『この金さえあれば』と、歯嚙みをさせるような形に変えるのは容易なことではない。使い道はいろいろと思案した揚げ句、一郎は一計を案じて、上場後も忠実に尽くす小森に命じ、その道の目利きを契約社員として迎え、日本の骨董や古美術品の収集に乗りだした。

バブルの時期には、骨董、古美術品も投機の対象になっていたこともあって、損切りの処分に出た品々が一郎の元に押し寄せてきた。陶器や日本画、日本人の大家による油絵——。一郎は目利きがこれぞと選んだ逸品を買い漁り、上場後に松木運輸が運営し始めた倉庫に保管した。時が経つにつれて収集品の数は増し、着実に財産は形を変えて行ったが、一郎の外での動きにはまったく興味を示さない冬子が気づくわけがなかった。

＊

身体に異変を感じたのは、平成十五年の夏のことである。いつの頃からかは定かではないのだが、だいぶ前から足の小指の爪が黒ずんできたことには気づいていた。かつて、冬子が中絶の揚げ句、倒れた折りに、物入れを蹴飛ばし、痛めたのと同じ指である。特に、何をしたという記憶はなかったから、そのまま放っておいたのだったが、暫くして再び爪を切ろうと見ると、中の肉の部分が真っ黒になっている。盛り上がったその部分に押されて、爪が割けそうですらある。

かかりつけの大学病院に行き、皮膚科の診察を受けると、医師は一目見るなり顔色を変えた。目を凝らして足の爪を観察し、指で触る。そして言った。

「これはメラノーマ、黒色腫ですね」

「何ですかそれは」

「皮膚癌の一種です」

冷酷な宣告が耳朶を打つ。

「癌？」

一郎は、思わず問い返した。

「ちょっと見には、爪の中の肉が、黒くなった程度にしか見えませんが、油断できるものではありませんよ。放っておくと命取りになりますからね」

「治療はできるんですか」

癌の治療といえば、真っ先に思い浮かぶのは手術だ。肉眼で見る限り、病変部は爪の中に限られている。切除するといっても、肉を抉る程度で済みそうな気がする。

「検査の結果を見ないと何とも言えませんが、他に転移していなければ、指を切断ということになりますね」

「指を落とすんですか！」

医師は簡単に言うが、切断される方はとても平常心ではいられない。一郎は声を裏返らせた。

「切れるということは転移がないということですからね。むしろ、指で済むなら幸運と考えていただかないと」

全身の検査は、数日の後に終わった。他に転移は見られなかったのは幸運だったが、爪の異変はメラノーマであると確定された。そしてその日のうちに入院、翌日には切断手術が行われた。冬子が同席した術前の説明で、医師は部分麻酔で手術を行うと言った。しかし、意識がある中で、身体の一部を切り離されるのは常人の感覚からいって耐えられるものではない。結局全身麻酔で手術を受けたのだったが、深い眠りから醒めた病室に冬子の姿はなかった。枕の傍に置かれたコールボタンを押すと、看護師が現れた。それから暫くして、手術を行った医師がやって来て、処置が適切に終わったことを告げ、

「切断した指は、病理で検査をしています。たぶん、二、三日の内には結果が出ると思います」

という医師の説明を聞いていると、指を失ったことが初めて現実に思えた。その一方で気になったのは、切断された指の行方である。命を病魔から守るためとはいえ、あるべきところにあるものを失ってしまった喪失感。そして、一部とはいえ、本来なら死して骨になるまで、運命を共にするはずだった己の指に対する愛着が込み上げてきたのだ。

「先生、指は……私の指は、どうなるんでしょう」

一郎は、まだ完全に麻酔から覚醒していない意識の中で医師に訊ねた。

「指って、切断した指ですか」

「ええ……」

「検査が終われば、こちらで処理させていただきます」

「捨てるんですか」

「捨てる、と言いますか……ですから処理するんです」

医師は困惑した顔で答える。処理の仕方を説明できないのは『捨てる』ということだ。

「指、私がいただくわけにはいかないでしょうか」

「それはできません。はっきり申し上げますと、切除、摘出した臓器や部位は、医療廃棄物として処理することが法律で定められてるんです」

「でも、へその緒は誕生の記念として貰えるじゃないですか」

医師は一瞬困った顔をしたが、

「駄目なものは駄目です。だいたい、切断した指を、どうするつもりなんですか」

今度は怒ったように声を荒らげた。

「死ぬ時に一緒に葬ってもらいたいんです。六十年、体を支えていた指です。癌に冒されたとは言っても、自分の体の一部がゴミとして処分されてしまうのは忍びないじゃないですか」

「つまらないことは考えないで。さあ、休んで下さい」

医師の言葉が遠くなる。また酷い睡魔が襲ってきたのだ。

自分でもおかしなことを言ったものだと思う。命を奪いかねない癌という病に冒された指だ。本来ならそんな指は呪ってしかるべきだ。ゴミとして捨てられて当然、死後、一緒に葬られることを望む者などいやしないだろう。なのに一郎が敢えて指に拘りを覚えたのは、一つの予感があったからだ。

俺は長くは生きられない。

医師は、癌の転移は認められないと言ったが、それはあくまでも肉眼的レベルでの話で、顕微鏡の世界での話となれば、微細にして生命力に溢れた黒い細胞が体のどこかで息づいているような確信が一郎にはあった。松木幸介としては立身を遂げたと認められてはいても、長沢一郎の人生は、暗く呪われたものだった。窯の業火で焼かれた肉体が骨となり、砕かれ、白い灰となってしまうことは分かっていても、その中に欠落した部分があることは、死してなお、永遠に消えぬ烙印を押されたように思えてならなかったのだ。

「先生……それなら、せめて切断した指に……最後に別れを言わせて下さい。退院までに、一度……」

自分の声もまた、急速に遠のくのを感じながら、一郎は暗い世界に吸い込まれて行った。

退院までには三週間を要した。バランスが微妙に狂うせいか、歩くとすぐに疲れが出るのと、足を引き摺ることを除けば、順調な回復ぶりであった。冬子は、手術前の医師の説明に同席しただけで、入院中ついに一度も見舞いに訪れることはなかった。着替えや、身の回りの物も、会社の社員を使いとしてよこしただけだ。もっとも、来たところで何も話すことはないのは一郎も同じである。むしろ、冬子の顔を見ずにいる方が心が休まるというものだ。

だから、退院の朝は、当然のことながら一郎一人で荷物を纏めた。特別室にくだんの医師が姿を見せたのは、その最中のことだった。

「お加減はいかがですか」

医師は、笑みを浮かべながら穏やかな声で訊ねてきた。

「お陰様で、この通り。立派に歩けます」

一郎は、二歩三歩と歩いて見せる。

「念には念を入れませんとね。これからは抗癌剤の治療を始めますので、もう少しお付き合い下さいね」医師はそこで白衣のポケットに手を入れると、「松木さん。これ……」

小さなガラス瓶を差し出した。

透明なガラス瓶の中には、薄い黄色味を帯びた液体が入っており、ふやけたような白く小さな塊がぷかりと浮かんでいる。

「あなたの指です」

医師は言った。

「えっ？」

「本当はルール違反なのですが、研究用の標本として、こちらで使用することにしておきました。そもそも医療廃棄物として捨てられる臓器や切除部位は大学病院では毎日たくさん出ますからね。いちいち記録などしていないんです。お望みならば、お持ちいただいて結構ですよ。ただし、絶対に他人には知られないようにして下さいね」

どうやら、手術前に百万円もの謝礼を包んだのが功を奏したと見える。

一郎はそれを受け取ると、液体の中に浮かんでいる指に見入った。厚い爪を割らんばかりに膨らんだ黒い塊は、最後に目にした時の姿と寸分も違わない。切断面は、おそらく病理検査で肉片を採取したせいだろう、少しばかり歪《いびつ》になっていたが、薄いピンクの肉が覗いていた。皮膚は、蠟でできているように白く、ぬめりとしている。

これが俺の指か……。

一郎は朝日を浴びながら、液体の中に浮かぶ肉片を、じっと見詰めた。

予感が現実となったのは、それから三年後のことだ。

定期検診の結果、肺とリンパ節に転移と思われる癌が発見されたのだ。突然、声が掠れ、激しく咳き込むことが多くなり、入浴の際に体に触れると脇の下と首筋に凝《しこ》りとなって触れるものがある。もしやと思い、病院に行って検査を受けたところが、CTの画像に白い影が映っている。

*

医師はただちに抗癌剤治療を始めましょうと言ったが、効果に然程の期待は持てないことは、明らかなように一郎には思えた。何しろ、三カ月に一度、欠かさず検査を受けていてもこの有り様である。その点から考えれば、再発した癌の生命力は極めて強く、かつ猛烈なスピードで増殖を続けていると考えていい。そして一郎の推測を確信に変えたのは、冬子の接し方の変化である。抗癌剤の治療が始まると同時に、冬子は急に一郎の病室に出入りするようになり、まるで今までのよそよそしさが嘘のように、甲斐甲斐しく世話を焼き始めたのだ。だが、それも表向きのことで、自分を見る冬子の目には、案ずる素振りをしながら、病状の進行の度合いを確かめている観察者のような、こちらが一瞬どきりとする冷徹な光が宿っていた。おそらく冬子は、医師から自分の余命についての告知を受けたに違いない。

急がねばならないと思った。美桑にある曽我の不動産は、銀行に担保としている部分を残し、弘明が自由にできる山林田畑のほぼ全てを取得し、残るは杉下を埋めた東原だけというところまで漕ぎ着けていた。しかし、生活に困窮しているにも拘わらず、弘明は頑として東原の売却だけには応じない。

あと一つ。東原さえ手にいれれば、弘明の財産を全て奪うことができる。俺の命が尽きるまでに、何としてもあの山を手にしなければならない。焦る一郎の心情とは裏腹に、交渉は完全に膠着状態に陥っていた。

事態に変化が表れたのは、夏が盛りに差し掛かろうかという七月のある日のことだった。今では取締役となった福本が突然電話をかけてくると、

「ついに折れましたよ。例の東原の雑木山、売ることに同意しましたよ」

声を弾ませた。

「本当か！」一郎は思わず声を上ずらせたが、「しかし、どうしてまた急に。何に執着していたのかは知らないが、あれほど売り渋っていた山を今になって……」

と声が自然と訝《いぶか》しげになるのを感じながら訊ねた。

「それが、向うから買ってくれないかと申し出てきたんです。それもご主人じゃない。奥さんがです」

一郎は思わず「清枝が？」と問い返しそうになるのを、すんでのところで飲み込み、「旦那じゃなくて女房ってのはどういうことなんだ」

と再び訊ねた。

「いや、それで今日さっそく条件を詰めようと、美桑に行って奥さんに会って来たんですがね。曽我のご主人、大病を患って岩手医大に入院してるってんです」

「ほう、そんな遠くにねえ。地元の病院じゃなく、遠くの盛岡まで行かなきゃならないとなりゃ、かなり厄介な病気なんだろうね」

「多発性骨髄腫と言ってましたね」

「多発性骨髄腫？」

「血液の癌だそうです。奥さんが言うには、この病気の治療ができるのは、近隣だと岩手医大か東北大学の附属病院くらいしかないんだそうです。もっとも治療といっても、ご主人の症状はかなり進んでいて、もはや手遅れの段階にあるらしくて、対症療法しかできないらしいんですがね。それはともかく、ご主人を入院させるに当たっては、かなりの物入りになるらしくて、それで奥さん、背に腹はかえられなくなって、最後に残った東原を売る事にしたそうなんです」

「出費と言っても、自由診療じゃあるまいし。保険が使えるんだろう」

金に苦労しない一郎には、物入りと聞かされても、何に大金がいるのか見当がつかない。

「それが、泣ける話なんです。国保は三割負担ですが、今の曽我さんの状況ではそれでも大変です。だけど奥さん、そんな厄介な病気に罹ったご主人を一人、盛岡に置くわけにはいかないからと言って、岩手医大に泊まり込んで看病を続けてるってんです。眠るのは病室の床の上。そこに茣蓙を敷いて、一日三百円で借りた毛布に包まってね。食事は病院の食堂か菓子パン。

風呂は週に何度か銭湯に行くだけだそうですよ。感心なもんです。ここで、あの山を売ってしまったら、ご主人がいなくなった後、奥さん一人の生活も成り立たなくなるでしょうに……」

何という違いだと一郎は思った。裏切った夫の禄を存分に食《は》み、何一つ不自由しない生活を送らせているのに、冬子は感謝の気持ちを表すどころか、むしろ当然であるかのごとく振る舞い、入院しても介護の一つどころか見舞いにもこなかった。そしてその夫の癌が再発したと知るや一転、足繁く病室に足を運び、案ずる振りをしながら死期の訪れを今や遅しと待っている。

その時、一郎の胸中に込み上げて来たものは、猛烈な嫉妬と怨嗟《えんさ》だった。嫉妬は、貧困に陥ってもなお、惜しみない愛情を注いでくれる清枝という女を娶った弘明に対するものだ。そして怨嗟は、弘明が実の父親を奪った男であるにもかかわらず、真実を清枝に知られぬまま、一生を終えようとしていることを許す神に対するものだった。

こんな理不尽があっていいものか。確かに弘明も清枝も、人生の終盤に差し掛かって、辛酸を嘗めた。しかし、弘明は金では買えないものを手にし、最後までその恩恵に与ろうとしている。確かに俺は金は得た。だが、本当に俺は真の意味での幸せを味わったことがあるのか。安逸を得たのは多喜子と暮らしたたった四ヵ月の間だけだ。それも多喜子と一緒にせっかく授かった喜郎までもを俺から奪い、絶望のどん底へ突き落としたではないか。これでは真の意味での人生の勝者は弘明になってしまう。逃げ得は許さない。俺は絶対に許さない。

「そんな話はもういい」一郎は福本の言葉をぴしゃりと遮った。「それより、幾らで売ると言ってるんだ。東原はただの雑木山だ。私としては、予てから提示している一町歩百万。五町歩五百万以上の金を出すつもりはないが」

「もちろん先方はそれで構わないと言っています。あんな山を買っていただけるだけで、有り難いと申しておりますので」

「ならば、早々に契約に入ってくれ。成約し次第、土地代金の五百万に加えて、手数料の十五万円を君の会社の口座に振り込むことにする」

「分かりました。では早々に……」

これで、問題の一つは片づいた。後は、弘明が死ぬ前にやらねばならないことがあるが、それは東原の売買契約が終わってからでいい。残るはただ一つ。これまで築いた財産の処分だ。もっともこちらも、成城と青山の家と土地を担保に銀行から融資を受け、残るは八千万円というところまで来ている。借入金額は二十億で、実勢相場とは五億の開きがあるが、銀行も無利子で貸すわけじゃない。加えて、俺が作った借金を返済できなければ、家も土地も銀行の手に渡ってしまうのだ。とにかく、あと八千万円。人生最後の買い物に相応しい美術品を買い求めなければならない。

まるで電話が終わったのを見計らったかのように、ドアがノックされ、古美術を買うに当たってアドバイスを送る契約社員、日下《くさか》が初老の男を引き連れて入って来た。その手には、紫色の風呂敷に包まれた長方形の小箱らしきものが持たれている。

「お初にお目にかかります。草寿庵の氷室《ひむろ》と申します」

草寿庵は、京都の市中で仏教古美術を専門に扱う老舗である。今日は、その道の目利きの日下が、滅多にない出物があると言って、氷室を連れて来ることになっていた。

「松木です」一郎は、名刺を交換しながら椅子を勧め、「それで今日は、仏像でしたかな。日下君から聞くところによると、かなりの名品だとか」

と切り出した。

「私もこの商売を長い事やっておりますが、これだけの品は滅多にありまへん。名品中の名品です。金銅虚空蔵菩薩坐像。お寺さんが所持していれば、とうの昔に重文に指定されていてもおかしくはない品です」

氷室は小さな金縁の丸眼鏡の下から、とろりとしているようで隙がない、摑み所が見つからぬ不思議な眼差しを向けてきた。何やらこちらが値踏みをされているような妙な気分になりながら、

「ほう、時代と作者は？」

一郎は訊ねた。

「時代は鎌倉です。ただ、作者は分かりまへん」

「それじゃ来歴も」

「それはある程度はっきりしています。明治時代に、ロシアの貴族の手に渡ったもので、ロマノフ王朝が革命で倒された際に、オーストリアに持ち出され、彼の地の貴族に売却されたものですんや。日本へ戻りましたのは、とある花道の家元の先代が二十年程前に文化交流でオーストリアへ行った際に、その貴族の子孫と知りおうて、この仏像を見せられて偉い気に入りはり

ましてなあ。大枚はたいて、譲り受けたんですわ。ところが先代が亡くならはると、当代は何や辛気臭い仏像や言わはって、ウチのところに買い取ってもらえへんか言うてきたんです」

「なるほど。それではさっそく拝見しましょうか」

講釈を聞くより、現物を見たほうが話は早い。一郎は包みを開けるよう促した。

紫色の風呂敷が開けられると、茶色く変色した桐箱があった。氷室は丁重だが慣れた手つきで蓋を開けた。

「どうぞ……」氷室は中に入れられていた仏像を取りだす。「どないです。見事なもんでっしゃろ。大きさは一尺五寸。大きなものの細工は見事で当たり前。これほど小さく作って、これだけの細工っちゅうのは、まずあらしません」

一郎は暫し仏像に見入った。銅で作られた小振りの菩薩はたおやかに目を閉じ、瞑想の様相を呈し、力みなく閉じた口元は穏やかな笑みを湛えているようでもある。素晴らしいのは、細部に亘る細工である。光背、瓔珞《ようらく》、五智宝冠とまさに息を飲むような見事さである。仏像本体の鍍金《ときん》は名残を留めぬほどに剝げ落ち、くすんだ銅が剝き出しになっているが、光背の部分はほとんど傷みがなく、明暗のコントラストが美しい。しかし、細部を何度も眺めているうちに、一郎は奇妙な違和感を覚えるようになった。あまりにも整い過ぎているのだ。条件が揃い過ぎているのだ。表情、時代、細工、すべての点において非のうちどころがないのだ。そもそも仏像に限らず美術品というものは、作りし者の心根が現われるものである。純真無垢な心根が、祈りが、あるいは情熱が美となり、見る者の心根を打つのだ。その点から言えば、この仏像には美を強調するあまり、手にした者を惑わすようなあざとさが感じられる。

贋作ではあるまいか。

一郎は氷室に向って問いただしそうになったが、すぐに思い直して言葉を飲んだ。

もし、この仏像が最後の買い物となるなら贋作でもいいのではないか。それこそ松木幸介として生きてきた自分には相応しい。

「それで、値段は幾らです」

一郎は直截に切り出した。

「七千万でどないでっしゃろ」

氷室もまた、すかさず答えを返してきた。一郎は傍らに控える日下を見た。気配を察した日下が、妥当な値段だと、目で合図を送ってくる。

「よし、買おう」

一郎は、目の前に置かれた仏像に再び目をやりながら、これですべての準備が整ったことに満足感を覚えながら同意した。

＊

秋の気配が深まってくると、気分が優れない日々が多くなるようになった。

癌が再発してからは、暫く抗癌剤の治療を受け、転移層は肉眼的所見では消滅したことにはなっていたが、やはり体の奥に根を張った細胞を殲滅《せんめつ》するまでには至らなかったらしい。果たして、直近の検査では、肺に再度の陰影が見られ、医師はすぐに入院しろと言う。外科的手術で、癌を除去できるのは、病巣が限定されている時に限られる。転移層を叩く化学治療は最後の手段である。それでも再度、転移層が認められたとなれば、もはや根本的治療法はなく、残るはいかにして延命させるか、あるいは苦しみを和らげるかの対症療法しかない。残された時間は、いよいよ僅かである。人生の終焉に向かって、秒読み段階に入ったと言ってもいいだろう。急がねばならなかった。一郎にはまだやらなければならないことがあった。それも体力があるうちに。

入院を一週間後に控えた日、多めの着替えと、氷室から購入した金銅虚空蔵菩薩坐像を入れた包みを持って、一郎は東京を離れ、一人美桑に赴いた。茨城と福島の県境を越えた途端、新幹線の窓から見える風景が一変する。空が高くなり、大気は清冽なまでに澄んでいるというのに、どこか暗く重い。時の移ろいが緩やかになる。東北である。やがて磐梯山の高峰が車窓いっぱいに広がると、一郎の脳裏に遠い昔の出来事が鮮烈に蘇る。

ここだった。間違って幸介の雑嚢を手にしたことに気づき、慌てて東京に引き返すことを決意したのは、この場所だった。もしもあの時、幸介の雑嚢を手にしていなかったら、おそらく自分は美桑に舞い戻り、二度と東京の地を踏むこともなく、美桑の町で家督を継ぎ、平凡な百姓、長沢一郎として人生を送ったことだろう。そう、ここは松木幸介として生きることになった原点の地だ。第二の人生の始まりの地だ。だが今度は違う。この旅は、松木幸介として歩んできた人生を捨てるものであり、同時に失われた長沢一郎の人生を取り戻す旅でもある。

やがて新幹線は仙台を過ぎ、一ノ関に着く。十四年ぶりに見る街は、さらにうら寂しくなっていた。駅は早朝だというのに閑散としており、駅前のロータリーにも商店街にも人影は数えるほどしかない。パチンコ屋の毒々しい原色看板も、朝日を正面から浴びているせいか色褪せて見え、何とも痛々しい。

一郎は、駅前でレンタカーを調達すると、自らハンドルを握り、途中の道沿いにあったホームセンターで鶴嘴《つるはし》とスコップ、それにシャベルと小さな梯を購入し、美桑へと向かった。市街地を抜けると、いきなり山が深くなる。霜が降りたのだろう、降り注ぐ朝日を浴びて、刈り取りの済んだ田んぼや畑、稲架、そして所々に今も残る民家の茅葺き屋根から、白い湯気が立ち昇る。山は紅葉に色づき、まさに錦絵そのものの様相である。

何も変わっていない。何もかもがあの日と同じだ。杉下先生を埋めたあの日と寸分も違わない——。

一郎は、五十一年前のあの日に戻ったような、奇妙な感覚に襲われながら、車を走らせた。やがて美桑の町が近づいてくる。周囲は杉に覆われた黒々とした山ばかりである。かつては全て曽我家所有の山、今では半分が一郎の持ち物となった山である。製材所が廃業となってからは、手が入れられていないせいで、密生する木々は細く高さの割に頼りなかったが、間伐がなされていない分だけ密度は濃い。

美桑の町に入る直前で、一郎は古い記憶を頼りに車を農道に乗り入れた。程なくして道は舗装が途切れ、雑草に覆われた土の道へと変わった。正面に色づいた木々に覆われた雑木山が見えてくる。東原である。三分ほど走ったところで道が行き止まりになった。

車を停め、エンジンを切った。車外に降り立つと、異様なまでの静寂に包まれた。冷たい風が頬を撫でて行く。木の葉や枝が触れ合う音が微かに聞こえる。

一郎はスコップと鶴嘴を手に、密生する雑木を分け入りながら、山の中に足を踏み入れた。五十一年の歳月は、周囲の様相を一変させていた。枝を一回り大きくした程度しかなかった雑木の幹も、今では大人の太股程度に育っている。剪定などされたことのない枝は、大きく張り出し、周囲の木々と複雑に交錯している。一郎は、遠い記憶を探り、僅かに足を引き摺りながら歩を進めた。やがて、木立の中に少し開けた場所に出る。頭上を覆っていた木々が途切れ、丸い青空が覗いている。地面は厚く落ち葉で覆われていたが、まるで初春に先端を覗かせた筍のように、黒い岩が頭を見せていた。

ここだ……。

一郎は、スコップを持ち、厚く積もった落ち葉をかき分ける。あの時は一抱えもあって、動かすのに大分苦労した記憶があるが、今見るとそれほどのものでもないような気がする。しかし、確かにあの時の岩、杉下の墓標として置いた岩である。

力を入れて岩をどかす。厚く積もった落ち葉を更に掻き分けると、やがて黒々とした腐葉土が現れる。岩が置かれていた周囲は、埋め戻した土が圧縮されたのだろう、緩やかな凹みとなっている。一郎は今度は鶴嘴を用いて、地面を掘り始めた。地中に網の目のようにはびこった木の根を断ち、腐葉土を更に掘り下げるうちに、黒土へと達する。体の状態が優れぬ中での作業は、重労働には違いなかった。しかし一郎は、この作業を終えずして、自分が人生を終えるわけにはいかない。この作業こそが、最後の仕事になるのだ、という一心で鶴嘴を振るって地面を掘り起こしては、スコップで土を掻き分けて行った。

幸い天候には恵まれたが、目的の深さまで達するには五日を要した。その間は一ノ関のホテルに宿を取り、毎日美桑に通っては穴を掘った。むせ返るような土の臭いを嗅ぎながら作業を続けるうちに、柔らかな土の中に飴色の破片が混じった。

一郎は手を止め、それを指で摘み上げた。骨である。それも手の指の骨だ。

シャベルを使い慎重に土を掻き分ける。杉下が埋まった時の状況を思い出しながら、縦穴の壁面を削るうちに、小さな骨はだんだんと大きくなり、腕の骨が、そして頭蓋骨が完全な形で現れた。へばりついた土を指先で丁重に拭う。空洞となった眼窩や歯にはびっしりと土が詰まり、正面から見ると、こちらを恨めしげに睨んでいるように思えた。

「先生……申し訳《わ》げねがす。俺《おら》ももうすぐ、そっちさ行ぐがら。怒るのはそれからにしてけらい……」

一郎は、久しく使わなかった故郷の言葉で、杉下の頭蓋骨に向かって詫びた。

骨は丁重に、できるだけ多く回収した。腕、背骨、肋骨、脚……。どこの部分も、ほとんどが完全な形で残っていたので、作業は思ったより順調に進んだ。それらを持参した段ボール箱の中に詰め、林の中から枯れ落ちた枝を集めた。穴の周りは掘り返した土でいっぱいである。

枝を重ね、ライターで火を点す。長年放置された枯れ枝は、このところの好天候もあって、たちまちのうちに炎を上げる。

一郎は、木に掛けておいたジャンパーの中から、小さな瓶を取りだした。中には、切断された小指が入っている。液体の中に浮遊するそれを指で摘み上げる。頼りなく、柔らかな感触が指先に触れた。一郎は、それを燃え上がる炎の中に置いた。

じじっと、湿った音を上げながら、指が燃えて行く。たっぷりと含んだ水分を泡として吹き出しながら、白蠟のような指が色を変えて行く。皮膚が裂け、めくれ上がり、やがて黒く焦げて行く。

一郎は己の指を丁重に焼いた。黒い炭になってもなお、枝を投じた。しばらくして、炎が収まると、そこには白い小さな骨片が残った。次に傍らに置いておいた、風呂敷包みを開けた。中には購入したばかりの金銅虚空蔵菩薩坐像が入っていた。まだ熱が冷めない骨を拾い、像を手に穴の中に降りた。そして仏像を置き、胡坐の中に骨を置いた。

仏像を埋めることにしたのは、第一に杉下の供養のためである。人知れず死んで行き、五十一年もの間家族に生死すら知られることなく、こんな山の中で埋もれていた杉下が不憫でならなかった。どんな言葉や行為を以てしても、償い切れるものではないと思ったが、一郎がそれでもそうせざるを得なかったのは、杉下の最期に自分の姿を見た思いがしたからである。

このまま死ねば、俺は正体を知られることなく、松木幸介として葬られる。なるほど、悪党としての末路としてはそれもいいかもしれぬ。しかし、それでは長沢一郎が生きた証もまた、永遠に葬り去られてしまう。

長沢一郎は確かに生きたのだ。集団就職で故郷を後にし、まさに運命の悪戯とも言うべき偶然で松木幸介に成り代わったとしても、一代で東証二部に上場する事業を立ち上げ、立身を遂げたのだ。ならば、自らの墓を造り、生きた証としよう。自分以外に誰も在処を知らぬ墓。だから誰も参ることのない墓。年月の移ろいと共に、落ち葉に埋もれ、朽ち果てて行く墓。それこそが、仮の姿を装い通して生き抜いた人間の眠りの場所として相応しい。そして長沢一郎の生き様は、ここに納めた骨の記憶にすべてある——。そう、今度は杉下に成り代わり、長沢一郎がこの場所で永遠の眠りにつくのだ。

穴から出た一郎は、周囲に積み上げた土砂を、スコップを使って埋め戻した。最後に、五寸釘で岩の底に『長沢一郎之墓』と墓碑銘を書き、それを上に置いた。

全ての作業を終えた一郎は、杉下の骨の入った段ボール箱を持ち、東原を離れた。いつの間にか、日は西の稜線に沈みかけ、空は見事な茜色《あかねいろ》に染まり、無数のアキアカネが黒いシルエットとなって滑空している。

人生の終焉が近いことを暗示するかのような光景だった。

だが、まだやらねばならないことがある。

ホテルに戻った一郎は、バスルームで杉下の骨を丁重に洗い、それを白い絹の布で包み、リンゴ箱の中に入れた。それから長い時間をかけて、二通の書簡をしたためた。

一つは会社の顧問弁護士宛に書いた遺言状で、そこには自分の死後に所有している株式、及びすべての財産を処分し、松木財団を立ち上げる資金とすること。骨董、古美術品はもれなく財団へ寄付するので、資金を元に美術館を建て、そこに展示すること。そして、冬子に残す遺産は、美桑の不動産のすべてとすることを明記した。

もう一通は、清枝宛のものである。

『曽我清枝様』で始まる手紙には、五十一年前、杉下の身に何が起こったか。事の経緯と共に、最期を迎える様子までもを詳細に書き記した。そして、誰がその真相を知っているのかも——。

二つの書簡を書き上げ、遺言状には、松木幸介と署名した上で、実印を捺した。清枝宛の手紙には、長沢一郎の名を記した。ふと腕時計に目をやると、午後九時になろうとしている。張り詰めていた気が緩んだのか、全身の筋肉や関節が鈍い痛みを発するのを一郎は感じた。加えて妙に体が熱を持っているようでもあった。どうしようもないほどの脱力感が込み上げ、咳が出始める。フロントが二十四時間サービスを行っていることはチェックインの時に確かめてある。杉下の骨を、手紙と共に送ってしまおうと思ったのだが、五階下のメインロビーまで行くのは困難なように思われた。

一郎は、机の上に置かれた電話を取り上げると、ボタンを一つ押した。

「フロントでございます」

静かな男の声が聞こえてくる。要件を伝えようとしたのだが、声が出ない。

「フロントでございますが？」

しばしの間を置いて、男が訊ねてくる。一郎は腹に力を込め声を振り絞った。

「宅配便を……送りたいのだが……体を痛めたらしくてね……すまんが……こちらに取りに来てくれないだろうか……」

驚くほどの嗄《しゃが》れ声である。体内で大きな変化が急速に進み始めていることを予感させるには、充分過ぎる兆候だった。

「大丈夫でございますか」

「大したことは……ない。十分後に……部屋に来てくれるかな……」

「十分後でございますね。かしこまりました」

電話を切った一郎は、「えい！」と声にならぬ気合いを入れて立ち上がった。痛む足を引き摺り、清枝宛にしたためた手紙を、リンゴ箱の中に入れておいた頭蓋骨の下に置いた。蓋を閉じ、テープで封をし、住所を記したラベルを貼り付けた。たったそれだけの行為なのに、息が上がり鼓動が速くなった。

一郎はベッドに崩れるように横たわると、荒い息を吐きながら天井を見詰めた。

これで死出の旅に発つ準備が終わった。もう思い残すことは何もないと思った。そして清枝が骨を手にし、真相を記した手紙を読んだ時のことに思いを馳せると、果てしもない達成感を覚えた。

最期に地獄を見るのは弘明、お前だ——。

一郎は荒い息を吐きながら、満面の笑みを浮かべた。

エピローグ

骨が父のものであることに疑いの余地はなかった。

父の歯には特徴があった。左の八重歯の先端が僅かに欠けているのである。それは中学生の頃、梅干しの種を割り、中の天神様を食べようとした際に欠いたものだ。小学校の教師らしく子供の教育には熱心で、「梅干しの種の中には天神様が宿ってると語《かた》ってな。天神様は学問の神様だ。頭が良くなりだがったら、そごも食わねばだめだぞ」と弟には勧める一方で、一人娘が自分と同じ轍を踏むと器量が悪くなるとでも思ったのか、「女子《おなご》がガリガリと歯を立てるなんて、みっともない」と、頬を膨らませて諫め、少し欠けた八重歯を剝き出しにしてニッと笑ったものだった。

飴色に変色した骸骨についた象牙色の歯は、ニッと笑った時の父の面差しを彷彿とさせたし、何よりも左の八重歯の特徴が、ピタリと一致するのだ。

それを考えると、手紙に記された内容は充分に信ずるに値するもののように思われた。第一、父が亡くなった時の状況が詳細である。子供の頃は、男女が一緒になって遊ぶということはまずなかったが、当時の美桑の男の子の遊び場といえば、野を駆け、山で遊ぶものと決まっていた。特に男の子の間では、区ごとに縄張り意識があって、学校では仲良くしていても、校外の遊び場を巡って争いが絶えなかったことも知っている。抗争相手の裏をかこうと、トンネルを掘るという発想は田舎の子供にしては突飛な感じはするが、少年雑誌や児童書をふんだんに与えられていた弘明の家庭環境を考えれば納得がいくものではある。そして、その現場をたまたま発見した父が、状況を確認するため、中に入ったというのも、責任感の強い父らしい行為である。

もっとも、一見極めて状況を詳細に記してある手紙ではあったが、肝心の父が埋められた場所と、差出人が、遥か昔に死んでしまった長沢一郎というところが気にはなる。しかし、当時の状況を語り実際に父の遺骨を送って来たことを考えれば、差出人は弘明と一緒に現場に居合わせた人間に違いない。おそらくこの人間は、五十一年の間、罪の意識に苛まれて生きてきたのだ。老境に差し掛かり、そろそろ自分の人生の清算に向けての準備に取り掛からなければならないと思い、過去の罪をいささかでも償うつもりになったのかも知れない。過去の過ちを清算しようとする人間がいる一方で、死の間際にあってもなお、口を閉ざしたまま真実を語ることなく、ましてや詫びの言葉の一つも口にするでもない弘明を許せないと思った。

確かに、あの人がいなければ、私が高校に行くこともできなければ、ましてや大学など夢のまた夢であっただろう。だが、そもそも曽我の支援を受けることになったのは、あの日突然父がいなくなってしまったからだ。そのせいで家族がどれほど辛い思いをしたか、どんな辛酸を嘗めたか。すべてが弘明に因を発したのではないか。もし、父がそんな災難に見舞われなければ、あるいは、弘明が即座に真実を語っていれば、私はもちろん、家族だってまったく別の人生を歩んでいたはずだ。

なのに私は、曽我の家に、そして弘明に、大きな恩を感じながら今日この時まで生きて来たのだ。弘明と結婚したのだって、今となってみれば、果たしてあの男に愛情を持っていてのことかどうか怪しいものだ。学費や生活費の援助を受けている先から、縁談を持ち込まれて断れるわけがない。あの男はそこにつけ込み私を妻に娶ったのだ。その揚げ句、時流を読み間違え、会社を倒産させ、莫大な借金まで背負い込み、私にこんな苦労をさせているのだ。

今の今まで、清枝は曽我の家に感謝の念を抱きこそすれ、不満など一度も覚えたことはなかった。弘明が、製材所の経営が傾く中で借金を重ねたことも、従業員の雇用を守るためだ、曽我の恩恵を受けた自分が我慢する番が来たのだと、一言も口を挟むことなく耐えてきた。しかし、こうして真実を知ると、そんな自分が何とも滑稽、かつ哀れに思えてならない。私のこれまでの人生はいったい何だったのか、誰のためのものだったのかと、抑えようのない怒りが、凄まじい熱量を持った炎となって、腹の底から吹き上げてくる。

清枝は座敷にぺとりと座り、生まれたての乳飲み子をあやすように、父の頭蓋骨を太股の上に置き、表面を撫で回した。骨の表面が、次第に温かくなる。それが、清枝には長く眠っていた父の無念が滲み出てくるように思えた。恨みを晴らしてくれと、父が訴えていると感じた。

しかし、弘明は今や死を待つばかり。余命ふた月とあっては、恨みを晴らす手だてなどあるようには思えない。

清枝は考えた。何かあるはずだと、必死に頭を絞った。限られた時間の中で、どうしたらあの男にたとえ一つでも苦しみを与えてやれるかと考えた。やがて、沼の底の泥の中から、ぶくりと泡が湧き上がるように、一つの考えが脳裏に浮かんだ。

居ても立ってもいられなかった。限られた時間の中で、苦しみを与えてやるには、一刻の猶予もならなかった。清枝は製材所が倒産して以来、初めてタクシーに乗った。そして高藤病院に駆け込むや、院長室のドアを叩いた。

「先生、ご相談したいことがあるんです……」

今日の診療を終えた高藤は、カルテの整理でもしているのか机に向かっていたが、

「どうぞ、そこにお掛け下さい」

ペンを置き、前の椅子を手で指した。

「実は、主人のことなんですが……」高藤が黙って頷くのを見て、清枝は切りだした。「やっぱりあの人の最期は家で看取ってやりたいと思うんですが、無理でしょうか」

高藤は、無言のまま清枝を見詰める。

「あの人が生まれ育った家です。今は貧乏になりましたが、いい時代もあったんです。中学から大学まで離れたとはいえ、夫の思い出があそこにはぎっしり詰まっています。私との生活の全てがある場所でもあります。それに……」

「それに？」

「こんなことを面と向かって言うのは恥ずかしいんですが、あの人は私が生涯でただ一人愛し

た人です。だから最期は一緒に暮らした家で、私が看取ってやりたいと思うんです」

いい歳をした女が、長年連れ添った夫を「愛している」などとは、滅多なことでは口にしないものだが、そんな言葉を敢えて使ったのは、高藤が生まれながらにしてのクリスチャンで、「愛」という言葉に違和感を感じるどころか、むしろ素直に受け入れる素地があると踏んだからだ。

「そうでしょうねえ。お気持ちは分かります……」

果たして高藤は真摯に清枝の言葉を受け取ったらしい。

「これは、あの人の意思でもあるんです」

「弘明さんがそうおっしゃったんですか」

「ええ……。助からぬものなら、最期は家で迎えたいと……」

清枝はそっと視線を落とした。

「そういうことでしたら、私がとやかく言う問題ではありませんね」高藤はうんうんと頷くと、「いいでしょう。それでしたら明日にでも退院なさったらいい。モルヒネと痛み止めの貼り薬を処方します。ただ、心配なのは清枝さん、あなただ。再度申し上げておきますが、この病気の末期といいますのは、それは酷い痛みに襲われるものなんです。痛みを覚えさせないためには、継続的に薬を使う必要がある。効果が途切れれば、弘明さんは薬が効いている間と、切れている間の行ったり来たりを繰り返すことになる。それじゃかえって可哀想なことになってしまう。もちろん、あなたのことだ。誠心誠意、全力を挙げて看護をなさるでしょうが、私が心配するのはそこなんです。病人を看護するために、あなたが体を壊したんじゃ元も子もない。大丈夫ですか」

高藤は優しい口調で訊ねてきた。

「大丈夫です。こんなことを言っては何ですが、終わりの見えない介護なら気も萎えるかもしれませんが、この病は別です。もう終わりはそこまで来ています。それに、これまでずっとあの人と一緒に、この病と闘ってきたんです。最後まで看病してやらなければ、私、これから先、ずっと後悔すると思うんです」

殊勝な言葉とは裏腹に、清枝の心は冷たい闇に閉ざされていく。激痛と、安息の狭間を行きつ戻りつを繰り返すとなれば、まさに拷問である。もはや生きる屍《しかばね》と化した弘明に与えられる復讐は、ただの一つしかない。苦しみから解放される時期をできるだけ遅くし、この世にいるうちに地獄を存分に味わわせてやることだ。

「容体に変化があったらすぐに連絡して下さい。いつでも構いません。診療時間中であろうと、深夜でもすぐに駆けつけますから。それから、くれぐれも無理はしないように。手に負えぬと思ったら、いつでも戻ってきていいんですからね」

清枝の本心を知る由もない高藤は、慈愛に満ちた言葉をかけてくる。

「ありがとうございます……。本当に先生には何とお礼を申し上げていいのか……」

清枝は感極まったような声を上げる演技をしながら、深々と頭を垂れてみせた。

弘明の地獄は翌日の夜から始まった。

モルヒネの効果が切れた弘明は、豆電球が点る薄暗がりの中で呻き声を上げ、しきりに体を捩った。時間の経過と共に、呻き声は野太い悲鳴となり、そして絶叫へと変わった。

「痛い！　痛い！　痛い！　早く薬をくれ！　薬だ、薬！」

清枝は、もがく弘明の上半身を支え起こし、水薬を口に注ぎ込む。それが終わったところで、肉が落ち背骨の一つひとつがはっきりと浮き出た背中に小さなシートを貼り付けてやった。ところが十分、二十分と経っても、痛みは引く気配がない。それどころか、弘明はさらに酷い痛みを訴え身を捩り続ける。

当たり前である。清枝が飲ませてやったものはモルヒネではなく、昨日のうちに近所の薬局から購入しておいた風邪のシロップで、背中に貼り付けたシートは咳止めシートだ。末期の多発性骨髄腫の激痛を取り除ける効果など、些《いささ》かもあろうはずがない。

弘明は泣き、喚く。腕を翳しては、虚空を掻く。その様は、まさに煮えたぎる油の海に突き落とされ、もがきくるしむ悪人の様を表した地獄絵図そのものだった。

清枝は、

「頑張って！　すぐに楽になるから！　薬が効き始めるから！」

と言い、弘明の手を握ってやった。もちろん、弘明を励ますつもりなど、さらさらなかった。自分の手を握り締める弘明の手の力の入り具合で、苦しみの度合いを測っていたのだ。

「殺してくれ！　楽にさせてくれ！」

弘明は、やがて懇願する。

「そんなこと言わないで。もう少しだから、頑張って！」

凄まじいばかりの力で手を握られて、指が痺れ、徐々に感覚がなくなっていくのが喜びだった。指が折れても快感と感ずるだろうとさえ思った。

薄明かりの中に朧に浮かぶ弘明は白目を剝き、口から泡を噴く。もはや、言葉を探す余裕もないと見え、絶叫は悲鳴へと変わる。

清枝は、弘明が苦痛のあまり気絶してしまうのではないかと思った。それでは興がそがれる。そこでようやく高藤に指示されたより少ない量のモルヒネを飲ませてやると、暫くして弘明の絶叫は徐々に小さくなり、やがて長い溜息を吐いて、深い眠りに落ちて行く。睡眠は体力を回復させ、暫しの間は弘明に安息の時間を与えるだろう。しかし、薬効が途切れれば再び地獄が訪れる。

清枝は眼窩が黒く凹み、げっそりと頰の肉が落ちた弘明の顔を一瞥すると、襖を開けて続きの間に入った。そこには大きな仏壇があり、前に置かれた小机の上には白い絹の布に包んだ、父の骨が載せてあった。清枝は蠟燭に火を点し、線香を立てる。ひたすら父の無念が晴れるよう、数珠を手にし、胸中で経を唱える。

どれほどそうしていたのだろう。襖の向うから、弘明の低い呻き声が聞こえてくる。

「清枝……清枝……薬をくれ……」

地獄へ向かって落ちていく罪人の声である。

「今行きますよ」

線香はとうの昔に燃え尽きている。三分の一ほどの長さになった蠟燭を吹き消すと、雨戸を閉じた部屋の中は真っ暗になる。闇の中に父の骨を包んだ白い布が仄かに浮かび上がる。その背後の仏壇には、大居士の戒名を授かった曽我家歴代の位牌が祭られている。清枝はふと思いつくことがあって、次の間に向かって歩みかけた足を止めた。

父の骨が送られてこなければ、弘明が死した後、自分は何としてでも金を工面し、歴代の当主と同じように大居士の戒名を貫い、この仏壇に祭って毎日霊を弔う祈りを捧げたことだろう。だが、真実を知ったいまとなっては、弘明を手厚く弔う気持ちなどさらさらない。弘明、お前はあの世に行って初めて、何ゆえ人生の最後をこんな地獄のような苦しみの中で迎えなければならなかったのか、その意味を知ることになるのだ。お前に与えられる戒名などどうでもいい。第一、お前にしたところで、代々続いた曽我の家を潰した上に、大層な戒名まで授かったとあっては決まりが悪かろう。そして私は毎日お前を恨み、呪う祈りをここに座って唱えてやる。この命が潰えるその日まで、毎日唱えてやる。安らかな眠りなど与えてやるものか。呪いの祈りは地獄の業火にさらなる力を与え、お前はその炎の中でもがき苦しむのだ。それが私の復讐だ。

復讐──。思いがそこに至った瞬間、清枝は改めて気がついた。

もう一人いる。

目が白い布に向く。清枝の瞳孔が闇の中で、新たな獲物を見つけた蛇のそれのように、すっと小さくなって冷たい光を放った。

復讐をしなければならないというなら、この骨を送り付けてきた者も同じだ。父を埋めた現場に居合わせ、これまでの年月口を閉ざしてきた者。骨を送ってきたのは、罪を悔い、贖罪の気持ちに駆られた上での行為であったにしても、何の罰も受けさせないまま生涯を終えさせたとあっては、父に申し訳がたたぬ。自分の気持ちも収まらない。

誰なのだ。いったい誰が、この骨を送り付けてきたのだろう。

しかし、真実はこの部屋に垂れ込める闇以上に、暗く遠い彼方にある。

清枝は布をそっと開いた。

ねえ、お父さん。教えて。長沢一郎は、いったい誰なの？　どこにいるの？

清枝は丸い頭蓋骨に手を載せると、そこに刻まれた記憶を探るかのように、優しく撫でた。

闇の中に乾いた音が鳴る。

お父さんが泣いている。何か言おうとしている。

清枝は夢中で手を動かしながら、じっと耳を澄ました。

〈参考文献〉

『戦後値段史年表』週刊朝日編　朝日文庫
『土・くらし・空港—「成田」40年の軌跡1966−2006—展示カタログ』財団法人航空科学振興財団　歴史伝承委員会編
『特命交渉人　用地屋』前田伸夫　株式会社アスコム

解説

末國《すえくに》　善己《よしみ》

二〇一六年十一月、日本を代表する大手宅配便会社で、ドライバーなどに残業代を支払っていないことが発覚した。その原因はネット通販の増大。特に世界最大の通販会社の荷物を引き受けたため、作業量が激増したといわれている。大手宅配便会社は、従業員の待遇改善のため個人向け宅配便の料金を値上げし、大口顧客である企業とも値上げの交渉を行った。同業他社もドライバーの待遇改善を始め、時間指定配達の枠を見直す、当日再配達の締切り時間を早めるなどの対策を実施するようになった。

楡周平《にれしゅうへい》は、二〇一六年、社員の疲弊に苦しむ宅配会社が、新たなビジネスモデルを作って大手通販会社に挑む『ドッグファイト』を、二〇一八年にも、非正規労働者の待遇改善を訴える人物が、日本人の生活に欠かせなくなった物流システムにテロを仕掛ける『バルス』を上梓《じょうし》し、その先見性が話題を集めた。著者は、アメリカで起きた物流網切断テロから始まる『無限連鎖』（二〇〇二年）、物流業界で生きる男たちの挫折《ざせつ》と再生を追った『再生巨流』（二〇〇五年）、急成長した通販会社に不利な取引条件の変更を求められた運輸会社が、新しい通販のモデルを模索する『ラストワンマイル』（二〇〇六年）など物流を題材にしたサスペンス、経済小説の名作を書いているので、物流業界が直面している問題をいち早く題材にできたのも当然なのである。

手段を選ばず上を目差す男を主人公に、経済小説としても、ピカレスク・ロマンとしても秀逸な物語に仕立てた本書『骨の記憶』も、著者が得意な物流ものとなっている。

岩手県南部にある過疎の町・美桑町《みくわちょう》で、曽我清枝《そがきよえ》は、末期の多発性骨髄腫によって余命三カ月の宣告を受け激痛に苦しむ夫の弘明《ひろあき》を懸命に看護していた。曽我家は大地主で全盛期には製材所も経営していたが、いまでは没落し、山林を売って弘明の治療費を捻出《ねんしゅつ》していた。ある日、清枝に宅配便が送られてくる。差出人は、四六年前に死んだはずの弘明と清枝の同級生で、箱に入っていたのは人間の骨だった。同封の手紙によると、骨は五一年前に失踪《しっそう》した清枝の父のものだという。

ここから時代は約半世紀前に遡《さかのぼ》り、美桑町で貧しくも大家族と暮らしている少年の日常を描く展開になる。少年の家は、太平洋戦争後の農地解放で曽我家の土地を手に入れ小規模な自作農になった。少年と曽我家の跡取りの弘明は小学校の同級生で仲がよかったが、生まれ育った家の格と貧富の差を感じることもあった。ひと足早く性に目覚めた弘明が、少年に女性器の構造やセックスについて教えるなどエロティックな場面もあるが、小学生も高学年になると誰もが少年たちのように猥談《わいだん》をした経験があるはずなので、懐かしく思える読者も多いように思える。

やがてジュブナイルを思わせる物語は、どのような形で死者から荷物が届く冒頭のエピソードに繋《つな》がるのか、なぜ少年は失踪した清枝の父の遺骨の場所を知っていたのかなど、ミステリー的な謎と結び付き圧倒的なドライブ感を生み出していくので、六〇〇ページ近い大著ながら一気に引き込まれ、読み出したら止まらないだろう。

昭和三四年。中学校を卒業した少年は、集団就職して東京都の中野《なかの》駅前にあるラーメン屋で働き始める。そこは朝早くから仕込み、昼時は注文取りと徒歩での出前に追われる過酷《かこく》な職場で、少年が心休まるのは、酒を奢《おご》ってくれたり、新宿《しんじゅく》の赤線で初体験の世話をしてくれたりした羽振りがいい先輩の松木幸介《まつきこうすけ》と過ごす時間だけだった。

そんな時、少年はふとした偶然から千葉県駒井野《こまいの》の土地の権利書を手にする。ラーメン屋を離れ運送会社で働き始めた少年は、そこで成長し一人前の男になっていく。ある時、男は、早朝に顧客が多い問屋街に行くと、店の前に荷物が置かれていることに気付く。小型トラックを使い、朝に集荷した荷物は当日中、夕方に集荷した荷物は翌日配達する運送会社を作れば、手持ちの在庫が減らせ、商品を展示するスペースが増やせる問屋が乗り換えてくれるのではないか。当時は都内から都内に荷物を送っても翌日到着だっただけに、男のアイディアが実現すれば飛躍のチャンスになる。

運送会社を興す資金がない男を、空港公団の職員が訪ねてくる。国が千葉県の三里塚《さんりづか》に新空港（成田国際空港）を建設することになり、男が権利書を持つ駒井野の土地が空港予定地になっているので売却して欲しいというのだ。土地を売り莫大《ばくだい》な資金を手にした男は、元いた運送会社から運転手を引き抜くと昭和四二年に独立。さらに駒井野の土地買収を担当した空港公団職員を介して国会議員ともパイプが出来た男は、土地売買のコンサルタント業にも乗り出すなど、成功への階段を駆け上がっていく。

西岸良平《さいがんりょうへい》の原作を、山崎貴《やまざきたかし》監督が、昭和三〇年代に集団就職で上京した少女の成長物語にアレンジして大ヒットした映画『ALWAYS三丁目の夕日』（二〇〇五年）の影響もあり、集団就職といえば、まだ貧しかったが努力をすれば夢がかなった高度経済成長期の象徴として語られるようになった。だが実際の集団就職は、映画で描かれたような温かく人情味にあふれるものではなかったようだ。

加瀬和俊《かせかずとし》『集団就職の時代――高度成長のにない手たち』（一九九七年）は、集団就職で都会に来た若者は、「大企業主導で発展しつつあった機械工業」の現場では働けず、「商店員や軽工業・雑業的製造業分野に入っていかざるをえなかった」とする。日本には、見習い時代は低賃金でも、修業を終えたら雇用主の費用負担で独立できる〝のれん分け〟の慣習があった。しかし都市部の地価上昇などで〝のれん分け〟は難しくなり、集団就職した若者は、我慢すれば一国一城の主《あるじ》になれるという夢も抱けず、厳しい労働環境と低賃金のもとで働いていたという。

そのため集団就職は社会問題になるほど離職者が多かったが、紹介された勤務先を辞めるとそれより好条件で再就職をするのが難しかったようだ。

本書では、男と一緒に集団就職で上京した同級生が、すぐに勤務先の町工場を辞めている。少年時代の男も、仕事の厳しさや給料の安さはもちろん、店主がいつまで経っても料理の作り方を教えてくれない、つまり独立の準備をさせてくれない現状に不満を持つが、これこそが従業員を使い捨てにすることも多かった集団就職のリアルな一断面なのである。

また男は、国に新空港建設予定地を売って、運送会社の開業資金を得る。昭和三八年、羽田《はねだ》空港の拡張だけでは増大する航空運送事業に対応できないと判断した国は、新東京国際《しんとうきょうこくさい》空港の候補地の調査を開始する。当初、建設予定地は千葉県印旛《いんば》郡富里村《とみさとむら》・八街町《やちまたまち》とされていたが、昭和四一年に成田《なりた》市三里塚《さんりづか》への変更が閣議決定された。これは航空管制や気象などの条件に富里との差がないこと、さらに三里塚周辺には国有地が多く、農民は戦後に住み始めた開拓民が中心だったので、土地への愛着が薄くすぐに手放すとみなされたからとされる。

だが三里塚周辺の農民は、事前説明もなく空港建設を決めたこと、土地買収の方法や空港建設後の騒音への不満から空港建設に反対。農民の反対運動には、新左翼も加わって一部の活動家は激しい武装闘争を始め、機動隊との泥沼の抗争が続いた。

最終的に国は二度にわたり強制代執行を行うなどして新空港建設を進めるが、これは国が〝公共性〟の美名のもとに強権を発動すれば、住民の人権、財産権など容易に奪われる現実を突き付けたといえる。この状況は、ダム、原発などの建設も同じである。

貧しさゆえに集団就職で上京し、低賃金で重労働を強いられた怨念《おんねん》から、東京の名門高校へ進学した弘明を見返すほど出世したいという暗い情念を燃やした男は、いち早く新空港近くの土地を売ったことで会社を興し、政官界に食い込むこともできた。

徒手空拳《としゅくうけん》の男が、己の才覚を頼りに成り上がっていくプロセスは痛快だが、著者は単純なサクセス・ストーリーにはしていない。社会の底辺で辛酸を嘗《な》めていたが野心だけはたぎらせていた男は、土地を守るために戦った農民たちを尻目《しりめ》に国から大金をもらい経営者に生まれ変わる。著者は男の人生を描くことで、集団就職をした若者の賃金と希望を搾取し、都市を繁栄させるため地方から労働力を奪い、地域住民の意向を無視して公共施設を次々と建設し、政官財の癒着を生み出した戦後日本の〝闇〟を暴いてみせたのである。

一九九〇年代初頭のバブル崩壊、二〇〇八年のリーマン・ショックで、日本は格差が広がったとされる。だが本書を読むと、格差は好景気だった高度経済成長期にも厳然としてあり、長く取るに足らない課題として放置されていた事実が実感できる。なぜ地方が疲弊しているのかなど、原点に立ち返って現代の深刻な社会問題が起きた理由も活写されているだけに、歴史から今が学べるといっても過言ではあるまい。

男は金も名誉も摑《つか》むが、故郷に帰ることもできず、生活に困っているかもしれない実家に救いの手を差し伸べることもできない。それどころか、ようやく作った家庭は安らげる場所ではなく、苦労して作った財産を受け継ぐ人物もいなかった。

世俗の栄誉はすべて手にしたが、愛する家族も、信頼できる友人もいない男は、果たして幸せだったのだろうか。本書が『別冊文藝春秋《ぶんげいしゅんじゅう》』に連載（二〇〇六年十一月号〜二〇〇八年九月号）された時期は、著書の中で「人の心はお金で買えるのです」「人間を動かすのはお金です」と書いたネット・ベンチャーの若き経営者が、世間を騒がせていた。それだけに著者は、人を幸福にするのは、金銭なのか、心の豊かさなのかという問い掛けを、改めて示したのではないか。この問題提起は、少子高齢化で日本経済が縮小傾向になり、格差の是正も進まない現在もまったく古びていない。

バブル崩壊後の長い不況は、日本が豊かだった昭和三〇年代、四〇年代へのノスタルジックな回帰願望を盛り上げた。『ALWAYS三丁目の夕日』のヒットも、その余波といえる。これに対し著者は、高度経済成長期の〝闇〟を掘り下げ、過去の讃美《さんび》に釘《くぎ》を刺したが、ここにも男のようにこれからも日本は拝金主義の道を進むのか、それとも別の価値観を見出すべきのかというメッセージがあるように思えた。

本書の身震いするほど恐ろしいラストには、多くの読者が衝撃を受けるはずだ。困窮ゆえに、人生が思わぬ方向に捩《ねじ》じ曲げられたと知った者の絶望と恨みが炸裂《さくれつ》する場面に触れると、こうした負の感情が生まれないようにするため、人は何ができるのかを考えずにはいられないだろう。

本書は、二〇一一年九月に文春文庫より刊行された作品を加筆修正したものです。

本文中には、立ちんぼ、父《てて》無し子、石女、売女といった今日の人権擁護、医学知識の見地に照らして不適切と思われる語句や表現がありますが、作品舞台の時代背景を考慮し、原文のままとしました。

（編集部）

骨《ほね》の記憶《きおく》

楡《にれ》 周平《しゅうへい》

平成30年 11月25日　初版発行
令和 6 年 12月10日　4 版発行

発行者●山下直久

発行●株式会社KADOKAWA
〒102-8177　東京都千代田区富士見2-13-3
電話　0570-002-301（ナビダイヤル）

角川文庫 21285

印刷所●株式会社KADOKAWA
製本所●株式会社KADOKAWA

表紙画●和田三造

●お問い合わせ
https://www.kadokawa.co.jp/（「お問い合わせ」へお進みください）
※内容によっては、お答えできない場合があります。
※サポートは日本国内のみとさせていただきます。
※Japanese text only

ISBN 978-4-04-107229-5　C0193

角川文庫発刊に際して

角川源義

第二次世界大戦の敗北は、軍事力の敗北であった以上に、私たちの若い文化力の敗退であった。私たちの文化が戦争に対して如何に無力であり、単なるあだ花に過ぎなかったかを、私たちは身を以て体験し痛感した。西洋近代文化の摂取にとって、明治以後八十年の歳月は決して短かすぎたとは言えない。にもかかわらず、近代文化の伝統を確立し、自由な批判と柔軟な良識に富む文化層として自らを形成することに私たちは失敗して来た。そしてこれは、各層への文化の普及滲透を任務とする出版人の責任でもあった。

一九四五年以来、私たちは再び振出しに戻り、第一歩から踏み出すことを余儀なくされた。これは大きな不幸ではあるが、反面、これまでの混沌・未熟・歪曲の中にあった我が国の文化に秩序と確たる基礎を齎らすためには絶好の機会でもある。角川書店は、このような祖国の文化的危機にあたり、微力をも顧みず再建の礎石たるべき抱負と決意とをもって出発したが、ここに創立以来の念願を果すべく角川文庫を発刊する。これまで刊行されたあらゆる全集叢書文庫類の長所と短所とを検討し、古今東西の不朽の典籍を、良心的編集のもとに、廉価に、そして書架にふさわしい美本として、多くのひとびとに提供しようとする。しかし私たちは徒らに百科全書的な知識のジレッタントを作ることを目的とせず、あくまで祖国の文化に秩序と再建への道を示し、この文庫を角川書店の栄ある事業として、今後永久に継続発展せしめ、学芸と教養との殿堂として大成せんことを期したい。多くの読書子の愛情ある忠言と支持とによって、この希望と抱負とを完遂せしめられんことを願う。

一九四九年五月三日